集英社文庫

姥ざかり花の旅笠

小田宅子の「東路日記」

田辺聖子

この作品は二〇〇一年六月、集英社より刊行されました。

姥ざかり花の旅笠　小田宅子の「東路日記」……目次

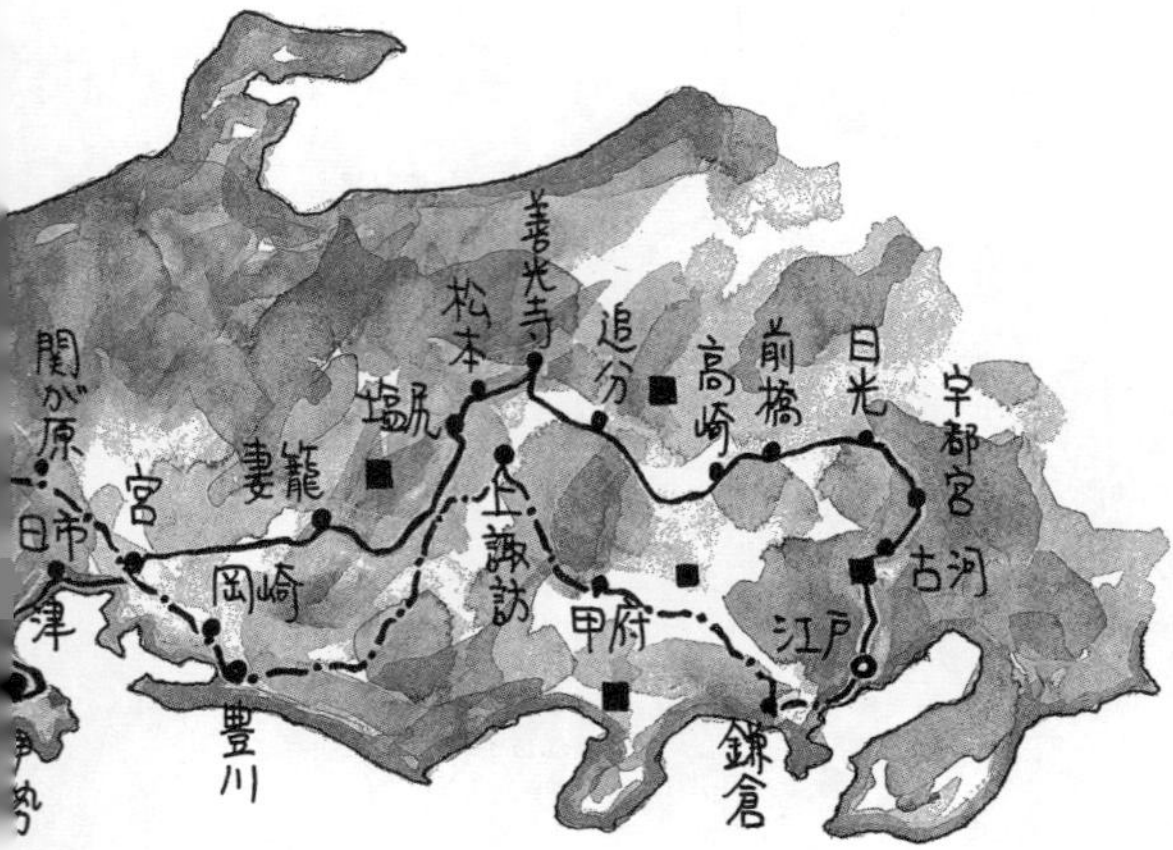

善光寺
松本
追分
高崎
前橋
日光
宇都宮
古河
江戸
鎌倉
甲府
妻籠
宮
岡崎
豊川
関が原
津

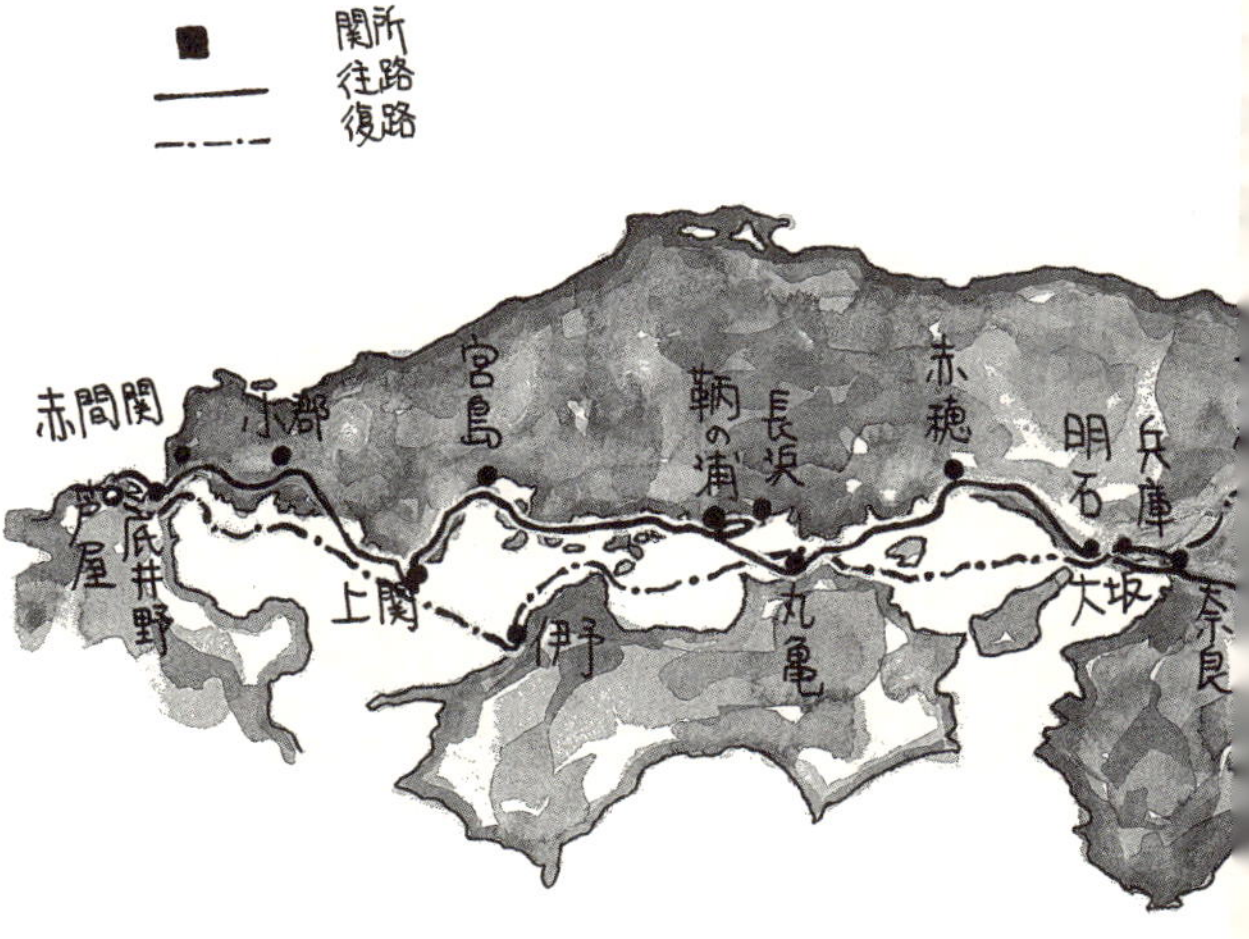

関所
往路
復路
赤間関
小郡
宮島
鞆の浦
長浜
赤穂
明石
兵庫
芦屋
底井野
上関
伊予
丸亀
大坂
奈良

地図作製・小暮満寿雄
撮　影・石井康義

姥ざかり花の旅笠

小田宅子の「東路日記」

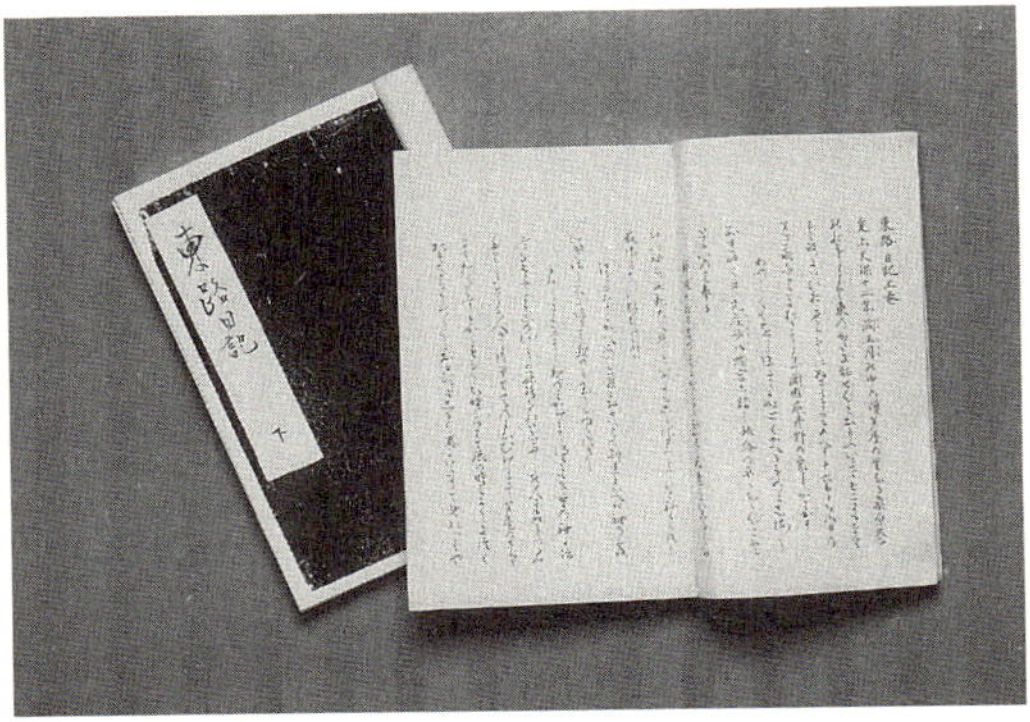

足も軽かれ　天気もよかれ

それは、こんな会話からはじまったであろうか。

〈宅子《いえこ》さん、お伊勢詣りに行きまっしょうや、拍子もない話のごとありますが、ほんなこて、旅は足腰たつうち。気の合う同士《どし》の旅ゃ、よござすばい。来春《らいはる》あたりに……〉

そういうのは、五十歳の主婦、桑原久子。つやつやした頰《ほお》に、口もとにこぼれる笑み、小太りでおちついた物腰、富裕な商家のお内儀《かみ》さんの、威厳と貫禄があるが、同時に、表情にはのびやかな、やわらかい色があって、普通《なみ》のお内儀さんにはみえない。

〈え、どこ行かっしゃると？〉

と耳を疑うのは小田宅子。こちらは五十二歳、同じように商家の主婦だが、首すじすっきりと色白の、若いときから小町娘といわれて村の盆踊り歌にまで歌われたという、つややかな風情は失せていない。麗人は目尻の皺《しわ》まで趣きありげにみえる。

〈お伊勢詣りですたい。貴方《ああた》は前にも一度、東の旅へ行かっしゃったが、あたいはまだこの年ではじめてで、ほかにも一人二人、「ウチも加《か》てて」ち、いいなさる女《ひと》がおらっしゃ

ります〉

〈昔の旅はもう遠々《とおどお》しい二十年も前のこと、まあ、女《おなご》ばっかりの旅、そりゃよござすなし。あたいも加《か》ててやんなっせ〉

〈ああたがござるなあ、たいそう楽しゅうござっしょう〉

ふたりは微笑しあう。それは天保十一年（一八四〇）のことだったろうか。

久子さんは寡婦《かふ》だからいいが、宅子さんの方は夫がいる。乞えばもちろん許すであろう寛容でやさしい夫であるけれど、まずは早いこと、夫の耳に入れなければ。

宅子さんはたちまち心うきうきと弾んでしまう。

北九州は筑前、上底井野《かみそこいの》村（現・福岡県中間《なかま》市）は、九州の幹線道路というべき長崎街道に合流する〈中筋往還〉にある。長崎街道は九州大名の参覲《さんきん》交代の道でもあり、オランダ商館長も長崎奉行も通った。伊能忠敬《ただたか》が、大田南畝《なんぽ》が往還した。

中筋往還の中間の要所である上底井野には代官所もあれば郡屋（郡役人の詰所）もあった。

またここには藩主黒田侯の別宅〈御茶屋〉もあった（長い歴史のうちには途中、廃されたり再建されたりという消長はあったが）。あたりの山容が美しく鷹狩に好ましい遊猟の地だった。大体が農村ではあるものの、上底井野村の道筋には商家が立ちならび、戸畑・若松・黒崎からの往来、交易が賑《にぎ》わしい。その一角に、豪商〈小松屋〉（両替商）がある。

宅子さんはそこの家付き娘である。

宅子さんも入集している筑前歌人たちの歌集、『岡縣集《おかのあがたしゅう》』にある作者畧歴《りゃくれき》によれば、「家ノ生業ハ商、頗《すこぶ》ル福有リ」（原典漢文）

と。

そうでなければとてものことに、伊勢参宮の旅（しかも宅子さんらは善光寺・日光まで足をのばしている）は実現できないだろう。

宅子さんはこの旅を『東路日記《あずまじにっき》』という紀行文学に完成させ、久子さんは『二荒詣日記《ふたらもうでにっき》』としてまとめた。同行の女性二人が二人とも旅日記をものし、しかもそれが現存しているというのは稀有《けう》なことだが、そのどちらも品よく、挿入された歌も閑雅でおっとりしている。歌はやや宅子さんに才気があるかと思えるが、しかし実力は相伯仲する、というところだろう。

二人は当時、筑前地方の歌壇をリードした、国学者であり、歌人の、伊藤常足《つねたり》の門人なのである。

境遇もやや似ている。宅子さんは養嗣子《ようしし》の夫清七を支えて家業にいそしみ、「家益《ますます》富ム」とある。内助の功があったのであろう。宅子さんが十八歳のとき弟清七郎が生れたので、弟の成人後、家を譲り、すぐ横に新家を建ててそこへ引っ越し、醬油醸造業を始めたという。こちらの屋号も〈小松屋〉だった（これが墓誌にいう「二家ヲ為ス」であろうか)。

姉弟仲もよく共に家業に精を出したらしい。神社仏閣への寄進も、必ず義兄の「清七義《よし》且《かつ》」と「清七郎義広《よしひろ》」の名が並べて刻まれている、と『小田家一族の系譜』にはある。

片や、久子さんはこれも芦屋《あしや》の豪富〈米伝《こめでん》〉(質・両替商)の女あるじだった。悠々たる遠賀《おんが》川は南から北へ流れて響《ひびき》灘に注ぐが、芦屋はその河口の町である。芦屋千軒と謳《うた》われ、遠賀川を挟んだ東の山鹿《やまが》とともに、殷賑《いんしん》をきわめた商業の町だった。舟運の便を利して物資も情報も集散し、財は文化を運ぶ。商人たちの間に学芸の素養が蓄積してゆくのは当然だろう。

久子さんが夫に死別したのは四十の年で、跡取りの栄次郎は十歳にもみたぬ幼さだった。

久子さんは老いた舅《しゅうと》を頼りにしつつ、家業にいそしみ、子育てをする。

「久子能《よ》ク家政ヲ整理シ家格ヲ堕サズ、郷党ニ令名有リ」(『岡縣集』作者畧歴)

その家は千坪を擁する豪邸だったという。

久子さんは息子が成年に達してからようやく閑暇を得、常足の指導を受けて歌を嗜《たしな》んだ。

浮世の責務を終えて肩の荷をおろしたとき、はじめて、

〈お伊勢詣りに行きまっしょうや〉

と同門の親友を誘う気になったのであろう。

私は先年、ふとしたことから小田宅子の『東路日記』の原典コピーに接して、何と美しい本だろうと思った（作者本人の直筆かどうかは更なる研究をまたねばならないが、残された短冊などから見て、直筆のようでもある）。何度も清書したらしく、ひら仮名は手習いの手本のように流麗だ。漢字も美しく、書道を正規に学んだ人のものである（もちろん当時の知識人階層ならさもあるべきこと）。

近世筑前地方の文芸については前田淑先生のご研究でかなり知られるようになったが、中でも『東路日記』はこの地方では人気が高いとみえて、飜刻は容易に入手できた。更に前田先生のご本を読んでいると、この〈宅子さん〉のご子孫に、俳優の高倉健さんがいられるではないか。宅子さんの墓誌に、

「少《ワカ》クシテ容姿艶麗ニシテ和歌ヲ能クス、後、仏乗ニ帰シ善光寺ニ詣ヅ」

とあるように、美男美女系の家系なのであろう。高倉さんのご本、『あなたに褒められたくて』（'93　集英社文庫）に前田先生からそのことを教えられたとある。

あるとき善光寺へ行ったら、何だか翌年も行きたくなり、毎年節分に行くようになった。顔を知られているので、人の寝静まる夜、粉雪の降りしきる中、お詣りすることにした。どんなに忙しいときでも。

「今年は忙しいからやめてしまおうか、と思うこともあったが、そう思うだけですでに気持ちが悪く、いたたまれない気がして、どんな無理をしても、信濃路《しなのじ》を目指した。

なぜそこまで善光寺なのか。自分のこだわりが不思議であり、おかしくもあり、自分で自分の気持ちをはかりかねていた。

『そうか、そうだったのか』

前田淑先生の手紙を拝見しながら、ぼくはすべてを了解した。理屈ではなく、祖先の霊とぼくの魂とが呼び合っていたのかもしれない。宅子おばあさんとぼくが、善光寺を通して結ばれていたのだ」

そんなこともあるかもしれない。宅子さんは高倉さんの五代前の人である。


近年、江戸の女流文学のレベルの高さが見直されはじめ、研究成果も上りつつあるが、地方の才女たちに日が当りはじめたのは面白い。そしてまた、女たちの「旅日記」が発掘されてきたのも。

柴桂子氏の『近世おんな旅日記』('97 吉川弘文館刊)によれば、近世の女たちの旅日記は百数十点を算するという(むろん、まだまだ未発掘の史料も多いだろう)。大半が物詣での旅だが、中には転封される武士の妻の旅日記や大名夫人の帰郷のそれもあって面白そうである。

なかでも私は〈宅子さん〉の旅に感興をとどめがたい。商家の妻女、それも五十すぎての女たちが五か月間、百四十四日、八百里の旅をし、ゆく先々の風光や事物をこまやかに見て書きとどめ、殊にもおかしいのは（ここが女の旅たる所以《ゆえん》だが）いたるところで土地の名物を買いこんでいるところだ。

尤《もっと》も男たちが講を組んでの伊勢参宮も、実態はショッピングツアーでもあったらしい。餞別《せんべつ》の返礼や村中へのお土産もさりながら、

「平素地元では購入し難い品の購入もある。中には他人の買物を頼まれることもある」（『中間市史』中巻　中間市史編纂委員会編　'92　中間市刊）

旅先でそんなに買いこんでどうするのだろうと心配されるが、清河八郎の『西遊草』など見ると、現在の宅配便のような飛脚屋が、ちょっとした町にはあって、それに托したものらしい。

それはともかく、全篇にあふれる古典教養のゆたかさ、語句の的確、歌のしらべの美しさはどうだろう。

彼女らが師と仰いだ伊藤常足というのはどんな人だったのであろう。私は寡聞《かぶん》にしてその名を知らなかった（底井野、という地名も）。

近世九州の歌人といえば大隈言道《ことみち》（一七九八―一八六八）がまず思い浮かぶ。彼の歌には新風がみなぎって面白いが、しかし弟子は少かった（野村望東尼《もとに》が弟子の中では有名）。

「我は天保の民なれば天保の歌あるべし」

「我は市井の商人なれば商人の歌を詠まん、商人にして衣冠束帯せる公卿の歌を詠むは歌

の本意にあらず」

世の歌人の歌を古歌の模倣にすぎぬと痛罵する言道の歌、

「もろともに住めばかしまし　もろともに住まねば寂し　うたて妻子《めこ》ども」

また、たとえば「ものさびしき時よめるうた」という詞書《ことばがき》で、

「蜘蛛の糸にかかれる木の葉かぞふれば　軒の松の葉　梅さくらの葉」

近代人の脈搏があって面白いが、なんとなく〈門弟千人〉というような歌風のスジではないことはたしかである。

そこへくると、〈よみ歌千首の祝〉ということを久子さんがしたとき、師恩に感謝して麻の衣を常足の翁に奉った歌、

「千代までも君を祝ひの急がれて　たちも縫はずに贈る狭衣《さごろも》　久」

「　かへし
忘れじな色浅からぬ麻衣　千代もきよとて贈る心は　常足」

これなどはいかにもなだらかに沁み入る贈答歌で、人の心を波立てる石火矢《いしびや》のような、あるいは豪猪《やまあらし》が挑むような新傾向の歌とはさまかわり、古来からの歌の原則に則って、阿吽《あうん》の呼吸を楽しむ、一つの文化風土が尊ばれているのがわかる。

それをマンネリというよりは、蒙昧《もうまい》粗野の人心を鋤《す》き返し、丹精こめて開拓した結果を嘉《よみ》すべきであろう。敷島の道は古来、人心の親睦宥和《ゆうわ》の道なれば、古典や和歌愛好者を増

やすことは尊むべき文学運動なのである。

さて常足先生（一七七四―一八五八）は元来、筑前の国鞍手《くらて》郡、古門《ふるもん》の、古物《ふるもの》神社の神官で魚沖《なおき》と称した。神社のかたわらにあった常足先生の私塾、〈古門小学《ふるもんしょうがく》〉には、先生の蔵書や著書、資料を納めた槙廼家《まきのや》文庫があった。

この常足先生の業績について私は語る資格はないが、なかなかに好もしい大人《うし》なので、紹介しておきたい。

先生の前半生は家計が困窮していたので、神社の氏子の子弟を集めて手習を教え、わずかの報酬を家計の足しにしていた。前田淑先生の論文「近世後期の北筑前における女性の文芸活動」によれば、周防《すおう》の国学者近藤芳樹が嘉永五年（一八五二）、伊藤家を訪ねた折、「伊藤翁世の名利にのみおもむける学者にあらそはで、かくれ住み給ふ槙の屋をとぶらひて

かきながす言の葉ゆかし水茎の　岡遠からぬ里にかくれて」

と詠んだそうだ。名利に縁なき常足先生はしかし、この地方ではその人物と学識を敬愛せられて、

〝古門に似合わぬものが二つある
　宮の師匠とお寺の桜〟

と唱われたそうな。宮の師匠とは常足先生のことであった。

十八歳のとき、木月村の藤崎見順に儒学を学ぶ。見順は医師で、宅子さんの邸からも近い（宅子さんもひょっとすると、初等教育をこの見順先生から受けたかもしれない）。次いで二十三歳から二十五歳まで福岡の儒者、亀井南冥《なんめい》に師事、そのあとは筑前の国学者、青柳種信に国学を学ぶ。種信は本居宣長の門人である。その縁で常足先生は、伊勢松坂の本居大平《おおひら》先生の門人となる。

この大平こそ〈門弟千人〉といわれた大先生である。宣長の長男・春庭が失明したので、宣長の養子となって家督を相続した。温厚篤実の学者だった。

常足先生は二度、京坂・伊勢、和歌山に旅したので大平先生に会って直接入門しているが、遠隔の地にいる人々は書信だけで大平先生の門人となっているケースも少くない。私は先年、天草に遊び、高浜の上田家で、本居大平先生の書簡、ならびに当時のあるじ、上田宜珍《よしうず》の入門状の写しを見て驚いたことがある。こんな西の果の地から大平先生に入門を願い出た上田宜珍の志に感動した。宜珍は当地の庄屋だから遊歴・旅行の自由はない。書信を頼りの門人であった。

当時の澎湃《ほうはい》たる国学勃興、古典欽慕《きんぼ》の熱い思潮に触れた思いで、すべてに鈍い私ながら胸を衝《つ》かれたのである。

この宜珍は異能の好学者で、天草へ測量に来た伊能忠敬に見込まれて測量技術を伝授され、これにも入門している。宜珍については、司馬遼太郎さんの『街道をゆく17　島原・

天草の諸道』（'82 朝日新聞社刊）にも触れられている。

常足先生も、大平先生ほどではないが、国学や歌の教授所が各地にあって数百人の門人に待ち受けられていた。本拠の〈古門小学〉での教授は無論、筑前の町では植木（現・直方《のおがた》市）、芦屋、黒崎、長門では赤間関《あかまがせき》（下関の古称）などである。体がいくつあっても足らない。しかしねんごろな、そして律儀《りちぎ》であたたかな心柄の先生は各教授所を熱心にまわって倦《う》むことなく、古典を論じ、歌学を説き、門人の作品を添削して歌会を開く。

門人には黒田藩の高級武士もいたが、それは僅《わず》かで、たいていは神職、庄屋、富裕な商人たち、そして彼らの家族であった。中には親子夫婦、家族ぐるみで入門している人も多い。

ことにもユニークなのは、常足先生の門人には女性が多いことだ。常足撰にかかる、一門中の歌集（主に筑前地方）『岡縣集』には（のちのちも増補改訂されているのだが）、作者、二百七十二人中、女性作家は三十九人を数える。約七人に一人は女流である。

「おおよそ天保七、八年ごろには、歌集に歌を載せることのできる婦人たちが、少くとも七、八十人は常足の許に集まっていたといえよう」

という前田淑先生の推察（前掲論文）。

常足先生の温容と博識はよく女流歌人たちを誘掖《ゆうえき》したであろう。文字通り、筑前の女流は師の薫陶を受けたのである。

しかも常足先生は一門の指導だけではない。自分の著作にも孜々《しし》として励む。三十一歳のとき『太宰管内志』著述をはじめ、全八十二巻の業成ったのは六十八歳であった。この尨大《ぼうだい》な筑前地志編纂事業は資料博捜《はくそう》という点でも、他をはるかにぬきんでるものという。コピーもファックスもない時代、借覧や抄写の手間は現代人の想像できぬ煩雑さであろう。師の青柳種信から考証学を学んだことが、先生の緻密な整理能力を養ったが、また伊藤家歴代が元来、学者を輩出した家系だからでもあろう。私は常足先生の業績については昏《くら》いので、語る資格はないことは先述したが、『百社起源』『古寺徴《ちょう》』『群書抄録』『神楽催馬楽考《かぐらさいばら》』『楠橋《くすばし》村八幡宮縁起』『名神祭神名帳』『菅家系図尾張本私考』などというタイトルを見ただけで、敬虔《けいけん》な神職者であり、国学者・歌人である常足先生の面影が彷彿《ほうふつ》する。

私は宅子さんの『東路日記』を一見し、彼女の歌集やその友人、桑原久子さんの歌集を読んで、ややに心動かされ、また常足先生の足跡を知るに及んで、こんな篤実な大先生が世に埋もれていることに感慨をもった。

「見る人も見らるる人も心より　ほかにかがみはなき世なりけり　　常足」

——という先生の歌の通りではあるけれど。

ある早秋の一日、私は小倉へ出かけて宅子さんの〈小松屋〉のあった底井野へいってみた。

大阪からだと小倉は二時間である。ちょうど北九州市にお住いの、高倉健さんの従兄に当られる日高康氏が案内して下さる。北九州プリンスホテルは東曲里町《ひがしまがりまち》にあり、長崎街道が裏を通っていて、街道名残りの松が何本か見えた。

底井野は現在は農村地帯の中の、物静かな住宅街だった。人馬が絡繹《らくえき》して殷賑《いんしん》をきわめたという街道筋の面影は更になく、かつ、〈小松屋〉も建てかえられていたが、これは幸いに、建てかえ以前の写真を見せて頂くことができた。そっくり同じ二軒並びの宏壮な町家《まちや》、入母屋《いりもや》造り、本瓦葺《ぶ》きの二階家である。前に清らかな細流があり、石段で下りられるようになっていて、昔はこの小川で洗いものをしました、〈洗い場〉といっていました、と温和な中年紳士の日高さんのお話だった。建築史の専門家の話では、旧両替屋兼質屋の遺構として珍しいもの、屋根瓦の作り方葺《ふ》き方もていねいだという。細流は雲をうつして流れ、あたりには絶えて物音もない。もし宅子さんが出て来たら、

〈今日はよかお日和になりましたナー〉

と挨拶されそうであった。

現在のご当主小田満二氏によって一幅の画像を見せて頂く。右に美しい中年婦人、左に白髪の老人が坐っていて、常足先生の賛があるから、このお軸の肖像画は宅子さん夫婦であろう。

「　小田の家の老人夫婦の肖像に　　　　　常　足

うみの子の　すゑの松山　なみ〳〵に
おもひはせし（じ）な　苔のしたにも」

画家は式田春蟻《しきたはるあり》、応挙派の斎藤秋圃《しゅうほ》の弟子だった人、という。宅子さんは色白の細おもてに、茶色の着物、商家の熟年の妻らしく前帯もふくよかに、ゆったり裾《すそ》を曳いて坐り、対する夫の清七は白髪ながら慈容の老人、静かに笑みをふくんで美しい妻をみつめている。この人は捨て子を拾ってよく育て、その仁慈を賞してお上からご褒美を頂いたこともあると、記録に残っている人である。宅子さん自身も数人の子を生《な》している。

そのあたりは中間市であるが、そこからほど遠からぬ鞍手町の古門《ふるもん》に、常足先生の旧居を見にいく。この旧宅は鞍手町のふるさと創生資金でもって復元され、一般公開されている。いまは福岡県指定有形文化財である。

これまた、のどかな田園地帯のただ中だった。

常足先生のうちは生計のため農業も営んでいた。従ってその旧宅は二百余年前の一般農家の姿をとどめる。復元に当っては今に残る屋敷図面を参照したが、それというのも、何しろ克明で周到な常足先生のこと、日々の雑事の詳細をしるした『伊藤家家事雑記』を何十年にもわたって記録している。訪問客、買物、農作業、頂き物にいたるまでこまごまとつけてある。安政二年（一八五五）、常足先生が中風を発したときは、

「今日底井野連中より見舞ニ参る。小松屋家（宅）子より菓子壱箱」

などと見える。それゆえ、屋敷図面の記録も残されてあったのだ。この書き手は孫の直江、常足先生老いてよりは子の大弐《だいに》、孫の直江が書き継いでいる。

旧宅は十二、三段の石段の上にある。安政五年、八十五歳で没するまで常足先生はここに住んで倦まずたゆまず、著作の筆を執っていた。家に向って左手に古物神社の石段があり、鬱蒼《うっそう》とした木々が鳥居にかぶさっていた。

家具は何もない、広い土間はいかにも農家のたたずまい、土間の壁に、常足先生の画像がある。長男大弐は画家となって南華と号したが、父より早く没した。その門人の刀根春叟が八十歳の常足先生を描いたもの。これは嘉永六年正月、参覲の藩主に黒崎で常足先生が謁見した記念である。

学究らしい謹直な表情、左脇に帙《ちつ》入り書物を置き、その上に和綴の本数冊、膝前《ひざまえ》に白扇、右脇に脇差、あかるい藍《あい》の着物に緑の袴《はかま》、黒紋付の羽織の紋は桜、いかにも皇学派らしい。心もち首を前に、膝に両手を組み、唇をひきしめて恭謹に目をみひらく。藩公のお言葉に答えんとしている風情。常足先生の風韻がしのばれる、中々の力作で品がいい。

常足先生はおのが画像に自賛している。

「かきうつす　我《わが》おもかげを　みるたびに　など恥かしき　ことのそふらむ　常足」

やがて年あければ天保十二年（一八四一）、いよいよ伊勢詣でへ出立のときである。久子さんとあと二人、彼女らは伊勢参宮の往来手形の発行を受けたのであろうか。

『中間市史』には『東路日記』の冒頭近くに、

「もとよりしのび〳〵の旅路なれば、したしき人にも此《この》ことつゝみたりしを」とあるのを指して、手形を持たない抜け参りではないかと推理している。いま中間市歴史民俗資料館の関係文書の中に、参宮切手書類があるのは、年次から推して宅子さんの母のものであろう。

宅子さんの父は母を伴って文化十年（一八一三）三月四日に出発している。普通、農民の参宮は一月中旬から下旬にかけて出発する。農閑期であり、春先である。桜の吉野山が見られ、奈良の旧都も花ざかりになっていようという季節。おそくとも四月上旬には帰らぬと農繁期に入ってしまう。

宅子さんの父は商人ゆえ、農繁期に関係なかったのだ。母の往来切手の申請は左の如くである。

「一女壱人　浄土宗　　歳四十三　清七女房

右之女伊勢参宮仕り候　勿論《もちろん》他国へ逗留仕る者とて御座無く候　当三月四日発足仕り候往来百日限り相仕舞《しま》い　罷《まか》り帰り　早速御切手指《さ》し上げ申す可《べ》く候　旦那寺より証文持参仕る可く候　右之女に付き出入り（田辺注・もめごと）の儀ご座候ワバ　私共如何《いか》様とも

曲事《くせごと》（同・処罰）仰せ付けられ候　後日の為書き物件《くだん》の如し

上底井野村

文化十年

酉ノ三月

庄屋　藤四郎

組頭　伊六

同　伝三

井手勘七様

御役所」

何とも物々しいものである。この書類、宅子さんのはない。昔はきびしかった関所の女改めはこの時代はもう、かなり綱紀が弛緩《しかん》したのか、旅の女たちは遠まわりしたり役人に袖《そで》の下を渡したりして通っている。

宅子さんたちの旅を仔細に読むと、脇街道というより、むしろ道なき道というような山道を歩いたりしているので、あるいは切手持たずの旅かもしれぬ。持っていても関所は気づまり気ぶっせいであったろうが。

ところで宅子さん五十三、久子さん五十一というとしで長旅を思いつくというのは、いかに精神溌剌《はつらつ》たる女たちであろうかとおどろかざるを得ない。

そういえばさきの「西陲《せいすい》の島の一海浜」に住む（『街道をゆく』）上田宜珍が伊能忠敬に弟子入り入門したのは宜珍五十六歳、彼を見込んで弟子にした忠敬六十六歳、なんという悠々たる底力だろう。明治維新は偶発的ではない。日本民族のこれだけのマグマがふつふつとたぎって出口を求め、やがて奔騰したのだ。五十代、六十代こそ、人間本来のもてる力をいちばん発揮できるときかもしれない。それまでの人生の蓄積は成った。それを如何ように活かすかという時代だ。

近時、文学賞選考にときおり、三、四十代の若い人が、六、七十代の人間を書く作品があがってくる。選考委員は私を含めたいてい六、七十代（中に五十代もいられるが）、みな苦笑してしまうことが多い。三十、四十代の人は、六十代をかなりの年と思うらしい。

五十代は新たな学問に挑戦しようという年なのだ。六十代は、新弟子を取り立てて仕込もうと意気込む年なのである。そして商家の内儀に過ぎぬ五十すぎの女たちが、それこそ「西陲の地」から、

〈有名な歌枕の地を見たか〉

〈なんの、ああたが、新しいお歌で新しい歌枕の地をお作りなさいまっせんか〉

〈あい、それがよか〉

と笑い崩れながら旅立ちの支度をする年代なのである。『東路日記』はことさらそれを誇るというのではないけれど、旅立ちのはずみ心がさわやかだ。

夫の清七は快くゆるしたであろう。そして親しい人を招いて送別会が行われたろう。この十年ほどあとになるが、やはり同じ地方から男ばかりの参宮が行われている。その送別

会の献立。吸物二、茶碗、取り肴五、であったと。

神社関係の行事に直会《なおらい》がある。ちょうど上底井野村のそれの献立が残っているが、お茶に香の物、すまし、鯛の煮付、鯛の刺身、茗荷《みょうが》、鯛の浜焼き、と豪勢なもの、白和えは胡麻と蒟蒻《こんにゃく》、はんぺんとすり生姜。

四季によりかわるが、これに蓮根、茄子など加わったりする。

宅子さんはそれらに似た料理で送別の宴をたのしんだかもしれぬ。いそいそと荷造りをした。同行者は久子さんのほかはやはり同じような商家の内儀二人、歌仲間であろう。女四人である。

下男三人が、荷物持ちについてゆくことになって、七人のパーティとなった。

天保十二年、閏《うるう》正月十六日、まだ夜深いうちから家を出た。

「あやしくも惜しまるるかな　疾《と》くかへる　ものと知る知る別れゆく日は　宅子」

まず産土《うぶすな》の八幡宮に詣でて、旅路の平安を祈る。夫の清七も、家の誰かれも、もろともに拝む。これは近くの月瀬《つきがせ》八幡宮であろう。

「神垣の松のしづえにかくるかな　かはらぬ色をいのる白ゆふ　宅子」

白木綿を下枝にかけて、無事帰郷を祈る。

神主の正範大人《うし》は、

〈おお、それはそれは。存じませんで〉

とねんごろにお祓いをし、祝詞《のりと》をあげて下さる。一同、身もひきしまる思い。

「ほどもなくかへらん道と思へども　別れといへば袖の露けき　宅子」

さて家にもどって、祖霊の前にあらためて拝む。しのびしのびの旅だから人には告げじと思ったのに、聞き伝えて人々は芦屋まで送るからとついてくるのだった。


宅子さんと見送りの人々は遠賀川河口の港、芦屋まで赴いたがそれはたぶん、徒歩ではなく遠賀川の川舟を利用したであろうと、前田淑先生は推察していられる。

遠賀川はこの地方の物資輸送の主要ルートである。川艜《かわひらた》という文字通り平たい舟が石炭や年貢米を満載して下った。

石炭はすでにこの天保のころ筑前・豊前《ぶぜん》の主要商品であった。鞍手、遠賀あたりには露頭の石炭（燃石《もえいし》、焚石《たきいし》など呼ばれていた）が得られたので、この近辺の農家は家庭燃料に用いていた。やがて石炭《いしずみ》（粗製コークス）が瀬戸内海の塩田地方の需要にこたえて供給されるようになると、採炭量は飛躍的に増えた。筑前藩がなんでこれを見逃そうか。天保期に石炭専売統制を敷き、採炭、販売を独占する。つづいて小倉藩もそれにならう。『江戸時代図誌　西海道一』（'76　筑摩書房刊）によると、天保八年に筑豊から各地に移出された石炭の総量は六八八〇万斤《きん》（約四・一万トン）に及んだという。

宅子さんの住む上底井野の、宮座《みやざ》（神社の祭の行事で、あとで直会《なおらい》が行われる）の経費控帳に、燃料として「石炭がら一俵」があげられている。（『中間市史』中巻）してみると、宅子さんの自宅でも燃料に石炭《いしずみ》を使ったかもしれぬ。

川艜は、宝暦《ほうれき》年間（一七五一―六四）に掘られて洞海湾に注ぐ堀川にもさかんに往来した。この堀川でも、天保十二年（は、すなわち宅子さんらの旅立ちの年だ）の記録では延べ一万艘《そう》の川艜が往返したという。川港には川艜のほかに藩の御用船、商い船、旅人を乗せる船、なども木の葉のごとくおびただしく吹き寄せられていたろう。

さて夜ぶかいうちに起きたのだが、あちこちにいとま乞いして舟に乗り、芦屋に着いたときはすでに「辰のときばかり」（午前八時頃か）であった。

「おそなはりつらんと思ひしもしるく、湊に至りて見れば、はや船にのり」

内海航路の船である。山陽道の旅は陸路よりも、通常、瀬戸内海航路をとる。久子さんは（あるいは他の二人の同行者も）すでに乗船していた。

「待ちわびつるなどいふままに舟を出す」

宅子さんは友人たちに詫びる。

〈遅うなってしもうて……〉

〈よう別れば、惜しみなさいましたな〉

と久子さんの微笑するのは、かねてより宅子さんとその夫の情こまやかな夫婦仲に好意を持っていたからだろう。夫の清七は家業があるとて、芦屋までは見送りにこないが、川舟を見送りつつ言葉を重ねて別れを惜しむ。

〈水もかわるし、たべものもかわるき、よう五体《ごたい》に気をつけて、無理すんなよ。ちゅうたち、長い道中のこつ、油断せんで、連れの人とは仲よう助け合うて、お伊勢詣りば、ちゃんと仕遂《しと》げ、無事に帰っち来《こ》な、のう〉

と送り出してくれた。久子さんは揶揄《やゆ》する。

〈ほほ、ほんとゝとこ、婿さんな、宅子が早う帰らんかのう、淋《さび》しいのうち、思うとんなろう〉

〈なんがああた、口うるさいとがおらんごとなって、せいせいしとりまっしょう〉

船は港をはなれる。宅子さんの感懐。

「つくづくと家路をあとに水茎の　岡のみなとの舟出をぞする　宅子」

見送り、見送られる人は手を振り、呼び交して名残りを惜しむ。久子さんの見送りびと、他二人の女人の見送りびともあろう。この二人の身もとはわからないので、一応、筑前の女人なれば、おちくさん、おぜんさん、とでもしておこう。

この船出のくだり、久子刀自《とじ》の『二荒詣《ふたらもうで》日記』によれば、

「吹きわたる岡のみなとを船出して　いつか二荒のやまの神風　久子」

お伊勢さんへと早くも心はおどる、元気のいい歌だ。

久子さんの旅行記は宅子さんのそれより簡潔であるが、折々宅子さんの記述と相違するところあるのは、一部、互いに単独行動を取ったものらしい。そのへんもオトナの女の器量というべきか。〈和して同ぜず〉の悠々たる人間的車間距離が感じられる。

尤《もっと》も久子さんの旅行記は帰郷三年後に成り、宅子さんのそれは推敲《すいこう》を加えて十年後に成っている。旅のメモを見ながらの記述であれば、年月経るままに記憶ちがい、誤った思いこみもあったかもしれぬ。

十六日の夕方、赤間関へ着いた。

宅子さんは船酔いで気分悪く、船中に伏していると、思いがけぬものの闖入《ちんにゅう》。

「うかれめあまたこの船に乗る」

ここは船舶輻輳《ふくそう》の地で殷賑《いんしん》をきわめ、遊女も多い。ここへ泊った女性旅行者たちはみな遊女たちのたたずまいに一驚している。元来、この赤間関は平家一門滅亡の地である。古川古松軒の『西遊雑記』は宅子さん一行の旅より半世紀ほど昔の旅行記だが、下関の遊女町・稲荷町を見て、

「倡家数多《あまた》にして、はんじやうの遊里なり。相伝ふ、平氏没落の時に数多の官女せんかたなくも、身を遊君となして世をおくりし事なりとて、今に其《その》遺風此《この》里に残りて、客をば下座におら《ママ》しめて、遊女上座に居《きょ》す。他国になき風俗といふべし」

誇り高き遊女らしいのであるが、船まで乗りこんでくる〈うかれめ〉はそれとはことか

わり、御手洗《みたらい》港などに多いといわれる〈おちょろ舟〉のたぐいであろう。沖に碇泊する船に小舟を漕ぎ寄せてはかない春をひさぐ。

幕末の野村望東尼も下関で船に乗ると〈うかれめ〉がやってきて、尼さん姿の望東尼にまで、交渉したという。私は望東尼の旅日記を実見していないので柴桂子氏の『近世おんな旅日記』から引かせて頂く。

「うかれ女《め》どもあまた乗りたる舟、いくらともなくきて、身をうらんとしたる様《さま》いとあさまし。この夜は舟いでずて乗合のひとびとは、陸《くが》にあがりて遊ぶ。(田辺注・乗客は)のこりすくなきに、(同・うかれ女は)数多《あまた》いりきて、われにさへかひてよといふ。(略)おの〳〵われをばよびさして、手をふりなどするもうたてければ、三人をわがかひてんとて、代《しろ》をやりかへす。はた、年の頃十二三ばかりなるが二人きて、肩をなでなどしつゝ、せはしげにいふ。すべなくはた、二人をかひてかへす。

誰も世をうきて渡らぬなけれども　舟に身をうる関のうかれめ」

——この人生、誰もらくな渡世はしていないんだけれどもねえ……それにしても小舟を漕いで春をひさぐなんて、あわれななりわいだこと。

望東尼は同情こめて嘆じる。

宅子さんはどうしたか。

船酔いのままに打ち臥《ふ》している彼女のそばへ来た浪の枕の小女郎たちは、望東尼にせが

んだように宅子さんにも乞うたであろう。宅子さんはいう、

〈おなごのあたいじゃ、つまらんもんねえ、お代《だい》はあげるき、按摩でもしてもらいまっしようか〉

そんな女客も相手にしなれているのか、おちょろ舟はうなずいて殊勝に按摩のまねごとをしてくれる。宅子さんの歌である。

「うきことをかき流すべき手ぶりとも　見ゆるかもじの関のうかれめ　宅子」

ここから近い門司と文字をかけているが、按摩の手つきから思いついた歌であろうか。

この〈うかれめ〉については久子さんの歌もある。久子刀自のいわく、

「うかれめが浮きていくよを渡るらん　よるべさだめぬ波のまくらに　久子」

――この一行の旅立ちの前年、阿部峯子という、やはり常足先生の門弟の一人が、友人をさそい伊勢参宮を果して『伊勢詣日記』を書いている。久子さんはそれに刺激されたらしい。

峯子は遠賀川流域の豪商にして歌人の香月春岑《しゅんぎん》の娘で筑前・植木の薬種商、阿部保樹の妻だった。父や夫とともに歌をよくし、常足先生に夫婦して師事している。宅子さんや久子さんよりやや若く、天保十一年の参宮のときは四十七歳である。この人も赤間関に泊って、

「あはれさを何に深めてなみまくら　よるべ定めぬ浮かれめの声」

とよんで、苦界の同性に傷心をよせている。常套的語句ながら、いずれも暗愁の心が底流にあるように感じられる。

そこへくると、宅子さんのは一種、独特なアクセントがある歌だ。宅子さんはついでにこういったかもしれぬ。

〈あんた、按摩の巧《うま》かばい、商売替えすりゃどうね？　いい手持っとるとに

てへへへ……とおちょろ舟は間《ま》が悪そうに笑ったであろう。

ところで、よけいな心配ながら、こうも公娼私娼がはびこると、さぞかしいまわしい病毒も猖獗《しょうけつ》をきわめることになるんじゃないかと憂慮させられるが、『江戸の性病　梅毒流行事情』（苅谷春郎　'93　三一書房刊）によると、幕末、来日したインテリ外国人を戦慄嫌忌せしめたのは、江戸市中のみならず日本全土に梅毒が蔓延《まんえん》しているという恐るべき現実、しかもそれを日本人がさほど意に介していない、というか、その度しがたい無智・楽天ぶりであった。元来、日本人は瘡毒に無頓着で、その昔、十六世紀、布教活動に来日した宣教師ルイス・フロイスは日本人は瘡毒を発しても「男も女もそれを普通の事として、少しも恥じない」と驚倒している。幕末のオランダの海軍医で、長崎の養生所で西洋医学を教授していたポンペも梅毒の跳梁《ちょうりょう》を憂え、またヘボン式ローマ字で知られるヘボンはラウリー博士にあてた書簡に、

「日本人は肉体的にも道徳的にも社会的にも数世紀以前より明らかに低下しております。

この国民ほど肉欲の罪に耽って恥じない国民を見たことがありません。婦人やその子供たちは遺伝的に虚弱な身体と梅毒や結核などの病気に冒されている」

と記しているそうだ。(『江戸の性病』)

江戸の娼家の繁栄は元来、参覲交代で国許に妻子を置いてきた武士たちが多かったせいで、政治的歪《ひず》みといえようが、性的放縦という日本の男の伝統はどう説明すればいいのであろうか。十返舎一九の『東海道中膝栗毛』を仔細に読んでみると、主要幹線街道と脇街道を問わず、宿屋はほとんど飯盛《めしもり》女《おんな》と称する娼婦を抱えた女郎屋である。それらを抱えていない処《ところ》では、弥次郎兵衛・北八は同宿の女巡礼などに夜這《よば》いしたりしている。

混浴はしばしば取締られるが、ややもすると、政令は黙殺される。昔の日本人は裸体を異性に曝すのにあまり抵抗感はなかったらしい。これも幕末、来日した古代遺跡発掘のシュリーマンは江戸の公衆浴場の大っぴらな混浴に瞠目している。のみならず、彼が町なかの、とある一軒の浴場の前を通りかかったとき、そこにいた素っ裸の三、四十人の男女は異人を見ようとしていっせいに飛び出してきたという。ここに至ってシュリーマンは叫んでしまう。「嗚呼《ああ》、何という聖なる単純さだろうか！」しかし彼はそれを蛮風として憫笑《びんしょう》してはいない。日本人の慣習として柔軟に理解しようとする。

「(その慣習は)いかなる月並な『礼儀』作法によっても酷評されるものではない。着物を付けていないことへのいかなる羞恥心をも、彼らは持ちあわせていないのである」(『日

本中国旅行記』シュリーマン　藤川徹訳　'82　雄松堂書店刊)

――こういう、いうならば楽園のアダムとイヴのような日常感覚の続きで、瘡毒への認識がおろそかにされたのであろう。

さきの本『江戸の性病』にはずいぶん悲惨な実例もあげられるが、庶民はといえば、〈うぬぼれと瘡《かさ》っ気《け》のないものはない〉

などとこともなげに、われひとともに瘡っ気を笑いあい、瘡毒に冒されるのは(つまり、女を買うのは)男の甲斐性《かいしょう》などといい、川柳に至っては、

「いただいて飲むもくやしき山帰来《さんきらい》」(『誹風柳多留』二―30)

などと笑い飛ばしてしまう。山帰来はサルトリイバラ、その根が薬効ありというが、これはとうてい即効的な駆梅剤にはなり得ない(昔は薬に対する畏敬心が深く、庶民はおし頂いて飲む慣習であったから、右の川柳が生れた)。

その間にも旅行者によって、また、参観交代に従う侍たちによって、瘡毒は全国に伝播されていった。画期的に駆梅療法が行われたのは、外国軍艦が次から次へと日本へ寄港するようになったのを契機とする。外人医師たちは米欧軍艦の乗組員が罹患するのを恐れ、幕府に対して検梅実施を建言する。つづいて明治新政府もやっと腰をあげ、積極的に日本人医師を養成して駆梅治療の必要性を痛感する。

しかし感染源たる遊廓はそのままだったのだから、日本人の性的放縦、性病への無関心

は如何にも救いがたい。山室軍平たちの日本救世軍の活躍や矢島楫子《かじこ》のキリスト教婦人矯風会などの廃娼運動ではビクともしなかった公娼制度は、敗戦による国民意識の変革で、昭和三十三年（一九五八）売春防止法の実施を見、ようやく、終熄《しゅうそく》した。敗戦後、実に十三年を閲《けみ》している。

日本民族というのは、その根っこのところにどうやら抜きがたい、性的野放図な文化風土があるように思えてならない。上代の文献に散見する嬥歌《かがい》や歌垣《うたがき》などの性解放もそれを示唆していないだろうか。

さてその夜は赤間関の岩国屋という宿に泊った。この宿屋は入海に突き出して建てられており、風光のよさといったらない。海原を見渡し、向いに松山を控え、あまたの船が浮かび、物見船もさまざま出ていた。

〈なんとよか眺めやござっせんな〉

〈命も延びるごと、ありますなあ〉

おちくさん、おぜんさんもはしゃぐ。夕光の中でたのしい夕餉《ゆうげ》がはじまる。ここで面白いのは、宅子さんは酒をたしなみ、久子刀自《とじ》は甘党らしいことだ。宅子さんは歌を詠む。

「海原を見つゝめぐらす盃に　あく時もなきけふのたのしさ　宅子」

宅子さんは膳に徳利を所望したのであろう。天保十二年閏正月十六日といえば、いまの暦で三月八日に当る。早春の夜気もかんばしく、これから先の長い旅の期待もたのしく、微醺《びくん》を帯びて宅子さんは興ほとばしるままに、さらさらと歌を書きちらし、人にも見せ、楽しんだかもしれない。まあどんなにその夜の興趣は尽きなかったことであろうか。家を離れ、肉親もしばしうち忘れて、あるのは互いに個性を持ち、気の合う友人のみ、宅子さんは虹のような気焔《きえん》を吐いて、詩興湧くままに次々と歌を書きつけていったのであろう。歌稿は女人たちの手から手へ廻され、情熱は燃えうつされて詩想をかきたてられ、人々も筆をとったかもしれぬ。

〈ああ、女同士の旅はよござすなあ〉

と一人が陶酔して洩らせば、

〈ほんと、胸のスーとするごと、ござすなあ〉

と皆でうなずきあう。

この四人の女人の旅、思うにそれぞれの家族が快く出してくれたのは、家族に信頼感があるからであろう。たとえば宅子さんは長年、商家の主婦として商売にも携わり、家政も見る。あまたの使用人を使うからには朝は夙《つと》に起き、夜は誰よりも遅く床につくであろう。子女の教育、しつけ、地域の交際、親類への心くばり、更には商家の内儀なれば金銭感覚にも鋭敏で、男なみの世間智も養われる。闊達な対人感覚もおのずとそなえることであろう。なればこそ、夫をはじめ家族たちが、〈これなら世話なし〉――心配は要らぬ、とその人間的器量に全幅の信頼を置いて、快く送り出してくれたのであろう。

——こんなことを思うのは、土屋斐子《あやこ》の東海道紀行『たびの命毛《いのちげ》』を瞥見《べっけん》したからである。彼女は堺町奉行に赴任した夫と共に文化三年（一八〇六）江戸から泉州堺へ旅立っている。和漢の教養ゆたかな女性で漢詩にも素養あり、文章は力強く老練である。道中の感懐も非凡で見識にみちている。それだけに自我も強く、ともすると鬱悒《うつゆう》を発して、滾《たぎ》る憤懣がエキサイトするらしい。

私はこの全文を入手し得ないので、その一部を『江戸を歩く　近世紀行文の世界』（板坂耀子　'93　葦書房刊）から引かせて頂く。斐子さんは旅行の途次、みやび心からぜひ見たい名所旧蹟をよき折なれば寄りたいのに、従者はきき入れてくれない。そのくせ、あやしく卑しい飲食の場などに出くわすと、うらやましげに鼻を鳴らして見とれてゆく。ああ女の身はこんなことさえ心に任せぬ。来世はいっそ、男に生れ変りたいものだ……という憤激。

「よろづ所を得てもてあつかふ従者などいふもの、あはれなるをも思ひやらず、みやびたる心もなし。さるほどにこなたは優《いう》に思ひしみつゝ哀にもお《ママ》かしうも見過しがたき所をば、何とも思ひたへず追立《おひたて》／＼あらがひてはしらするを、また人多くてきたなき者どもうちつどひ、がや／＼と罵《ののし》りがちにて、酒のみ物くひなどする所こそ見るもうるせく、はやう打《うち》過《すぎ》ねと思へば、おのれはゑみ／＼と口ひきたれ、鼻いらゝきてをるぞかし。されば道行くほども、あけくれいきなきわざのみ多かれど、うち〳〵のいふべきならねば、女はかくばかりの事さへに心に任せぬを、仏を念じつゝ、いとせめて後《のち》の身は、おのこみ《ママ》（男身）あらばやとさへ思ひうつして、はて〳〵は称名をさへとなへられけり」

——どうも怒りっぽい女人らしい。この人は世人に、「夫婦中むつまじからぬよし」と噂《うわさ》され、「学者故に少々尻にしきたる成《なる》べし」「女の才学は入《いら》ぬもの也《なり》」と、彼女の文集の表紙裏に書かれているよし。「如斯《かくのごとき》女房持事《もつこと》イヤ〳〵」

月なみ男の一般批評はどうでもよいが、大体に於《おい》て私の想像するに、武士の妻というのは当今の、ある種の専業主婦のようなものではないか。世間が狭く、自分からあたまを下げないといけないことが少いゆえ、世間の怖さを知らない。右の斐子女史の、まさに筆誅《ひっちゅう》ともいうべき舌鋒の鋭さは、年齢（四十歳前後）に似ず純粋な人となりを思わせもするが、また世間知らずの青臭味も感じられる。女ゆえに世間から薄遇されるというのでなく、おそらく斐子自身の個性が招きよせた不如意という傾向もあろう。

そこへくると、女ばかりの旅立ちをして、旅路早々に愉快がっている宅子さんなどはまさに九州女らしい磊落《らいらく》さである。

ところで少々の酔から「我も人も旅めづらしみ、さま〴〵の事どもかきちらし、人にも見せたりしかど、後《のち》に見ればよくもあらぬ事のみなればすてつ」。おおはずかしと破る。

——酔余の座興は往々にして、あとで破りたくなるもの。

さて十七日、ここの金毘羅社《こんぴらしゃ》へ詣で、宿屋で作ってもらった破子《わりご》（弁当）を、社のうしろに筵《むしろ》を敷き、うちつれて頂く。ピクニックである。もちろん歌人のたしなみ、矢立《やたて》に歌稿の帳面など携えていったであろう。

眼前に胸も霽《は》れるばかりの風景が展開していた。点在する緑の島々、昨日出てきた岡の縣《あがた》もみえる。春霞のうちに片々たる漁船。案内の者が、あれはもつれ島（六連《むつれ》島？）、ふたおい島、白島などと指さして教える。その名も物珍しい。

「硯《すずり》の海　千尋《ちひろ》の波にただよひて　ちりかと見ゆるあまの釣舟　宅子」

という宅子さんの歌は、赤間関は硯の産地なのに通わせるか。

「白浪も立ちなへだてそ海中《わたなか》に　むつましげなるふたおひの島　宅子」

「海士《あま》の子が手引の糸のもつれ島　波の白玉貫《ぬ》きもとめぬか　宅子」

久子さんのほうは、

「黒髪の何に乱れてもつれ島　うちとけがたき海士のすがたぞ　久子」

あとの方の二首ともこれは『源氏物語』「夕顔」の巻をひびかせているのだろうか。名も知らずめぐりあった源氏と夕顔の君。名乗りせよ、と迫る源氏に夕顔は「白波の寄するなぎさに世を過ぐす　海人《あま》の子なれば宿も定めず」と答え、わが身分と名を教えないのである。

〈「うちとけがたき」というとこが、特に、よござすなあ〉

と宅子さんが讃《ほ》めれば、

〈なんのなんの、ああたの、「波の白玉」も美しゅうござすばい〉

と久子さん。

私の想像だが、これではまるで式亭三馬の『浮世風呂』女湯の〈けり子〉と〈かも子〉のようになってしまうかしら。

「春はあけぼの、やう〳〵白くなりゆくあらひ粉《こ》に、ふるとしの顔をあらふ初湯のけぶり、ほそくたなびきたる女湯《をみなゆ》のありさま……」

女湯は初春から大にぎわいのさわがしさ、その一隅に裸ながら上品な才媛二人。「本居《もとをり》信仰にていにしへぶりの物まなびなどすると見えて、物しづかに人がらよき婦人二人、おの〳〵玉だれの奥ふかく侍《はべ》るだらけの文章《もんざう》をやりたがり、几帳のかげに檜扇《ひあふぎ》でもかざしてゐさうな気位なり」と三馬にひやかされている。

「〈けり子〉鴨子《かもこ》さん、此間は何を御覧《ごらう》じます。

〈かも子〉ハイうつぼ（田辺注・『宇津保物語』）を読返さうと存じてをる所へ、活字本《うゑじぼん》を求ましたから、幸ひに異同を訂《ただ》してをります。さりながら旧冬は何角《なにかと》用事にさへられまして、俊蔭《としかげ》の巻を半過《なかばすぎ》るほどで捨置ました。

〈けり子〉それはよいものがお手に入りましたネ。

〈かも子〉鳧子《けりこ》さん、あなたはやはり源氏でござりますか。

〈けり子〉さやうでござります。加茂翁《かもをう》の新釈と、本居大人《うし》の玉の小櫛《をぐし》を本《もと》にいたして、書入をいたしかけましたが、俗《さとび》た事にさへられまして筆を採《と》る間《いとま》がござりませぬ」……（『浮世風呂』神保五彌校注　'89　岩波書店刊）

『浮世風呂』はこの頃から三十年ほど前に出、作者の三馬は二十年ほど前に死んでいるけれど、世の好学心つよき女性の間に、〈本居信仰〉は強いらしい。三馬はけり子かも子を戯画化しているわけではないが、乱《らん》がわしき女風呂の中では才媛の存在そのものがユーモラスである、それを楽しみたかったらしい。

こちら筑前のけり子・かも子たちは春先の雨にたたられてまだ赤間関の宿にくすぶっている。雨の晴れた一日、みんなで阿弥陀寺《あみだじ》へ詣る。赤間関の名所である。

ここは平氏が壇の浦で滅んだあと、安徳天皇はじめ一門の人々を葬った寺である。建久二年（一一九一）、安徳天皇の怨霊を鎮めるために一堂を建立（明治に入って、赤間神宮となる）、堂内には平家の物語や源平合戦の絵があり、絵解き法師が説明したという。街道の要所でもあり、かつ『平家物語』のゆかりをしのんで、立ち寄る旅人が多い。宅子さんの歌。

「白波の底の都はいづこぞと　見る目に散るは涙なりけり　宅子」

おん年八歳の幼帝は、祖母の二位の尼に抱かれ、〈波の下にも都がございますよ〉となぐさめられつつ、入水《じゅすい》される。宅子さんは『平家物語』のそのくだりを思って、涙するのである。

〈ほんと、この目の前の海が、平家一門の沈んだ海でござすねえ〉

と久子さんが感慨に打たれてため息をもらせば、『平家物語』を思い出して、

「海上には赤旗、赤印《じるし》、投げすてかなぐりすてたりければ、竜田川のもみぢ葉を風の吹きちらしたるがごとし」

とおちくさんが口ずさむ。

常足先生のお講義をそのままに、今度はおぜんさんが受けて、

「汀《みぎわ》に寄する白波も薄くれなゐにぞなりにける……」

「主もなきむなしき舟は汐に引かれ、風にしたがつて、いづくをさすともなくゆられゆくこそ悲しけれ」

宅子さんも口ずさみ、『平家物語』のクライマックスに心をゆさぶられる。みな、いっときの感傷に心を任せ、旅先にある身のありがたさを強く感じたことであろう。このとき日常俗事は雲散霧消し、非日常次元に身はただよい、ただ風狂にうそぶいていられる。自由な商家の妻なればこそ。そして風雅を知る身なればこそ。

そういえば橘《たちばな》南谿《なんけい》の『西遊記』の序に、伴蒿蹊《ばんこうけい》は書いている。名山大川を探るのは丈夫《ますらお》のしわざであるが、仕官している人はひまがない。勤めを持っていない人は旅費がない。

その上にもいろいろある。

「まづ、心剛《がう》に、身、健ならざればあたはず。旧記を知らざれば古跡をもとむるによしなし。風流ならざれば勝地の感なし。文筆にともしければ録すべからず」

身心健康の上に、古い事蹟・歴史を知らなければ遺蹟を見ても感動できない。自然を愛し、詩歌を作る、あるいは古歌でもよい、誦して喜ぶ、などの風流心がなければ、風光明《めい》媚《び》の土地へ立っても値打はわからぬ。まだある。筆をあやつることを知らねば記録はできぬ。——だから旅行記はむつかしいのだ、という。

女性の旅日記をとりどりに見つつ、私はこれら女流の背後に蓄積された教養の伝統を思わずにいられない。

赤間関には結局、十六日から二十四日まで風待ちした。船旅はこれが難儀だ。二十五日、なお風の調子がわるいので船旅をあきらめ、陸路、長府をさしてゆく。下関から二里、武家屋敷のつづく町なみ、長門二ノ宮、忌宮神社へまいると、梅がさかりだった。菅笠を手に、手拭いを姉《あね》さんかぶりして、髪につもる旅の埃《ほこり》をふせぐ。長い足留めで倦《う》んでいたので、女たちの足どりはかるい。

二ノ宮での久子さんの歌、

「春なれば憂き旅としも思ほえず　四方《よも》の梅が香袖にとゞめて　　久子」

そこから一里で清末《きよすえ》、四里いって吉田に泊った。かるがると七里、二八キロを踏破している。

二十六日は厚狭《あさの》郡浅市をゆく。この夜は船木泊り、梅がまさかりで美しかったが、翌二十七日は雨になった。荷物持ち兼ボディガードの男たちが、宅子さんのいいつけで人々にからかさを買ってくる。

櫛《くし》が名物、というので、宅子さんが買うとたちまち皆も買い、最初の買物となった。山中の茶屋で乾飯《かれいい》を食べた。さながら『伊勢物語』の世界である。

「雨なほやまず」

しかし女たちはめげない。この先、小郡《おごおり》までゆけば山口の湯田の温泉《いでゆ》も近い。二、三日逗留して湯あみしましょうと、皆、元気を出してゆく。山の片方が崖《がけ》のようになっているところをゆきつつ、宅子さんが、

〈雨で滑りやすいき、気をつけまっしょう〉

といったとたん、下の道へ滑り落ちる。あなやという間もなく、つづいて久子さんも松の根に足をとられてうち重なって落ちる。

〈やれやれ、ご寮人《りょん》さん達が大ごとばい〉

と男たちはあわて、荷を置いて救けに下りるが、落ちた二人をはじめほかの者も思わず笑ってしまう。

「つまづきて君もわが身も伏し柴の　こるばかりなる旅路なりけり　　宅子」

と宅子さん。「伏し柴の」とくれば「こる」とつづくのは古典の慣用語法、「こる」は「伐《こ》る」と「懲る」をかける。ウイットに富んだ歌。

久子さんも返す。

「春雨の降るに寝よとやうちつけに　吾《わ》を松の根の足は折るらむ　　久子」

山道に一行の笑い声はしばしおさまらない。

宅子さんの道中着はどんなものであったろう。私は古い時代の着物や服飾関係に昏《くら》いので、現地取材のときに、〈庶民時代裂《ぎれ》研究会〉の堀切辰一先生にお目にかかってお話をうかがったのだが、〈まあまず、木綿の縞物でしょうか〉ということだった。昔の織り見本帳がいまに残されているが、紺と浅葱《あさぎ》の細縞、茶と黄色の格子縞などがある。絣《かすり》は技術が高度になる。

昔の農家はたいてい、田圃の周りに棉《わた》を栽培したから、女たちがそれを紡ぎ、糸を村の紺屋に染めてもらい、織りあげたに違いない。それを縫うのも女の仕事だから、着物一枚の調達は大変なこと。それとても棉が育つ地方だけで、北日本の庶民の衣服は麻や藤布、シナノキの布だったろう。……何にしても新しい衣類が手に入るのは格別の奢《おご》りである。〈ごく普通の、最大多数の貧農の女たちは、古い裂《きれ》のつづくりに追われていたでしょう〉

と堀切先生のお話（底井野は農業中心であるが、比較的裕福なほうであったらしい。しかしこの当時の日本農民の大部分を占めるのは、古い言葉でいえば水呑百姓である）。〈新しい反物が手に入ることはまずありません。多分、古布を継ぎ合せ、縫い足して、大切に、大切にいたわって着たでしょうな。第一、機織《はた》りができるのも小作人以上で、貧しい農民は機を置く所もないし、織っているひまもないんです。夏は山間のわずかな田畑を耕して冬は炭焼きに山へこもる。農繁期ともなれば乳児が泣きわめいても乳をやるひまさえない、という暮しでしたでしょうから〉

堀切先生は淡々といわれる。一九二五年鹿児島生れ、酷烈な兵役も経験され、戦後は建設業を経営、いまは退かれている。現在は、かねて心を惹かれていた庶民の、古い時代の裂の蒐集、そしてそこにひそむこころを、調査研究されているよしである。

蒐集品は堀切コレクションとしてその世界では有名だが、迂愚《うぐ》な私は未見だった。北九州市立歴史博物館でお目にかかり、携えて来て頂いたコレクションを拝見できたのは私にとって眼福《がんぷく》というものであった。それゆえ、宅子さんの旅から逸れるが、ちょうど宅子さん一行は周防《すおう》の国、嘉川《かがわ》を過ぎ、吉敷《よしき》郡の小郡に着き、〈戻馬《もどりうま》じゃ、乗ってつかあせ〉という馬子の言葉に従い、はじめて馬に乗っている。それまで駕籠《かご》も馬も用いなかったのだから年齢にしては健脚だ。やがて黒川を通って湯田温泉の瓦屋という宿に着いた。

機嫌よく温泉につかって、みなみな蘇生の思いでくつろいでいるので、そのあいだ、堀切先生のお手引きにより古布の世界を浮游して、布目の一すじ一すじ、針目の一つ一つにこもる父祖の世の、男・おんなの思いを探ろう。

コレクションで一驚するのは木綿や麻の祝い着、晴着であった（いま風にいえば訪問着、留袖というところか）。木綿や麻に型染の裾模様を施した着物があるとは、私は図版でも見たことがなかった。晴着といえば綸子《りんず》や縮緬《ちりめん》の絹地とばかり思っていた。

麻にしろ木綿にしろ、祝い着を持つことのできたのは一族の長《おさ》だけという。村人の祝いごとに貸すこともあるが、家格に準ずる家の者だけである。年貢も滞りがちな小作人にはとても手にとることすらできぬもの。――宝づくしの吉祥文、流水に紅葉の竜田川、葦分《あしわけ》小舟《おぶね》、垣根の花に、枝折戸《しおりど》、江戸《えど》棲《づま》ひな型の定型パターンであるけれど、巧緻に秀麗に染められ、ことにも薩摩の麻の祝い着はグレーの色が美しい。持主の本人はもとより、家族一同からどんなに誇りにされ、愛され、家重代の宝物として相伝されたことであろう、補強も心をつくしてていねいである。染めにくい麻地なのに、松やあやめがあざやかだ。祝いごとは冷房や冷蔵庫のない時代のこと、たいてい秋から春にかけて行われるものだが、南国の薩摩では麻地を着ねばならぬ時期もあったのだろう。

してみると、宅子さんの祝い着も、型染めの美しい木綿袷《あわせ》であったかもしれぬ。身分制の分明な時代のこと、現代のように、金さえ払えばというわけにいかない。綸子に、染めや縫箔、刺繍の入ったものは、高級武家の奥向用だったろうから。

そして宅子さんの祝い着には、家紋の、

〈丸に違い丁子〉

がつけられていたろう。

もう一つ。これは宅子さんも愛用したと思われるものに、紫の色も美しい〈お高祖頭《こそ》巾〉がある。時代劇でこれをかぶった女優さんが出てくると、みな美人にみえるものだが、紫のお高祖頭巾はさぞ宅子さんをいやが上にも﨟《ろう》たけてみせたことだろう。これは表はただの紫縮緬の長方形（縦五四センチ、横一メートル三〇センチ）の布であるが、裏にはまん中の髷《まげ》に当る部分は黒縮緬の裏打ち、更に額にかかる前の部分は紅絹《もみ》の裏打ちがあり、ほどよきところに二つ、輪が付いている。これは耳に引っかけ、滑り落ちぬようにするため。同行者の女性がかぶるとよく似合った。日本女はお高祖頭巾が似合い、日本男にはねじり鉢巻が似合う、とでもいうところだろうか。昔の女の防寒フードである。

さて堀切コレクションの真骨頂は祝い着もさりながら、庶民の日用衣服、裂にある。

〈これは腰巻です〉

といわれて拡げられたのは、ちょっとみれば襤褸《ぼろ》のかたまりか、雑巾をつくねたものにみえた。腰巻といえば昔の女たちが素肌にまとったもの、現代のわれわれは着物を着る時も下穿きを用いるので（中には信条として、着物を着るときはズロース、パンティのたぐいは一切用いない、それも縮緬の腰巻《おこし》でないとあかん、と断固として主張する女人もいるが）、腰巻でなく裾除《よ》けといい慣らわし、腰巻本来の用途とは趣きがかわっている。〈昔の農村女性、江戸はもとより、明治、大正まで女たちは、腰巻と半纏《はんてん》、前掛け、その三つで過ごしたものです。あたまへは日本手拭いを姉さまかぶりにして、足もとは、夏は素足、冬は草鞋《わらじ》でした。それが野良着で、ふだん着なんです。——その腰巻は大正の、福岡の農村のもののようです〉

腰巻というのは本来、一枚の布であるべきもの、ところがそれはさまざまな色の布が継がれ接《は》がれて、万華鏡のような色どりになっていた。むろんみな、木綿、紺の絣あり、色さめた紺無地あり、薄くなった縦縞あり、その薄いところへ更に継がれた藍《あい》の格子縞あり、横に接がれた茶色の弁慶縞の小布あり……丹念に精緻に一針一針ずつ継がれている。

〈数えたら八十三枚ありました〉

堀切先生は物静かで、なんのけれん味もない淡々たるかたである。しかしその〈継ぎ接ぎ腰巻〉に見入られる先生の慈眼《じげん》は、さながら、癒《いや》しようのない苦患《くげん》に苦しむ病人に対し、医術の無力に忸怩《じくじ》たる名医……というふうにも見える。あまりに大きな情念に押しひしがれ、先生は深いものを抱えたまま、平静、淡々としてしまわれたようにもみえる。

〈こんなに継ぎの当った腰巻ですが、きれいに洗いすすがれ、きちんと畳んでありました。どういう女《ひと》が用いていたかと聞いても、提供者は、心当りがないが、いつからかあった、といいます。昔の貧乏を恥じているのです。貧乏も農民であることも、その人の責任ではないのですけどね。日本は昔、貧しい人のほうが多かったのですから。——それより私は、この腰巻がきれいに洗われ、きちんと畳まれてしまわれていたことに感動します。暮しにけじめを持った、人間の美しい気持に。ゆたかさに、ね。人の気持の豊かさというのは、そういうことでしょう。——何で私が古着物を蒐《あつ》め出したかというと、古い着物や布には、昔の人の苦しみや嘆きがいっぱい詰っています。楽しいことも少しはあったかも知れませんが、それはほんの少しでしょう。昔の人間がどれだけけんめいに苦の世界を生きたか、あとの世代の人に知ってほしい、話だけしたのでは理解してもらえない、古い布類や着物に触れて若い人々に知ってほしい、と思うからです。布には人の思いが沁みついていますからね。この腰巻を女炭坑夫のものではないかという人もありますが、炭塵《たんじん》が附いていませんから、貧農の女性のものでしょう〉

先生は更に三巾ものの前掛けを示される。

〈女炭坑夫の腰巻はこれでしてね。〃まぶべこ〃（坑内腰巻）といいます〉

それは紡織織りの縦縞、幅は両脇に一巾（約三三センチ）まん中一巾半、長さは両脇三四センチに中央四〇センチ、各人の体型に合せて作ると。女炭坑夫は腹に晒《さらし》をしめ、その上から〃まぶべこ〃を巻いて坑内へ勇ましく下りていった。前の部分が長くては仕事に邪魔になり、後ろが短くては尻が丸見えになる。その下は何も穿かなかった。乳房は丸出しで仕事をした。炭坑の中は夏冬とも暑く、着物など着ていられない上に、体はすぐ炭塵で真っ黒になる。男と同じように働かないと一家が路頭に迷うという女たちは、乳飲み子をおいて劣悪な保安環境の坑内へ下った。乳が張って痛くてたまらないときは、吸うのが上手な男に休み時間に吸ってもらう。そういう女たちも一人二人ではなかった。乳吸いのうまいおっちゃんは〈日に三人も吸うちゃれば、昼飯など食わんでもよかばい〉といっていた。地下何百尺の暗い坑内での男女ペアの仕事だから、何かと風評はあるが、乳吸いおっちゃんと同じく、地底の骨太な人間の生に比べれば、地上の近代社会のさかしらな倫理観や約束ごとは、風に吹き散らされるシャボン玉のようなものであろう。彼女たちは坑内からあがると花札も引いた。酒も飲み、煙草も吸った。

堀切先生はいまは老婆の、そのもと女炭坑夫に、風評の真偽を聞かれる。彼女はいった。〈母親がしゃんとしておっとこん子にゃ（おるところの子には）、どまぐれもんは一人《ひとい》もおらんかったばい。亭主からはどげん思われたっちゃよかったばってん、子供《こどん》たちからだきゃ〃よかおっ母しゃん〃と言われたかったとばい〉

私は、もと女炭坑夫の言葉に感動した。

取材を終え、帰宅してから堀切先生に頂いた『布のいのち――人の心、くらし伝えて』（'90　新日本出版社刊）を読んだ。それでももう一つ、感動した話を紹介したい。

西九州へ先生は古い着物とそれを着ていた人を求めて、古布行脚に出かけられた。紹介された家を訪ねると、離れで迎えてくれたのは品のいい老婆だった。ていねいな応対だが、案の如く、手を振って、私は満州からの引き揚げ者ゆえ、そういうものは何もない、という。終戦から二、三十年たったころか。

しかし老婆はあがってお茶を飲むようにすすめてくれた。明治人らしい純朴さがあった。堀切先生は突然押しかけた無躾《ぶしつ》けを詫びて辞したが、持参した菓子がまだ残っていたのに気付いて、引返して届けられた。

老婆はそれは強く拒んだけれども、話したいことがあるから、泊っていけ、とすすめる。いちずな気持が感じられて、先生はすすめられるままに泊って老婆の話を聞いた。

以下は老婆の話である。右の先生のご本にはくわしいが、私が要約する。

あなたはいま着物や布には人の哀しみ嘆きがつまっている、とおっしゃいましたね。この細縞の半纏を見て下さい。背中に刃物で切り裂いたような跡があるでしょう。

私は明治三十二年生れ。長崎と佐賀の県境の村で生れました。小作人で日雇人夫の父がいくら働いても暮しは楽になりません。母は五人目を生んで亡くなってしまいました。継母がくると長女の私は、奉公に出されました。小学校もろくに通わぬ十二歳でした。継母にも子供ができて、私の弟も下男奉公に。十八の時、父が病み、家は貧乏のどん底でした。私は紡績工場へ売られるか、酌婦に売られるかということになりました。両親は女衒《ぜげん》の口車に乗って私を杵島炭鉱の料理屋へ売りました。二年の契約で四百円、私は口を出すひまもなかった。長女の宿命とあきらめました。

覚悟はしていましたが、そこは生地獄でした。流れ者の荒くれ男の坑夫あいての毎日、これなら紡績工場へいって肺病になって死んだほうがどんなによかったかと何度思ったことか。

遊廓の親方は残忍冷酷で、〈女郎んぼは、人間じゃなか〉と平気でいうような男でした。借金は減らぬ仕組みになっていました。ここからは一生抜け出せないのです。

勤めて二年目、坑夫取締りの納屋頭《なやがしら》の用心棒が、私に目をつけ通い出しました。折から流行《はや》ったスペイン風邪に罹った私は、行灯《あんどん》部屋に寝させられていると、その男がやってきて枕をけとばし、蒲団を剝いで私を相手にしようとします。私は大声あげて助けを呼びましたが、誰も親方と奴を恐れて来てくれません。私は泣いて頼みました。

〈病気の女郎を抱いて何が面白かとね。元気になったら精一杯つとめさせて貰いますけん、どうか今夜んところは、こらえてつかあしゃい。どうかこらえてつかあしゃい。頭も体もくたくたですけん〉

そのとき別の妓《こ》のところに登楼していた若い男が、帰りがけに私の泣き声を聞いて部屋に飛びこんできました。

〈病気んおなごを苛《こな》して、お前そいでも男か、恥を知れ、恥を〉

そういってその用心棒を投げとばしました。そいつは隠し持った短刀で半纏を着た若者に切りかかります。廓中、大さわぎになり、面倒なことになりました。納屋頭が仲裁して若者の右腕を〈肩口から申し受ける〉ことで手を打て、といいました。用心棒らは引き下りましたが、若者は私を身請けして嬶《かか》にする、と言い出したのです。

〈前々からそう決めていた。嬶が危なか目におうとるのに、亭主がそれを助けて何が悪いか〉

戦後《いま》の時代ではありません。戦前《むかし》の女郎は犬猫より蔑まれたものなんです。堅気の衆が女房にすることとは大変なことです。納屋頭は、

〈奴がそげん言うなら仕方なかばい。年も若かけん、手を打っちゃろう〉

納屋頭は呆れ、まわりは高い買物、と嗤《わら》いました。右腕一本のほうが安かったのにといいました。

私はどうか私のことは忘れてくれ、といいました。女郎がまともに世の中へ入ることはできません。この人の一家まで世のわらいものになります。好きで自分から女郎になった人は一人もいないのに。――でもあの人はきかなかった。私の気持を察していうのです。

〈俺《おい》は同情でお前を嬶にすっとじゃなか、お前を好いとるたい、なあんも心配することなか〉

一族縁者こぞって反対しました。あの人のおっ母さんは、

〈女郎んぼを嫁女にすっごと、お前を生んだんじゃなか〉と泣き狂いました。でもあの人はききません。死にもの狂いで身請けの金を借り集めました。でも反対する人ばかりではありませんでした。あの人の四つ違いの姉《あね》しゃんが、〈吉蔵も考えがあってんことじゃけん、ちっとはあれの胸ん中も理解してやらにゃ〉そういって私をかばってくれました。お前まで女郎んぼに手をかすとか。親類は姉しゃんを罵り責めたてましたが、姉しゃんの心は変りませんでした。姉しゃんは私にとり仏さまで神さまでした。あの人は金を払って身請けの証文をとり返してくれました。

故郷にはいられないので伝手《つて》を求めて満州に渡りました。あの人は腕のいい炭坑夫だったんです。撫順《ぶじゅん》炭鉱は東洋一といわれたころでした。あの人は働いて借金を返しました。

大正十年長男が、十二年次男が、十五年に長女が生れたうれしさ。人並みの幸福を与えて下さったあの人と姉しゃんを、いつも心の中で拝んでいました。もう毎日が夢のようでした。

たった一度、些細なことで拗《す》ねて、言わなくてもいいのにふと昔の稼業のことを口走ってしまいました。あの人は本気で私を殴りました。死ぬかと思うほど殴られました。涙が出ましたが、それは嬉し涙でした。あの人は私の過去を消してくれたのです。

上の子が小学校三年の秋、ふとした風邪がもとで、あの人は亡くなりました。寝ついたことのない頑丈な人だったのに。

泣いて泣いて魂もぬけて、一家心中のことばかり考えていました。まわりの人はほんとに死ぬんじゃないかと、順番をきめて見張りをしてくれました。小さい子を抱え、泣いてばかりもいられません。社員食堂で皿洗いしました。交替なしで働きました。昔のことを思うと、仕事は少しも辛くありませんでした。子供らも家の事情を知ってよく協力してくれました。食堂は下請けで、その会社の社長は私の働きぶりを見て、食堂の権利を譲るから経営してみたらどうかといってくれました。

仕事は順調で、私は姉しゃんに毎月お金を送りました。姉しゃんは夫に先立たれ、子供は小さく苦労していたのです。私が送金すると、きっと姉しゃんの字で礼状がきました。でも昔のことを思うと、姉しゃんにいくら尽くしても尽くしきれない思いでした。

男の子たちは成績もよく、満鉄、満電に入り、娘は女学生になりました。娘はサージのセーラー服を着て、三つ編みにして、わが子と思えないほど眩しいばかりでした。女郎の娘が女学生になったのですよ。私などは女学校など雲の上の人のゆく所だと思っていました。こんないい娘を授けてくれたあの人がもういないと思うとまた泣けました。

戦争では長男は現役入隊、次男はシベリアへ抑留されて死に、昭和二十三年夏のはじめ、私と娘はあのひとの故郷へ帰ってきました。

あのひとのお骨を胸に抱き、持物は一枚の半纏と三枚の古証文だけでした。あきらめていた長男は南方から帰り、姉しゃんは引き揚げ者の私たちの面倒をよく見てくれました。

姉しゃんの娘は姉しゃんに似て心の優しい娘でした。私は姉しゃんに頼み、若い二人も異存なかったので、長男の嫁にきてもらいました。

姉しゃんは自分の子供らにも誰にも私の過去は一切話していませんでした。姉しゃんが寝こんだとき、私は自分に看病させて、といいました。姉しゃんも私に死に水をとってほしいといいました。私はもう嬉しくて嬉しくて、毎夜、姉しゃんと枕を並べて寝ました。そして、半纏のことを話しました。この半纏は私のいのち、長い人生にはいろいろのことがありましたが、この半纏がそばにあると思えば心が安まり、勇気が湧いたこと。三枚の古証文はあの人が命を賭けて私を人なみの世界へとり戻してくれたしるし。姉しゃんはいいました。

〈あんたがそれを、そげに大切にしていることを知れば、吉蔵もあの世でどんなにか喜んどるばい。あたしからも礼を言うばい〉

姉しゃんはここに一年ほどいて亡くなりました。私はあの人が死んだときぐらい、泣きました。

あなたは古い布には哀しみや嘆きがこもっているとおっしゃいましたね。私はそのときこの半纏をもらって頂くのは、あなたしかないと思いましたので、お引きとめしたのです。どうか、あの人や姉しゃんや私の思いをお察し下さって、この半纏と証文をもらって下さい。

いつか東の空はすでに白みかけていた。

堀切先生はその話の重さに、半纏と証文をすぐにもらう気にはならなかった。しかしついにうなずかれる。老婆はさめざめと泣いた。先生はおいしい味噌汁と御飯をご馳走になって、朝焼けの外へ出られた。

数十日後、堀切先生は手土産を携えて再び〈半纏の婆さま〉を訪ねられる。しかし離れに人影はなく、その家の若い主婦が微笑して、

〈おばあちゃんは先月亡くなりました。おじさんのことを、よい人にお会いできてよかったといっていました。もしおじさんが見えられたら、私が大変喜んでいたと伝えてほしい、と死ぬまえにいいました〉

堀切先生の古布をみつめられるおだやかな慈容は、無名の人々の生涯の業苦に共感し、万斛《ばんこく》の涙をそそがれるやさしさからかもしれない。

地獄を見た人は地獄について語らぬかわり、限りなくやさしい観音さまに化身してしまうのかもしれない。

堀切コレクションの中に細布の左右に紐《ひも》がつけてあるものがあり、これが古来からの農

村の女の生理帯というわけである。老農婦たちに聞き取り調査をすると、何が辛かったかというと、農作業よりも月の障りの時が辛かったといったという。この細い布にボロ布をあて、時によってはそれは洗って再使用されたかもしれぬ。私は戦時中の女たちのことを思い出している。尤も少女たちは、戦局が逼迫し、空襲があり出すと、おしなべて〈月の障り〉はとまってしまった。母体保護、女体保護には、平和こそ最重要、喫緊事の条件である。

ところで、江戸時代、五十代女の旅行が多いというのは、〈月やく〉もあがった中婆さんの、ハレバレした展望の人生を連想させるではないか。

湯田温泉に二泊し、すっかり元気を回復した一行は、三日目の朝も朝湯を浴びて出発。一月の二十九日である。昨日は山口の大神宮に詣でてきた。宅子さんは大神宮を見てもお伊勢さんを思うて心おどるのみ、山口については「小郡より北にあたる所なり」としか記さず、久子さんは「其所《その》さまうるはしくして町の広さ四間ばかりあり」と。

幕末攘夷《じょうい》の決行のため、藩庁が萩から山口へ移され、昔、西の京と呼ばれた山口が昔日の光耀をとり戻すのは、これよりまだ二十年もののち。二十八日は現代の暦でいうと三月二十日で、八重桜の蕾《つぼみ》はまだ堅く、仄《ほの》かにふふめるおもむき。

「末遠き吉野の山の花までも　こゝろにかゝるさくら木のもと　宅子」

二十九日は鯖山《さばやま》（現・下小鯖《しもおさば》）の禅昌寺へ、ついで二里先の宮市《みやいち》の天満宮へ詣る。ここはいまの防府《ほうふ》である。宮市は松崎天満宮の門前町である。

「うしろは山、前は海原を見渡して、いとおもしろき所なり」

匂いに敏感なおちくさんが、

〈ああ、よか匂いでござすなあ〉

と見渡せば右手の玉垣に白梅がいまを盛りと咲いていて、さっそく宅子さん久子さんの競詠。

「つつまばや春の慰《なぐ》さを梅のはな　行末遠き旅の袖にも　　宅子」

「是もまた東風《こち》にまかせて匂ふらん　神の斎垣《いかき》の梅の初花　　久子」

〈常足先生は〃いい。どっちも、甲乙つけられんなあ〃といわれましょうな〉とおちくさん。

〈久子さんは別やけど、あたいんとは直しようもないと思われまっしょう。下手なうたばよみちらして、得意顔で、いま頃どこでどげして自慢して廻りよろうか、国者《くにもの》の名折れじゃ、と思うとんなっしょ〉

宅子さんがいったのでみな笑いさざめく。帰郷後、旅の思い出話を、常足先生にわれがちに報告することを今から考えるだに楽しい。

防府の南の三田尻《みたじり》は、この宅子さんらが旅したころ、西の下関に対して中関《なかのせき》と呼ばれた港町だ。そこから近い富海《とのみ》まで出て、再び船便に頼ろうというのである。

さて、宅子さんの旅装は紺と浅葱の縞木綿の小袖として、その上から塵よけ、かつ防寒用の浴衣などはおったろう。しゃっきりと裾みじかにしごき帯でからげた。手甲、脚絆、裏つきの刺子の足袋、こはぜは鯨の骨で作られている。足もとは紐付き草履か。平組紐をつけた財布は、中にお守りや小金を入れて胸元へ。

鼻紙包みはふところへ。

煙管《きせる》入れと煙草入れは帯に挟んでいたかしら。宅子さんが愛煙家ということは書いてないが、もしそうとすればそれもいかにも似つかわしいというところ。斑竹の煙管は甲州印伝の袋にでも入っていたろうか。

供の男が担ぐ荷の中には小さい化粧函《ばこ》（それが枕になっていたかもしれぬ）、手鏡に歯磨き楊子、黄楊《つげ》櫛、伽羅《きゃら》の油、懐中お歯黒壺《つぼ》、白粉《おしろい》などなど。……薬袋には旅の携行薬、ぎやまんの老眼鏡。

やがて富海より船に乗って室積《むろつみ》へ着く。あけて二月一日、雨で船は出ず、町中の布屋という宿へ泊った。波が荒いと船泊りは辛い。

二日に船で上関《かみのせき》に着く。翌日、岩国の錦帯橋を見た。岩国のシンボル、全長二〇五メートル、幅四・八メートル、石の橋脚四基と両岸との上にアーチ式の五つの橋がかかり、錦川に五つの竜のごとく反《そ》っている。まことに名橋、奇橋である。再見の宅子さんのほか、皆々感じ入って驚く。

「いつの世ににしきの帯と名づけけん　たてぬきもなき橋を作りて　　宅子」

その日もゆっくり岩国を見て、またもや岩国新湊の釘屋泊り。ここまでは周防《すおう》の国、明日から安芸《あき》の国だ。釘屋の主人はねんごろな人で、これからさしてゆく東国の絵図など出してさまざまな知識を授け、注意を与えてくれる。宮島までの船旅の中で寒いかもしれない、などと夜具まで貸してくれる。

宮島へ着いてからそれを返すのに、

「舟路にも憂きを忘るる厚衾《あつぶすま》　海より深き人の恵みに　　宅子」

しかし多分この歌は宅子さんの歌稿にとどめられただけで、親切な宿屋の主人には礼状だけもたらされたであろう。

岩国の錦帯橋を上廻るような壮麗な眺望が眼前に現われ、筑前の女人たちを恍惚《こうこつ》とさせる。若い時に見た宅子さんですら、声を奪われる。厳島《いつくしま》神社だ。

〈夢のごたる……〉

誰かがつぶやく。海上にそそりたつ大鳥居。海面にせり出す朱塗りの社殿。平清盛の厳島信仰以来、この頃はいよいよ航海安全のお宮として庶民の信仰は篤い。それにしても。海の上の朱塗りの神殿という、意表をつくめざましいアイデア。汐の香を吸いこむと、海神の霊気を身内にくまなく受ける気がする。

「尊さよ再び神をいつく島　海路もふかき恵みと思へば　宅子」

翌日、再び詣る。巫女《みこ》の奉納神楽など見て、神主さんからお正月の鏡餅の一部ですよ、と欠いた餅を頂く。みな嬉しく頂いた。

六日、三たび詣る。その日、潮が満ちて廻廊の脚が浸り、さながら海上にある思いで、興趣横溢、いわんかたなし。

「めづらしとみちくる潮にいつく島　波の上なる神の社は　宅子」

一行の人々は、背後の山、弥山《みせん》に登ったが、宅子さんは昔登ったのでやめ、その間、巫女のお神楽を奉納する。神の乙女が黒髪を風に吹き流して舞うさまは、まことに言いようもなく神々しい。皆、ここの名物の楊子を買う。竹の歯ブラシである。

七日もまた四たびめの参詣。というのも、乗船するはずの船がまだ見えない上に、雨が降り出したのだった。八日に至って、べつの船に乗った。もう一つのグループと一緒だった。

物怯《ものお》じせぬ宅子さんはすぐ問う。

〈どこから来なさったな〉

向うも男・女混成グループの一団らしい。田舎びとらしき質朴さで郷里《くに》の名を教え、宅子さんたちにも問う。

〈筑前ですたい！〉

宅子さんは「みちのく人《びと》」と書いているが常陸《ひたち》らしい印象である。旅の情報の交換など、船中なごやかにもかしましかったことであろう。女人が多いことなれば。

八日は音戸《おんど》の瀬戸に泊った。倉橋島の音戸町と対岸呉市の間にある水路、幅九〇メートルである。平清盛の開削と伝えられ、安芸守だった清盛はいたるところに足跡を残している人気者だ。清盛の塚に詣でたのち、船は長浜に着く。ここで風待ち二、三日。

久子さんは小ぶとりの割にてきぱき動きたいほうらしく、

〈こりゃー、徒然《とじえ》ねえ〉

といい出した。徒然ねえ、とは、たいくつ、手持ぶさた、というような意だろうか、北九州と東北にだけ残っている古語である。久子さんは、

〈長浜から陸へあがるごとしまっしょうや、途中、よりより見たいところもあるし〉

宅子さんは歩くのにやや疲れ、船組になり、あと二人も同意する。ふた手に別れるが、それもよし、と宅子さんはいずれ丸亀で落合いましょうと久子さんに手を振る。久子さんは船酔いにも恐れをなしていたらしく、にこにこと供の男一人を連れて船を下りていった。

「行きめぐりやがて逢ふ瀬と知りながら　憂きは船路の別れなりけり　宅子」

船がかりの間、退屈していたみちのく人は〈潮来節《いたこぶし》〉を唄う。どうぞご一緒に、と誘われて、物怯じせぬ宅子さんが、なんで尻ごみしよう。これは宅子さん若いころの大ヒットソングなのである。文化・文政ごろだったろうか、宅子さんも好きな唄だ。

〈潮来出島の真菰《まこも》の中で　あやめ咲くとはしおらしや……〉

おちくさん、おぜんさんと共に、今度は郷里《くに》の盆踊り歌を披露し、お返しする。

「筑紫うた常陸の海の潮来節　唄ふも聞くも深き縁《えに》こそ　宅子」

この人々らとは、あぶと観音にも詣り、前の茶店で酒など飲んで楽しんだのに、あまりに風待ちするのに飽きて、陸行するといって彼らは船を下りた。せっかくこの数日、ねんごろになったので、この別れは惜しまれた。

「あづま路の果《はて》と筑紫の果なれば　ひたすら惜しき別れなりけり　宅子」

宅子さんたちは備後の国、沼隈《ぬまくま》郡の鞆《とも》の浦に船で着いた。鞆までくれば瀬戸内海航路は半分の行程を消化したことになる。

「みぎりのかたの浦をみれば、みなとに石いと長くつき出して、人のきはまでも舟あまた泊《は》てたり。夜はこの浦の沖にとまる」

またもや船泊り。あければ二月十四日、

「夜も明けはたりて雁のなきわたるかたをうち見やりて、

ながむれば霞《かすみ》わたれる波の上に　あとなき雁の声のみぞする　宅子」

この鞆の浦は『萬葉集』の歌枕、大伴旅人《たびと》が任地の大宰府で亡くした妻を思慕して、

「吾妹子《わぎもこ》が　見し鞆の浦の　むろの木は　常世《とこよ》にあれど　見し人そ無き」(巻三・四四六)と慟哭《どうこく》した地である。古来、瀬戸内海航路の重要な港、それというのも目前の備後灘は東西の潮流のぶつかるところで(豊富な漁場でもある)、潮待ち港というわけだ。

同じようなころに、久子さんも船で鞆の浦に来ており、

「鞆の浦に友まつ船をたどりつつ　こぐや汐路も霞む夕ぐれ　久子」

――(宅子さんら、どのへんに居りなざすとか)と思いつつ、祇園社に詣ったり、鞆の名産品、保命酒を買ったりした。久子さんのほうは三原・尾道と陸行・水行を随時選択しつつ、見たいところをエネルギッシュに見歩いている。山陽筋の城下町や在郷町はいずれも富裕で文化レベルの高いところ、豪商たちはそれぞれ、好学家だったり風流人だったりする。久子さんはあるいは山陽道の商業視察、景気の探訪、という意図に加え、かねて伝え聞く高い文化度の薫染に浴したいと志したのかもしれぬ。

三原は酒造りの町だが、鞆の港の保命酒も、旅人の土産、舟人の慰めとしてこよなきもの。これは生玉屋(中村家)という店が藩に許されて醸造・販売を一手に引き受けている。『江戸時代図誌　山陽道』('76　筑摩書房刊)には、「餅米を原料に焼酎・砂糖・菜種を配合した薬用酒」とある。甘党の久子さんが買い、宅子さんにその記述がないのはおかしいが、この保命酒が好まれるのは一つには徳利が凝っているからだった。諸国の窯《かま》に注文し、のちには自家窯を持ったという。

さて、こちらは宅子さん、十四日のおひるごろ船で讃岐の国へ渡り、多度郡丸亀に到る。もとより金毘羅さん詣りのためである。金毘羅詣りをすれば備前の国児島郡の瑜伽《ゆか》権現（現・由加山蓮台寺）にも詣らねばならぬ。

〈瑜伽へ詣れば琴平へ詣れ
　琴平へ詣れば瑜伽へ詣れ
　片方詣りはいけませぬ〉

と俗謡で唄われた如く、塩飽《しわく》諸島をへだてて、双方お詣りせねば、効験もうすいというのであろうか。

丸亀では備前屋という宿に着いた。ここが久子さんと打ち合せた宿である。

「そこの人に久刀自《とじ》の事を問ふに、いまだ来まさずとこたふ」

宅子さんは二十年前の旅行にもこの丸亀に来遊した。暮しに何不自由ない宅子さんではあるけれど、それなりにこの二十年の間、人生の波風はないではなかった。以前の旅行の時は身も若く、身辺の人も息災であった。そののちに、父母は逝き、そして幼い子を亡くすこともあったかもしれぬ。宅子さんの家に今も伝わる短冊に、「をさな子の一周忌に」とて「さらにまた同じ月日のめぐりきて　帰らぬ人をしのぶ頃哉　　宅子」というのがある。

現存する宅子さんの短冊は、（その周辺の人々のも含めて）宅子さん晩年のものが多く、短冊も色美しく、いま買い求めたばかりのようであるが、右のそれはいかにも古色蒼然として周辺やや朽ちたり欠けたりしており、宅子さん若年のものであろう。佳人にも浮世の風はひとしく吹き、可憐な幼な子の死顔が忘られず、宅子さんの追憶の涙はしばし涸《か》れなんだであろう。

しかし九州女はいつまでも悲嘆に沈淪《ちんりん》していない。

〈そげん、めそめそしてばっかりはおらんやったでしょう、九州女は〉

とこれは「鞍手町歴史民俗資料館」の井手川泰子先生のお話。宅子さんも、

〈しろしか〉

とつぶやきながらも、涙を手の甲で拭《ぬぐ》って再起に賭けたろう。

〈おしろしござしつろう……〉

と人々に慰められて、

〈あい、段々、大きに。何ごとも日にち薬《ぐすり》でござっする〉

と宅子さんは健気に胸を張ったろう。日にち薬とは日がたつにつれ、薄紙を剝《は》ぐように悲しみも消えるであろう、時間の経過が何よりの薬というもの。

この、「しろしい」は筑前あたりから筑紫にかけての方言で、いまは女言葉であると井手川先生のお話。きつい、とか面倒な、うっとうしい、とか不快感を謂《い》うらしいが、語感がやさしいので好きな言葉と井手川先生はおっしゃる。小柄ながら篤実な学究といったふ

うなかた。

〈この語意を強調しますと「小《こ》じろしい」になり、反感の口吻《こうふん》が強くなります。たとえば「小じろしい男やね」——うっとうしい男だことなどと……あ、いや、その〉

と先生は可愛い狼狽《ろうばい》を示される。先生の視線の先に、私たちを鞍手町へ連れてきて下さった日高康氏がいられる。

〈あなたのことではありませんのよ〉

日高氏は頭に手をあてられる。もちろん温厚な氏にそれは当らない。氏はつねに快く私の取材に協力して下さるが、ただ一つの氏のご不満は、私が氏を「温和な中年紳士」と紹介したことである。

〈あんな風に書かれてはワルイことはできなくなってしまいまして困ります〉

との憾《うら》み。九州人は男も女も諧謔好きだ。

井手川先生のお話によると、お好きな筑前方言は「しろしい」のほかに、久しぶりに雨が降って、

〈よかうるいいでござした〉

という挨拶。うるいいは霑《うるお》いのことであろう。大阪では〈ええおしめりでしたなあ〉というところか。また、

〈「おさびし見舞」というのも綺麗な言葉でやさしいでしょう〉

死者が出た家、当座は死を悼む人々の訪いもいたわりも多いが、次第に人少なになる。さらでだに心細い遺族はいっそう寂寥《せきりよう》感、空虚感を増す。そういうとき、〈お詣りさせてつかあせ、いよいよお淋しくなられましたろう、残り多《お》ゆう、ござんすの〉と仏壇に手を合せ、遺族を慰藉するのが「おさびし見舞」だという。しみじみした言葉である。

あとで方言研究を専攻される岡野信子先生のご本『福岡県ことば風土記』('88 葦書房刊)で見ると、

「シロシー・シルイ」

について「本来はじとじとと降る雨にぬれる不快感を言う語であるが、身にまつわる諸事に心のじとじとする時にも、私どもは『シロシー』『シロシカ』とつぶやくのである」とある。「シロシー」はやはり汁《しる》を語源とするシルイから出ているらしく、「ぬかるみのどろどろした状態をいう語」とある。「名詞の『汁』に『し』を添えて状態を言う語を造ったもので、鎌倉時代の辞書『名語記《みようごき》』に見えているのが早いころのものであろう」と。大阪弁では「じるい」と濁るが、これはものの状態をいい、心の情態の説明語にはならない。

そして「おさびし見舞」も私は聞いたことがなかった。筑前にはやさしい言葉、やさしい習わしがのこっているようだ。

ついでに鞍手町の「歴史民俗資料館」について少し寄り道したい。

宅子さんは久子刀自に逢えぬまま、おちくさんおぜんさんと共に金毘羅さんへお詣りしようと勇んで宿を出ているから、このひまに。

丸亀は二度目とて、ここでの宅子さんの歌は、

「玉くしげふたたびくれば丸亀に　浮き木の亀の心地のみする」

これも古典教養を下敷にした歌。玉櫛笥はいうまでもなく蓋《ふた》の枕言葉だから、再び
にかけている。「浮き木の亀」は「盲亀《もうき》の浮木《ふぼく》、優曇華《うどんげ》の花」と俗語にいうように、めったにないチャンスを指す。優曇華は三千年に一度しか咲かないし、盲亀は百年に一度しか浮上しないのである。それがたまたまそこへ流れてきた浮木の孔に首をつっこむという偶然。それくらいにあり得ぬ折が二度人生に重なって、再び丸亀に来た――という感懐である。


さて、常足先生のことに再び思いを致したい。

鞍手町はいうまでもなく、常足先生の故地、その生家から遠からぬ、畠や林の続く小高い丘の上にすっきりしたたてもの、鞍手町歴史民俗資料館は建っている。このまえは時間が許さなかったので寄ること叶わず、今回は資料館を目あてでやってきたのであった。ここには常足先生の資料、書蹟や蔵書、歌稿、交友関係の書簡（本居大平、青柳種信、伴信友、足代弘訓《あじろひろのり》ら国学者たち）、そして先生が筆写した書物などまでおびただしく保管されているという。なかんずく先生畢生《ひっせい》の大作『太宰管内志』の原稿もあるとのことで、それをぜひ見たいと思ったのだった。

先生は三十一歳でその著作に着手し、六十八歳の年、八十二巻の『太宰管内志』は成り、黒田侯に献上する。この大事業の合間に、国学、古典、詠歌の指導に席の暖まるひまもなかったということは先述したが、そのほかにも藩公創設の神庫学館の教授として『日本書紀』を講じ、歌会を催さねばならぬ。

また、敬虔な神職者であり、神学者、古学者でもある先生は、寺社関係の研究も怠ることはなかった。

いわく『百社起源』(「延喜式」記載の式内社、式外社の諸神社の起源を述べたものという)、いわく『古寺徴』(『日本書紀』以来の諸書から、全国の古寺に関する記載を引用整理したものと、先生の業績紹介にある)、いわく『釈日本紀引書考』などなど。……とにかくいそしんで倦まぬ精励恪勤《かくごん》の篤学の士であった。

しかも先生の『太宰管内志』は筑前のみならず、広く九州管内を対象にして「膨大な資料と実地調査に基き記録された地誌」であり、「歴史を研究するための基本文献」(『伊藤家家事雑記』「ごあいさつ」より)であるが、ただ机の前に坐って諸書を引用しているだけではないのだった。先生は『太宰管内志』編纂にはみずからの足で豊前《ぶぜん》や筑後をまわって、生きた史料を採集したのである。フィールドワークの成果である。

それやこれやで学文精励の故を以て藩公からは金子《きんす》や、年十俵のお手当を頂くことになった。

子息の南華は画家として独立、孫の直江ともども神官となって、常足先生はほっとする。学者の家は元来清貧であるけれども、先生の幼時のように窮迫することもなくなった。

しかし『伊藤家家事雑記』で見ると、人を傭って農事もかなり煩瑣《はんさ》である。

村の子供たちのための寺小屋も開き、大人には詠草添削、掛幅の賛、萬葉講義などひまなく働いていても、なお農業で本来、立つようにしないと渡世はむつかしいらしい。

麦つきからはじまって田の溝掘り、地ならし、麦の草取り、茶摘みに畠鋤《す》き、田の畦《あぜ》ぬり、代掻《しろか》き、田植がはじまり、やがてそば蒔《ま》きと、一年中の農事は目白押しである。常足先生の晩年は息子の南華や孫の直江が先生に代って克明な家事日記をつけているが、作男や下女の給金も買物も、こまごまと記される。

そんなつましい暮しのうちから、常足先生は生涯に二度も大旅行を敢行している。行先はいずれも常足先生にとっては、本居宣長先生ゆかりの聖地、松坂、そして京・大坂である。京・大坂には鈴門《れいもん》の碩学《せきがく》たちが、舷々《げんげん》相摩して割拠している。鈴《すず》の屋《や》の大人《うし》、本居宣長翁はすでに享和元年（一八〇一）に亡くなっていたけれども。

文化六年（一八〇九）三十六歳の先生は勇躍、上京する。この二度の旅の歌稿をあわせ、『伊勢詣日記抄録　山さくら戸』

として先生はまとめた。それは天保七年（一八三六）十一月のことであった。序にいわく、

「ある人のもとより、おのが伊勢神宮詣での日記にのせたる、名所の歌見せてよといひおこせける。そハ文化六年と文政六年とふたゝびの日記の歌になん。さてその歌といふハ、旅路の日記にも、又、たたう紙なんどにも物しつるを、今とり出でて見るに、とゝのハざる歌ども多くて、人には、えゝ見すべくもあらず。されどしひてこふにまかせて、かつがつ引き直しなどして書《かき》あつむ。其中《その》に探題また贈答の歌もこれかれあなるを、名所をよミ入れざるハ是をはぶく。又後によめるをも、ひとつふたつかきそへて、其初《はじめ》の歌の詞によりて山さくら戸と名づけて送るになん。筑前常足」

とあって、冒頭、「門出する日に」とて、

「けさはとて山桜戸ぞあけらるゝ　花のミやこに心いそげば　常足」

——常足先生の文章も意、分明に、平淡な滋味があってよろしいが、先生の歌で何となく一門の風色の出所はここなのかという気がするではないか。宅子さん久子さんの歌が措《そ》辞《じ》ととのい、声色《せいしょく》なだらかなのは、お師匠さんの薫陶のたまものであろう。

第一回の旅は畿内・伊勢・尾張まで遊歴して五か月に及んだ。その間、音信を通じていた人はもとより、かねて私淑していた人、ゆかしく思っていた人に精力的に先生は会う。——といっても告白すると、私如き寡聞《かぶん》・非才では見当もつかぬ未知の人の名が続々列挙される。これかれ目ぼしいところでは伴信友、香川景樹、関谷敬蔵（鈴門の萬葉学者）、城戸千楯《ちたて》（同、国学者）、上田百樹（同、古学者）、植松有信（同、国学者）、服部中庸《なかつね》

(同、古学者)、橋村正兌《まさとき》(同、神官、国学者)など。近江から美濃、尾張、伊勢、松坂と廻ってかねて念願の本居大人《うし》の奥津城《おくつき》、山室へ詣った。周知の如く宣長は遺言で、世間なみの仏式葬儀(こちらは空墓《から》である)と、自分独創の神式葬儀(これが実質的な終《つい》のねむりどころ)と二様に行えと、くわしく指図している。松坂郊外の山室山にある妙楽寺境内の裏山に〈夜中ひそかに埋葬せよ〉〈その墓地には山桜の良木を植えよ〉と指示し、それは実行された。

常足先生はもちろん山室へ詣る。

「桜根の大人《うし》のおくつきありといへば　この山室に来いりをるがも　常足」

本居春庭を訪問し、本居大平に入門したのはこのとき。また伊勢神宮の神官で、春庭・大平に学んだ考証家であり歌人の足代弘訓《あじろひろのり》と親しくなったのも、先生には嬉しいことだった。

二回目の上京は文政六年(一八二三)五十歳のとき。このときも諸名家と交わったが、ことにも伊勢の皇大神宮の権禰宜《ごんのねぎ》、神職にして国学者たる、荒木田久守《あらきだひさもり》を知り、彼の宅での歌会に加われたことがよかった。神宮の御神庫、御書籍、御宝器など珍貴な品を見せてもらうことができた。出発の前日には久守が常足送別の歌会を催してくれ、山田社中が参加した。京では儒家の若槻幾斎《きさい》、呉春門の画家、岡本豊彦、土佐派の画家、浮田一蕙《いっけい》らを知る。紀州では本居大平先生にも会え、『萬葉集』の会読、歌会に参加できたのは幸せだった。

多分、常足先生の無私で謙抑、ゆたかな学殖、知見を広めることに青年のような心はずみをもちつつ、なおかつ、温厚懇篤な人柄を、活眼《かつがん》の士たちは見抜いたのであろう。天《あま》ざかる鄙《ひな》に住む先生であるけれども、都ぶりの学者たちに、心をひらいて暖かく迎え入れられたのである。先生の学界デビューであった。

都の学者に迎えられたのは、先生の『山さくら戸』を読めばわかる気がする。なかなかに先生の歌は時に才気のひらめきと洒脱なユーモアを発揮して、端倪《たんげい》すべからざる味わいをもつのである。

先生が大坂で遊んだとき、いたずら好きな人が、辻君の出没するところへ案内した。そこは材木河岸であったのだろう。

「夜ごとに材木《つまで》（田辺注・杣手《つまで》。角材などのごつごつした材木である）のあひだに立《た》ち》て世わたりするうかれ女《め》あり、人々にさそはれて見にまかりたるを、是を題にて歌よめといひければ、

檜《ひ》のつまで槇《まき》のつまでと重ねても　わが家妻《やづま》とハならぬつまでを」

この「を」は感嘆の助詞であろう。

伊勢の古市へいくとこれまた遊廓がある。内宮外宮を結ぶ参宮街道のまん中あたり、間《あい》の山には現在〈油屋跡〉なる碑もある。「伊勢音頭恋寝刃《こいのねたば》」の貢《みつぎ》とおこんの芝居の舞台。

ここにも夜鷹《よたか》が出る。謹厳実直な常足先生をつかまえて、案内人はしきりにからかう。

「古市の夜発《やほち》に尼のまじれる、それを題にして歌よめといひければ」

夜発は辻君のことであるが、

「吾妹子《わぎもこ》が袖ふる市のあけぼのに　つくづくみれば髪長にして」

髪長は斎宮の忌《いみ》言葉で尼のこと。神に仕える斎宮御所では仏に関する言葉は嫌忌して避ける。よく知られているものでは仏は〈中子《なかご》〉、経は〈染紙〉、僧は〈髪長〉、常足先生はにこにこしてするりとかわし、難題を吹きかけた人は、

〈いや、まいりました〉

と破顔《はがん》したであろう。

先生も金毘羅へ詣っている。象頭山、「ザウヅサムといふ事を物の名にして」、

「やつれたる我《わが》おもかげを御手洗《みたらし》に　けさうつさむと思ひかけきや」

これも人々の陽気な笑いを誘い出したことであろう。常足先生、決して頑迷固陋《ころう》の、融通きかぬ爺さんではないのだ。さぞ先生のお講義はわかりやすく、ほどよく消化《こな》れた気やすさも添うて、たのしかったであろう。

先生の廻遊歌集『山さくら戸』を見せて下さいとせがんだのは、東の旅を志す阿部峯子さんか、宅子さんか久子さんか、いずれにしても先生は楽しい曾遊《そゆう》の地のエピソードを、くりかえし語ったに違いなく、それに煽《あお》られて元気のいい女たちが旅の意欲をそそられた

のであろう。人生の旬《しゅん》がきて、やっと旅に出る気力が出た、というところだろうか。

(いまが旬たい!)

と宅子さんは思ったにちがいない。旬とは機会と同じく、いまが旬だと思いこむと旬になるのであろう。


「鞍手町歴史民俗資料館」には入ってすぐに、農家の座敷と土間がしつらえてあり、昔ながらの家具や農具が所得たさまで置かれたり、掛けられたり、吊るされたりしているのが楽しい。

板の間に切られた囲炉裏、自在鉤《かぎ》にかかる鉄鍋。天井ちかい神棚、煙草盆に大きな陶器の酒徳利。囲炉裏の上には藁苞《わらづと》が下がっていたが、燻製になった川魚や赤いとうがらしがおびただしく突きささっており、その藁苞は、

〈弁慶、とこのあたりではいいます〉

と井手川先生のお話。

弁慶が全身に矢を負うて立ち往生したという伝説から、いろんなものを刺しこまれた藁苞を形容したのだろうが、西海道で弁慶の名を聞くのは珍しい。私は以前、『奥の細道』の取材で東北を歩いたが、どこまでいっても義経伝説が追いかけてきた。

そこへくると西海道・山陽道は平家である。

人々は平家の美しい滅びに心寄せ、言挙《ことあ》げすることなく、深い共感と満腔《まんこう》の同情を寄せるものの如くである。

酒は〈三光〉で〈深みど利《り》〉ではなかった。というのは底井野の酒は〈深みど利〉で、これは宅子さんもたしなんだかなあ、……とゆかしく思ったから。

土間には筵《むしろ》織り機、鋤《すき》や鍬《くわ》に、簑《みの》や提灯。常足先生の旧宅もこんなさまだったろうし、商家の小田家は少しおもむきが違ったろうけれど、やはり土間に定紋入りの提灯、簑笠やからかさがさがっていたろう。

昔ながらの生活用品は、何かしら、人を癒す力を持っているとみえ、ものなつかしい思いになる。

私たちは別棟になっている作業場へ案内され、そこで伊藤家文書とでもいうべき史料を見せて頂くことになった。別の部屋には出土したばかりのような土器のたぐいが並べてあった。地味が肥えて風光のよいこの地は早くから開けたらしく、遺蹟が多いという。出土品は半分まだまどろみからさめない感じで不遜にふて寝していた。

〈小さい町ですから予算も少くて、大変です。それでも若い人はこつこつと、よくやってますよ〉

日高氏は独白のようにいわれたが、それは出土品を見ただけで出るため息のようにも聞かれた。

正直、出土品のかけらたちは、どこから手をつけていったらいいかわからないというようにもみえた。しかし当事者の青年たちはべつに事もないさまで作業の段取りをしているらしかった。

しかし真のため息は、常足先生の『太宰管内志』の原稿を実見したときであった。保存状態はよく、いま書かれたように墨色は美しい。薄い美濃紙にびっしりと六ミリ正方ぐらいの字が並ぶ。一点一画もおろそかにせず、細い面相筆で一字ずつきっかりと楷書で書き込まれている。そのびっしりと埋まった漢字の羅列は物狂おしいほどのエネルギーである。常足先生は土地の神々の由来を、伝説口誦を、細字の美しい字で書きこんでやまない。先生は父祖の地の地霊を喚《よ》び出して、この地に起きたできごと……「筑前之一　国志之一」から「怡土郡《いとぐん》」「志摩郡」「早良郡《さわら》」「那珂郡」……書きに書きつぐ。純友の乱が、刀夷《とい》の劫略《ごうりやく》が、美しい細字でくりひろげられてゆく。……

私たちは主要なページだけほんの少し、写真にとって頂くようにお願いした。言葉少いが親切な若い館員さんが、すぐ作業にかかって、送って下さることになった。

すでに日は彼方の森に落ちようとして、冬空は澄んだ茜《あかね》いろである。玄関でやたら大きい猫の声を聞いたと思ったら、井手川先生が弾かれたように飛んでいかれた。よく姿の似た美しい猫二匹、餌皿に頭を寄せ合っており、

〈野良なんですけど、いつからか餌をやるようになってしまって〉

井手川先生は弁解口調でいわれる。

〈それに片方はドライなキャットフードで、片方はウェットなものでないと食べなくて〉

〈毎日やってらっしゃるんですか〉

私は咎《とが》めたつもりはないのであるが、先生は悪戯《いたずら》を咎められたように、身も世もないさまで、

〈お休みの日も、餌をやりに来ておりますのよ……〉

語尾は申訳なげに小さくなった。猫はまるまる太っており、会話は耳にも入らぬようで舌を鳴らしてせわしく食べ散らした。

空の茜いろはいよいよ強く、いい土の匂いがした。常足先生のお郷里《くに》は、人も猫も空も出土品も、古い紙の匂いさえも好ましかった。


さあ、金毘羅さんへお詣りせねば。

おやおや、宅子さんは珍しい人と連れになっている。

宅子さんのそばにいるのは雲つくような大男である。〈かりや川〉といい、丸亀の殿さまお抱えの力士だという。なぜ〈かりや川〉と意気投合したかというと、彼は若いころ博多に下ったことがあるという。

宅子さんたちが茶店でおくに言葉をはばからず使っていたのを聞いて、〈かりや川〉は

なつかしさのあまり、声をかけたのかもしれぬ。

〈ほう、珍しか！　博多を知っとんなざすと〉

宅子さんたちは異郷で同郷人に会ったような気になった。

「くはしく語りて、ねもころに道しるべす」

とあるから、女たち、それに荷物持ちの男たちも〈かりや川〉を信頼してついていったのであろう。たとえ一人でも、

〈どうもあたきゃ、合点するわけにゃーいかん〉

といえば、〈かりや川〉の同行を拒んだであろうが、男たちはたいてい相撲好きなもの、あるいは〈かりや川〉をおぼえている供の男もいたのであろうか。

金毘羅さんは宅子さんが二十年前に詣でたときより更に美麗になっていた。金の灯籠《とうろう》多く社のまわりにかけわたし、社殿も数多くたち並ぶ。

金毘羅さんへ詣でようと思えばまず長い石段を上りきらねばならぬ。海抜五〇〇メートル余、しかしその石段こそ、お詣りのための行《ぎょう》なのであろう。

ここは海の神さまだから、船頭や水運業者に篤い信仰を寄せられている。命を助け、積荷を救って下さるというのである。商売繁昌も家族安泰も。宅子さんは、

（コッテ牛のごたる）

大きな〈かりや川〉の体のかげで手をあわせ、金毘羅大権現をおがむ。そこから〈かり

や川〉の案内で善通寺へ。二十年前に来たときはお釈迦さまの誕生会、今日はちょうど涅《ね》槃《はん》会《え》、お釈迦さま入滅の二月十五日、なんとよいめぐりあわせかと宅子さんは喜ぶ。ただ善通寺はいつのほどにか祝融《しゅくゆう》の災いを受けて五重の塔も鐘楼も焼けてしまったのは惜しい。丸亀の城下まで〈かりや川〉と昔の博多の話をしながら帰った。じっくりした、気立てよき男でたのもしかった。

翌十六日、もういくら何でも久子さんがあらわれるだろうと、宅子さんはおちくさんと供の男一人でお城のあたりまでそぞろあるいてみる。丸亀は京極さま六万石のお城、春霞の中に浮ぶ。城は小さいが姿よく、優美である。大体、讃州は上方風俗の影響が濃いといわれるが、丸亀の町も美しかった。

「万代《よろずよ》も思ひやられて丸亀の　城はゆたかにかすみたなびく　宅子」

旅すがたで急いでくる久子さんとその供に、ばったり、道で逢う。なつかしくて、少しオーバーだが宅子さんは涙ぐんでしまう。

「別れ路はことはりな《ママ》れどめぐり逢ふ　時にも袖のぬれにけるかな　宅子」

宅子さん一行は再びフルメンバーとなって船旅を続けた。まず北行して（二月十八日）備前の国児島郡の瑜伽《ゆか》山へお詣りせねばならぬ。金毘羅宮へ詣れば瑜伽大権現へも両詣りせぬとご利益はないといわれる。備前侯池田さまの信仰も篤く、備前日光ともいわれる大権現、門前町もにぎやかだ。

標高二七三メートル、その山頂の境内は二万数千坪、由加神社の本殿、蓮台寺の客殿は県の重文と案内書にあるが、私はまだ参詣していない。

しかしここからほど近い鷲羽山《わしゅうざん》にはいったことがある。実をいうと私の老母の出身は岡山の後月《しつき》郡芳井町で、母方の縁者が岡山県に散在している。旧年、私は岡山へ講演にいくことがあり、縁辺の人々はそれを好機として私を鷲羽山一泊に招待してくれたのであった。夜半までイトコ・ハトコたちの粘稠度《ねんちゅうど》の高い岡山弁を耳にし（私にとってそれは、なつかしくも慕わしい）、早朝、宿から俯瞰した多島海の漫々たる海景は忘れがたい。

現代では本州の児島から四国の坂出に瀬戸大橋がかかったので、このあたりは本州と四国を結ぶ交通の要衝のみならず、観光地域としても賑わっているらしい。

宅子さんたちは、ここでまたショッピングをする。この地の名物、真田《さなだ》打ちの帯、備前の小倉織など買ったという。むろん久子さんも同調する。二人仲よく競詠。

「吉備の国　児島の市にめぐりきて　買ふはさなだの帯にぞありける　宅子」

「わが命ながらへぬればめぐりきて　しづはた帯を買ふぞうれしき　久子」

真田打ちという帯がどういうものか、実物を見ないのでわからない。かの、古裂研究家の堀切辰一先生によれば、（さなだ帯のみではなく）古帯、というものがなかなか世に残されていない、とのことである。帯地は高価でもあり、帯としての使用が叶わなくなっても、表具や小物に裁断して珍重するに足る（現に私も軸装の一部に使ってもらったり、ハンドバッグやクッションに用いて愛用している）。されば女もの男ものの帯も、ふるい世の人々に愛されて、最後の最後まで重宝されたのであろう。死者のそれは天蓋や幡とすべく、お寺へ寄進されることもあったらしいのは、『誹風柳多留』あたりに散見するところ。

さて久子さんの『二荒詣日記』によれば、ここから、

「わがさとの大黒丸なにがしの船に乗りて播磨ノ国高砂ノ浦をさしてゆく」

とある。筑前の船が備前の湊へ来ていたので、それに乗ったという。かねての手配か、それとも港々に情報が手軽に届けられているのか。あけて二月十九日、風が荒くて、船が播磨の国の赤穂の浜に着いたのをしおに船を捨て、ここから陸行することになった。山を越えて三光山花覚寺《けがくじ》（現・花岳寺《かがくじ》）に詣で、「開帳といふことをこふ」——これは宅子さんの日記から。

お堂には左右に別れて四十七人の義士陣備《じんそな》えの木像があった。真中に、このお堂のご本尊たる観音さまがおわしまし、これは信長公の守り本尊であったと。お坊さんが書きものを取り出し、義士討入について説明する。

「かの人々、過ぎし世に、主君の仇をむくひしことゞもよむをききて、
　もののふのみちは知らねど立ちよりて　きくや赤穂のむかしがたりを　　宅子」

宅子さんの旅、天保十二年（一八四一）からすれば、赤穂義挙事件は元禄十五年（一七〇二）ゆえ、ほぼ百四十年も昔のこと、しかしおそらく一般庶民としては歴史的事実よりも寛延元年（一七四八）大坂初演の「仮名手本忠臣蔵」の浄瑠璃や、歌舞伎で馴染《なじ》んでいるのであろう。何しろ江戸末期は空前の芝居ブームの時代である。歌舞伎熱はすばやく深く地方へも浸透してゆく。

天保十二年を中心に歴史年表を眺めてみれば、一代の栄華と逸興をほしいままにした将軍家斉《いえなり》はこの年、死んでいるものの、そして数年前には諸国凶作で米価騰貴、一揆や打ちこわしが続いて、ついには大坂で大塩平八郎の乱が起っているものの、時代の爛熟は頂点に達していた。峻烈だった天保の改革も（言論・出版統制が布かれ、奢侈《しやし》品・賭博は禁止）ごく短期間に終った。もう枝葉末節の改革では、狂瀾《きようらん》を既倒《きとう》に廻らすことはできぬ末世になっていた。各大名たちの経済的困窮は目を掩《おお》うばかりであり、幕府も積年の制度疲労でなすすべもない。そこへ、そろそろ、あめりか・えげれす・ふらんすの黒船があらわれる。

時代が新しい気運を孕《はら》み、歴史は裂けかかっていた。

それなのに太平楽の庶民文化は熟れきわまり、芳醇を通り越して饐《す》えた匂いを放つばかりである。

天下の飢饉《ききん》も何のその、為永春水の『春色梅児誉美《ごよみ》』、式亭三馬の『浮世風呂』『浮世床』、十返舎一九の『東海道中膝栗毛』はずうっと愛読されており、浮世絵は鈴木春信以来、鳥居清長、喜多川歌麿、やがて葛飾北斎から歌川豊国、安藤廣重（『東海道五十三次』の刊行は天保四年）更に、いかにも時代末の凄絶なエロチシズムを湛えた渓斎英泉へ、これも常に庶民の愛好する文化だった。たべもの屋の充実、安くてうまいものが庶民の口に入りやすくなったのも、このころから。『誹風柳多留』その他の川柳は、まさにこうした駘蕩の春の庶民文化が凝《こ》って、一顆の珠玉と化《な》ったもの。

「帰る猪牙《ちよき》赤とんぼうと行き違ひ」（三―18）

「首くくり富の札などもつてゐる」（五―31）

「母の名は親仁《おやじ》の腕にしなびて居」（二―2）

「南無女房　乳を飲ませに化けてこい」（拾遺）

「若殿がめせばりゝしい紺の足袋」（一―42）

若殿も職人も傾城も遊び人も酔生夢死の人生といっていい。

その、あらゆるものの上に、絢爛たる歌舞伎があった。

武陽隠士（実名も経歴も未詳）が文化十三年（一八一六）に擱筆した『世事見聞録《けんもんろく》』によれば、

「歌舞伎芝居の事、今の世是を遊芸の本《もと》とする也。能、乱舞《らんまい》、囃子、歌、連歌、茶の湯などは今の人は遊芸とは覚へ《ママ》ず、今遊芸といふは、琴、三味線、長唄、浄瑠璃、踊り、狂言などをいふなり。歌舞伎はその遊び芸の根本なり」

この武陽隠士は侍あがり、反骨剛直の士らしく、万事華美放縦、猥雑に流れゆく世の風潮を慨嘆し、憎悪しているので、批判も辛口である。

「全体この歌舞伎芝居なる立《た》て、武家はさほどにもなきが、町人遊民等はことの外好み、別して婦人女子の執心深く懇望するものにて、悉《ことごと》くかの愛敬に入りたるもの也」

「すべて今都会の婦人女子の楽しみは歌舞伎にとどまる。愛敬はかの役者にとどまりたる事にて、婦人女子の心離るゝことなし」

武陽隠士の毒舌はなお続く。少し長いが、宅子さんの生きた時代、都鄙貴賤《とひきせん》を問わず、左のような時代気分が揺曳していたと思われるので原文を引いてみる。三馬の『浮世風呂』では、女湯の中ですら「忠臣蔵」や「壇浦兜軍記」の噂が長々と交されるような、庶民、総歌舞伎狂いといった時代である。

「今の芝居は世の中の物真似をするにあらず、芝居が本《もと》となりて、世の中が芝居の真似をするやうになれり（田辺注・核心を衝いた批判と思われる）。何か立派なる事や、又、女郎の衣服を装ひたるを見ても、誠に芝居を見たやうなと喩へ、貴人高位の人躰を誉めても、役者の誰を見る如きと誉め、公儀の懼《おそ》れ多きも、奉行所その外諸役所、諸役人の厳しきなるも芝居の狂言に喩へ、常に唱《い》ふ所、皆是れに倣《なら》ふ。舞台衣裳の染め方が世の中の流行模様と成り、路考茶、梅幸茶、三升形、福牡丹、大和屋格子などと世に広く行はれ、役者の言葉曲《くせ》が世の通言となり（田辺注・狂言のセリフが流行語となるというような意味であろうが、これは海彼《かいひ》の民族が、シェークスピアやラシーヌの芝居の口当りよき、そして真理を具えたセリフを時に口ずさむのと同じで、それこそ民族の個性的体臭というべく、私にはべつに譴責《けんせき》すべきこととは思えないが……）、すべて婦人女子の賞翫する事も、雑談にも〝女子嫌ふ男と、芝居嫌ふ女はなき〟といふ如く、一度芝居を見たる女は、三度の食事に替へても懇望いたし、殊に年若の女は芝居に行つては、親の事も夫の事も忘れ果て浮かれ立ち、髪の風、形姿の拵《こしら》へ方も是れに真似て、常に心の本《もと》とするなり」

当世は下の風俗が上に移り、武家の女どもも芝居狂いになって果は武士に至るまで「太刀取る業は拙くして、踊りの身振り芸の手続きなどは上手に能く知り、わけて哥諷《うたうた》ひ三味線をひく事も能く知れり」

と、隠士の痛罵はとどまるところを知らない。忠臣蔵の芝居で、由良之助がおかるを梯《はし》子《ご》から抱きおろすのを見てさえ昔の女は顔を赤くしたが、今は「男女交合の躰を現にするなり。それに顔を赤くする女もなく平気なり。余りに乱れ過ぎたる事也」

かくて世の栄華は役者連が一身に占めている。市川団十郎などは一か年に千両以上の給金という。

さてこの狂言芝居、京・大坂・江戸のみならず、今では津々浦々、村々在々に行われ、村の若者たちが芝居の真似ごとにうつつをぬかすという。「盆踊り豊年踊りなどいふ古雅なる田舎めきたる土民の風も失ひて、皆、繁花《はんか》やうの華奢放蕩、芝居狂言の風情に移りゆく也」

――筑前ではどうだったのだろうか。宅子さんの住む底井野村では、宮座という神社の行事があったことは先述した。その直会《なおらい》ののち、踊りや人形芝居が行われたらしい。

唐津街道宿場の芦屋では更にめざましい。芦屋千軒といわれた繁昌の地、回船問屋、酒造業、陶磁器問屋、櫨蠟《はぜ》商、漁業の網元、と商取引の範囲は広く、富商も多い。

そういう芦屋に〈芦屋歌舞伎〉が育たぬわけはなかった。『芦屋町誌』('91 芦屋町役場刊)によれば「芦屋の南の町はずれ、遠賀川の流れに沿うた祇園宮、千光院境内地の一郭に、江戸時代の初めから明治の末期にかけて二百余年に亘って歌舞伎芝居を専業とした役者たちが、寺中町とよばれる小集落を形成していた」とある。(「芦屋歌舞伎史」野間栄)

年中、その役者町の格子戸から、三味線の音や芝居のセリフの声が洩れていた。

その起りは空也上人が弟子を引きつれ、この地に巡錫《じゅんしゃく》され、衆生《しゅじょう》を教化して帰京された。そのあとの道場を譲り受け、当地の俗体の弟子どもが、踊り念仏を弘通《ぐつう》したというのである。もとより空也上人のゆかりは伝説であろうが、念仏衆は時には遊芸らしきものもみせた。

常足先生の『太宰管内志』の「葦屋津」の項をみよう。

「（芦屋は）客船の集る処なれば諸物乏しからず人家も千軒許《ばかり》あり。東に祇園社あり。又そこに寺中町と云《いふ》ものあり。数十家あり。能、歌舞をなす。芸を諸国に売りて妻子を養ふ。世俗是を葦屋念仏と云《いふ》。初は九品念仏のみを業とせし故なり」

踊り念仏から発祥した歌舞伎がこの地に生れた。芦屋はもとより桑原久子さんの住むところ、ここの〝岡田の宮〟の市《いち》はかなり賑わうらしく、久子さんは歌の師、常足先生や宅子さんを招んでいる。招きをうけて飛び立つ思いの宅子さんは、

「嬉しきは君が音づれ音高き　岡田の宮の市を見に来《こ》と　宅子」

「芦屋の市のさかりなるを見て

市人は芦屋の浦の芦の葉の　栄《さか》ゆくごとくゆくも帰るも　常足」

さあ、そういう祭の時に、遠い昔の踊り念仏衆を始祖とする芦屋役者たちが、歌舞伎狂言を見せたのではなかろうか。芦屋の芝居は筑前藩内のあちこちで興行された。いくつかの座があってそれぞれが縄張りをきめて各地へ巡業したという。もとより歌舞伎は男の世界だから、巡業には妻や娘は帯同しない。芦屋役者たちは〈負いこ〉という背負い具で舞台道具や衣裳の荷物を運んだという。

彼らは歌舞伎狂言を筑前の町や村で見せた（飢饉や凶作の年は、藩から許可が出ず、上演禁止になったけれども）。各座で外題がきまっており、互いに侵すことはなかった。一座は親子兄弟、縁者で固めていて、役者の家に生れれば、幼いころから遊芸、芝居の稽古

に精を出し、子役として出演した。

資料でわかっている外題は次の如くである。（前掲「芦屋歌舞伎史」）

蘆屋道満大内鑑《あしやどうまんおおうちかがみ》（葛の葉）・義経千本桜・仮名手本忠臣蔵・一谷嫩《ふたば》軍記・伽羅先代萩《めいぼく》・近江源氏先陣館・絵本太功記・壇浦兜軍記・ひらかな盛衰記……

見てもわかるように、丸本物で全段、終日通しで上演したという。ほかの資料ではこれに加えて、

御所桜堀川夜討・恋女房染分手綱《そめわけたづな》・源平布引滝・奥州安達原《あだちがはら》……

ほとんどが浄瑠璃狂言の時代物、筑前の観客には受け入れられやすかったのであろう。そういうとき、宅子さんも久子さんも「仮名手本忠臣蔵」をはじめ狂言に馴染みがあり、武陽隠士の憤慨したごとく、三度の食事よりも……と熱狂したであろうか。

宅子さんの歌、「もののふのみちは知らねど」という措辞がいかにも大胆である。女性である上に、商賈《しょうこ》の家の者、武士のならいは関係ないが、――というところ。しかしさすがに赤穂義士の木像や墓を見ては「仮名手本忠臣蔵」の舞台の思い出もそそられ、

「四十《よそ》あまり七つの墓のしのばれて　露わけ衣《ごろも》袖ぞぬれける　宅子」

大石内蔵助の屋敷は、正徳の先火で失われたが、赤穂城は森和泉守二万石の居城としてこのころも美しい姿をみせていたはず。天守閣はないが、設計は山鹿素行である。

この赤穂のあとは宅子さんと久子さんのメモに若干矛盾があるが、二十日はすでに姫路城を過ぎ、その夜は曾根村に泊ったことは一致している。

「そは姫路よりすこし行《ゆき》て、街道を右に別れて南のかたにあり」

と宅子さんの記述、現・高砂市曾根町である。ここで泊ったのは曾根天満宮参詣とともに、曾根の松というのを見たかったらしい。二十一日、もう高砂の浦（現・高砂市）である。そして尾上の松のある尾上町（現・加古川市）、別府《べふ》（現・加古川市別府町）の手枕の松、三十丁いって住吉神社には尾上の鐘というものがあったと。やがて五里ばかりで明石の里に到り、亀屋という宿に入り、何よりかより、ここでは歌聖、柿本人麻呂の社へ詣でねばならぬ。何という道中だ、この辺りは。

もうどうしようもない。歌枕（傍点の地名）のオンパレードである上に、人麻呂さまゆかりの地にたどりついてしまうのである。一同の感慨はひとしお、やはり歌人のグループとしては、

「もののふのみちは知らねど……」

である。義士の義挙よりも、古い歌枕、そして古典ゆかりの地を実際に目睹《もくと》した昂奮のほうが大きいのであろう。

明石は松平但馬守さま六万石の城下町、『五街道細見』（岸井良衛編　’59　青蛙房刊）の「山陽みち」で見れば、ここの名物は鯛《たい》、蠣《かき》、乾蛸《ほしだこ》、干魚とあるが、名物中の名物の、春

の桜鯛がもう出たろうか。この年、二月二十一日は陽暦ですでに四月十二日、関西では桜鯛というて珍重する、脂ののった鮮紅色の鯛である。冬ごもりしていた鯛が春の訪れを感じて瀬戸内海へ集ってくる。鳴門の渦に揉まれて身が引きしまり、その美味といったらない。これを浪花では〈魚島《うおじま》〉という。あるいは女ばかりの一行の膳《ぜん》にそれが出て、風呂あがりのめんめんを喜ばせたであろうか。

もちろん宅子さんはお酒を所望する。

〈〃酒は皺のばし〃ちゅうけん、あたいらに気兼ねせずに飲みなっせえ〉

久子さんがにこにことすすめてくれる。

〈ほんなこと、うらやましか。いける人は〉

〈ああたも一杯ぐらい、よござっしょうも。酒は百薬の長ち、いいますばい〉

〈あたいはどうも不調法のごたる。まあいっぱい、酌させてつかあさい〉

と久子さんは徳利をとりあげて、びっくり、

〈あらッ、もう、しまえとりますばい〉

〈そうでござっしょうな〉

自若としてうなずく宅子さんは、はや、瞼をうす紅に染めて、

〈ゆるっと飲みよるつもりでも、〃酒に別腹あり〃ちゅうて、いつの間にやら入っとりますもん。あたいの五臓六腑の太かこと〉

おちくさん、おぜんさんも笑ってしまう。

〈ほんなこと、宅子さんのお酒は、にぎやかで憂いを払う玉箒《たまははき》、おかげであたいたちも飲んだごと、ちいた、気分の浮かれとりますばい〉

〈なんの、あたいはただの、卑し坊たい〉

皺のばしの酒が二本になり、三本になったかもしれぬが、それでも今日の歌枕の地に立った感動を、忘れず歌稿に書きとめなくてはならぬ。まず、人麻呂の社では、

「敷島の道にをぐらき身にしあれば　明石の宮をたゞたのむかな　宅子」

久子さんはその近くの忠度《ただのり》の墓に詣でた感動を。

「花よりも匂ひふかめてさゝなみや　志賀のみやこにのこる言の葉　久子」

平忠度は平家切っての歌人。一門都落ちのとき、詠歌百余首を師の藤原俊成に托し、撰集の沙汰あるときは〈生涯の面目に、一首のご恩蒙らばや〉といって西海へ赴くが、一の谷で戦死、のち俊成は『千載集』の選者として忠度の歌一首を採って、その望みを叶えてやる。勅勘《ちょっかん》の人なので「読み人知らず」として。「故郷の花」という題であった。

「さざ浪や志賀の都は荒れにしを
　むかしながらの山ざくらかな」

久子さんの歌はそれを受けている。この先は『平家物語』の古蹟がうちつづく。

宅子さんは高砂の浦で。

「はる風に名も高砂のうら松の　声はゆたけく聞えけるかな　宅子」

吉野の花におくれじと思えば心もせかれる。

二十二日、舞子の浜から須磨へは一里半ばかり。須磨は『源氏物語』ゆかりの地ではあるが、また『平家物語』も。そこには人気度からいえばかなり高い敦盛《あつもり》の塚がある。街道の左、三の谷というところだったと。須磨寺で青葉の笛を見る。敦盛の遺品と伝えられるものだ。敦盛は沖の味方の舟めがけて、馬を泳がせていたところ、背後から熊谷次郎直実《なおざね》に〈返せ〉と呼ばわられて引返す。難なく組敷いた屈強の侍の熊谷、首を打たんと兜《かぶと》をはねのけてみれば、十六七の美少年、薄化粧して鉄漿《かね》をつけていた。あわれ、若き公達《きんだち》を、助けまいらせんというが、美少年はただ首をとれといさぎよかった。それが敦盛で、腰に一管の笛をさしていたという。

「きかねども音《ね》にぞ泣かるる須磨寺に　残る青葉の笛のしらべは　宅子」

兵庫の築島は清盛の旧蹟、ここから船でいよいよ大坂の地を踏んだ。遅くなったので湊橋のさぬき屋という宿で泊り、二十三日、葉村屋に移る。宅子さんの日記には〈はむろや〉とあるが、『中間市史』によれば筑前からの伊勢参宮者の定宿はきめられており、それだけ参宮の風習が定着していたのであろう。そこは「土佐堀一丁目葉村屋吉兵衛」方であったという。

大坂は往古の難波江で、これまた歌枕の地、
「ものいはゞわれ芦の葉にことゝはん　なにはのことの古りしむかしを　宅子」
古歌のかずかずを思い出し、宅子さんはなつかしむ。二十五日は明石屋という家に招かれ、歓待を受けた。この明石屋とどういう関係にあるのか書かれていないのでわからないのだが、宿は一応、葉村屋にとっているようだ。宅子さんの〈小松屋〉か久子さんの〈米伝〉の、取引先関係でもあろうか。

春うららの好晴がつづき、一行は天王寺や住吉大社、今宮社に詣る。そのあと（久子さんによれば二十七日）、明石屋の招待で〈松の尾の茶屋〉へいった。これがたいへんな高級料理屋であった。

かの武陽隠士が当時の大坂を見たら何といったろう。食いだおれの町とて、ピンからキリまでの〈うまいもんや〉がたち並んでその壮観は江都の及ぶところではない。何しろ海の幸・山の幸が豊富、侍の数が少くて圧倒的に庶民の多い町なれば、〈安くてうまい〉店が充実しているのである。ふところ具合に応じて、それぞれよりどり見どりでうまいもんにありつける（これは現代の大阪でもそうだ）。店の評判が番付になって出たりして、庶民の間に飲食文化への関心がたかまっていたのだ。

先年、兵庫県芦屋市のさる旧家から発見された『花の下影』は幕末大坂の飲食店、ならびに庶民の生態が飄逸《ひょういつ》な筆づかいで生き生きと描かれた本である。作者は不明だが彩色

は今も鮮明、これは岡本良一先生監修で、清文堂出版（'86）から出版されている。説明執筆は朝日新聞阪神支局の記者さんたち。

これがたのしい。一流料亭から茶漬屋、蕎麦屋、焼餅屋、麦めし屋にうなぎ屋、田楽屋、……甘辛双方、何でも揃っている。絵の男女の、欲得もなく、おいしいものをたべて、ただ福々しい笑顔でいるのが、とても好い。

その中の高級料亭として〈松の尾〉が載っている。『江戸時代図誌　大坂』（'76　筑摩書房刊）によれば天保十一年（というから、宅子さんの大坂入りの一年前だ）の「浪花料理屋家号附録」という番付表に、東の大関は〈浮瀬《うかむせ》〉、西の大関は〈西照庵〉、東の関脇が〈松の尾〉。横綱はないから〈松の尾〉はベストスリーのうちである。

〈浮瀬〉はこれはもう大坂の老舗で有名。新清水《きよみず》清光院の石段下にあった。秋里籬島《りとう》の『摂津名所図会』（『日本名所風俗図会　大阪の巻』角川書店刊、所収）には、

「はるかに西南を見渡せば海原ゆきかふ百船の白帆、淡路島山に落ちかかる三日の月、雪の景色はいふもさらなり、庭中には花紅葉の木々、春秋の草々を植ゑて、四時ともに眺めに飽かざる遊観の勝地なり」

ことに有名なのは貝の盃で、鮑《あわび》の貝の十一ある穴を塞いで酒を盛れば七合半盛れると。夜光貝の盃、うずら貝など、名盃も多い。酒器を見て客はまず興じるのである。

〈西照庵〉は生玉《いくたま》月江寺の裏門の西、座敷からは大坂の町々、西海まで一望できた。夕陽

の美観はいうも更なり、そのせいで西照の名がつけられた。
「庭中林泉、席上の普請、風流にしていはゆる京師《けいし》の円山に彷彿たり」（『摂津名所図会』）〈松の尾〉は難波《なんば》新地の一角にあり、あたりに芝居、見せ物など小屋も多い。「往来の群《ぐん》衆《じゅ》間断なく賑はしき事並びなし」。このあたりのたべものや、「茶屋、白酒屋、卯の日餅、朝日野茶漬、または菓《くだもの》、饅頭・菓子・温飩《うどん》・蕎麦切・鮨・煮売屋その余《ほか》種々の食物小間物あげて枚《かぞ》ふるに隙《いとま》なし」（暁鐘成《あかつきのかねなり》『浪華の賑ひ』）目が舞いそうだ。

その中に庭中の林泉佳景なる〈松の尾〉がある。

宅子さんらはそこへ案内される。宏壮な邸で、馬でも駕籠《かご》でも下りずにそのまま中へ入れるぐらいだったという。『花の下影』の絵で見ると、屋根付きの門で、はいれば飛石も清げである。別に「浪華松野尾茶店之図」という一枚刷りの絵がある。これで見ると、庭中に池があり、奥庭に風流田舎座敷もあるらしい。

宅子さんも一驚する。見るも花やかな光景が目前にあった。

「折しも庭の桜盛りに立ちつらなり、高楼《たかどの》四方に建てめぐらせり。裏は釣のさまに作りなして其上は物見の亭《ちん》なり。千本ともおぼしき桜咲きみちたる中を、あまた少女ども桜色の衣に桜の花の散りたるかたを絵がきて、皆一様によそひたるが行きかふさま、むかしの狂言めきて、ふたつとあるべうもおぼえずなん。花見る人いと多くつどひて酒のむ。

をとめ子が花のころもにゆきふれて　やつれし袖もにほひけるかな　　宅子」

このやつれし袖は宅子さん自身のことである。桜花のもとに、少女らの桜色の衣、それには桜の花びらが染められている、――さぞあでやかなさまであったろう。みごとな演出である。

向い側に、〈登加久《とかく》〉の茶屋というのもある。そこの花も見た。ここも桜が多かった。日も暮れれば清げな灯籠をあまたかけ渡して昼のよう。

そこから帰りがけ、新町を見た。大坂を代表する廓《くるわ》。

四丁四方の花街で、青楼の華麗はいうべくもなく、九軒《くけん》町の〈吉田屋〉、佐渡島町の〈高島屋〉が大きい。このころにはすでに桜が植わっていたので、賑わいはむかしに増さっていたろう。

宅子さんたちは、いにしえの江口・神崎の遊女らも思い合せ、この廓《さと》の〈浮かれめ〉をみた。

「よしあしもなべてなびくか白波の　かゝる難波の里のうかれめ　宅子」

この歌には傾城《けいせい》への同情よりも、一笑千金の昂然たる浮かれめに瞠目しているような、うわのそらのひびきがある。この廓《さと》にはむかし、夕霧や揚巻、吾妻、松山などという有名な全盛の太夫がいた。

しかし本当に宅子さんを感じ入らせたのは名もなき茶店や宿屋の、浪花女のかいがいしさ、愛嬌あるとりなし、機敏な動作だったのではあるまいか。もちろん筑前の元気女も、それに劣るまじとは思われるが、この地の人々の敏活にして柔媚《じゅうび》な風合《ふうあい》はまた、別である。

……『浪華の賑ひ』にいう、

「浪花《ろうか》は諸国の海船輻湊《ふくそう》の地なるがゆゑに旅舎の類別《たぐいわけ》て多し。なかんづく当難波《なんば》新地より九郎右衛門町・湊町・幸町の末まで旅舎の行灯、家《や》毎に輝き、昼夜ともに往来繁し。されば飯焚《めしたき》の下女といへども襷《たすき》襷はづして飛んで出る田舎育ちのお林《りん》のみならず、最《いと》、艶《やさ》しきも有るものから、旅客も酌をとらせて杯を傾《かたぶ》くるもありて、絃歌の声賑はしく、自ら滞留に日数を重ぬるも皆この津の繁昌にして、四海の浪の静かなる大御代の御恩沢《ごおんたく》といふべし」

　さていよいよ吉野の花が気にかかり、大坂の地に別れを告げる。くらがり峠を越えて、奈良へ向おうというわけだ。春暖は一行の女人の頰を仄かに紅くし、日一日と春は闌《た》ける。

玉くしげ二見《ふたみ》の浦波《うらなみ》

大坂を出たのは二月二十九日である。大和へゆく道は東行するのであった。二軒茶屋（私はこの地について詳《つまび》らかにし得ない）まで人々が送ってきたという。これは久子さんの『二荒詣《ふたらもうで》日記』によれば、一夕、一行を招待してくれた明石屋某であったらしい。

この明石屋主人も文雅の士とみえて、宅子さんがその心づかいを謝して、

「吹く風のほかにはたれかおとづれん　春のかすみの立ち別れなば　宅子」

と歌を贈ったのに対し、たちどころに、

「別れての後《のち》に逢坂越えんより　今宵ひと夜をせきとめてまし　明石屋」

〈いやあ、ご一緒に旅したいくらいですね〉

とたわむれる。宅子さんたちの才幹にかねてより敬愛の念を懐抱していたらしきことがうかがわれる。宅子さんは返す。

「別るともひとりはゆかじ今日きみが　たぐふこころを道の伴《とも》にて　宅子」

久子さんもなぐさめる。帰路にまた会えますわ。

「別るともまためぐり来《こ》ん難波潟　芦の若葉のうちそよぐころ　久子」

さらに東行して深江松原（これはいま大阪市東成区の深江のあたりであろう。越えれば東大阪市になる）を過ぎ、くらがり峠に辿《たど》りつく。大和の国と河内の国の境に横たわる生駒山地である。峠の道は奈良街道、奈良と大坂を結ぶ最短距離で、宅子さんはくらがり峠という名を面白く思って早速一首、

「乗る駒も難波の人に別れつつ　こころぼそげにくらがりの山　宅子」

歌人は物の名にことさら感興を催す。

ここは馬を利用して越えたから、道中のなやみはなかった。その夜は大瀬村（ここも不明、しかし小瀬という地名が近くにあるのでその辺りか）の橋本屋に泊った。

明ければいよいよ月も変って三月《やよい》一日、大瀬から三里ほどいって尼ガ辻、もはや西の京である。田畑を越えてはるか南には唐招提寺、そして薬師寺の塔も拝まれたであろうか。

〈まあ、とうとう奈良に……〉

と筑前女人たちの感激はひとしおであったろう。海山越えてあの奈良を目前に。宅子さんの歌で見ると、常足先生から『萬葉集』も教わっているふしがある。されば、古都遠望の瞬間、小野老《おののおゆ》の歌も胸に浮かんだであろう。

「青丹よし寧楽《なら》の京師《みやこ》は咲く花の
薫《にお》ふが如くいま盛りなり」

〈ほんに、八重桜も咲きはじめとりまっしょう〉

と久子さんのいうのは伊勢大輔《いせのたいふ》の、

「いにしへの奈良の都の八重桜
けふ九重《ここのえ》に匂ひぬるかな」

を思い出したのか。

三月朔日は陽暦でいえば四月二十一日である。奈良の八重桜は王朝の頃からの名物だ。

〈桜より大仏どんの早う来なっせて、さぞ待ちかねとんなっしょう〉

宅子さんの言葉にみなみな笑いつつ歩みも力強くなる。常足先生の『伊勢詣日記抄録山さくら戸』の歌を思い出す人もあったろう。常足先生は京から奈良入りしたゆえ、北の歌姫越《ごえ》だったが「西の京のあたり見渡して」の詞書《ことばがき》で、

「古郷《ふるさと》といへど西寺ひがし寺　立ちかさなれる春霞かな　常足」

先生の巡遊の時と同じく、春に来合せたのは願ってもない眼福であった。古都は桜に包まれていたのだ。

町に入ればまずとっかかりに興福寺。猿沢の池のほとりに建つ古寺を八重桜が彩っていた。猿沢の池には帝寵の衰えたのを嘆いた采女《うねめ》が投身したという伝説があり、池の一角に供養塔と衣掛けの柳がある。この伝承は女人たちに哀切にひびく。

「春ごとに鳴く鶯も吾妹子《わぎもこ》が　世をさる沢の池や恨むる　久子」

「猿沢の水を深むるあはれさよ　池の柳の春雨のころ　宅子」

八重桜は咲きみち、あたりは靉靆《あいたい》たる薄紅色の世界である。花の間に興福寺の五重塔が見え、鶯が啼く。池の水鳥は水面を打って飛び立ち、見上げれば青空を掩《おお》う花の天蓋。

宅子さんらは常足先生の『山さくら戸』と共に、本居宣長大人《うし》の『菅笠《すがかさ》日記』も視野におさめて出てきたのではあるまいか。宣長大人は明和九年（この十一月に改元して安永元年となる。一七七二）、四十三歳のとき、心おきない友人・弟子たち五人と共に、陽春三月、吉野の桜を賞で、また大和を巡覧している。それら先学たちの、のびやかな文章や美しい歌のかずかずが絶えず底音部に流れ、旅の逸興をいや増して、うたごころをかきたててくれたのかもしれぬ。古都のシンボルとして大仏とともに有名な興福寺の五重塔は国宝で高さ五一メートル、十五世紀の再建だがまことに姿がととのって美しい。

「(興福寺は) 石ずゑのあと、こゝかしこに残りていと広し。いまあるは南円堂、北円堂、東金堂、五重塔のみなり。すべて芝生にて常に鹿多くあそぶ。是《これ》に物などくはせて、こゝより南門を過ぎて春日社にまうず《ママ》。まづ道より左のかたなる一の鳥居を入り行けば、左右に石の灯籠その数を知らず。一夜に油をたくこと三斗六升なりといふ」と宅子さんはしるす。

　興福寺は藤原氏の氏寺だが、春日大社も同じく藤原氏の氏神を祀る。丹塗《にぬり》の社殿（国宝）は背後の緑に映え、すがすがしくもけざやかである。常足先生の「春日ノ社に詣で

て」の歌、

「この神を仰がざらめや三笠山　天《あめ》のしたなるもののふにして　常足」

というのは祭神が武神だからであろう。武神は二柱、茨城県鹿島《かしま》からは〈武甕槌命《たけみかづちのみこと》〉、次いで千葉県香取《かとり》より〈経津主命《ふつぬしのみこと》〉。この二神は天孫降臨の時、先住民の出雲族（大国主命）に、国土を天孫に奉献すべしと説得した神々である。武神の印象が強く、往古、春日の社にもののふの信仰は篤かった（院政時代、南都・北嶺の僧兵はしばしば朝廷に強訴《ごうそ》をくり返したが、奈良法師たちの無法はことにも凄《すさ》まじい。興福寺の僧兵は春日大社の神木を奉じ、東大寺は手向《たむけ》山八幡宮の神輿《みこし》を担いで京に荒れ狂い、温柔な都びとを畏怖させている。だいたいが荒ぶる神であったのかもしれぬ）。

しかし、春日大社《サン》のご神殿の優美さを見ればそれだけではないことがしのばれる。

第三殿の祭神は大阪府・枚岡《ひらおか》の主神である天児屋根命《あめのこやねのみこと》、第四殿がその比売神《ひめがみ》を祀る。天児屋根命は中臣《なかとみ》氏の遠祖で祭祀を司る。その后神もまた、卜占で神と人を結んだか。猛く荒ぶる神は万物を生み成らせ、占って天意を探る神は、人の情《こころ》を育て、知能を啓発する、というようなところであろうか。

宅子さんたちが見た春日社のたたずまいは、現在のそれと同じである。春日大社は二十年毎の式年造替《ぞうたい》のため、古格をとどめ得てしかも、新築のごとくうるわしい。更には古歌にうたわれた雪消《ゆきげ》の沢というささやかな美しい池。野守の鏡は謡曲「野守」

の古蹟、江戸時代は謡曲が盛んなので、その古蹟とあれば宅子さんたちも心ひかれたろう。

　更に一行を感動させるのは、このあたり一帯、それこそ古歌の歌どころ、〈春日野〉であることだ。早春の若草を古人は摘み、また、恋を語った。そのいわれふかき地。歌ごろが、やまと民族《びと》の思いが、沁みついてゆたかな精神的地熱となっている地。地霊がかぎりない郷愁を伴って人を搏《う》つ地。

「春日野に煙立つみゆ娘子《おとめ》らし　春野の菟芽子《うわぎ》採《つ》みて煮らしも」は『萬葉集』（巻十・一八七九）。

「春日野の若紫のすり衣《ごろも》　しのぶのみだれかぎり知られず」は、むかし男の『伊勢物語』「初冠《ういこうぶり》」の初段。

「春日野の飛火《とぶひ》の野守いでて見よ　今幾日《いくか》ありて若菜つみてん」は『古今集』……

　奈良の春は物詣で、花見の人も多かったろうが、しかし現代と違い車の騒音も排気ガスもないころ。春日さまの神鹿と大事にされる鹿が群れつどい、彼方に三笠山、高円山《たかまど》、奈良の春は気が遠くなるほどのどかで美しかったろう。

　茶屋に休んで、——（というのは、おぜんさんは少し太り肉《じし》ゆえ、歩きなやんでともすると、茶屋の床几《しょうぎ》を愛する。同時に田舎饅頭もすぐ口へ入れたがる……）鶯の声に耳かたむけつつ、宅子さんは洒落《しゃれ》っけたっぷりに、

「たびびとに宿かすが野の鶯は　憂《う》さ忘れよとこそは鳴くらめ　宅子」

〈ほほ、〝世をさる沢の〟と詠みなさった久子さんのお歌のお返しでござっしょうな〉とおちくさん。ただし、久子さんのほうはまじめに作っているが、宅子さんのは茶目っぽい。

そこから若草山へのぼり、しかし山頂からの大パノラマについては二人とも筆を及ぼしていないので、中途まで登ったらしい。標高三四二メートル、笠を伏せたようなゆるやかな丘が三つ重なっている。久子さんも「幾重もかさなれる山なり」と書いている。ゆるやかな傾斜ながら山頂まできわめるのは、足弱にはちょっと……というところ。それより大仏さまに心せかれる。

東大寺の、手向山八幡宮にまず詣でる。東大寺の守護神、ここは奈良の都のおん時、豊前国宇佐の郡から勧請した神、というので、宅子さんたちにも親和感があるのだった。もとより、この背後の手向山は歌枕、紅葉の名所である。二月堂、三月堂などめぐって、大仏の鐘（国宝）を見る。大仏開眼のときに使われた梵鐘、鐘楼と共に国宝だが、わが国最大の鐘を見て、

〈まあ、ふとか鐘でございますなあ〉

と感じ入った。しかしそれよりも大きな驚きは、巨大なる本堂に納まる本尊の大仏・銅造りの盧遮那仏《るしゃなぶつ》（国宝）を拝したときであろう。座高一五メートル、顔の長さ約五メートル、てのひらの長さ三・七メートル。

慈眼をふりあおいで宅子さんらは心からおろがむ。天下泰平、万民安楽。この巨大さの

前には一身の運・不運、一家の栄達など小ざかしいエゴは拭い去られてしまうのをおぼえるであろう。

何度か、兵火や地震で破損して修復されているが、この巨大な仏像は長いこと、日本の国と衆生をみつめ、守って来られたのである。宅子さんたちはその暖かな威容に搏《う》たれ、ひたすら、おすがりしたいと思う。

〈あたいよか、さすがちっとばかし、大きゅうあんなさる〉とうなずくおぜんさん。おぜんさんが坐ると膝が小山のようなのをみな知っているので笑う。

「ふるさととなりても奈良の大ぼとけ　ゆたけき君の御代ぞ知らるる　宅子」

そのあと久子さんの記述によれば一行は土産ものを買った。奈良名物中の名物、奈良墨である。文筆に携わる人としては見逃せぬ名産、その昔、空海が唐より製法を持ち帰って伝えたという。寺の多い奈良では写経用に、(筆とともに) 必需品として発達した。宅子さんらももちろん購う。

そのほか、三条の小鍛冶宗近《こかじむねちか》の小刀。

南都の刀作りは有名で、手作り包丁や鋏など現代も愛好されている。また、一刀彫りの奈良人形、紙や漆器、奈良団扇《うちわ》、奈良扇子、奈良晒《さらし》など、女人たちは争って求めたことと思われる。その上に、奈良漬、あられ酒……古都の産業は底ふかい。

その夜は籠屋という宿に泊った。

あくる二日。奈良に別れを告げ、郡山《こおりやま》（柳沢さま十五万石の城下町。文人大名を生み、近世の大和としては出色の文化都市である）を過ぎ平群《へぐり》の郡《こおり》、法隆寺に詣った。すでに正午を過ぎたころ。

「七堂伽藍《がらん》にてそのかみのまゝなりといふ。

　いかにしてむかしのまゝにいかるがの　寺もほとけもたちのこるらん　宅子」

聖徳太子信仰は庶民の間に根強い。法隆寺は世々の兵乱や信仰衰微に生き残った。ことに西円堂の薬師如来信仰が、法隆寺を救ったのである。「太刀・鏡の奉納、数知れず」と宅子さんもしるす。

ここから十一丁余、竜田の町の、猿屋という宿に泊った。明くれば三日。竜田明神の下の宮に詣でると、神主が桃の盃とて、お神酒《みき》を供して下さる。ほんに今日は弥生《やよい》の雛の節句、

「竜田川神に手向けの桃の酒　今日は流れを汲むぞうれしき　久子」

「三千年《みちとせ》もめぐり来《こ》とてや唐錦　竜田の神の桃の盃　宅子」

竜田川、ならしの岡、神なびのみむろ山、目にするものことごとく、歌枕の地ならざるはなし、という按配《あんばい》。南行して当麻寺に至った。

ここは中将姫の伝説で有名だが、ここからは二上山もよく見える。大津皇子《おおつのみこ》の塚がある。大伯皇女《おおくのひめみこ》の哀切な歌の思い出されるところ。

一行は東へ進んだ。やがて高市郡の八木の里である。このあたりすでに萬葉の世界、畝《うね》傍《び》山、香具山、耳成山《みみなし》もつい、そこ。

「ここに来てつまあらそひし古《ふる》ことを　問へどこたへずみみなしの山　宅子」

いうまでもなくこれは、天智天皇の「三山の歌」に依拠している。

「香具山は　畝傍を愛《お》しと
耳成と　相争ひき
神代より　かくにあるらし
古へも　しかにあれこそ
うつせみも　妻を　争ふらしき」（『萬葉集』巻一・一三）

香具山、耳成山は男、畝傍山を女に見立てている。古代から男二人が女一人を争うというのが嬬《つま》争い伝説の図式である。宅子さんは萬葉も師の常足先生から学んだのであろう。

――この旅から帰ってのち、数年後の詠であるが、「常足翁に参らす」とて、

「嬉しさよ時雨の雨もいとひなく　ふることさとす君の来ませる　宅子」

――ふることさとす、は古典講義の謂いであろう。常足先生の返し、

「古りし身もけふは心のいそがれし　雨の足よりしげきつかひに　常足」

してみれば、底井野の門弟の慫慂《しょうよう》によって常足先生は講義に赴いたのであるか。講義のあとは歌会になる。

「小松屋の人々と打《うち》つどひてうたよミける時」

という詞書の、常足先生の歌。

「かかる時ふたりミたりの中垣に　へだてられぬも老いのたのしミ　常足」

宅子さんの家族、夫や弟も詠歌の趣味があったらしいので（短冊が残されている）、「打つどひてうたよミける」興を共にしたのであろう。ついでにいえば、そういうときに交された歌であろうか、「黒豆を煮て常足翁に奉るとて」との宅子さんの詞書で、

「あぢきなき物にはあれど千代までも　君まめやかにませと思へバ　宅子」

常足先生もその志を嘉《よみ》して、

「まめやかにあれよと人に思はれて　煮らるる豆の味はひのよき　常足」

この常足先生は遅くなると宅子さんの邸に泊ることもあったらしい。

「常足の大人《うし》来たまひける時」という宅子さんの詞書で、

「恥かしやつもれるちりをそのままに　君がしばしの旅宿りとは　宅子」

先生の返しはこうであった。

「かばかりの宿りならずば草枕　旅のひと夜を明かしかねてん　常足」

こんなむさ苦しいところでごめん遊ばせ、と恐縮する女弟子に、いやいや、とんでもない、かかる宿りこそ手足延ばして安穏に眠れまする。

師弟の親和感が仄々《ほのぼの》と温い。これは伊藤家文書の『群書抄録』の中に挟まれていたひと

ひらの歌稿、かの鞍手町歴史民俗資料館の井手川泰子先生からご教示頂いたもの。あるいは反故《ほご》として打ち棄てられたかもしれぬ一葉の資料から、さまざまのことが思われて興ふかい。渺《びょう》たる辺陬《へんすう》の地で、師は倦《う》むことなく「ふること」をさとし、弟子はまた、孜々《しし》とそれを学んでいるのであった。しかも忙しい商家のあるじや主婦が、である。宅子さんの「みみなしの山」の歌の背後にはそれだけの蓄積と研鑽《けんさん》がある。

さて桜井に着いた。「桜井といふはなにとかやなつかしき処《ところ》の名なれど、道いそぐをりからなれば、我も人も心とまらずなん」（『東路日記』）。実はこのあたりは史蹟の宝庫で、伝承地が密集している。古代王朝の宮跡、古寺の跡、古い石造物のさまざま、王陵や古墳も多く、歴史まみれの地方である。一歩まちがうとどうしようもない観光地になりかねないが、現代では明日香村がわりにしっかりして俗化を防いでいるという印象である。

宅子さんの時代では、史蹟より西国三十三所で知られるお寺のほうに関心があったろう。桜井の追分（浦の辻）に宿をきめて、東北さして初瀬寺（長谷寺）へ赴く。ここは二十年前にも来たのか、「すべてのさまむかし見しには事かはりて、寺の内いときよらなること、たとへんものなく詞にもおよびがたし」

二十年の間に、庶民に旅行熱がたかまり、旅客が多く集るようになって、寺の結構も面目一新したのであろう。

初瀬は隠国《こもりく》、花期もややおそいのか、いまが盛りの春だった。

「左右のさくら、浅黄さくら、いろ〳〵の花いまをさかりに咲き乱れ」という風情。

「春山にこゝろを幣《ぬさ》とくだくかな　左り右りの花のさかりは　宅子」

幣は神に供するこまかい布片や紙片。日も傾いたが、なおも花に心奪われて宿へ帰る気もしない。

「小初瀬《おはつせ》の山のさくらはさかりなり　今宵の嵐ふきな乱しそ　宅子」

廻廊のさまが珍しい。初瀬寺は高殿をもつ。

「その右のかたよりふもとに到るまで、さくら咲きみちたり」

ここは『源氏物語』の舞台の一つでもあった。薄幸の美人・玉鬘《たまかずら》が、九州から都へやっと上ってきたが、寄るべもなく心ぼそい身を嘆いて、ここの観音さまにすがって開運を願う。王朝の世では、都の清水《きよみず》・石山寺・初瀬の三観音の信仰が篤かった。籠《こも》り客が多くて、僧坊の部屋は相部屋となった。ところが何という偶然であろう、相客の女は、かねて玉鬘の母、夕顔の侍女だった右近であった。右近はいまは源氏の大臣《おとど》に仕えて不自由ない暮しであるが、そのかみ、はかなく身まかった夕顔の忘れがたみの姫の運命を案じ、どうぞ会わせて下さいますよう、姫君が無事でいられますよう、と初瀬の観音さまに祈っていたのだ。再会して嬉し涙にくれる右近。右近から見た玉鬘は母君より美しい娘に生い立っていた。玉鬘は右近に恥じらいながら歌を詠む。

「初瀬川はやくのことは知らねども　けふの逢瀬に身さへ流れぬ」――初瀬川の早い流れ

……そのように早く過ぎ去った昔のことは私にはわかりません。母の顔もおぼえぬうちに別れたのですもの。でも今日、あなたにお目にかかり、ふしぎな運命を思えば、涙で私の身も流れそうに思われます。……

宅子さんは『源氏物語』も読み囓《かじ》っていたろう。

「咲くもあり散るもある世の中々に　こゝろうごかす小初瀬《おはつせ》の花　宅子」

宣長大人《うし》も初瀬寺に感激している。山ぶところの道を苦労してやってくると眼前にぱっと僧坊御堂があらわれ「あらぬ世界に来たらん心地す」(『菅笠日記』)

与喜《よき》の天神の前を下ると板橋を渡した流れがあった。これが古歌や『源氏物語』に詠まれた初瀬川。向う岸は初瀬の里、

「人やどす家に立入りて、物くひなゝどしてやすむ。うしろは川ぎしにかたかけたる屋なれば、波の音たゞ床《ゆか》のもとにとゞろきたり。

初瀬川はやくの世よりながれきて　名に立ちわたる瀬々のいはなみ」(『菅笠日記』)

こちらは宅子さん、日も暮れかかり、〈そろそろ宿へ帰りまっしょうか、しいしら寒《さぶ》うなったごたる〉というおちくさん、おぜんさんに、

〈まちいと、ゆるっと……〉

といっていたが、久子さんも立ち去る気はしないという。それほどここの花に心うばわれてしまった。

「かゝるめでたき花を見すてゝむげにかへるべくもあらねば、久刀自《とじ》と二人してかなたこなたと見かへりつゝ

はつせ山花のねぐらに立ち帰る　つばさも匂ふ春の夕映え　　宅子」

夕ぐれどきの桜の美しさもよかった。宅子さんはついに、久子刀自とともにこの初瀬で泊るといい出す。

〈お寺に泊らっしゃると？　物好きな〉

おちくさんらはおどろく。案内の男が、この初瀬の里には人を泊める宿がたくさんあると請け合う。荷物も宿にあることとて、おちくさんおぜんさんは、供の男たちと追分の宿へ帰った。宅子さんらは心ゆくまで花をいとおしみ、花吹雪にまみれつつ、高殿や廻廊をめぐりあるく。鐘の音、僧たちの読経の声、王朝の世もこうもあったろうかと、何とはない感傷に浸りながら。……久子さんも風狂に昂奮する。

〈宅子さん、初瀬寺の鐘ですたい〉

〈ほんに。——「初瀬山入相の鐘をきくたびに　昔の遠くなるぞかなしき」……『千載集』の藤原有家でありましつろうか〉

灯に仄かに浮き上る桜もまた、あでやかだ。

提灯に照らされて廻廊を下りてゆく。風が吹きわたると、夜目にも白く花が散った。

明ければ三月四日。今日もまたお寺へのぼる。昨日は酒屋に案内したので、今日は餅屋

にいきましょうと、久子さんも諧謔好きだ。

「君がためきのふ酒屋にしるべしつ　けふはこゝろを餅売《もちい》る屋に　久子」

宅子さんの返し。

「いざさらば売る家ごとにたちよりて　君をもちひにあかせてしがな　宅子」

辛党の宅子さんと、甘党の久子さんだが仲がよい。

そそくさと宿を出てまたもや、花のもとをうっとりとさまよう。思えば奈良へ来て、さまざまの珍しいものに出会い、おどろきもし、感動もしたけれど、初瀬の山桜には二人とも、

(まいりました……)

という感じであった。

〈そろそろ……〉

と久子さんがいえば、

〈あい、でもまちいと……〉

と宅子さんがためらい、今度は、

〈時が移りますき、いつまでも見たい花ばって……〉

と宅子さんが促せば、久子さんが、

〈そげんせかせなすな。……いまは一期一会《いちごいちえ》のときばい〉

といって立ち去らぬという具合で、花の雲の中でふたりはためいきをつくばかり。「とかく物するうちに時移りぬ。かへさをいそぐべきに、花のあはれなるにめでて立ちもやらず」という風情。

二人は宣長先生の『玉勝間』を読んだかも知れぬ。六の巻「花のさだめ」に、先生は桜の花について思いのたけを吐いている。

「花はさくら、桜は、山桜の、葉あかくてりて、ほそきが、まばらにまじりて、花しげく咲《さき》たるは、又たぐふべき物もなく、うき世のものとも思はれず」

「大かた山ざくらといふ中にも、しな〴〵の有《あり》て、こまかに見れば、一木ごとに、いさゝかかはれるところ有て、またく同じきはなきやう也」

「すべてくもれる日の空に見あげたるは、花の色あざやかならず、松も何も、あをやかにしげりたるこなたに咲《さけ》るは、色はえて、ことに見ゆ、空きよくはれたる日、日影のさすかたより見たるは、にほひこよなくて、おなじ花ともおぼえぬまでなん、朝日はさら也、夕ばえも」

今様の、世にもてはやす新しい花は、宣長先生は愛さない。古歌や古物語によまれた花がよいという。「歌にもよみたらず、ふるき物にも、見えたることなきは、心のなしにや、なつかしからずおぼゆかし、されどそれはた、ひとやうなるひがこゝろにやあらむ」

私の独断偏見かもしれないがね、といいながら先生の尚古《しょうこ》趣味は毫《ごう》もゆるがない。先生

も初瀬寺に感動するが、それは貝を吹き鐘の音に、
（おお、そういえば『枕草子』に清少納言が書いていたっけ、そばで急に貝の音が高くひびいてびっくりした、と……）
などと思い出し、
「そのかみの面影も見るやう也」（『菅笠日記』）
と喜んでいるのである。
「ふるき歌共にもあまたよみける。いにしへの同じ鐘にやといとなつかし。かゝる所からは、ことなる事なき物にも、見きくにつけて、心のとまるは、すべて古へをしたふ心のくせ也かし」（同）
宅子さん久子さんの陶酔は、そればかりともいえないと思う。花を賞でてそのまま、「花の下にてわれ死なむ」とばかり花にうつつを抜かし、花の里で泊ってしまうという自由な身の処しかた、その幸福を、二人は嚙みしめている。こんな人生の快楽がある、山林自由の民の悦楽を、女の身でほんの一瞬でも舌端に味わえた、その幸福感に痺《しび》れて、二人は共犯者の目くばせを交し合い、微笑みを交し合ったにちがいない。

初瀬寺より阿部の文殊へ詣った。日本三大文殊の一つ、ここは宣長先生の『菅笠日記』

には、「よに名高き仏也」とある。大きい窟《いわや》があったと。

「いと〳〵あがれる代に、たかき人を葬《はふ》りし墓《つか》とこそ思はるれ」と先生は考察する。

宅子さんたちはそこから岡寺へ詣った。西国三十三所札所、七番のお寺である（初瀬寺は八番）。ここからは三輪の社や多武峯《とうのみね》も近いが、「二十年ばかり昔、物しつれば此の度はまうでず」

橘寺から高取城を右に見て、いよいよ吉野をめざす。千股《ちまた》の里を過ぎればはや上市《かみいち》の村、供人を一人、それに旅の調度を宿に置いて、

「吉野の花見にゆく」

と筆は弾む。この供人は追分の宿を出るとき、「足のやまひ有りて馬にのる」としるされた男かもしれぬ。もしや、草鞋擦《わらじず》れがこじれたか。これはよく旅人がやられる疾患《なやみ》らしくて、旅のプロである小林一茶も草鞋擦れが膿んで鳩みたいな足になったと、情けなさそうに日記に書いている。

まず吉野川を渡って二十五丁ばかり登ると、川を隔てて山が二つあった。これが妹《いも》山・背《せ》山であるといわれ、

「紀の国にありと聞きつる妹背山　けふは吉野の川づらに見る　　宅子」

宅子さんはさすがに『玉勝間』九の巻にある、宣長先生の考証を読んでいたのであろう。先生は妹背山は紀の国にあり、吉野ではない、と断じ、世の人は『古今集』恋五の、

「流れては妹背の山の中に落つる
　吉野の川のよしや世の中　　読人しらず」

に惑わされているのだ、と主張する。『萬葉集』では紀路なることあきらかなるに、「こゝとさだめしは、世のすきもののしわざなるべし」（『菅笠日記』）

吉野と妹背山の名は当時の庶民には浄瑠璃の「妹背山婦女庭訓《おんなていきん》」で親しかったかもしれぬ。

吉野山のとっかかりで早や、一目千本、季《とき》は三月四日。陽暦では四月二十四日だが、吉野の花は盛りであったという。西行が、芭蕉が、花に心を奪われた風雅の地、そして（武陽隠士には叱られるかもしれないが）「義経千本桜」という歌舞伎の演《だ》しものの舞台、ということで女たちのあこがれをそそるところ……。

尤《もっと》も宅子さんには曾遊の地である。

「うれしきはいのちなりけりまたもきて　花のさかりをみよし野の山　　宅子」

目路のかぎり花霞、

〈まあ見事やねえ〉

と女人たちは恍惚とする。

まず宿を借ろうとして宅子さんが二十年前に泊った福地屋というのへかけあうと、宿泊客があいにく多いのでと断られ、湯川屋という宿に泊った。

吉野が桜の名所となったのは役行者《えんのぎょうじゃ》が桜の木で蔵王《ざおう》権現を刻み、修験道の本尊としたことから、桜が尊ばれたためである。ここで観桜の宴を張った豊臣秀吉は桜を献じ、以後も桜木を献ずる人多く、代々桜は手厚く保護されてきた。かつまた、吉野は義経にまつわる哀話や、南朝悲史でも人々の心を捉えてやまない。ロマンの山なのだ。

その夜はさすがに宅子さんたちも早寝して翌日にそなえたであろう。吉野の奥の奥までさぐろうと勇み立っているのであった。

五日。この日は案内人を頼んだ。麓《ふもと》の花は散り初《そ》め、花吹雪となって天日も白くするが、奥へすすむに従い、爛漫《らんまん》と咲き匂う。若い木、老木もまじり合う。まず蔵王堂（金峯山寺《きんぶせんじ》本堂）に詣で、弁慶の鐘、行者の護摩《ごま》堂、千体の地蔵など見て、吉水院《よしみずいん》（現・吉水神社。後醍醐天皇と楠木正成、宗信を祀る）へ。ここでは後醍醐天皇の御太刀、義経の遺物など多く見たが「くはしくはしるさず」

女人の物見遊山は、端から端まで精力的に見尽くす、というところに特徴があるようである。〈せっかく来たからには〉と、あくまで人生を効率よくあらしめるのに貪婪《どんらん》だ。実をいうと私はまことに物臭で、何々の由縁《ゆかり》、遺物にあまり執着はなく、テーマパークなど最もにが手とするところ、ほんとは吉野も見ていない。花の時期の吉野はバス・タクシー・乗り物一切ストップ、満山歩くだけとなる。一夜泊れば見物も叶うことであるが、脚疾のある私には面倒だ。文字通り他山の花であるが、それがあまり苦にならないのは、もし縁があるならばいつかは機運熟し、おのずから道がひらけて、そこへ連れていってもらえるだろうという太平楽な気分でいるからである。そうして現に今まで私はそんな風に運の導くままにあちこちの探勝や漫歩を果しているので、世の中というものは（あるいは超越者の好意というべきか）よくできていると感じ入るばかりだ。

私は太宰治の熱心な愛読者ではないが、好きな一節はいくつかあって愛している。その一つに、

〈思えば叶えられる〉

というのがある。七十年生きて全く、そうだと実感する。で以て、私がこの頃、求められて書く色紙にはよく〈まいにち薔薇《ばら》いろ〉なんて物するわけ、〈物書きとしては信じられないノーテンキ〉と顰蹙《ひんしゅく》を買っても仕方ないが、しかし実際のところ考えれば、結局トータルとして出てくるのは、

〈世の中、よく出来てる〉

という、法悦に近い感慨ばかりだ。魯鈍《ろどん》なる私は七十になってこの着想を得たが、あるいは更に十年の加齢を許されればまた違う感懐をもつかもしれぬ。感懐というものは年代により猫の眼の如く変化する可能性あり。

——さて、宅子さんたちのバイタリティ溢れる観光の対象となった吉水院、ここは本居先生の『菅笠日記』には、

「はなれたる一ッの岡にて、めぐりは谷也。後醍醐のみかどの、しばしがほどおはしまし丶所とて、有りしま丶にのこれるを、入りてみれば、げに物ふりたる殿のうちのた丶ずまひ、よのつねの所とは見えず。かけまくはかしこけれど、

いにしへのこ丶ろをくみて吉水の
　ふかきあはれに袖はぬれけり」

宅子さんもここで詠む。

「あはれさのふかくもあるかやまざくら　このよし水に匂ふと思へば　宅子」

宣長大人《うし》の歌と呼応するごとくである。

ついで宅子さんたちは桜本坊に至った。ここは金峯山寺の塔頭《たっちゅう》、「庭作りうるはしく、坊の内に何の間、くれの間とて、あまたありて、きよらなること詞にのべかたし」

宣長先生によれば吉水院のあたりの桜はすでに「青葉がち」で「かへす〳〵くちをしき」とあるが（先生の来遊は明和九年―一七七二―三月八日で陽暦では四月十日）、しかしさすがに奥は盛りであった。桜好きの先生のこと、滝桜、雲居桜などの名にも興を催し、「くる丶迄見るとも、飽く世あるまじうこそ」

ことにも雲居桜に先生はやるせない感慨を強いられる。何となれば、後醍醐天皇はこの花をご覧じて、「ここにても雲居の桜咲きにけり　ただかりそめの宿とおもふに」と詠じられたのであった。「歌書よりも軍書に悲し吉野山」というように、後醍醐・後村上・長

慶・後亀山四代五十余年の、〈御行宮《おおんかりみや》〉のあった吉野である。

宅子さんたちはそこから勝手の社、子守の社に詣でる。

子守の社とは吉野水分《みくまり》神社のこと、水を司る天水分神《あめのみくまりのかみ》を祭る。そのみくまりが中古の頃よりみこもりと訛り、子守《こもり》明神と呼ばれ、子授けの神、とされるようになった。これについては本居先生の『玉勝間』巻十二にくわしい考察がある。ここは延喜式内社で風雨祈願の神であり、「田のために水を分《くば》り施し給ふ神にませり」

先生はついでに吉野山の社寺はすべて蔵王権現の属社末社に組み入れられてしまったのにも憤激する。

「そも〳〵此《この》蔵王といふ物は、古へよりの正しき神にはあらず、もとより神名式にもい（入）らず、古への正しき書には見えたることなく、朝廷より祭らせ給ひし事なく、たゞほうし《ママ》（法師）どものするゑたる、仏神《ほとけがみ》ぞかし、すべて中昔より、ほうし《ママ》どものしわざとして、いづこも〳〵、かく名ある所々は、みな仏どころとのみなりて、もとより主《むね》と座《ま》す神たちは、仏の僕従《やっこ》のごとなりませるは、いとも〳〵かなしきわざにぞ有《あり》ける」

この時から二十六年ほど前に、三十二歳という若さで死んだ、天才的思想家、富永仲基の『出定《しゅつじょう》後《ご》語《ご》』（延享二年—一七四五—刊、仏教思想史、というより学問の方法論について警抜な示唆がある）における冷徹な仏教への視線を、

「見るにめさむるこゝちする事共おほし」

と賞揚した先生のことであるから、仏よりも「もとより主《むね》と座《ま》す神」日本古来・固有の神を畏敬するのは当然である。ついでに日本よりも中華中国を尊しとする儒者輩《ばら》の卑屈を先生は憎悪憤慨する。

「すべて学問（田辺注・儒学）する人は、むねと、かの国のふみをのみ、あけくれよむゆゑに、目も心も、それになれては、おのづからかの王ぞ吾《わが》王の如く、したしく尊き物に思はれて、よろづにまさなきひがごとはあるぞかし」（『馭戎慨言《ぎよじゆうがいげん》』）

ところで宣長先生がことに水分神社に拘泥するのは、先生が吉野の水分神社の申し子であるからだった。先生の『家のむかし物語』によれば、先生の父は小津三四右衛門、母はお勝、父の兄が早世したのでその遺児を養嗣子としたが、「なほみづからの子をも得まほしくおぼして」吉野の水分社は子授けの神とて、ここへ願をかけたというのである。

もし男の子が生れたら十三の歳にはみずから引きつれてお礼に詣りますと。ほどなく生れた宣長先生、幼名は富之助、命名は一族中の長老だった。水分神社の申し子を両親はどんなに鍾愛《しようあい》したか。しかし十一歳で父に死に別れる。

母のお勝さんは聡明で分別ある女性であった。宣長先生十三歳のとき、かねての願を果させようと、少年を御嶽《みたけ》（吉野の金峯山寺。日本修験道の根本道場である。先述の蔵王堂が本堂である）詣りの一行に加えて送り出した。子供のことではあり、初旅でもあれば心もとなく思って、古い手代の茂八と長年使っている宗兵衛という下男を添えて発《た》たせた。

そして無事お礼まいりを果して亡父を喜ばせ、母を安心させたのであった。
宣長先生は三十年あまりたって再びこの社に詣でたことになる。このたびの漫遊は、一にかかって水分神社へのお礼申し、という念願があった。さればいかに心ゆくものであったろう。しかし、父君が〈この子が十三になったら必ず、わしが連れていってお礼まいりさせるのだ〉と言い言いされていたのに「今すこしえ堪へ給はで」十一のときに亡くなられた。その話をしては泣かれた母君も、いまは亡い。先生は「さながら夢のやう」な気がする。

「思ひ出《いづ》るそのかみ垣にたむけして
　麻よりしげくちる涙かな

袖もしぼりあへずなむ」
一方、宅子さんにはたのもしい息子もいて何の心がかりもないが、親ごころとしては、
「たのむかな行末かけて親はたゞ　子守の宮のふかきめぐみを　宅子」
このあたりの花はまだつぼみも多く、
〈まあ、吉野の花見は長いこと楽しめますなあ〉
とおちくさんらは感嘆する。
〈ほんなこと。一生ぶん、二生ぶんの花見をしたごとありますばい〉
おぜんさんも花に酔った顔。すでにもう奥の千本、さすがにこのあたりまでくると、吉

野六万本のさくらもいよいよ最終《さいはて》、人かげも少い。

その奥の方にひっそりと古社がある。これは吉野山の地主神を祀る。その近くに、「義経の隠れ塔」というのがある。方形造り、檜皮葺《ひわだぶ》きの小さな塔だが、一名〈義経蹴抜《けぬ》けの塔〉、追手に追われた義経が、屋根を蹴破って逃げたという。元来、義経は日本人に〈判官贔屓《ほうがんびいき》〉という言葉を生んだほど、異常な同情と愛着を寄せられている、悲劇のヒーローである。

しかもこの吉野では愛人の静御前と別れ、兄・頼朝の追手に囲まれる。追いつめられる義経にいよいよ民衆の人気は高まさりゆく。

南朝の哀史より〈義経〉がもてはやされるのは〈頼朝〉が敵役《かたき》としてうまく嵌《はま》ったからであろう。稗史《はいし》では巨悪の首魁《しゆかい》のような印象を与えられる。

民衆詩というべき川柳でも、義経やその忠臣・弁慶はよく詠まれるが、頼朝に関するものはごく少い。義経は牛若丸のころから川柳時代詠の好材料になっているが、頼朝のほうは、生来の大あたまだったという俗説にひっかけたもの、また『平家物語』に題材を採ったものなど、少しだけである。

しかし私としては、吉野山関係では義経より、楠木正行《まさつら》が好きだ。正平三年（一三四八）、正行は決死の思いで河内の四条畷《しじようなわて》に出陣する。待ち構えるは雲霞の如き高師直《こうのもろなお》の大軍である。正行は吉野の行宮《あんぐう》へ〈今生にいま一度、龍顔《りようがん》を拝し奉らん〉と参内する。後村上帝は生還を期さぬ正行の覚悟に、叡感《えいかん》深く直衣《のうし》のお袖をぬらされる。〈退《ひ》くべきときは退けよ〉とのみことのりも悲痛だ。帝の恃《たの》みとされる武者はすでに弱冠の若武者、正行のみである。
「朕《ちん》なんぢを以て股肱《ここう》とす。慎んで命を完うすべし」(『太平記』巻二十六)
すでに討死覚悟の正行は、「首《かうべ》を地に着けて、とかくの勅答に及ばず。ただこれを最後の参内なりと思ひ定めて退出す」
如意輪堂の壁板に一族の名を書きとどめ、その終りに正行は鏃《やじり》で辞世を刻む。
「かへらじとかねて思へば梓弓《あずさゆみ》
　なき数に入る名をぞとどむる」
そして八万の敵軍を迎え撃ち、壮絶な戦死を遂げる。この四条畷は戦前の大阪市の小学生にとっては遠足のきまり場所で、〈正行〉の名は小学生にとって親しいものであった。
このとき正行、二十三歳といわれる。父の正成、子の正行、戦前は忠孝のサンプルのように扱われたので現代では出場所のない感じのヒーローだが、正行の死闘の短い生涯は現代人にもさまざまの感慨を強いる。尤も「かへらじと」の歌は物語作者の創作という説もあるが、彼は美女の弁《べん》の内侍《ないし》を賜わるという勅命に対し、
「とても世に永らふべくもあらぬ身の
　かりの契りをいかでむすばん」

と拝辞している。ロマンスにも事欠かぬ、若い英雄なのである。そして正行の戦死で南朝の天運は傾き、ついに吉野行宮は敵軍により焼亡、帝は賀名生《あのう》へ蒙塵《もうじん》される。皇室尊崇の念篤き宣長先生は、もとより正行贔屓である。

「みかどの御ゝためにまめやかなりける人なれば、かの義経なゝどとは、様《やう》かはりてあはれと見る」(『菅笠日記』)

ひきかえて義経には、先生は甚だ冷淡で、

「けぬけの塔とて、古めかしき塔のあるは、むかし源ノ義経が、敵《かたき》に追はれて、この中にかくれたりしを、さがしいだされたる時、屋根をけはなちて、逃げいにける跡なゝどいひて、見せけれど、すべてさることは、ゆかしからねば、目とゞめても見ずなりぬ」(同)

しかし宅子さんたちは女人なれば断然、義経贔屓(というか歌舞伎の「義経千本桜」の義経が贔屓なのである。その義経の背後には「渡海屋」の段や「鮓屋」「狐忠信」などの舞台のイメージがオーラの如く漂っていたのであろう)である。「義経ぬしのけぬけの塔といふをみて」詠歌を捧げずにいられない。

「いさましき名にこそ残れもののふの　けぬけし跡は朽ちまされども　宅子」

この奥の谷かげに苔《こけ》清水とて岩間から水のしたたり落ちるところがある。案内人が西行法師の歌だといって、「とくとくと落つる岩間の苔清水　汲み干すほどもなき住居かな」と詠ずるが、これが宣長先生には気に入らない。西行法師の歌ではない、と断じる(小堀遠州かとも一説にいう)。
「さらにかの法師が口つきにあらず。むげにいやしきえせ歌也《うた》」
西行が三年棲んだという庵の跡で、宅子さんたちは思いひとしおであったろう。
「吉野山やがて出でじと思ふ身を
　花散りなばと人やまつらん　　西行」(『山家集』)
「吉野山去年《こぞ》のしをりの道かへて
　まだ見ぬかたの花をたづねん　　同」(『山家集附録聞書集』)
「願はくは花の下にて春死なむ
　その如月《きさらぎ》の望月《もちづき》のころ　　同」(『山家集』)
などがすぐにも思い浮んだであろう。
この奥山はまだ寒かったから桜は開ききっていない。
「のどけさも盛りまだしきみ吉野の　奥山さくらいつか咲くべき　久子」
ここかしこの花を見て早や日も暮れかかり、女人一行は宿へといそぐ。折しも春月がさしのぼり、花にさえぎられて光もおぼろであった。蜻蛉《せいれい》の滝は二十年前に見たので割愛。
六日。朝まだきに起きれば、あけぼのの霞も夜のそれもわかちがたく、薄桃いろのめでたさ。わかれがたい吉野の花であった。
この日、女人たちはいよいよ吉野を発って伊勢へ赴くべく、吉野川を渡って上市《かみいち》へ。めざす道は伊勢街道である。吉野川をさかのぼる小さい道をゆくとき、郷里の人に会う。

〈まあ、こげなとこで珍しかあ！〉

〈こりゃこりゃ、たまがりましたなあ。小松屋のご寮人《りょん》さんじゃござっせんな〉

と向うも驚けば、連れのお内儀《かみ》も、

〈ほんに、お宅《いえ》さんたい！　まあ、珍っさあ！〉

満面に笑みをたたえて駈け寄る。この初老の夫婦は故郷筑前の、鞍手の郡・小竹の人、宅子さんとはかねて顔見知りで、このたび思い立ってお伊勢詣りにきたという。実直な夫婦者で宅子さんも心開いて向き合える人なれば、久子さんやおちくさん、おぜんさんらに引き合せる。あるいは見知りの人もいたか。

〈ああたがたもお伊勢詣りにいかっしゃると？　そんなら旅は道づれちいいますけえ、同行《どうぎょう》二人、加《か》ててつかっせ〉

とご亭主がいえば、

〈そうして頂けりゃ、あたいだちも心丈夫にござすが〉

にこにこする久子さん。これからはご亭主を小竹さん、お内儀は鞍手の人なれば、おくらさんと呼ぼう。

久子さんはおだやかに微笑んで宅子さんをかえり見て、

〈まあ、世の中は広いごとあって狭いもの、こんな吉野の山奥でお郷里《くに》の人に会うなんち、

まるで、『伊勢物語』「宇津《うつ》の山」の段のごと、ござすねえ〉
〈ほんなこと、いまあたいも、そげん思いよりましたばい〉
と宅子さんも手を拍つ。『伊勢物語』の〝むかし男〟は身を要なきものと思って東国へさすらい、「ゆきゆきて駿河の国にいたりぬ」宇津の山にかかった。暗くて険しく淋しい道だった。何でこんなひどい目に遭うんだと思い思いゆくころ、一人の修行者に出会う。〈おやあ、こんなところでお目にかかろうとは〉と先方が驚くので見ると、都で見知った人だった。京へゆくというので、ゆかりの人に手紙をことづけた。

「駿河なる宇津の山辺のうつつにも
　夢にも人に逢はぬなりけり」

流浪の哀切さがにじむ歌、しかし宅子さんらは心弾む参宮の旅に、頼りになる同行者が増えたこととて、

「うれしさよ日数かさなる旅路にて　わが国びとをみよしのの奥　宅子」

さて郷里のことども、誰はばからぬおくに言葉で語りつつ一行は足も軽く、東をさしてゆく。

宇陀《うだ》の郡、鷲家《わしか》・木津《こつ》（現・奈良県東吉野村）を過ぎ、杉谷（同）を過ぎて高見山を越えた。この山は登り下り三里あったという。これが大和と伊勢の境だ。峠を越えればすでに伊勢の国飯高《いいだか》の郡である。

旅慣れてきた一行だが、さすがに宅子さんも、「険《さか》しき山なればいと〳〵くるし」と誌《しる》す。

しかし登りつつ左のかたを見やれば谷深く青葉にまじる山桜があった。その美しさに、山越えの苦労もまぎれる心地である。小さい社があり、瑜伽《ゆが》権現と聞いて、人々は旅路の平安を祈念してねんごろに伏しおがむ。辛うじて小峠というところに出、一軒茶屋があったのでそこへ泊った。まことに深い山の中、

「山風の音もとだえし真夜中に　哀れ猿《ましら》の声をきくかな　宅子」

吉野から七里半あったという。この時代の旅のプロは一日十里を行くといわれるが、それにしても五十代の女性としては驚くべき健脚である。

七日。この日も行程七里半。舟戸・落方・七日市・田引まで行き、そこのよしの屋という宿に泊った（これらはみな現行地図で拾える地名で、現・三重県飯高町）。

八日。ひたすら東行して伊勢を目指す。多気郡から度会《わたらい》郡に至る。宮川の田丸口の渡しを舟で渡って田丸の町、巴屋で泊った。もうお伊勢さんはすぐそこである。高見峠からでも伊勢まで十九里という。長い旅だった。あこがれのお伊勢さんに二度目のお詣りができるのはうれしい。伊勢音頭にもうたわれているではないか。

〽わしが国さは　お伊勢に遠い
　お伊勢恋しや　参りたや

九日。宮川を舟で渡る。

「くちそゝぎ手あらひ神の宮川を　きそひてわたるけふの嬉しさ　宅子」

五ツという頃（午前八時ごろ）山田に着き、御師《おし》の高向《たかほこ》二郎太夫の邸に着いた。

御師というのは参詣の信者を泊め、接待する神官、伊勢神宮の講は盛んだから神官の組織も大きい。地方を巡って護符を配布し、寄進の交渉にも当る。御師の邸は広大でその勢威も強い。

十返舎一九の『東海道中膝栗毛』は、宅子さんたちの伊勢参宮より少し前だが、あまり山田の町のたたずまいは変っていないだろう。

弥次郎兵衛と北八は打ちつれて参詣に山田へ入ってくる。一九によれば、

「此町《このまち》十二郷《がう》ありて、人家九千軒ばかり、商賈《しやうこ》、甍《いらか》をならべ、各々質素の荘厳《しやうごん》濃《こまやか》にして、神都の風俗おのづから備《そなは》り、柔和悉鎮《にうわしつちん》の光景《ありさま》は、余国に異《こと》なり、参宮の旅人たえ間なく、繁昌さらにいふばかりなし」

というありさま。

その上、両側の家ごとに御師の名を板にかきつけ、「用立所《ようたし》」（事務所）の看板は林のように立っている。袴・羽織の社家侍が何人となく馳《は》せちがい、往来の旅人を迎え、どこの講中か、御師の太夫は、と聞くのである。

伊勢講は、伊勢参宮のための信仰者の組織で、資金を積み立て、代る代る、あるいは揃

って参詣を果す。世話をする御師はきまっており、そこへ泊めてもらうわけである。

あらかじめ知らされていた高向太夫の家では、宅子さんらを迎えて湯を沸かして待っていてくれた。宅子さんらは久しぶりにゆっくりと湯を使い、髪結いさんを頼む。身を清浄にしてお詣りせねばならぬ。まず外宮からお詣りなされと駕籠《かご》をよんでくれたが、

「ことがましければ、否みてかちよりまうづ」

外宮は広大、そしてこの上なく清浄、塵一つとどめず、素朴で気高い神殿である。御祭神は豊受大御神、衣食住や産業の神なれば、宅子さんたちもつつがない日々の暮しを感謝して、敬虔にぬかずいたことであろう。神威に打たれ、宿願を果したという喜びでいっぱい、そしてこの「お伊勢さん」のお前にぬかずくとき、余のお社とちがい、よこしまな願望や野心は雲散霧消して、汚れなき心でお加護を、とただ願うのは、どういう心の仕組みであろうか。

さすがの弥次・北でさえ、宮めぐりのうちは「自然と感涙、肝にめいじて、ありがたさに、まじめとなりて、しやれもなく、むだもいはねば」という殊勝さである。

古躰《こたい》のおろがみかたは、しゃがむ形でありましょうと、いつか、神官の方に教わったことがある。玉砂利に坐る人もあったろう。掌を合せ、額を伏せ、人々は真剣に祈りを捧げる。声なき敬崇の念が神前にみちみちる。

そのあと高倉山の岩屋を見た、と宅子さんは誌すが、これは東海地方最大の古墳で、現

在は入山禁止になっている。

外宮へ詣って内宮へ、というのが古来からのコース、内宮へは約五キロある。外宮のある町が山田、内宮のある町は宇治、その途中の街道に間《あい》の山、古市《ふるいち》の廓があった（無論、現在は何もない。鄙《ひな》びた家々の軒に〈笑門〉の札が年中掛り、〈油屋跡〉という石碑がうららかな日ざしを浴びている、ひっそりした道路である。ここがそのかみ、廓が栄え、物乞いや大道芸人が諸国からの参詣客をあてこんで大にぎわいの熱閙《ねっとう》の市であったとはとても思えない。油屋というのは歌舞伎の「伊勢音頭恋寝刃《こいのねたば》」の舞台となった古市の廓、油屋のことである。油屋の遊女おこんを愛人の福岡貢は誤解して多数を殺傷する）。

宅子さんらの通った時にはリアルタイムで油屋がまだあったわけだ。

間の山には有名なお杉・お玉の芸人がいる。『膝栗毛』によれば三味線の二上り調子、「ベンベラ〳〵チヤンラン〳〵〳〵〳〵とむせうに引たつるうたのしやうが（唱歌）は何ともわからず」

とある。歌詞は意味不明ながら賑やかにはやし立てる、それへ往来の旅人が女たちの顔めがけて銭を投げるというのだから乱暴な話。しかしそこが見せ物芸で、女たちは巧みに顔を振り避け、当らない。旅人はなお、やっきになって投げてしまうという趣向。

〈まあ、おかしか〉

とおくらさんは目を見はり、

〈何ごとも芸たいね〉

おちくさんも感心する。物乞いの少女たちが固まって宅子さんたちの袖を引き、〈やてかんせ、抛《ほう》らんせ〉とまつわりつく。小竹さんが〈そら撒くぞ〉と小銭を撒いて追い払ってくれる。この物乞いたちのしおらしいところは、ばらばらと撒かれた銭をめいめい拾って、〈ようくだんしたや〉とひとりずつ礼をいうのであった。

「かへる人ゆく人多き間の山　ひきとゞむるは伊勢のならひか　宅子」

宇治橋は現代、それこそ清浄荘厳な大橋で、ここを渡るより神域の霊気が身に沁むというところであるが、旧幕時代は、下を流れる五十鈴川にも銭かせぎの芸人がいた。橋上の旅人が投げる銭を、長い竹の先の網で器用に受け止めるのである。宅子さんらもみとれてしまう。

「其《その》銭を投ぐるさま、鳥などの飛び交ふが如くにていとおもしろし。

あし原の雀もあみにかかるかと　おもふばかりにあしぞみだるゝ　宅子」

もちろんこのあしは芦と銭にかけている。宅子さんは当意即妙の機智を以てする歌が巧みなようである。

五十鈴川で身を清め、玉砂利の参道をゆけば松の緑もすがすがしい。御正宮の玉垣の前にぬかずけば、おのずと心が澄み、

〈おお、よう帰ってきたの〉

という母の声を聞く気がするのは、ご祭神が女神におわすからであろうか。天照大神の正式のおん名は、天照坐皇大御神《あまてらしますすめおおみかみ》、相殿神として祀られ給うのは東に天手力男神《あめのたぢからおのかみ》、西に万幡豊秋津姫命《よろずはたとよあきつひめのみこと》の二座。

このお社、なぜかふるさとへ帰って母のふところへ迎え入れられた思いである。やまとの国の大み親、でいられるからか。長い旅の辛労もわすれ、

「旅の空はれぬこゝろのならひにも　けふは天照神《あまてるかみ》のみまへに　宅子」

十日は雨で一日、御師の邸に滞在、十一日に朝熊《あさま》山に登った。若葉もみずみずしく、茶店に休むと前には、大神が「神風の伊勢の国は常世《とこよ》の重波《しきなみ》よする国」と嘉《よみ》された伊勢湾が拡がっていた。

「前は海うしろは伊勢の雄《を》朝熊　くまなく見ゆる舟のゆきかひ　宅子」

宅子さんの歌は雄大だ。ここでは名物の万金丹という薬を買い、二見の浦では珍しい貝を買った。二見の浦で一晩泊り、翌日山田へ。ここで小竹さん、おくらさんらと別れることになった。それぞれの行程がある。

〈また郷里《くに》で、旅の思い出ばなしで楽しみまっしょう〉

〈用心していきなっせ〉

短いあいだだったが、参宮という人生の節目のような貴重な経験を共有した感慨は格別で、互いに名残りを惜しむ。

御師の家から宮川のそばの川内屋という宿に泊った。十三日の間中、これからの行先の相談になる。

にこにこしつつ、常に意表をつく提案をするのは久子さんである。

〈ここから善光寺はそげん遠いこた、ござっせんけん、思い立ったが吉日、善光寺詣りに出かけまっしょう〉

え、と一同、怪訝《けげん》な顔。

〈信濃までち、いわしゃると？　ウチはもうここから帰らにゃー、いかんばい〉

と泣き出しそうなおちくさん。宅子さんは揶揄する。

〈ほほ、待ち人の恋しゅうござっしょうな〉

〈ウチにゃそげんもんな、おりまっしぇん、ばってん、宿の夕餉《ゆうげ》の匂いにもつい、家のこゝとが思い出されて〉というのは鼻の効くおちくさんらしい。

〈いわっしゃること。あたいはついでたい、善光寺さんも一生一ぺんはお詣りしたか〉

と宅子さんはすぐ乗るほうだ。

——この話し合いは中々時間がかかったとみえ、

「あげつらふ内に暮れはてゝ、此日もまたこゝに宿る」

という始末、やがて夕食の膳が出て、それまで皆の話を聞くばかりだったおぜんさんが
（この人、太り肉《じし》にふさわしく健啖《けんたん》家で、議論に加わるより、食べる方がいそがしかった

のであるが）にわかに箸を置いて真顔でいい出す。

〈ばってん、お伊勢さんにお詣りして、善光寺さんにお詣りせんとは、いかんばい。それは片詣りち、いうもんち、聞いたことがござっす〉

それがキメ手になった。

〈片詣りは良うなか。そうたい、善光寺さんが来《き》んしゃいち、呼びよらっしゃる〉

〈善光寺さんは女人済度の仏さんじゃけえ、いっぺんはお詣りせんなこと〉と口々に。

一座に釣られておちくさんも、ついに、

〈みな行かっしゃると。それならウチも一期一会の折ばい、連れていってやんなせ〉

こうして全員一致で、神の町をあとに。

「むすびつるこゝろは神もしらすらん　今日をかぎりの宮川のみづ　宅子」

後《のち》の世たのむ善光寺さん

宅子さんたちの伊勢参宮以後の行程をとくと勘考するに、これは巧妙に関所を敬遠しているコースである。往路の中仙道、復路の東海道には、前者に木曾福島の関、後者には箱根の関、新居《あらい》の関がある。いずれもきびしきことといわんかたなし（右の三関いずれも現代では復原されており、いかめしきそのかみのたたずまいが彷彿《ほうふつ》とする）。

しかしそこを回避するコースも旅人には知れ渡っており、これは江戸社会も末期近く、オトナ度がすすんで成熟してきたためであろう。スクエアにいえば天下の大法を犯すことであるが、そんなことを目くじら立ててあげつらう庶民はもういない、すべて〈ナアナア〉のうちにコトをすませたのであろう。あるいは一般庶民の裡《うち》に、サムライがつくった文化なるものに対し、順法を旨としてサムライの顔を立てながら、〈それはそれとして〉自分たちの方法《やりかた》も持っているという気分が、蠢動《しゅんどう》しはじめていたにちがいない。維新はサムライだけでやれるものではなく、淳良《じゅんりょう》なる庶民の心底にひそむ不遜なる〈自前の方法〉のあとおしがあったからであろう。

関所回避（関所破りとはいわないでおこう）の例でよく挙げられるのに、清河八郎の『西遊草』がある（'93　岩波文庫・ルビは本書の校注者小山松勝一郎氏による）。清河八郎（一八三〇―六三）は幕末の尊攘派の志士として知られるが、庄内の素封家で豪富の斎藤家の生れ、幼時から俊敏だった。本名は斎藤元司だが、昌平黌《しょうへいこう》へ入寮するときから清河八郎と名乗り、一家を創立した。生地の清川という村名からとっている。野心家の青年だったから、父の反対を押しきって江戸へ出、朱子学の安積艮斎《あさかごんさい》の塾に入り、剣は北辰一刀流の千葉周作に学び、かつ蝦夷《えぞ》から長崎までよく踏破、見聞を弘めた。識見すぐれ、人物の鑑定《めきき》にも自信があったらしい。旅日記『西遊草』には、〈この人物は大したことない〉とか、〈語るに足る〉とかいろいろの寸評がおかしい。

さてこの青年は家出同様に家を出たので、さすがに故郷が思われて安政二年（一八五五）に帰郷する。長年の親不孝の埋め合せのつもりで、母の望みであった伊勢詣りを思い立つ。安政二年八郎二十六歳の春である。されば宅子さんの旅より十四年のち、世情はだいぶキナくさくなってはいたけれど、天保十二年と安政二年の地方風俗はまだそれほど変化はないだろう。時折は参照してみよう。

八郎の〈奉母行《ほうぼこう》〉は北から南下しているので宅子さんらと反対であるが、母の宿願通り、善光寺に詣り、伊勢参宮を果し、京坂から宮津の天の橋立も見、山陽道を岩国まで往返しているので半年間の大旅行である。母と下男一人を連れた旅、八郎は心やさしい息子でよく母に尽くし、また天性、暖かな人なつこさがあったのか、旅中も袖振り合うた旅行者たちに慕われている。

さて関所ぬけだが、八郎たちは北から来たゆえ、越後と信濃の境界〈関川〉の関所をまず抜けなければいけない。目ざすは第一の目的、善光寺である。

女人の旅行者は関川の宿に必ず泊る。そして早朝、かわたれどきのまぎれに忍び通るのである。こういう処《ところ》では必ず性悪《しようわる》な宿引きや道案内がいて、女づれと見ると関所ぬけの苦を説き、脅したり嘘をついて金品をまきあげようとする。「にくむべきありさまなり」と八郎はしるす。

ちょうどこの時も、同宿した越後片貝の善光寺詣りの女たちがいた。十三人ばかりの女だったという。先達《せんだつ》は男一人。

（この、善光寺詣りツアーに女性が多いというのもこの寺の一奇である。女人グループの先達か、善光寺講の講元か、男が一人加わっていることが多い。お伊勢さんへ詣って善光寺さんへ詣らぬと〝片詣り〟になるという民間のいい伝えは何を意味するのであろうか。お伊勢さんは女神、善光寺さんも女人済度のお寺、しかも善光寺には建立者の本田善光《よしみつ》の妻、弥生《やよい》御前も祀《まつ》られている。女人信仰の聖地なのである。解け切れぬ謎は伊勢神宮にも善光寺にも多い）

さてその越後の一行十三人の女人を引きつれた男が、片貝の名産の菓子など携え来って、

清河八郎にいうよう、

「此辺の人気《じんき》あしく、宿引《やどひき》どもいろいろ無理を申ふらし、女人ども殊の外気をよわめ、吾《われ》壱人にてあばきがたければ（田辺注・あばく、は捌くの庄内方言）、をそれ《ママ》多くも明日ばかりなりとも御同道被下《くだされ》」

八郎、もとより親切な青年、胆も据わった男なれば、「いと安き事なり。こころをやすんじられよ」と引きうけるのである。

さて翌朝四月十四日、「きわめてはれわたりたる上天気なれば」寅《とら》の刻《こく》（午前四時ごろ）ばかりに食事をすませ、越後の女人衆を誘い、宿の案内にしたがい、「関所の下《しも》なるしのび道をいづる」。

暗いから危うげな細道であった。三丁ばかり忍んで関所の門前より柵木《さくぎ》をぬけ、橋をわたり、本道に出た。女子は上り下りともに通さぬという。それゆえ女人の旅人は上りは関川で、下りは野尻でどうしても一泊し、夜のあけぬうちにぬけ出なければならぬが、ともかく抜けられる。

「是又、天下の憐れみなり」

と八郎はしるす。ぬけ道は天道が潤滑に行われるためのおめこぼしであるというところだろう。

それは福島の関でもそうだし、飯田の市瀬《いちのせ》の関でもそうであった。八郎一人なら堂々と関所を通れるが、老母づれゆえ、女人詮議の煩《わずら》わしい関を避けるのに難渋する。しかしどこにも〈女人みち〉というのがあり、困窮して立ち往生ということはどこでもない。そしてその間の情報をもたらすのはみな旅宿である。情報料、ガイド料、それらがらみで、宿屋は関役人と四通八達《ツーカー》、疎通《いけいけ》になっていたのかもしれぬ。諸事、金の世の中だ。

宅子さんの行程路からつい話が飛んだが、もちろん宅子さんらの旅の困難はこれからだ。お伊勢さんから善光寺さんへ、というのは、木曾山脈を縦断せねばならず、日本の背骨を踏破することになる。

お伊勢さんをあとにすればすぐ松坂、宅子さんは聞くより心ゆかしく、

〈本居先生のお墓にお詣りしたか〉

といってみたが、久子さんは考え、

〈そらあ、ときの要りまっしょう〉

〈ウチは善光寺さんでゆるっとするつもりたい〉

と、一行の人々に反対され、宅子さんは断念する。前述の如く、大人《うし》の奥津城は世間なみの仏式葬儀と自分独創の神式葬儀と二タ通りある。そしてゆかりある人々のお詣りするのは後者の山室山のほうであった。その夜は六軒茶屋というところの松崎屋という宿に泊った。

（宅子さんの泊った土地はたいてい現行地図で拾えるが、これでみても地名を現代の関係者がさかしらに弄《いじ》り、改悪してしまうのは厳《げん》につつしむべきであろう。事務上の省力化や行政的利己で歴史に悪戯《わるさ》してはならぬ。地名には地霊がやどり、父祖の加護が宿る。日本は古い国だから、歴史への畏《おそ》れがもっとあってしかるべきである）

この宿で、私のたのしく想像するのは、宅子さんが今日の午後、いなきというところで買ったみやげの煙草入れに、早速、好むところの煙草をつめかえているのではないか、という風景だ。宮川をわたってしばらくすると、〈名物いなき絞り〉を売っていて、この布で作った煙草入れも、土産品として旅人の胴巻をゆるめさせる。

「家苞《いえづと》に買ひて帰らん伊勢島の　いなきの里のいなきしぼりを　　宅子」

故郷の底井野で、機嫌よく自分を待っていてくれるに違いない、夫の清七への家苞《みやげ》に、男もののいなき絞りの煙草入れも、荷物の底にひそめられたであろう。土産物はいずれどこか、便利のいいにぎやかな町からでも、一括して飛脚便に托したであろうが、それまで持ちあるくにも、こういうものはかさばらず、軽くていい。このへんは丈夫な松坂木綿が有名で、一般庶民はそういう煙草入れを持っていたのだろうが。

あけて三月十五日、安濃《あのう》の郡《こおり》、津につき、閻魔《えんま》堂、袈裟《けさ》がけの弥陀、更に一身田《いしんでん》の専修寺、更に進んで白子《しろこ》の観音をおがむ。女人の旅は殊勝で敬虔《けいけん》である。

ことにも白子の観音さまは子安観音というて、聖武天皇の御願所であるという。

また境内のふだん桜は、奈良時代の称徳天皇が宮中に移植されたが一夜にして枯れ、もとへ戻されると活き返ったという。ふだん桜というのは、四季、花を開くゆえという。さまざまの文人が歌に詠んでいるというので、宅子さんも負けじと一首。

「所から珍らしとのみ見ゆるかな　花もみのりも時わかずして　宅子」

同行の女人たちは、女人なればこそ、この観音さまに格別なる思い入れがある。

子安観音といわれるだけに「子うむことを守らせ給ふよしなれば」（『東路日記』）関心はただごとではない。それぞれの人生では子生み子育ての役目は終ったが、周囲を見わたせば、娘、嫁、姪、その他、子安観音のお力にすがりたい盛りの年ごろの女が多い。久子さんも、おちくさん、おぜんさんも、みな争って、そこのお守りを頂くのも、女人らしきやさしい心根であった。

その夜は白子に泊った。

私は『東海道中膝栗毛』の取材をした折、この伊勢街道を通ってみたが、白子近辺で、〈伊勢型紙〉の広告を見て、感興を催した記憶がある。

染物用型紙は昔からこのへんの特産で、江戸時代は小紋を染めるため、たいへんな需要があった。昔の小紋の柄など見ると、そのデリケートな美しさに感嘆させられるが、それらは伊勢型紙で以て染められていたのである。

十六日。二里半で神戸《かんべ》、更に三里いけば追分、ここから東海道である。日永《ひなが》の追分にはすてきな石の道標が現在もある。肉太にたっぷりした字で以て、

〈右　京大坂道
　左　いせ参宮道〉

嘉永二年（一八四九）とあるから、宅子さんたちの来た時はこの道しるべに建てかえられる以前のものであったろう。道はここで東海道と参宮街道のふた手に分れるから、しるべはなくてはかなわぬ。もう一つ、あるべきものはお伊勢さんの二の鳥居。『伊勢参宮名所図会』でみれば大鳥居のもと、茶屋がつづき、旅人・馬子が雑踏してにぎやかな場所だったらしい。一の鳥居は桑名にある。

宅子さんらは四日市から船に乗る。ここから尾張の宮の津へ、海上十里の船渡しに乗ろうというのである（久子日記では桑名から七里の渡しとある。どちらも当時行われている）。桑名から宮へは約四時間かかったという。東海道五十三次の中で、熱田の宮と桑名の間は海路、これを〈七里の渡し〉という。

宅子さんたちも船に乗る。「日のかたむく頃より舟を出す」とある。沖へ出たころ船頭は船賃と別に酒代《さかて》を要求した。船賃は文化年間の頃で一人五十四文だったというが、宅子さんらの旅に近い時代の、安藤廣重の『廣重東海道五十三次』（白石克編　'88　小学館刊）の解説では、一人六十八文、いまどきなら千円位という。

「さやはとてあたへぬもあり、又、あたふるもあり」（そこまではとやらぬ人もおり、やった人もいた）

宅子さんらは女連れのことゆえ、些少でも出したのであろう。かの清河八郎は佐屋《さや》まわりで木曾川を下って長島―桑名というコースだったが、やはり、

「船頭酒手《さかて》を乞ひ、かまびすしき事おびただしく、厭《いと》ふべき舟なり」（『西遊草』巻の三）

と書いている。

宅子さんらの船は四ツ刻《どき》（午後十時頃か）にようやく尾張の国、宮《みや》の町《まち》に着き、橘屋（これも久子日記には楢屋であるが）に投宿。ここは熱田の宮の門前町であり、交通の要衝で殷賑《いんしん》をきわめた。宅子さんらの泊った二年のち、天保十四年（一八四三）の統計だが、旅宿二百四十八軒を数えたという。

この宮の宿の賑わいについては『東海道中膝栗毛』にもくわしい。江戸時代の旅籠《はたご》にはあまたの物売りが入りこむ。煙草、歯磨き、鼻紙、名物の食物、座頭の按摩、瞽女《ごぜ》が三味線を鳴らして伊勢音頭を歌うやら、果てはどこやらの勧進（寄附）、旅人のふところは、ねらわれる。心弱くては旅は叶わぬ。

明ければ十七日。

「まづ八剣《やつるぎ》の宮にまうづ。

草薙《な》ぎし神代のむかし物がたり　きけばかしこきやつるぎの宮　宅子」

宅子さんは『古事記』も常足先生から学んでいたのであろう、熱田の宮は草薙剣がご祭神で、三種の神器の一つ。現代は神韻縹渺《しんいんひょうびょう》たる大社であるが、宅子さんらの詣ったときはもっと親しみ深い賑わいをみせていたろう。古社ながら人々の親愛と尊崇の念は篤い。剣と共に天照大神、素戔嗚尊《すさのおのみこと》、日本武尊《やまとたけるのみこと》など五柱の神を祀る。そのかみ、ここの宮司の姫が、源義朝の妻となって、頼朝を生んでいる。

雨もよいの空を名古屋にいそぐ。東海道は名古屋を通らない。宮から名古屋まで一里半の間、町つづき、夜昼ともにゆきから人絶えずという繁栄ぶり。

ご親藩、尾張中納言さま、六十一万九千五百石のご城下だが、「雨いみじう降れば辛うじて」袖のしずくをしぼりつつ城下の御門を入った。まだ花が咲いていた。お城の前を通ったが、近すぎて天主の黄金の鯱《しやちほこ》は見えない。

これはかねて常足先生にうかがっていた。

〈近くからは見えまいき、津島のあたりに退いて見たがよかろう〉

とのこと。その通りすると望まれた。

「いとめでたき御城にて、名は天王山保佐城といふよしなり。上なるさちほこ長さ九尺ありと云《いう》。天主五階にして上の間の広間は畳百枚をしき、下は千枚をしくと云《いう》はまことなりや。

春雨に波もなごやの黄金《こがね》をや　龍のみやこのいらかといはまし　　宅子」

この城は慶長十五年（一六一〇）徳川家康の命で諸大名が築城。現在の天守は戦後の復原。

久子さんの美しい歌も紹介しよう。

「綿積《わたつみ》にかげをうつして蜑人《あまびと》の　黄金の鯱《さち》の色ふかむらむ　久子」

——さあ、ここから一路、信濃路である。

城下町へとってかえして、あんまり雨がひどいので雨具を買い、おのおの身にまとう。矢田川を越えて東行し、梶川村に泊ったというがこの村がわからない。しかし山中ではなく尾張藩ご領内なれば、まず並みの宿だったのであろう、風呂も沸いていたとみえて、

「人みな髪けづりなんどして今日の疲れをやすむ」

〈やれやれ、雨に降られるのがほんに難儀たい〉とおちくさんの嘆き。

〈これもよか旅の土産ばなしたい。たまには難儀ばなしもせねば、よかことばっかり自慢しよったら、郷里《くに》の皆に恨まれましょう〉

と宅子さんの言葉でみなみな笑う。手ばしかく濯《すす》ぐ人、旅の用意の紐をかけ渡して乾かす人、五十女は世帯持ちの才覚があって軽捷《けいしょう》だ。

ついでに、天明頃のものとして「旅立に用意すべき品」が『五街道細見』に載っている。女旅にも通用する所があるので記してみる。すべてこれらのメモは先輩の助言に代々、次々と加筆されていったのであろう。かの清河八郎もこの旅日記はのちに一族の弟や妹が

伊勢参宮するときの参考になろうかと思い、記す、といっている。男性対象の助言である。旅行者は殆《ほと》んど男の時代だ。

「衣類、脇差、三尺手拭、頭巾、股引、脚絆、足袋、甲かけ、下帯、扇、矢立、湯手拭、はな紙、小手拭、道中記、心覚《おぼえ》手帖、殻袋（田辺注・木賃などへ泊る時、米穀など入れるものだろうか）、大財布、小財布、巾着、指刀《さすが》、耳かき、きり、小硯箱、小算盤、秤、大小風呂敷、薬、薬袋、針糸、髪結道具、煙草道具、提灯、蠟燭、つけ木、菅笠、手行李、弁当、綱三筋（綱を宿へ着くと勝手よき所に引張りおき手拭並びに濡れたるものを干すによし。又は荷物をくくるに重宝なり。太さは筆の軸の太さにして、長さ二間半にすべし）」

——到れりつくせりのアドバイスであるが、これが振り分け荷物にすべて入るのだろうか。まるでコンビニをそのまま背負って歩くようだ。

用意周到といえば、ついでに「旅中心得の事」というのも載っているので、書きとめてみよう。旅慣れた宅子さんたちだが、さすがに、ざんざん降りの雨に降られての道中ははじめてなので（何しろ雨具を買うほどだ）さぞ疲れて、ぐっすり眠っているであろうからそのひまに。……

「旅中心得の事

一、途中より道づれを同道の体にて泊り給ふべからざる事。

一、良薬なりとも人に与ふべからず、人より貰ひし薬も用ゆべからず。
一、人の乗りたる馬に荷物付けるべからず。
一、近道けつして通るべからず。
一、女を道連れにいたすべからず。
一、大酒、遊女ぐるひ、喧嘩、口論、国所じまん咄《ばな》し、諸勝負無用。
一、宿《しゅく》役人、宿帳、名前いつわりを申さず、国所をよく記して申事。
一、平人として（田辺注・町人の身で、というような意か）御武家寺院のゑふ（絵譜）、帳面等、所持致し申す間敷《まじき》事。
一、はたごやにつきては第一に火の用心、戸〆《じま》り、湯に入る時、金銀人に預け申す間敷《まじ》く、また座敷の方角心得て申す可《べき》事。脇差荷物は主人に相預け申す可事」

——治安事情が諸外国なみにいささか危くなってきたいまの日本でも、右の旅行心得は、ことに海外旅行の場合、有益な示唆を含んでいるかもしれない。しかしこれでみると、江戸びと（場所ではなく、時代をいう）の素朴さがよくわかるではないか。こういう人間を作ったのはお宗旨や学問ではなく〝お天道《てんと》さん〟に顔向けならぬことをしてはならぬ、というような天地自然の運行に叶った庶民道徳なのであろう。

翌十八日。未明に発って三里行き内津というところで休む。飛驒《ひだ》街道である。ここは美濃と尾張の国境、内津の妙見宮や、美濃の虎渓《こけい》山の観音に詣でた。高山なればまだ山桜が咲いていた。しかも泉水のあたり、山吹、かきつばた、いちどきの開花だった。山深くわけ入るにつれ、若葉にまじって岩つつじがこなたかなたに咲く。歌びとにとっては、疲れも忘れるコースである。

やっと山を抜けて東へ二里、その夜は土岐村の竹屋なる宿に泊る。名古屋から十二里八丁あった。

十九日、朝まだきに出発。「一里半ゆきて金戸《かなと》小河《おがわ》を渡り木曾街道に出づ」と宅子さんは書く。克明なメモと共に、宅子さんの日記は心のはずみ、目のおどろきを洩れなく書きつけているので読んでたのしい。

びっくりしたのは土岐から中仙道へ出るまで三里の間、家々のさまが珍しかったこと。すべての屋根の棟《むね》の両脇にかきつばたを咲かせていたというのだ。しかも花盛りが連なって、美しいといったらなかったと。この年三月十九日は陽暦でいえば五月九日、かきつばたの盛りの時期にもいつかなっていたのだけれど。ささやかな賤《しず》の屋《や》でも同じようにしていた、と。

私はこのくだりを読んで、奇異な風習だと宅子さん同様、面白く思っていたが、これは私が無智だったのである。何気なく見た新聞記事に、「わら屋根に植える」というのがあった（'00・5・24　産経「草木スケッチ帳」）。植物画家・柿原甲人氏のイチハツのスケッチとともに、屋根に植物を植えるのは建築上の手法の一であると、『芝棟《しばむね》』（亘理俊次

'91 八坂書房刊）という亘理氏の労作を紹介していられる。芝棟（くれぐし）とは、草ぶき屋根に、

「植物を植え、根を張らせて棟の固めとする手法の総称」

のよしで、中部から関東、東北に分布した、と。芝を土ごと剥《は》いで棟に並べ、根を張ってくるのを待つ方法が多いが、また、「根茎《こんけい》で旺盛に増根する植物を植える方法もあった」とのこと。

その植えられた植物は、「ユリ、カンゾウ、ギボウシ、アマドコロやニラ、イワヒバなどだが、中でもイチハツは乾燥に強く、二年続きの日照りでも、他の同居していた草が枯れたのに、残ったという」

草ぶき屋根に植えられた植物は棟を強化するとともに、「室温の安定にも役立っていたにちがいない」

紙面の柿原氏のイチハツのスケッチをみて、ふと私の気付いたのは、宅子さんが美濃の農家で見たのは、かきつばたではなく、イチハツではなかったろうかということだ。だいたい、アヤメ科の花はみな似たようなものでまぎらわしいが、近くで仔細に見比べればともかく、屋根の上の花を遠望したのでは、見分けがつきにくいであろう。

念のために、私の持っている『野草図鑑』（'84 保育社刊）「ゆりの巻」で見ると、イチハツの項に、「かつては日本のわら屋根の上に自生の姿でふつうに見られた」とあり、こ

れはやはり芝棟として植えられたのであろうけれど、私はそもそも、「くれぐし」という聞きなれぬことばに興をおぼえ、辞典を繰ってみた。これはどんな辞典にも、まず、ない。小学館の『日本国語大辞典』にもない。よって、上・下に分けるべき合成語だと悟った。クレは板材、屋根板などの古語である。クシは日常語の串、櫛、古語では髪もクシである。さすれば、屋根にさす串、というニュアンスをひびかせていると思われる。自生というより、やはり植えられたものだろう。イチハツは中国原産で、「草木スケッチ帳」では十六世紀中ごろの渡来、とある。……

それでまた、思い出した。『誹諧武玉川』にこんな句がある。

「一八《いちはつ》は民の煙の中に咲き」（八―5）

もちろんこれは伝・仁徳天皇御製の「高き屋にのぼりてみれば煙たつ　民のかまどはにぎはひにけり」からきている。イチハツを屋根に植える風習は古くから行われたのだ。

さてさて、宅子さんの旅についてあるくと、さまざまな発見があり、啓発されることだ。やがて十三峠、越えれば西行塚というものあり、歌人たちは歌を捧げずにいられない。

「妻も子もすててこの世に墨染の　袖はぬれずや月花のころ　久子」

久子さんは心情的な歌をよくし、宅子さんは嘱目詠に長《た》けているようである。

中津川を越え、落合という宿に着く。ここが美濃と信濃の境である。「此の宿賤《いや》し」と『五街道細見』に書かれてあるが、そこから一里五丁行って馬籠《まごめ》。いよいよ信濃路である。

かきつばたの村につづいて宅子さんがびっくりしたのは、このへんの家屋、すべて板葺きの屋根の上に、丸い石を点々と据えていたことである。「いとあやふし」という印象だが、風が烈しい地方なので、板屋根が剥がれないためだろうか。

宅子さんは信濃路でこの先、さまざまカルチャーショックを受けるのであるが、このごろごろ石の板屋根にまず異様な感じを持った。

東北さしてなおも進むと薬師寺があり、狐膏薬《きつねこうやく》というものを売っていた。木曾路をゆく人は坂路に足を痛めるので、買い求める人が多いという。

さすがに木曾の山々は肌寒かった。

「ふみならしひとつ越ゆればまたひとつ　つきぬは木曾のみ坂なりけり　久子」

二十日。前夜は馬籠泊りだが、山中なればすっかり明けはててから出た。一里ばかりゆくと妻籠《つまご》村、

「こゝなる橋のもとより、女の旅する人の福島の番所を避《よ》くるぬけ道あり。奥ふかき山にて険《さか》しき処なり」

それは橋場という、妻籠と馬籠の間《あい》の宿である（現・南木曾《なぎそ》町・橋場）。女人道といえども険しい。清河八郎は反対の方角からやってきたが、

「山坂を八町ばかり辛ふじ《ママ》てのぼり、また降りて大平《おおだいら》村にいたり、午食をなす。此処にいたる迄は坂壱里ばかりして、草木老しげり、一入《ひとしお》難義の道なり」（『西遊草』）という。

「先に峠を登る人のかしらをふむ様にしてのぼる心地す。くるしき事いはんかたなし」は、宅子さん。

ただ、谷ふかく鶯の声あまた処に聞えるのは一興でたのしい。

「木曾山の梯《はし》の危ふさ忘られて　鶯の音《ね》をきゝ渡るかな　宅子」

ゆけどもゆけども果てなき山路だった。ただ目を慰めるものは遠山の美しい残雪。それとても太り肉《じし》のおぜんさんが、

〈ああもういけん、ちいとひと休みば、しまっしょうや〉

とたびたびいうので、そのたび元気づけて、

〈うしろから押してあげますばい〉

と久子さんが背をおせば、供の男たちも、

〈ご寮人《りょん》さん、手を引きましょう〉

と励まさねばならぬ。

〈こりゃ、お血脈《けちみゃく》を頂くのも、たいていのこっちゃ、なかなあ……〉

おちくさんがしみじみいい、

〈そうたいね。ばっと、ここまで来りゃ、お浄土もよほど近うござっしょうな。そんなら、ひとつ、元気ば出して〉

と宅子さん。善光寺さんで〈お血脈〉を頂き、戒壇めぐりをした草鞋《わらじ》をお棺に入れても

らえば、

〈誰でん彼でん、極楽浄土へひとすじ道にゆけるちゃ、ほなことでござっしょうか〉

と供の男も嬉しげである。宅子さんはいった。

〈目のみえん人も目があき、土車《つちぐるま》に乗せられてきた足萎《あしなえ》も足が立ったち、いいますたい。善光寺さんのご利益はどげん大きかか〉

〈まあ、ありがたか〉

〈それを聞いちゃ、力の出て来よりますたい〉

とおぜんさんも立ちあがる。

辛うじて峠に至った。ここまで五里登ったという。越し方ゆく末もみえぬような、全くの深山なのに、この峠に家があった。七、八軒ばかりだろうか。

木曾川は左に流れていた。遠くにも里が見える。村人に問えば〈広瀬村〉だという。

これは八郎の書にもある。「大平の村より母を馬に乗せ、次第次第のぼる事壱里ばかり、夫より草木の森々《しんしん》たる処をくだり、広瀬の村を過ぐ。人家いづれも櫛を作らぬはなし。いわゆる《ママ》木曾の名産なり。先刻より山々霧多く、殊に雨も時々降り来《きた》り、山中の景色いろいろ変化いたし、風光奇絶なり」そして八郎は男だから、いちいち口外したりせず、「我胸《わが》中一入《ひとしお》の興をなせり」

嶮岨《けんそ》な道よりも「風光奇絶」に興を催しているのである。

しかし宅子さんには二度目のカルチャーショックがあった。道のそばの家から出て来た村人の姿たるや。……

髪は男女のわかちもないほど、みなうち乱れてぼうぼう、破れた布（着物の残骸というべきか）を、辛うじて身にまとっていた。あるものはいずれどこからか拾ってきたのか、大きい紋のついた古着を身にまとっていた。袂や裾は短く、腰や肩もあからさま。彼らはやはり櫛を作って世渡りしている人々だった。

そういえば崩れかかった家の軒に暖簾《のれん》めいたものがかかり、暗い室内には榾火《ほたび》が焚かれ、幼い子らもいるらしい。

「松風の声をともにと住むやらん　あはれましらに似たるおもかげ　宅子」

ゆたかな筑前の国びとから見れば猿としか思えぬ人々のたたずまい。

またある家では——ここは少しましで、掃き清めてあったが、四十くらいの女が出てきた。宅子さんたちが腰をかけると、女は櫛を出してきて買えという。価を聞くとびっくりするほど安かった。田畑のない村なので、こんなものを作って世を渡っていますというのを聞いて、人々は哀れがってみな一つ二つずつ買った。

（信濃の櫛はいまに至るも名物で、私も当地で買った。黄楊《つげ》はもう少くなり、現代はミネバリという木だというが、この木櫛で髪を梳《す》くとつやがよくなり、頭の地肌にもいたくよろしく、少々の頭痛など癒ってしまう位だ）

櫛作りの家では、若い女たちが数人、男も交えてたのしげに歌いつつ、作業しているところもあった。みな裾短い古衣。たしかに猿ににたさまではあるけれど、鄙歌《ひなうた》うたう声は若々しい。

それにしてもまわりを見廻せば、果てもしらぬ深山、……

〈ああ、こげん遠かとこまで、はるばる来たことですなあ〉

誰かがいえば、それも『伊勢物語』めき、旅情が身に沁む。

宅子さんが、木曾山中住民の貧窮のさまを見て「あはれましらにいい似たるおもかげ」と一驚を喫したことから、おのずと私はある文献を思い出した。

宅子さんらの旅より三十七年のちの明治十一年（一八七八）五月、横浜埠頭《ふとう》に一人のイギリス婦人が立った。太平洋を十八日間かけて航海してきた汽船、〈シティ・オブ・トーキョー号〉から下りたばかり。

彼女、イサベラ・バードは時に四十七歳。この時代にはまだ珍しい女性旅行家で、二十代から外国旅行を試みていたが、彼女の最も困難にして最も稔り多き冒険旅行は、実に日本の地に一歩を印したときからはじまったのである。五十代の宅子さんたち一行とあまり違わぬ年恰好ながら、イサベラもまた、不屈の勇気と滾《たぎ》りこぼれる如き好奇心でもって日本奥地の探険を志したのだった。

「身体はずんぐりしているが知的な眼を輝かせた」婦人だったという（『日本奥地紀行』イサベラ・バード　高梨健吉訳　'73　平凡社東洋文庫　その解説より）。この本にある写真でみれば、唇はきっと引き結ばれ、いかにも堅忍不抜の意志を示す。

イサベラは日本でまだ外国人に知られていない地方をと望んでいた。日本人の十八歳の少年・伊藤を、通訳兼従者に傭って、東京を出発する。日光の東照宮を経て鬼怒川ルート（会津街道）を北進した。めざすは日本の東北の山野、更には津軽海峡を越えた蝦夷《えぞ》（北海道）の地、そしてアイヌ部落の探訪である。

彼女の見聞記は率直で公平であると認めなければならないだろう。描写は緻密で観察は周到である。彼女は外国人のまだ足を踏み入れていない〈日本の奥地〉を旅する間中、プライバシーの欠如、悪臭や蚤・蚊、日本馬のタチの悪さにてこずらされるのだが、それでも日本人の素質のよきものをみとめ、詳述するのにやぶさかではない。そして日本人の風俗習慣を、英国民のように何世紀にもわたってキリスト教に培われた国民の風俗習慣と比較することは、「日本人に対して大いに不当な扱いをしたことになる」という、オトナの理解や分別も持ち合せている（第二十七信。この見聞記は故郷の妹への手紙というスタイルをとっている）。

そういう知的明晰を保ち、偏見のない彼女の書くものだから面白く、かつまた、平明率直であればあるほど後代の我々はせつない感慨を強いられる。

つまりイサベラが旅していた頃でさえ、鄙の人々のたたずまいは、すばらしく美しい自然の中で（イサベラは自然の美しさに敏感な人で、しばしば日本の自然に感動の嘆声を惜しまない）何ともはや、

「あはれましらに似たるおもかげ」

であったのである。イサベラの旅行より三十余年以前の宅子さんの頃はなおのことであろう。そればかりではない。イサベラはこの旅から約二十年のち、（くわしくいうと一八九四年から九六年にかけ）五回ほど日本を訪れている。東京・大阪などの都会のほか、奥地の山村を取材し、最初の旅行の時から日本がどれほど進歩したかも見た。かつて悩まされた悪路は改善され、鉄道は発達し、経済・外交・教育も充実した。しかし農村の姿はほとんど変っていないと彼女は指摘している。

解説によれば、イサベラは一九〇〇年に至り、新版を出すに当って、奥地紀行の部分を少しも改訂しなかった。彼女はその序文にいう、「農村では、人びとの生活はほとんど変っていないので、私は紀行文を少しも書きかえずに、そのまま再び公刊する。本書は日本の奥地の姿を正しく示していると信ずるからである」

さてその最初の旅だが、東京から日光までは例外的に快適だった。日光地方のある村では学校の参観さえした。新時代らしく開けた地方である。児童は従順だった。「従順は日

本の社会秩序の基礎である。子どもたちは家庭において黙って従うことに慣れているから、教師は苦労をしないで、生徒を、静かに、よく聞く、おとなしい子にしておくことができる。教科書をじっと見つめている生徒たちの古風な顔には、痛々しいほどの熱心さがある。外国人が入ってくるという稀な出来事があっても、これらあどけない生徒たちの注意をそらすことはなかった」

また、子どもたちはある歌の文句を暗誦する。

「それは五十音のすべてを入れたものであることがわかった。それは次のように訳される。

『色や香りは消え去ってしまう。

この世で永く続くものは何があろうか。

今日という日は無の深い淵の中に消える。

それはつかの間の夢の姿にすぎない。

そしてほんの少しの悩みをつくるだけだ』」

いうまでもなくこれは〈いろは歌〉である。

〈色は匂へど　散りぬるを／我が世誰ぞ　常ならむ／有為《うい》の奥山　今日越えて／浅き夢見じ　酔ひもせず〉

イサベラはこれを「東洋独自の人生嫌悪を示す」ものであるけれど「しかし幼い子どもたちに覚えこませるのには、憂鬱な歌である」と批判している。中国の古典は、昔の日本教育の基本であったが、「今では主として漢字の知識を伝達する手段として教えられている」という認識も正確な現状把握である。村人たちが子どもをいつくしむさまを観察し、「これほど自分の子どもをかわいがる人々を見たことがない」とイサベラは書く。人々は勤勉で、商店には商品があふれ、女たちは機織《はたお》りに精を出す。ところがこんな、いわば〈王化に浴した〉村でさえ、皮膚病は当時の日本農村ののがれがたい宿業であった。男たちのあたまのてっぺんは剃られているが、そこが滑らかで清潔であることはまずない。見るも痛々しい疥癬《かいせん》、しらくも頭、たむし、ただれ目、不健康そうな発疹など「嫌な病気が蔓延している」。してまた村人の三〇パーセントは天然痘のあとをとどめていたという。

会津街道を北進し、峡谷の中の悪路をゆきなやみ、小佐越《こさごえ》という小さな山村で新しい馬に乗り替えたが、イサベラは書きとめる。

「ここはたいそう貧しいところで、みじめな家屋があり、子どもたちはとても汚く、ひどい皮膚病にかかっていた。女たちは顔色もすぐれず、酷い労働と焚火のひどい煙のために顔もゆがんで全く醜くなっていた。その姿は彫像そのもののように見えた。

私は見たままの真実を書いている。もし私の書いていることが東海道や中仙道、琵琶湖や箱根などについて書く旅行者の記述と違っていても、どちらかが不正確ということにはならない。しかしこれが本当に私にとって新しい日本であり、それについてはどんな本も私に教えてくれなかった。日本はおとぎ話の国ではない」

男たちは何も着ていないといってよく「女たちはほとんどが短い下スカートを腰のまわりにしっかり結びつけているか、あるいは青い木綿のズボンをはいている」

これは腰巻《おこし》ともんぺのことであろう。女たちは一応木綿の着物をまとっているものの、「腰まで肌脱ぎ」というのがふつうの姿らしい。着ているものから男・女を判断するのはむつかしい。顔も、「剃った眉毛とお歯黒がなければ見分けがつかない」とイサベラはいう。

「短い下スカートは本当に野蛮に見える。女が裸の赤ん坊を抱いたり背負ったりして、外国人をぽかんと眺めながら立っていると、私はとても『文明化した』日本にいるとは思えない」

旅は陸地運送をとり扱う会社が、一定の値段で駄馬や人夫を供給してくれる仕組みになっている。この運営は「いつも能率的で信頼できるものであった」とイサベラは満足している。

かつ、彼女の感性はすこやかで、この村を出発するとき調達した新しい駄馬の女馬子《まご》に共感を寄せている。彼女は労働で強《こわ》ばった顔にお歯黒が気味悪いが、「まったく人の良さそうな顔」、草鞋《わらじ》をはき、貧弱でよれよれの「青い木綿のズボンに肌着を押しこみ、青い木綿の手拭いで鉢巻きをしていた」――古い時代の庶民風俗を研究される〈庶民時代裂《ぎれ》研究会〉の堀切辰一先生から、昔の農村女性は、腰巻と半纏《はんてん》、前掛け、その三つで過したと教わったが、右の「肌着」はたぶん半纏なのであろう。

女馬子は次の宿駅まで馬を曳いてゆく旅であるから、腰巻でなくもんぺをはいているものとおぼしい。空模様があやしいので蓑《みの》をつけている。蓑についてのイサベラの説明は次の如くである。

「これは藁で作った雨具で、連結した二つの肩マントを一つは頸のところで、もう一つは腰のところで結びつけたものである」

女馬子は深い泥道や石の上を登ったり下りたりしつつ、しっかりした足どりで進んだ。「このように見苦しい服装ながらしっかりと頑健な足どりをする方が、きついスカートとハイヒールのために文明社会の婦人たちが痛そうに足をひきずって歩くよりも、私は好きである」——というのがイサベラの感想。（第十一信）

なおも鬼怒川沿いに旅して数日、川島という小さな貧村につく。宿では土間に薪を燃やしているので家中が煙り、障子をあけると村中の人が覗《のぞ》いているのでまた閉めないといけない。米も醬油もなく、あるのは黒豆と胡瓜の煮たものだけであった。宿の亭主の小さな息子がひどい咳《せき》をしているのでイサベラは同情して「クロロダイン」を数粒」飲ませると苦しみが和らいだ。この衝撃的ニュースはたちまち村中をかけめぐり、あっという間に彼女のもとにひどい皮膚病の大人や子どもが集ってきた。イサベラは無力感にうちひしがれながら、薬の貯えがないこと、自分には病患を治してあげる力がないことを訴え、また、これは所詮、無駄な忠告であると知りつつも、衣服をたえず洗濯すること、皮膚を水で洗って清潔な布で拭くことを、せめて訴えるにとどまった。イサベラの見る所、村民は着物を洗うことなどめったになく、保つかぎり昼も夜も同じものを着る。汚れた着物のまま蒲団にくるまって眠り、日中は風通しの悪い押入れに蒲団はしまわれる。畳は塵や虫の巣窟である。髪には油や香油が塗られるが洗われるのは週に一回か、それより少い。子どもたちには蚤やしらみがたかり、痒《かゆ》みのため掻かれた皮膚にはただれや腫物ができる。夜は雨戸を閉めるため、部屋の空気はよごれ放題である。

「農民の食物の多くは、生《なま》魚か半分生《なま》の塩魚と、野菜の漬物である。これは簡単に漬けてあるから不消化である。人びとはみな食物をものすごい速さで飲みこむ。できるだけ短い時間で食事を片づけるのが人生の目的であるかのようである」

イサベラは婦人の身として、同性のたたずまいに関心をもたずにいられない。女たちは畠で働く以外は、「一年のうちの五ヵ月間を朝から晩まで、炭火で暖をとりながら火鉢にかがみこみ、はてしない料理の仕事を続ける」

その結果、

「既婚女性は青春を知らなかったような顔をしている。その肌は、なめし皮のように見えるときが多い」

イサベラは五十歳ぐらいに見える宿の奥さんに年齢をたずねると二十二歳だといわれて

驚く。彼女の男の子は五歳というのにまだ乳離れしていなかった。（第十二信）

彼女が汚穢《おわい》の「どん底」だと思った地方は、宝沢《ホーザワ》と栄山《サカイヤマ》だった。それまではかなりひどい環境でも彼女はそれなりに堪え、はじめて外人を見る群集の好奇心にも「優しくて悪意のないこれらの人たち」に悪感情はもたない。

「ヨーロッパの多くの国々や、わがイギリスでも地方によっては、外国の服装をした女性の一人旅は、実際の危害を受けるまではゆかなくとも、無礼や侮辱の仕打ちにあったり、お金をゆすりとられるのであるが、ここでは私は、一度も失礼な目にあったこともなければ、真に過当な料金をとられた例もない。群集にとり囲まれても、失礼なことをされることはない」

馬子はイサベラに気をつかい、馬に積んだ荷が落ちないよう細心の注意を払う。革帯が一つ紛失した時はもう暗くなっているのに一里の道を探しに戻った。イサベラが心付を渡そうとしても、当然のことをしたまでだと受けとらなかった。お互いに親切であり礼儀正しく、イサベラは見ていて快かった。

それが「どん底」という汚い村ではどうか。

焚火の煙で黒くなった小屋の中に、人間も馬も鶏、犬が共に住む。堆肥の山からは水が流れて井戸に入っていた。「幼い男子は何も着ていなかった。大人でも男子はマロ（ふんどし）だけしか身につけておらず、女子は腰まで肌をさらしており、着ているものといえば、たいそう汚れたもので、ただ習慣で身にまとっているのにすぎない。大人は虫で刺されたための炎症で、子どもたちは皮膚病で、身体中がただれている」

彼らの生活習慣は慎みに欠け、イサベラには野蛮人の如くみえる。均《な》らしてトータルすれば、日本人は礼儀正しくやさしく勤勉で、ひどい罪悪を犯すようなことはないが、しかし基本道徳の水準は非常に低い、とイサベラは断ぜざるを得ない。衛生思想も普及せぬまま汚穢にまみれ、極貧なれば無気力という瘴気に中《あ》てられて動物の如く生き、死ぬ。イサベラは英人だからこんな言葉は知らなかったろうが、〈恒産なければ恒心なし〉といいたかったのであろう。

新潟を出て山岳地帯にかかると「どん底」と「最低」の村が交互につづく。不潔で野蛮な人々。どの女も背中に赤ん坊を負い、しらくも頭に疥癬の小さな子どもも、よろめきながら赤ん坊を背負っていた。貧しい村に泥酔した女がよろよろ歩いている。通訳の伊藤少年はついに道ばたの石に腰をおろして両手で顔を掩《おお》う。気分が悪いのかとイサベラが問うと、あんなものを見られて私はとても恥ずかしい、と少年はいい、イサベラは心を動かされた。

汚い茶店で小憩ののち出発したが、そこの女主人は、休息料として置くことになっているる二銭か三銭を、どうしても受けとらなかった。イサベラが水だけ飲んでお茶を飲まなかったから、というのがその理由だった。しかしむりに受け取らせると、女主人はそれを伊藤少年に返した。イサベラは「どん底」と「最低」の貧しい村の、「罪ほろぼし的な行為」と思って「心の休まる思いをして」出発した。……（第十七信）

長々とイサベラの旅を述べてきたが、これは僅々百二十年ほど前の日本のすがたなのである。明治・大正、どうかすると戦前までスケールこそ違え、日本の農村はイサベラの報告書を去ること遠からず、という状態だったろう。生活水準は多少あがっても意識レベルは変らなかったろう。イサベラは日本の農村では嫁に入るということは姑の奴隷になるということだと書いているが（第十七信）、この日本風慣習は敗戦まで、農村のみならず都会でも世を掩っていたではないか。

イサベラの書きとどめた「あはれましらに似たるおもかげ」は、遠いむかしのことではないのだ。

さて宅子さんらの一行は妻籠《つまご》から五里の峠を越え、大平《おおだいら》に着き、桜屋という茶店で憩う。

ここまで越えてきた山に、一山を掩うばかり小竹の伏したような繁みがあった。

〈枯れとるごとあったばって、あれは何でござっしょうな〉

と宅子さんが茶店のあるじに聞くと、

〈平竹という笹でございますがな〉

とのこと。過ぎし天保七年、この笹に裸麦のような実《み》がなったという。このあたりの人々はその実を多く収穫して食料とした。この前の谷では八十一日間に百二十俵も取った人がいたそうな。「こたびの子《ね》ノ年の飢饉に是を糧《かて》として二三年を過しつ」と宅子さんは書くが、この「子ノ年」が何年かわからない。天保十二年は丑《うし》年なので、前年が子年に当るが、天保の飢饉は四年から七年まで続いたといわれる。いわゆる「天四の飢饉」として知られる天保四年（一八三三）は全国的な凶作であった。

「卯《う》年の飢饉」として有名なのに天明三年（一七八三）のそれがあるが、凶作の被害はとに寒冷地の奥州においていちじるしい。奥羽地方ではこのとき、牛・馬はもとより犬・猫まで食い尽くし、木の皮・野草の根までとりつくした末、一村一里すべて死滅したところも少くなかった。この卯年の飢饉については寛政の三奇人の一人、高山彦九郎の話がある。上州の彦九郎が奥州一見の志をたてて遊歴したのは卯年飢饉のあとのことであった。山路に迷い、高い峰によじのぼって麓《ふもと》を見渡すと、山間《やまあい》に人家の屋根がかすかに見える。喜び勇んで草木を押し払い、ようように麓に着いて村へ足をふみ入れてみれば人影は更にない。田畑のあとは茫々たる草むらであった。家々は倒れ傾き、軒端には葎《むぐら》が茂っていた。怪しく思いつつ、空き家に足をふみ入れてみると、縁の板を篠竹《しのだけ》が貫いていた。そしてその間に点々と散らばるのは白骨であった。

さながら秋成の怪奇小説である。たまらず彦九郎は身をひるがえして、鬼哭啾々《きこくしゅうしゅう》たる無人の村里から逃げ出す。やっと道を見つけ、駈けに駈けて人里へ走り入り、人心地ついたという（『日本庶民生活史料集成七』'70　三一書房刊）。一村死に絶えた村は、奥羽の諸藩どこにも見られた。この時期、この地方の死者、数十万人といわれた。宅子さんはまだ生れていないが、両親から話を聞くことはあったろう。

次いで「天保巳荒《しこう》」巳《み》年の飢饉である。これも全国的規模で、しかも長くつづいた。巳（四）年から申《さる》（七）年まで（あるいは宅子さんは「巳」を「子」と誤ったか）。

されば木曾山脈で平竹の実《み》がなり、それを糧として露命をつないだというのも、あり得る話である。村の古老は、この竹の実は百三年目に生ったという。語り伝えたものであろう。

あるじは、これ、ご覧なされませと竹の実を出してきた。

〈まあ、珍しか〉

と宅子さんたちは頭を寄せあつめ、そのいくらかを貰い受けて土産に持ち帰ろうとする。平竹という笹は小さかったという。これも家苞《いえづと》にと人々は手折った。一行は若者ではなく、みな五十代の人々なのに、その長い人生経験でも未知のものであった。宅子さんは、

「信濃のみすゞといふは是《これ》なるか」

と書く。篠竹は信濃の産であるところから〈み篠《すず》刈る〉は信濃の枕詞となっている。

この平竹の実は、よく救荒食類としてあげられる中の一つ、〈笹麦〉のことであろう。

『天保年中巳荒子孫伝　羽州最上郡南山村の庄屋・柿崎弥左衛門の凶荒経験実録』（『日本庶民生活史料集成七』）にも出てくる。稲は育たず山中の木の実もならず、川魚は影もみえず小鳥も渡ってこない大凶作の日々、農民たちは草根木皮を求めてさまざま食べかたに工夫を凝らし、何がな口へ入れようとする。そういうとき「笹麦沢山に出で候て」と庄屋・柿崎弥左衛門は書く。それは文政八年の凶作の時であった。温飩《うどん》や素麵《そうめん》に、また麦粉にまぜて「打ち候由」とある。凶作の年（日照少く冷温）土質の軽い笹叢《むら》に突如、花が咲き、実がつく。そして笹は枯れるのだが、人々は飢饉の前兆だと噂した。麦に似ているので笹麦と呼ばれるが、粉にして団子にしたり、うどん粉にまぜて飢饉食にしたものである。この笹麦のおかげで先年の飢饉も二、三年はしのげましたわい、とあるじはいうのであった。

この山を一里半下れば裏番所というものがある。

「ここを関守る人にこひてこころやすくすぎて」

と宅子さんの記述は放胆で、あっけらかんとしている。『五街道細見』によれば一ノ瀬関所は信州伊那郡飯田藩の預りで「上下女改め」とあるからきびしそうにみえるが、裏番所を通れば「こころやすく」通してくれたのであろう。これまた清河八郎のいう「天下の憐れみ」にちがいない。やがて一ノ瀬村の藤屋という宿に泊った。妻籠から広瀬・大平、木曾峠越えはなかなかに険しかった。宅子さんは床に身を横たえると、ほっとしたのか、思わず弱音を吐くような歌のしらべとなる。

「身はやつれ日数ふるのゝ草まくら　見るもはかなきふるさとの夢　宅子」

『五街道細見』に木曾路の説明がある。宅子さんの疲れも尤《もつと》も、筑前びとにはほんとに異郷であった。

「木曾路の山中は谷中せまきゆへ《ママ》、田畑まれにして村里少なし。米、大豆は松本より買ひ来る。山中に茅屋なくして、みな板葺なり。屋根には石を圧石《おもし》にして、風をふせぐ料なり。寒気烈しきゆへ《ママ》土壁なし。みな板壁なり」

そういう宿で、藤屋はあったろう。

明ければ三月二十一日。また一里半ゆき、飯田に着いた。駒ヶ岳が左に見えた。この山を見ること、はや七、八日になる。飯田は堀石見守さま一万七千石の城下町である。この町に灸《きゆう》をよくする人があるというので、宅子さんたちも脚に灸をすえてもらい、前途の旅にそなえた。どこへ行きなさると町の人に問われ、

〈善光寺さんへお詣りですたい！〉

というと、それはそれはご殊勝のこと、駒ヶ岳をうしろになされば、まもなく諏訪じゃ、と励ましてくれた。来る日も来る日も駒ヶ岳のまわりをめぐっているような気がする。目路のかぎりの木曾山脈の中で、駒ヶ岳はぬきん出た峻嶺であった。山巓《さんてん》の白雪はさながら白妙の小袿《こうちき》を着せかけたように美しくも神々しい。

飯田は細長い町だった。やっとぬけて二、三里四方もある駒が原、むかし駒ヶ岳からこの原まで駒が飛行してきたというういつたえを土地の人に聞きつつ片桐（宅子さんは竹桐としているがこれは誤りであろう）というところへ至れば、

〈まあ、美しかこと！　いちどきの花盛りたい〉

女人たちに歓声をあげさせる光景が展開していた。梅、さくら、桃、まさにここもまた、「桜桃梅李一時ニ春ナリ」

『五街道細見』にいう如く、

「麦は六月に熟し、山中に桜花多し。山にも桃、紅梅あり。三月末頃、皆一時に花開く」

宅子さんは詩魂をゆすぶられずにいられない。

「めづらしや梅のさくらの桃の花　さかりは同じ木曾路信濃路　宅子」

佳人の匂やかな弾む吐息が感じられそうな歌である。

〈吉野の花からずうっと、信濃まで、花ば追いかけて来たごたる〉と久子さんの嘆声。

〈こげん贅沢な旅やぁー、公方さまでも、なさらんとでっしょう〉とおちくさんの満足げな感懐。

〈ここで見る花ぁー、よそよか一段と色の美しかこと〉とおぜんさん。清々しい山風と空気が物の色を冴え冴えさせるのであろう。

その夜は飯島泊り。

二十二日、この日は行程を見るにずいぶん強行軍で、宮木《みやぎ》まで足を延ばしている。ここまでくれば塩尻《しおじり》も近い。善光寺さんも日に日に近くなるが、この日は馬でも利用したか。上穂、宮田、北殿、木の下。ここからは諏訪へいく道もあるが、二里行って宮木の長浜屋に泊った。

二十三日。前日の強行軍のせいか、果して供の男の一人が急病を発した。とても荷を持たせることができないのでそれぞれ荷物を背負うことにした。

「空も晴れやらでうちくもれるさま、むつかしう見ゆ」

と宅子さんはしるす。「うちくもれる」は空模様だけではない。旅行中、メンバーの一人が体調を崩せば、ツアーのプログラムは乱れ、一行の士気にも影響する。

この供の男たちが、どんな基準で選ばれたのかは興味のあるところだが、宅子さん久子さんという、いわばいい意味での、ひとすじ縄でゆかぬ人生のベテランたちが、この組合せなら、と選んだ人々であろう。人間の選球眼に長《た》けた女たちのお眼鏡に叶った人々、というべきか。

長期の旅なれば健康であるべきは無論、多人数のツアーなれば協調性という人柄も吟味されよう。また、商用であれ何であれ、旅馴れた、という点も考慮されたかもしれぬ。なお、統率上、階級もあらまほしい。供の男その一が、その二、その三をよく使いこなし、女人一行の旅をつつがなく支えねばならぬ。

また女あるじに求められたとき、助言や示唆を与えられる程度の情理《わけ》知りでもあらまほしい。体力・知力・人柄をかねそなえ、女人一行をエスコートする気力もそなえた年頃、といえば四十代の男だろうか。これを四十《よそ》エモンと名付けよう。次いで壮年の、いざというときその膂力《りょりょく》を頼りにできるというような、腕っぷしの立ちそうな従者、となると三十代の男か。これは三十平《みそへい》。してまた、力仕事なら何なりと、というような若い男もあらまほしい。これは二十代の男だろう。ハタチもつれのハタ吉。

私の想像でいえば、ここで「供なる者のいたつきあれぱとて苦しげなり」と書きとどめられたのは、ハタ吉であろう。若いから体力をセーブして体調をコントロールすることを知らない。四十エモンに、

〈若いもんは五体の弱《しゃば》かもんなあ〉

と叱られながら、

〈ご寮人《りょん》さん、申しわけござりまっせん〉

と小さくなってトボトボと宿を出で立つ。

小野を経て塩尻に着く。塩尻はもう筑摩郡松本藩領で、ここから松本を経て善光寺へゆくのが北国西街道、善光寺みちだ。塩尻の宿を通りぬけると小川があり板橋がかかっていた。富士見橋という。渡ると芭蕉塚。「露しぐれ富士を見ぬ日ぞおもしろき」とあって、さながら今日のさまを詠んだよう。塩尻峠は「表日本と裏日本の分水嶺にあたり、頂上か

らは眼下に諏訪湖を、遠くに富士の秀峰を見ることができる」(『江戸時代図誌　中山道一』'77　筑摩書房刊)と本にはあるが、宅子さんたちは曇天のもと富士を見ることができなかった。

「露しぐれふりにし道の春霞　けふ立ちかくす富士の皺山　宅子」

ゆきすぎるとき、右手の山頂から、はるか山下の道に木樵《きこ》りの男が大きな木を落す作業をしていた。しかも山上から大声で、旅の人、早う通らっしゃい、危いぞ、と喚《おら》んでいる。冗談ではない、みなみな肝を冷やして走りすぎた。怖いやらおかしいやら……

「上を見て　もしいそがずばうち落す　つま木の下になりや果てなん　宅子」

桔梗《ききよう》ヶ原《がはら》という曠野《こうや》は桃の木やすみれが目を楽しませたものの、雉子《きじ》の声が聞え「道をいそげども家路も見えざりければ」という心もとなさ、この日、一行は馬で越後街道をゆき、日のかたむくころ、やっと松本に入った。ここは松平丹波守さま六万石のご城下である。かつ『五街道細見』にある「あさまのゆば」――いまの浅間温泉――までは十五丁、宅子さんたちは再び馬でいそぐ。日はとっぷり暮れていた。やはりこのあたりの家々も木曾山中のように板葺きであった。木綿縞など多く売っていた、というのも、目の迅《はや》い女旅行者らしい。いで湯の村では中野屋という宿に泊る。広い宿で、その中の一間に「いで湯の壺《つぼ》」（浴場）がある。女人一行はやれやれとばかり、湯あみして連日の旅の疲れを休めた。清らかな湯はこんこんとあふれ湧いて尽きず、女人たちの膚《はだ》を洗って旅の埃を落してくれる。湯あがりは垢抜けて、

〈やれやれ、ちいた、色白美人になりまっしょうか〉

と笑いさざめくのもたのしい。宅子さんは早速に、お銚子一本を所望したにちがいない。

明日からは更に善光寺街道を北上しなければならぬ。『五街道細見』を見れば、このあと刈谷原《かりやはら》、会田《あいだ》の宿《しゅく》を経て立峠《たち》という難所を越えることになる。それでも善光寺さんがいよいよ近くなると思えば、気力も湧く。

〈この村で木綿縞バ、買うたもんでっしょうか〉

とひとりごとめいて思案するのは、おちくさん。土産の心づもりがあれこれ、あるのだろう。

〈それは善光寺さん詣りば、すませなさってからでよかでっしょう。近くの上田には上田縞ち、有名な紬《つむぎ》が名物ですたい。〝帯地もあり〟と道中名物案内にも載っとりますばい〉

久子さんの助言はつねに判断よろしきを得て、たより甲斐ある存在だ。宅子さんはというと、食後の一服に名物の信濃煙草を心ゆくまで吸いつけている。

明ければ三月二十四日、「春雨しめやかにふり出《いず》れば」という空模様。旅人の袖をひきとめる留女《とめおんな》ならぬ、〈やらずの雨〉である。

〈よか霑《うる》いでござすねえ〉

と宅子さんは嬉しさに思わずソプラノの声を張りあげてしまったことであろう。

〈善光寺さんも早や近いき、今日はもう一日ここに逗留して、ゆるっと骨休めバ、したらよか、ちゅうお天道《てんと》さんのおはからいたい〉

〈そんならこの雨は仏さんが降らせなさると〉

〈慈雨、というものでござすな〉

そうときまれば一行も、のびのびくつろいで、朝から湯へはいりにゆく。

色気の失《う》せやらぬ姥ざくら四人《よったり》、ゆたかに福々しい肉置《ししお》き（ことにもおぜんさんのボリュームはみごとである）、白い肌を温泉で桜色に染めて、思い思いに湯舟に漬かったり、円《まる》いふくよかな腕を窓枠にあずけて、山々のたたずまいを眺めたり、しどけなく腰掛に尻をあずけて、足のゆびを丹念に洗ったり。……湯気にむれ、心も軀《からだ》も放恣《ほうし》にほどかれてゆくひととき。

そこへ相客の女たちがまた数人、湯壺へはいりにくる。同じように春雨に引きとめられた旅人たちらしい。互いに会釈あって、

〈どこから来なさったな〉

と問うと、越後、南信濃、などさまざま、たちまち湯壺の中に、越後弁、信濃弁、筑前ことばが闊達にひびきあう。

「おもしろや信濃路越路《こしじ》こきまぜて　こころづくしのひとにかたるは　宅子」

宿の食事は、春の山菜であったろうか。私は以前に杉田久女を書くため、信州に取材旅行を試みたことがある（『花衣ぬぐやまつわる……わが愛の杉田久女』'90　集英社文庫）。その時は早い秋だったが、信州の宿では、こごみ、あさつき、あざみ、みやまいらくさ、やまそ、などという山菜が、煮たり、お浸しにされたりして出てきた。魚はなく、馬肉が供された。ほかに、ざざむし（水の綺麗な川にいる虫）、かいこの小さいもの、これは共に醬油でちりちりと煮しめられている。いなごも同じ。私にとって、みな相応に舌を愉しませる味で、私は生来、鈍いのか、放胆なのか、〈これは受けつけない〉というものはなかった。この「あさまのゆば」の宿も、そんなものが、二夜、出たろうか。

本書のはじめ、私は旅立ちの宅子さんの宴を上底井野村の神社の直会《なおらい》を例にしるした。それは〈お茶に香の物、すまし、鯛の煮付、鯛の刺身、茗荷、鯛の浜焼き、胡麻と蒟蒻《こんにゃく》の白和え、はんぺんとすり生姜〉という豪勢なものだった。筑前は海山の幸ゆたかな国だ（ただし調味料は塩、醬油、味噌のたぐいのみ、砂糖は使われなかったと）。

筑前にくらべれば、信州の馳走は簡素で鄙《ひな》びているかもしれないが、宅子さんたちはそれもまた一興、と愉しんだことであろう。その好奇心と弾みごころがなければ、異郷を何十日も旅ゆくことはできない。

翌二十五日。「供につれたるをの子、また足いためばとて」とあるから、前に体調を崩したハタ吉であろう、今度は足をいためたという。草鞋に足を食われたのか（これは旅人に多い災難で、かの旅のプロである俳人の小林一茶も、草鞋擦れが化膿して、片足が鳩ほどにも膨れ、大いに難渋したということは、先述した）。

仕方ない。みなみな、再び旅荷を背負って出発する。上り十八丁の仇坂《あださか》峠を越えて刈谷《かりや》原《はら》まで一里二十八丁、更に一里をゆけば立峠《たち》。

「いみじく高き坂なり」

この立峠（現・東筑摩郡の四賀村と本城村の間の峠）と猿《さる》が馬場《ばんば》は、芭蕉の『更科紀行』にも出てくる。貞享五年八月（一六八八。元禄と改元されるのは九月）四十五歳の芭蕉は門人越人《えつじん》を供に姨捨《おばすて》山の月を見にゆく。高山奇峰、崖下は千尋《じん》の谷、木曾路の旅は「あやふき煩ひのみやむ時なし。桟橋《かけはし》・寝覚《ねざめ》など過ぎて、猿が馬場・立峠などは四十八曲りとかや。九折《つづらおり》かさなりて、雲路にたどる心地せらる」

芭蕉は「目くるめき魂しぼみて、足さだまらざりける」ありさまだった。

立峠をのぼる宅子さんたちは、荷さえ背負うている。しかし苦難に遭えばまたふるいたつ宅子さんだ。口では、

〈いや、こら、大ごとたい〉

といいつつ、胸中、按じる一首。

「せおふ荷の重きも何かいとふべき　憂きは旅ぞとかねておもへば　　宅子」

何やら道歌めいて、歌としてはあまり面白くないが、宅子さんの創作事情を窺知《きち》できる。宅子さんはこういう、えらい目に遭わされた運命を自分で興じているのである。古典の旅はみな、憂く辛いものであった。その体験を、いましているのだ、という昂揚感である。

ところが「いみじく高き坂」をやっと下《くだ》れば、また峠、ここに荷物持ち兼ガイドをなりわいにしているらしき土地の人々が待ち構えていた。ここから青柳まで三里、険しい坂道ゆえ、われらを傭い給われというのだ。旅人の足元を見られたようであるが、時にとっての渡りに舟。荷持ち・案内を頼む。

「しばし休みて」とあるのは、会田の宿《しゆく》と青柳の宿の中間にある乱橋《みだればし》の集落だろうか。やがて青柳の宿場町である。

ここには昔の城跡もあるが、それよりも、巨大な巌を切り開いて道を通してある、〈切通し〉で有名である。切通しの間の道幅は狭いが、崖をよじ登ってまた下りるより、どれほど旅人の通行にとって有難い情けであろう。

「其《その》切抜きたる右の岩に、弘法大師の作り給へる観音の像有り。後にも作りそへて今は二十八躰に及べり。

法《のり》の師の開きし山路ふみ見れば　これもたふときをしへなりけり　宅子」

私はこの青柳の切通しを、先日、見に出かけた。案内して下さったのは、小林計一郎先生である。私ははるかな昔、小林一茶を書くとき信濃へ取材旅行して、一茶学の二大権威というべき、柏原の清水哲先生と長野の小林先生にお話をうかがったことがある。それはもうほとんど二十数年も前ではなかったかと思う（何ごともスロースターターである私は、取材は早かったが、なかなか取りかかれなかった。やっと連載を終え、『ひねくれ一茶』を刊行したのは一九九二年〈講談社〉であった）。小林先生は当時、長野工業高等専門学校教授でいられたと思う。長野学、善光寺学、というものがあるとすれば先生はまさにその泰斗《たいと》であろう。長野関係のご著書も多く、多年〈長野郷土史研究会〉を主宰されて郷土史研究を推進されている。隔月発行の機関誌「長野」はすでに二百号を超えている。会員の研究も活潑だが、七、八十ページのこの本での圧巻は、古文書読解欄である。先生は〈郷土史はもっとも高尚な趣味〉と提唱され、〈自分の向上に役立つだけでなく、世のため人のためです〉といわれるが、ことに古文書については、〈わずか百三十年ほど前の文書が読めない、などということは外国にはありません。五、六代前の人の書いたものすら読めない、というのでは郷土史研究は不可能です〉と主張される。先生のご指導のもとに、数多の熱心な会員が苦労して古文書と格闘している。私も古文書に弱いのでこの欄で勉強したいのだが、とても自信はない（宅子さんの『東路日記』の原典は美しい筆蹟で、誤字脱字もほとんどないが、それさえ私にはしどろもどろである。まして流麗な短冊の歌では一首を読み解くのに長時間かかる始末。そのたび研究者のお手を煩わせているという、恥かしい次第だ）。

さて何年ぶりかでお目にかかった先生は、以前にかわらず廉直《れんちょく》にして醇厚《じゅんこう》なる学究でいられたが、大正八年のお生れながら背筋もしゃんと昔より若返られ、颯爽《さっそう》たるさまでいられる。

〈いやあ、近頃ダンスに凝っていましてね〉

〈は？　ダンス……〉

熟年層にダンス熱が静かに深く浸透していることは聞いていたが、長野《こちら》でもそれは例外ではないらしい。この年代も音楽に合せて体を動かす快感についに目覚めたというべきか。しかし私としては、〈信濃の椋鳥〉一茶がダンスをはじめたというぐらいのめざましいニュースであった。

〈それは結構に存じます。ご健康にもおよろしいでしょう〉

〈はい。ダンスのために、このごろはジョギングにも励むようになりました〉

あとで拝見したお写真では、先生は女子大でも教鞭をとっていられたらしく、謝恩パーティとおぼしき会場で、振袖の若く美しき女子大生たちとダンスをしていられた。白髪長身の先生は姿勢あくまで正しく、身を反らし加減にして女子大生の手をとっていられる。表情はあくまで謹厳そのものなのも、かくべつの風趣であった。なるほど。

最近のご無沙汰をもかえりみず、先生を訪れたのも、善光寺さんのことを直接《じか》におうかがいしたい、という私の身勝手な希望であったが、先生はまた、『東路日記』の善光寺参

詣のくだりを、

〈参詣者からの報告、という資料は少いので、時代的にも貴重です〉

と喜ばれた。宅子さんの旅程をつぶさに辿られて、〈青柳の切通し〉は見たほうがよい、とのこと、私たちはタクシーで出かけた。宅子さんが北上した道を、我々は南下する。遅い春ながら信濃路の風は冷い。姥捨、麻績《おみ》ときて車の道からそれると〈青柳の切通し〉への道を失った。尋ねようにも人がいない。田畑、林に小川、白い道が山蔭につづき、家も見えず、満目うららかに晴れた山野だが、車一台も通らない。白昼夢のような信濃の山里である。やっと通った車、二台目の人が、〈北国街道西往還、つまり善光寺街道はそこへ出てこうこう〉と正確に教えてくれた。

いってみれば見上げるような岩山の、真ン中がすっぱりたち切られて道が出来ている。トンネルを掘削するのではなく、岩ごと削ぎ取り切って、道を通しているわけである。天正八年（一五八〇）にこの地の城主青柳氏が切り開き、そのあと江戸時代にたびたび工事が重ねられたらしい。

岩の上には「石像の観音百体を造立す」と、私が小林先生に頂いた「道中案内」という資料にはある。「四国西国秩父百番の観音を安置す」とある。

両方の岩には松が生い立っていた。草むらの繁みに観音さまを刻んだ石塔が、あるいはかしぎ、あるいは倒れて散在していた。風雨に曝されて観音さまのお顔もさだかならぬのもある。

切通しは大小二つあるそうである。絵は宅子さんのような、女二人連れの旅人が荷持ちを従えて切通しを通っている。反対方向から二頭の黒牛に荷を積んだ男がゆく。――まことに「道中案内」にあるごとく、

「（この切通しによって）旅人並《ならび》に牛馬の往来、聊《いささか》も煩はしき事なく、野を越え山を越えつゝ、麻績宿に到る」

絵ではわからないが、実地にいってみると、切通しはすごい急坂の上にあり、下りようとした私はつんのめりそうになった。

麻績までの山道で宅子さんは思いがけぬ人にあう。国許の筑前で、わが家に近い木屋瀬《こやのせ》の人、親しい知人である。所もあろうに、こんな信濃の街道でばったり会おうとは。世の中は広いようで狭いもの、とみな呆れてしまう。

〈まあ、こげな所で珍しい……嬉しか〉

と笑みまける宅子さん。

〈こりゃ、小松屋のご寮人《りょん》さんな、おどろきましたばい〉

男は若者ではない。おそらく宅子さんほどの年頃であろう。このあたりは信濃三十三番札所のお寺が多いが、男はこれも善光寺さん詣りにちがいない。宅子さんたちより一足早

く参詣をすませたか。旅姿同士で、かたわらの茶店に誘いあい、話が弾む（そのへんも商家のお内儀の貫禄が出る。商いを仕切っている身なれば、話題も身辺の瑣事だけでなく、視野広く、男なみの情報の質と量であったろう）。

「なつかしさかぎりなく、はらからにあへらんこゝちす。かたみに旅路のものがたりなどして、おのが家人にことづてし、又、文をもかきてつかはす」

幸便に托して手紙を書く。ついでに久子さんらもことづけたろうか。

〈お安いこと、皆さんがつつがなく旅していられたこともたしかにお伝えしまっしょう、まかせなっせえ、おるす番のご家族もさぞご安堵なされまっしょう〉

と、同郷人《くにびと》は質朴で親身である。

「うれしさよけふはなみだも雨とのみ　ふりにし親にあふこゝちして　宅子」

伊勢詣りの折にも国許の夫婦者にばったり邂逅したのを思い出す。あのときは同道してお詣りしたものであったが、全く、ふしぎなめぐりあいを重ねることではある。

〈これも善光寺さんのご利益でござっしょうの〉

ということになった。故郷の夫や身内たちが、道中つつがなかれと念じてくれている思いが届いたのかもしれぬ。

その人と別れてその夜は麻績村の大岩屋泊り。麻績は街道一の難所といわれる猿が馬場峠の麓にある村だ。宅子さんたちはその宿で、麻績という地名はむかし山姥が苧《お》（麻の古称）を績《う》み機《はた》を織ったから、という話を聞く。山姥は坂田金時《きんとき》の母である。のちにここから相模の国足柄山にいったそうな。

二十六日。案内人を頼んで一行は猿が馬場峠を越える。越えれば更級郡、姥捨まで三里十八丁。

この姥捨は姥捨伝説で名高い。更級に住む男、親代りの姥《おば》を養っていたが、あるとき妻にそそのかされ、姥を背負って連れ出し山中に置いて逃げ帰った。折から明月がのぼり、それを見た男は慚愧《ざんき》に堪えられず、「わが心なぐさめかねつ更級や　をばすて山に照る月をみて」と詠み、翌朝姥を連れ帰ったという。

この伝説は『大和物語』『今昔物語集』などにあるが、文献の上では『古今集』のよみ人知らずとして載っている右の歌が最も早い。この歌に古い棄老伝説が結びついたのであろう。それからして観月の名所といわれ、〈田毎の月〉を賞美される。本来の名は冠着山《かむりきやま》、海抜一二五二メートル、善光寺平の南にうずくまる美しい山だ。

古来からの歌どころとて、歌人一行としては見過しがたい。中腹にある長楽寺からの眺めは甚だよろしい。宅子さんたちは寺のかたわらにある大きな岩山にものぼった。これは『五街道細見』にある、

「岩あり高さ五丈八尺」

というそれだろうか。千曲《ちくま》川が東に流れ、北に戸隠、妙高の山々。「この前わたり風景

めでたき事たとふるものなし」

なるほど、これで月があれば、と思われる。芭蕉はここで、

「俤《おもかげ》や姨《うば》ひとり泣く月の友」

「送られつ送りつ果ては木曾の秋」

などの佳句を得た。「俤や」の句は〈芭蕉翁面影塚〉の石碑に刻まれて、長楽寺の門前にある。それを建てたのは春秋庵・加舎白雄《かやしらお》であった。宅子さんは「高さ七尺余りなり」としるす（更に白雄の句「姨捨や月をむかしのかがみなる」を境内にたてたのはその弟子の宮本虎杖《こじよう》。境内には句碑歌碑が多く、いささか煩わしい位だった）。

そこから半里で稲荷山、そのへんからかえりみる姥捨山もいい。

「いくたびもかへり見るかな姥捨や　名におふ山の昔しのびて　宅子」

やがて一里で篠《しの》ノ井《い》の追分に着く。ここで北国街道に合流する。この篠ノ井追分は千曲川の川舟の港なので、人馬の往来も賑わしい。

（この篠ノ井の繁栄は明治の中期までであった。明治二十一年信越線篠ノ井駅が出来てからは繁栄は駅付近に奪われた。現在、昔の追分宿を記念する碑が、そのあとに建てられている。明治十一年の、明治天皇北陸御巡幸のみぎりには「鉄輪のお馬車に召され、この街道を北に向って進まれました」よし。この宿場の栄枯の歴史を簡潔に述べ、その底に郷土の地霊祖霊への敬愛こめた斟酌《しんしやく》があって、いい碑文だ）

もちろん宅子さんらの時は、追分宿は大繁昌、一同は休んだ茶屋で、〈川中島の合戦〉について書いた本を買った。武田信玄と上杉謙信が川中島で争った永禄四年（一五六一）の戦いである。宅子さんは歴史も好むのか、戦国の勇将たちに敬意を表して一首を捧げた。

「甲斐越路みだれあふ世のもののふの　名に流れたる川中のしま　宅子」

さてこの追分の宿から二里で、はや〈善光寺の南の入口〉といわれる丹波島《たんばじま》。ここで犀《さい》川《がわ》を渡るのだが、犀川は荒い川で架橋できないから渡し舟で渡すのである。それも川の両岸に杭《くい》を立てて大綱を張り、船頭がそれを伝って舟を渡す。

このあたりの様子は『北国街道分間絵図』にくわしい。原題は『東都道中分間絵図』、越後高田藩の藩士鈴木魚都里《なつり》が文化七年（一八一〇）に完成したもの。魚都里は在所高田と江戸の間を職業柄、生涯に十数回往復した（藩の中老だった）。文人で画才にも恵まれた魚都里（これは俳号である）は旅中も筆墨を手放さず、スケッチとメモを怠らない。しかも磁石を携行しており、「緯度の概念を理解していた」（解説・尾崎行也　'98　郷土出版社復刻刊）らしいから、かなり正確な、而うして見ていて楽しい絵図である。

この『分間絵図』で見ると丹波島は街道を挟んで細長い集落だが、宅子さんも「この町一筋にして長く、凡《およそ》三百軒ばかりも有《ある》べし」といい、絵図に合致する報告である。『絵図』では犀川はこの辺りで三本の太い川に分れ、うち一本は更に二本に分れる。

「此川毎年洪水ニテ川筋色々ニカハル」

宅子さんは「丸木の柱を五ツ立て綱を五筋かけてあまたのふな人どもあつまりて川越といふ事をするなり」と。

一里十丁でいよいよ善光寺町へ入った。

ここは小林一茶の筆でその繁華を見てみよう。尤も一茶はこのとき悲痛な気持でいる。病父の薬をとりに、また初夏というのに病人のほしがる梨を求めに在所の柏原から遠からぬ善光寺町へやってきたのであるが。

「抑々《そもそも》此地は御仏の浄土にしあれば、肆《みせ》は軒をあらそひ、幌《とばり》（田辺注・のれん）は風にひるがへり、入る人、いづる人、国々よりはる〴〵歩みをはこびて、未来成仏をねがはぬ人もなく……」

というありさま。

宅子さんたちは善光寺へ着く前に、その手前の苅萱山《かるかやさん》西光寺で足を止めてしまった。この寺に苅萱道心親子三人の像や塚があると聞けば、ゆきすぎられなんだであろう。苅萱の物語は広く深く知れ渡っていて、女人にはことにも愛憐の思いをそそられる悲劇である上に、主人公の苅萱は筑前の人なれば宅子さんたちの関心も高いのであろう。

この物語は元来が説経浄瑠璃であるが、成立はかなり古い。筑前・苅萱の庄の領主加藤左衛門重氏は無常を観じて懐妊の妻を残し、都へ上る。黒谷の法然上人のもとで剃髪し、苅萱道心と名乗る。十三年後、妻と、父をまだ知らぬ子が連れだって会いにくる。苅萱は高野山へ身を隠す。母と子はなおも高野山へ追ってゆくが、女人禁制の山とて、母は麓の学文路《かむろ》の宿で待つことになった。子の石童丸《いしどうまる》は父を捜して山へのぼるが、苅萱はそれを知ったけれども修道の妨げとばかり、そなたの父はすでに亡くなったと告げるのである。傷心の石童丸が母のもとへ戻ってみると、母は辛労のあげくに亡くなっていた。少年は再び高野山へとってかえし、父とも知らず苅萱に仏弟子として仕えんと乞う。共に暮して修行に励んでいたが、やがて苅萱は信濃の善光寺へ赴き大往生を遂げる。石童丸は高野山で父の死を悟り、信濃に赴く。親子がそれぞれ彫った地蔵尊は、ご利益あらたかな親子地蔵として苅萱山西光寺の御本尊御開帳仏となった……というのである。

この苅萱寺のことは久子さんの『二荒詣日記』から省かれているが、宅子さんはじっくりとお詣りもし、塚も拝んだのであろう。苅萱道心の塚は五重の塔で、石童丸のは九重だったという。

「其坊にて昔のものがたりをきゝつゝ其像をみて、

親と子がかりそめならぬかるかやの　寺にあはれの残るかたしろ　宅子」

あるいはこの「昔のものがたり」は絵解《えと》きを聞いたのではなかろうか。苅萱物語は絵解きで弘通《ぐつう》した。〈かるかや講〉もあったというから、〈善光寺講〉とともに絵解きを聞きに西光寺へくる人も多かったのかもしれない。西光寺は檀家がないので江戸時代から出開《でかい》帳《ちょう》を行っていた。江戸、京、大坂、名古屋と行って人気も高かったという。そして〈かるかや講〉の人々は全国へ絵巻を持ちあるいて絵解きをし、勧進したのかもしれぬ。善光寺さんへ詣るなら、石堂町の苅萱道心の塚へまず——という知識がゆきわたっていたのかもしれない。

（近時、この西光寺のご住職夫人が長いこととだえていた絵解きを復活されている。同寺に伝わる「御絵伝」二幅を口演されるらしい。私が西光寺へうかがったときは折あしく夫人はご不在で、絵解きを伺えず残念だった。このお寺には「六道地獄絵」もあり、これも絵解きなさるらしい。テレビやビデオとちがい、肉声で、しかも〈朗読〉ではない、〈語り〉で聞かせる物語世界、絵巻を一つ一つ指しながらの物語は、なんとゆたかな悦楽であろう）

私も子供のころから石童丸の話は聞かされていた。巡礼お鶴（浄瑠璃「傾城《けいせい》阿波の鳴門」）といい石童丸といい、なんで子供の出てくる昔物語は悲しいのであろう。大人が涙ぐむから子供も悲しんでしまう傾向もあったが、お鶴が母のお弓を母とも知らず慕ういじらしさ、石童丸が父とも知らず、なつかしがる哀れさに、子供の私もたしかに心をゆすぶられて泣いた記憶がある。

情感ゆたかな宅子さんは絵解きを聞きつつ、思わず襦袢《じゅばん》の袖口を引き出して目にあてていたであろう。

〈おお、早う善光寺さんへ。日の暮れぬ前に、宿坊へ入らななりませんぞ〉

とせきたてるのは供の四十《よそ》エモンであったろうか。

善光寺町では旅籠屋《はたごや》もあり、やかましく客引きをしているが、宅子さんらはかねて〈善光寺講〉で宿坊がきまっていたのではなかろうか。善光寺には信者を宿泊させる宿坊が多く、持郡《もちごおり》といって、何国の何郡の人は何々院、と、きめられている。

四十エモンが気をもんでいるのに女人の一行は仁王門のりっぱさに一驚し、境内の参道の両側の土産ものや仏具を売る店に気をとられ、なかなか足がすすまない。これらの店は夜になると閉めてそれぞれの家へ帰る。すべて仮店で、本建築は許されていない。善光寺さんは何度か祝融《しゆくゆう》の厄《やく》に遭っているのでその予防のためである。

宿坊案内所で、筑前は法然堂町の〈野村坊〉であると教わる。宿坊は美しく掃き清められ、灯をかかげて参詣客を待っている。いよいよご本堂でお籠りである。善光寺ぜんたいにどこかふつふつとたぎる、花やぎのエネルギー。それはどこから出るのであろう。

参詣者はみな、何かを待ち受けるような期待感で弾む。

——とうとう来た。善光寺へ来た。生身《しようじん》如来に結縁《けちえん》して極楽往生が叶う、善光寺へ来た。

「遠くとも一度は詣れ善光寺
　救ひ給ふは弥陀の誓願」（善光寺御詠歌）

宅子さんは早くも〈お籠り〉の法悦を予感する。善光寺さんはまた亡きひとの魂の寄るところ、亡き父母や幼な子が自分を待っているかもしれぬ。……それはなんというたのしい心はずみであることか。そうだ。

善光寺の如来さまは、衆生を甘えさせて下さるのだ。……

この日はいかにも強行軍であった。猿《さる》が馬場《ばんば》の峠を越え、姥捨へ、篠ノ井へ、丹波島から善光寺へ、これはもう七里半を突破する旅程。善光寺へ着いた時は疲れきっていたろう。本堂の〈お籠り〉は明夜、ということになったと思われる。それに明朝は早い。明け六ツ刻《どき》（午前六時ごろ）にはお詣りせねばならぬ。

（このころにも〈お朝事《あさじ》〉の行事があったことと思われる。毎朝六ツ刻に本堂で誦経があり、参詣者も声を合せて〈南無阿弥陀仏〉を十回唱える〈お十念《じゅうねん》〉を行う。

かつ、その折に、善光寺・大勧進貫主《かんす》、ならびに大本願上人がお堂へ上り下りされる時に、参詣者が参道の両側に坐って合掌し、お数珠をいただく、という慣習がある。これは貫主や上人のお数珠で頭を撫でて頂くと、善光寺如来の救いにあずかることができるという信仰からである。現代もなおつづいている善光寺ならではの風習だ）

さて〈野村坊〉では宅子さん一行を迎えて、物慣れた女中さんがかいがいしく、杖や笠、行李などの荷を部屋へ運ぶ。すすぎの水で足を洗い、裾の埃を払って一同は部屋へ通る。

宅子さんらは四人なので一間へ案内されたかもしれぬが、講中の団体は大広間であったろう（もちろん男女別々の部屋であるが）。

部屋は清掃され、あかるく灯がかかげられ、湯茶の接待、煙草盆の用意もある。そこへお坊さんが挨拶に出てくる。ようこそ遠路はるばる、道中ご無事でお着き、祝着に存じます、由緒ある宿坊にお泊り頂きありがとうございます、とねぎらって、参詣の人々の供物《くもつ》や灯明、焼香、蠟燭、香花《こうげ》などの手配をしてくれる。また、お血脈《けちみやく》を頂きたい人、お護符《まもり》を、御影《ごえい》を、と望む者にはその世話もする。参詣者は価を払ってそれらを頂く（『善光寺さん』小林計一郎　'73　銀河書房刊）。そのあたりがただの旅籠と違うところで、宿坊独特の利便であろう。お血脈はお釈迦さまから善光寺の大勧進・大本願上人まで伝わった法系をしるしたもの、それを授与されることは御法《みのり》の縁に繋《つな》がり、仏法の奥義を頂いたということである（もちろん実際はさようにことごとしいものではなく、単なるお護符《まもり》であるが）。そのほか御名号、御印文《ごいんもん》、仏餉《ぶつしよう》袋（紙の小袋に仏供米《ぶつくまい》を数粒ずつ入れたもの）、善光寺縁起の本、などをまとめて購《あがな》いたい参詣者も多かったろう。故郷へ帰って、善光寺さんの功徳をだれかれにわかち与えなければいけないのだ。

そしてこれらの有難い仏縁の印《しるし》の種々《くさぐさ》はまた、江戸時代を通じて何度か行われた善光寺の出開帳にも、何万何千とおびただしく用意されるのであった。信濃まで旅のかなわぬ江戸や上方《かみがた》の善男善女は雲霞《うんか》のごとく群集《ぐんじゅ》し、争ってこれらを戴いて奉加《ほうが》した。民衆の根強い善光寺さん信仰がうかがわれる。

それは現代でも衰えていない。小林計一郎先生によれば、参詣者はこのところ、〈年間、いまや一千万人に達しています。スキー客は頭打ち、といわれますが、善光寺さんは年々増えつづけています〉

長野オリンピックの賑わいは終っても、〈善光寺さん詣り〉は、どうやら日本民族ある限り〈心のよりどころ〉として、有難くも玄奥《げんおう》なる存在であるらしい。

——そういう〈心のよりどころ〉は日本の社寺にいくつかある。〈お伊勢さん〉と愛称される伊勢神宮もそうだし、熊野、出羽の三社権現、出雲大社、そして大阪の住吉大社《サン》(これも古い)、みなその創立起源は幽邃《ゆうすい》にしてはかりがたいが、信仰は連綿と続いている。

しかし信濃の〈善光寺さん〉とくるとこれはまた、それらの神仏とも、ひとあじ違う気がされる。もっと土俗味が勝っており、衆生と脈搏を一致させ、体温により添うてくるあたたかさがある。これは私の僻目《ひがめ》であろうか。

私が〈善光寺さん〉へ詣ったのは、四、五度に過ぎないが、ここは何やら知らね、〈心やすげな〉〈馴染みある〉、いわば、俗気《ぞくけ》はなれぬ体《てい》にみえるのである。お坊さんと在俗をわけへだてするきびしさが感じられない(もちろん寺側の裡へはいれば出家の戒律も修行もきびしいであろうが)。このお寺には、いい意味での〈濁世《じょくせ》〉のやさしさ、清らかな霊域ながらに〈人間臭さ〉〈浮世臭さ〉が感じられる。これこそ和光同塵であろう。

だから私の感得するのは、

〈居心地いいお寺さん〉

というものなのであった。……

衆生は、この善光寺さんに、死者の魂を、

〈あずけておく〉

という気がする。そこへいけば会える、という思いがある。お骨《こつ》をげんにあずけないまでも、心は、あずけた気になるのである。

〈お伊勢さん〉が、日本民族の気持のふるさととすれば、〈善光寺さん〉は日本人みんなの、大きな〈お仏壇〉のようなものかもしれない（大阪弁ではこれを、〝おぶッたん〟と発音するが）。

宅子さんはあるいは旅のはじめから、あたまのどこかに善光寺さん詣りが果せられれば、という気があったのではなかろうか。そこへいけば、あずけておいた亡き人と久しぶりで会える、という期待があったのであろう。

宅子さんは世話係りのお坊さんに、明日の参詣のときご供養を、と申し出る。特別のお布施も必要であろう。

「我家の亡霊《なきたま》のために」

と宅子さんは『東路日記』に書く。大慈大悲の両親、そして今も忘れぬ、愛児の魂にふたたびめぐりあうため。
人々は後世の極楽往生のためもさりながら、忘られぬ死者の記憶のために、この寺を訪れる。死者の位牌・遺骨を納める人々も多い。
大正七年、島木赤彦は、愛児の位牌を抱いて善光寺へやってくる。
「おのが子の戒名もちて雪ふかき
　信濃の山の寺に来にけり
　雪あれの風にかぢけたる手を入るる
　懐の中に木の位牌あり　　赤彦」
私はこの長野生れの、「アララギ」派の重鎮であった赤彦の詩業に不敏《ふびん》であったが、右の歌は先述した小林先生のご本で知った。また、こんな歌もあると。
「吾子《あこ》の骨入れたる箱を抱き持ち
　朝のみ堂のきざはしのぼる　　川崎杜外」
遺骨や位牌はそれぞれの家の宗旨に従い、その檀那《だんな》寺へおさめるべきものであろう。しかしその一部を分って人々は善光寺さんへ納めにくる。
というのは、善光寺さんは八宗兼学のお寺で、一宗一派に属さない。
特定の宗教集団ではないのである。もっとも善光寺という寺は謎が多く、ここには大本願と大勧進という二大グループがあり、前者は浄土宗でトップは（現在）尼君のお上人さま、後者は天台宗、貫主は大僧正さまと呼ばれ、年中行事の法儀も、それぞれの宗派によって別々に行われている。

しかし善光寺自体はそれとは別に、善光寺信仰とでもいうべきものに支えられている。善光寺に関係の深い真宗や時宗は、

〈むしろ、すでに成立していた善光寺信仰を、その布教に利用したものでしょう〉

との、小林先生のお話。

そういえば『更科紀行』で芭蕉は善光寺をよんでいる。

「月影や四門四宗もただひとつ　　芭蕉」

これは善光寺さんが八宗兼学のお寺であるということがわからないと、難解な句であるが——仏法悟入の方法《てだて》は、宗派宗門によりさまざまあれど、所詮は真如の月のごとく、一つに帰する。それは宗門を超えて大らかに包含する〈善光寺さん〉のたたずまいそのものではないかという、鑽仰《さんぎょう》句なのであろう。

私は仏教に昏《くら》いので、善光寺さんの持つ、不可思議な魅力と、地底のマグマの如き民衆の熱い信仰の謎を、言挙《ことあ》げして解明できないが、どうもこのお寺は、他のお寺と違い、一種の異界であるという気がする。

宅子さんのように、島木赤彦のように、いまも忘れぬ愛しい死者を、更に烈しく恋うるために、またいえばいっそ〈忘れられなければ、忘れなくてもよい〉といって頂ける阿弥

陀如来のお慰めに甘えたいために、人々は結縁《けちえん》をねがう。
そして死者も先にいって待っている来世の極楽浄土へ、やがては往生できるよう、善光寺如来は約束して下さる。
「身はここに心は信濃の善光寺
　導き給へ弥陀の浄土へ」（善光寺御詠歌）
これは死者の嘆願である。人が息を引きとると、周囲の人々はすぐに枕飯《まくらめし》や枕団子を供えるが、それこそ死者の善光寺詣りの弁当であると人々は信じている。
宿坊には――サンプルといってはおかしいが――一行《みんな》が昔から、もうよく知っている図柄の錦絵も用意され、参詣の衆の土産として提供されたのではなかろうか、と私は想像する。
宅子さんたちは、見慣れたものながら、
〈やっぱり、善光寺さんへお詣りすりゃあ、これは買わにゃいかんばい〉
〈そうたい。お詣りのしるしたい。これを配らにゃ、仏作って魂入れず、というもんち、でっしょうな〉
満足気にほほえみ交し、額をあつめてお坊さんのさし示す錦絵に見入る。錦絵は角《つの》に白い布をひっかけて奔走する黒牛と、それを追ってつんのめるように身をかたむけ、手をさしのべる婆さんの絵である。婆さんはかちはだし、白髪に手拭い、襷《たすき》がけで袖を二の腕までまくりあげており、これは布晒しの作業中という風情。いうまでもなく、〈牛に引かれて善光寺まいり〉という巷間いい伝えられた口ずさみを錦絵にしたもの。

もう一枚は八方に光の射す如来三尊仏が通りかかった男の背中にとびうつり、ふりむいた男があっと驚いているという図柄。「善光寺縁起」の一場面である。

郷里《くに》にいるとき、善光寺土産として宅子さんらも貰ったであろうか。いま、現場へ来ていかにそれを手にし、目に見るのも感動的である。あるいは宿坊で「善光寺縁起」の絵解きを聞かせるところもあったろうか。

五来重《しげる》先生の『善光寺まいり』（'88　平凡社刊）を読んでいたら、先生の幼時体験の話があった。一九〇八年茨城県生れの先生が幼児のころというと、大正初年ごろか。「大正年代の関東農山漁村の物見遊山と言えば、日光か善光寺と決まったようなものであった」と。その土産は必ず「善光寺縁起」の一枚もの錦絵で、これが隣近所へくばられる。従ってどこの家でも、壁や襖《ふすま》、あるいは屏風の破損かくしに貼ってあったりする。

「子供たちは朝、瞼が開くと、板戸の隙間から射しこむ朝日が障子にあたる微光のなかで、まずこの錦絵が視野に入り、それに焦点をあわせながら目が醒めてくるという順序であった。ことにもっとも印象にのこっているのは、本田善光《よしみつ》が難波の堀江で善光寺如来によび止められた場面で、水面にうかびあがった金色の三尊仏から御光が放射状に燦然と射していた。おそらく大人たちはこの縁起の絵解《えとき》をきいて、錦絵を土産に買いもとめたのであろうから、『善光寺縁起』の大体の内容は庶民の常識だったのである。しかもこの不思議な物語に、かれらは何の疑問もいだかなかったらしい」

（もう一枚の〈牛に引かれて善光寺まいり〉のほうの絵につき、五来先生の解釈ではこの〈牛〉は〈御師《おし》〉が訛ったのではないかといわれている）

牛の錦絵は、旅人の男女や飛脚が奔牛と婆さんにあっけにとられて眺めていたりして図柄も面白い。お坊さんはそれを示しつつ、まず〈牛に引かれて善光寺まいり〉、むかし信濃の国・小県《ちいさがた》の郡《こおり》に強欲で不信心な婆さんが住んでいた。信濃にいながら善光寺さんなどお詣りしたこともなかった。

ところがある日、川で布を晒していると、突如、牛が現われ、角に白布をつっかけたまま逃げてゆく。強欲婆さんは、大事の布を、とあわてて牛を追いかけたが、夢中でたどりついたところは思いがけなく善光寺であった。

牛の姿はなく、布は如来さまのみ厨子《ずし》の前に落ちていた。牛は善光寺如来の化身だったのだ。はっと悟った婆さんは、今さらの如く不信心を悔いて、それからは善光寺さん詣りを欠かさぬ信心者となり、ついにめでたく極楽往生を遂げたという。

もう一枚の錦絵は、善光寺を建立した善光の話で、これが「善光寺縁起」、あるいは宅子さんは国許にいるときから、〈善光寺講〉の勧進さんの絵解きでかねてくわしかったのであろう、すでに仁王門を入ったときに、「只、何となく尊し」として歌を献《ささ》げている。

「難波津にあらはれまし〻み光の　芦よりしげきよしみつの寺　宅子」

この「善光寺縁起」は平安時代以後、多くの古書にみられるが、「比較的古く、しかもよくまとまっているのは、室町時代に編まれた『続群書類従《しよく》』に記されたもので、一般に『応永縁起《おうえい》』と呼ばれています」（『善光寺物語』文・下平正樹　絵・柳沢京子　'91第一法規出版刊。この本は柳沢さんの切絵がことにも美しい）。

この縁起は長い物語ながら起伏に富み、ドラマチックで面白い。そのため後世の編著には一そう興趣を増そうと誇張したり、具体化したりしたのもある。しかし「縁起」のテーマは日本仏教の端緒をとき明かし、仏教興隆に尽瘁《じんすい》した聖徳太子との関係なども示唆されているので興ふかい。宅子さんらが絵解きを聞いているままに、読み辿ってみよう。

むかし天竺《てんじく》の毘舎離《びしやり》国に月蓋《がつかい》長者という金持がいた。豪奢を誇る生活ぶりだったが元来信仰心など持たない男だった。浄飯《じようぼん》王の王子、悉達《しつだ》太子（即ち釈尊である）が近くの大《だい》林精舎《りんしようじや》で説法をしていられても聞きにいくこともなく、釈尊がご自身で長者の門へ托鉢に来られても供養さえしなかった。

この月蓋長者、足らぬものなき結構人だったが、ただ一つの不足は子のないこと。しかし五十一歳のときはじめて娘が生れ、如是《によぜ》姫と名付けて愛していた。

ところが毘舎離国に、ある年、悪疫が流行し、如是姫も罹病する。長者は巨万の富を散じて秘薬、名医を求めるが、手当の効なく日々重くなるばかり。

かくなる上は釈尊にお願いするほかはないと大林精舎におもむき、どうか娘の命をお助け下さいと涙ながらにすがると、釈尊はいわれた。〈ここからはるか西のかたに極楽という世界があり、阿弥陀仏という仏さまがいられる。左右のお弟子は観世音と大勢至《だいせいし》である。すみやかに西に向ってこの仏の御名を唱えよ〉

月蓋長者は娘の命助けたさに、西方に向って花や灯明を供え、〈南無阿弥陀仏〉と十回唱えると、その声に応じ、あら不思議、六十万億那由他恒河沙由旬《なゆたごうがしやゆじゆん》（無辺際に大きい形容である）の大身《だいしん》を、一尺五寸の聖容にちぢめられた阿弥陀如来が、これも一尺の像容に変じた観音・勢至とともに来臨された。

その阿弥陀如来のお光を受け、観音・勢至の般若梵篋印《ぼんきようい》の掌中に持たれた真珠の小箱の薬を楊柳の枝でそそぎかけられると、如是御前は「六根、本《モト》ノ如ク平復シ」昔より美しくよみがえった。そればかりでなく、国中の病人は本復し、すでに死んだ者まで蘇生し、

「棺蓋ヲ除キ端座シテ如来ヲ拝シ奉ル」

という騒ぎ。

阿弥陀如来は死者をも蘇生して下さるという民衆信仰はここから出たと、五来先生はいわれている（実際にはそういうことは起らないので、死後の霊魂が善光寺詣りをするとい

う信仰にかわった。蘇生しないまでも地獄に堕ちない、と阿弥陀仏が保証して下さるというのである）。

月蓋長者はこの奇瑞以来、深く随喜して、如来のお姿を長くこの世にとどめたいと釈尊に再び相談する。釈尊は、それには竜宮にしかないという閻浮檀金《えんぶだごん》を取り寄せねばならぬと、目蓮尊者《もくれん》をつかわされる。

この閻浮檀金というのは、良質の金というような意味であるらしく、お寺の本尊の説明なんかによく出てくる言葉である。直訳すればジャムブー河に産する黄金、という意らしい。目蓮は釈尊の弟子中、神通第一と称された人。日本では目蓮尊者は地獄に堕ちた母を救出したということになっている。そのため僧に供養したのが、盂蘭盆会《うらぼんえ》の起源という。古いわらべうたに〈目蓮尊者の母親は心が邪険で火の車……〉というのがあった。

（『源氏物語』「鈴虫」の巻にも目蓮が出てくるから、これは古い説話なのだ。秋好《あきこのむ》中宮は母の六条御息所が、死後もなお愛執の煩悩から逃れられず、あの世で苦患《くげん》にあっているのではないかと、世間の噂から思い悩む。せめて私が出家して母君の業苦を安らげたいというのを、源氏の君は制して、〈目蓮尊者のようにはいきませんよ、出家なさるより、母君のご供養を〉と中宮の落飾に反対するのである）

さて目蓮は竜王を説得して閻浮檀金を出させた。これで釈尊は阿弥陀三尊像を造られた。月蓋長者は大いに喜び、大伽藍を建て、この像を供養した。

この長者は五百年後、阿弥陀如来を供養した功徳によって、百済《くだら》の国王に生れ代っている。やがて即位して聖明王となった。しかし生れ代りの自覚はないから信仰心にうすい。阿弥陀如来は天竺から聖明王の宮殿に飛んできてそれを教え、聖明王の信仰心を呼びさまし、かつ、こんどは日本へいき、かの国の人々を救いたいといわれる。東南アジアを掩う壮大な如来の夢である。天竺、百済、日本、聖明王は仰せを畏み、船を仕立て、経典や堂内を飾る荘厳具《しょうごんぐ》を添え、使者もつけて送った。百済びとは如来との別れを慕い惜しみ、船にとりついて泣いた。

舞台は日本へと変る。このときわが朝では、欽明天皇十三年（五五二）、仏教伝来の年、ということになっている。崇仏排仏の論争が起り、欽明天皇は阿弥陀三尊像を崇仏派の蘇我氏の邸に与えられた。蘇我氏は向原寺《むくはら》に三尊像を祀ったが、折から日本に悪疫の流行を見た。排仏派の物部氏は蘇我氏の邸に討入り、悪疫は外国の神の祟りであるとして三尊像を砕こうとしたが、壊れなかった。そこで難波の堀江に投げ捨てた。

さてここに信濃の国麻績郷《おみ》に本田善光なる者がいた。正直者でかしこげな男だった。夫役《ぶやく》に駆り出され、息子の善佐《よしすけ》と共に都に出て三年、帰国の途につこうとして難波の堀江を通りかかると、〈よしみつよしみつ〉と声がして、

「水底ヨリ光ル者飛上リ、善光ノ肩ニ取リ付ク。眼闇《クラ》ミ胸騒ギ、魂ヲ消シ方角ヲ失フ」

びっくりした善光、ふり払おうとしたが落ちない。やがて如来さまの託宣がある。仏敵

の物部氏一族は聖徳太子と蘇我氏により滅ぼされたが、われはなお難波堀江に沈んでいた。それは時節を待っていたからである。汝を待つこと久し。早く東国に帰り、汝と一室に住んで衆生を救わん。

善光はありがたくお受けして、昼は善光が如来を負い、夜は如来が善光を負われて、昼夜飛ぶが如くして故郷信濃の伊那に帰り、草堂に安置した。そのうちまた、善光にお告げがあり、〈水内《みのち》の郡、芋井《いもい》の郷へ移りたい〉といわれる。これがいまの長野の地である。

善光はそこに家を建て、阿弥陀さまを家の中に安置供養していたが、いくら何でも勿体ないと思い、べつに三尊像の堂を作ってそこへお移しした。

ところが三尊像はやはり善光の草堂に還ってこられる。これは如来の御意志であろうと、草堂にそのままお祀りすることにした。

してまたこのあとの物語は、息子の善佐のことに移る。善光の妻は弥生の前とよばれるが、善光と弥生の一人息子、善佐は若くして死ぬ。善光は不愍《ふびん》のあまり如来にお願いすると、如来は閻魔大王に交渉して善佐を再び現世へ戻して下さることになった。ただし、善佐は娑婆へ戻る前に地獄のありさまを見て、人にも語り、信仰を弘めないといけないのである。

その時、針の山に追いあげられたり、毒蛇に咬まれたりして苦しんでいる女の亡者がいた。

鬼は、〈あれは日本国の女帝、皇極帝だ。十善の帝王でも、悪業を行えば地獄に堕ちるのだ〉という。この女帝は驕慢の人となりで、ほしいままなふるまいが多かったからという。

善佐は高貴の女人が責苦を受けているのを見るに忍びず、思わず足をとめると、女帝は善佐に何びとかと尋ね、歌をよむ。

「わくらばに　問ふ人あらば　暗き道に

泣く泣く一人　ゆくとこたへよ」

善佐は哀憐の思いに堪えられず、女帝の身代りに私を地獄にとどまらせ給えと如来に頼む。

如来は善佐の志を嘉《よみ》して、その旨を閻魔大王にいい、女帝を娑婆へ戻すように命じる。しかし女帝の罪は重いから、それはならぬと閻魔の主張である。そこで今度は観世音が、〈私が身代りになろう〉といわれる。ついに閻魔も折れて、結局、善佐も女帝も生き返ることができた。

蘇生した皇極帝は大いに喜ばれ、善光は甲斐守に、善佐は信濃守に任じられた。また如来堂を美しく建てられたが、阿弥陀如来は善光と共にいるのを喜ばれたため、善光の家も如来堂の中へとりこんで、寺の名を善光寺とつけた。……

この波瀾万丈の善光寺縁起、これをしっかり胸におさめておけば、明日お詣りなされて本堂のご本尊に手を合せられたとき、とっくりと如来さまのありがたさが身に沁みましょうぞ、とお坊さんのお言葉。ただしご本尊、善光寺如来は秘仏で拝むことはできませぬ、なにせ、なま身の、いのちの通うている生身《しょうじん》如来さまでありますからの。御前立《おまえだち》本尊、これは善光寺如来が秘仏で拝めぬかわり、こちらを拝んで頂きますが、それもご開帳の折のみで。……

まのあたり拝めなくてもよいのだ。何せ、死者さえよみがえらせて下さる阿弥陀さま、その限りなき慈悲のみめぐみは、御前で掌を合せただけで感得されるであろうから。

明ければ二十七日。

「朝六ツ刻よりみな打ちつれて、本堂に詣《もう》で見るに、はや四十六坊あつまり玉ひて、誦経半ばに及べり」

仁王門から山門、本堂へと長い石畳を踏んでゆく。山門は二重屋根の入母屋《いりもや》造り、寛延三年（一七五〇）完成である。高さ六丈六尺七分（二〇メートル）正面三間が通れるようになっている、仰ぎみれば輪王寺宮のお筆というみごとな「善光寺」——文字さえありがたい。そこをくぐれば堂々たる善光寺本堂（国宝）。

奈良の大仏殿も見てきた宅子さんらであるけれど、信濃の春の朝空にそびえる宏壮など本堂の威容に打たれてしまう。奈良の大仏殿、京都の三十三間堂に次ぐ、巨大木造建築。

「この寺の事はかねてきゝしにハまさりて大《おお》いなることはさらなり」——とこれは久子さん

の『二荒詣日記』――「諸堂のうるはしさ詞に尽しがたし。寺領千石なりとなむ」

当時、善光寺の寺領は千石で、お上人さまも貫主さまも、ご領主というわけだった。

本堂は宝永四年（一七〇七）に出来たもの、しばしば火災の難にあっているが、そのたびに建てかえられた。二階屋根の反りも端正に、屋根は、宅子さんの詣ったころは板葺であったろう。

夢中で正面向拝《こうはい》の階段を昇れば正面一間《ま》は吹放し、堂内へはいると、外から見たのより内はなお大きいのにおどろかされる。部屋が奥へ奥へと重なってみえる。朝早くからびっしりと人々は詰めていた。妻戸をはいれば外陣《げじん》。目の前に、太鼓と松飾りの置かれた妻戸台がある。大太鼓は毎朝、開扉のたびに打ち鳴らすという。

松はかなり大ぶりの枝が大花瓶にそそりたっているが、これが〈親鸞松〉、親鸞上人が善光寺へ参詣されたとき、松の枝を捧げられた事蹟にちなむという。

その右手にお賓頭盧《びんずる》さんの像が据えられている。おびんずるさんは釈尊のお弟子だが、病気をよく癒して下さるという。おびんずるさんの体を撫で、その手で自分の患部を撫でるとよいといわれるが、おびんずるさんは長《なが》の年月撫で廻されたせいかつるつるに光り、目鼻も定かならぬ。

灯が多くまたたき、人々の敬虔な誦経の声はとぎれめなくつづく。内陣にお坊さんたちが詰めているのがみえ、欄間には色あざやかな来迎二十五菩薩の像が参詣者をみおろしていられる。はるか遠くの正面、錦の帳が灯明にきらめくのは、あれが瑠璃壇であろうか。みんなはそっと中陣の畳敷へすべりこみ、津波のようなまわりの〈南無阿弥陀仏〉の唱和に、宅子さんも声をあわせて唱える。

「聞くらんと思へばうれし　亡き親も　亡き子も泣きてとなへける名を　宅子」

いま来ましたよ。宅子さんは死者に語りかける。死者の安らかな吐息やほほえみが、このおみ堂の裡に充満しているのを感ずる。……

善光寺の秘仏のご本尊、三国渡来の一光三尊仏はどのようなお姿でいられるのだろうか。何しろすでに鎌倉時代から秘仏で、一般人は拝んだことがない。しかし建久六年（一一九五）霊夢を受けた僧・定尊が如来を拝んで模写し、それをもとに新仏を鋳たてまつった。この新仏の霊顕は本仏と同じであるという。善光寺如来像は日本全国に〈分身仏〉として分布されているが、現在、七年に一回御開帳の御前立《おまえだち》本尊も大体同じ様式なので、秘仏のご尊容も推察できる、というもの。

しかし研究者の先生がたによれば〈善光寺さん〉は阿弥陀如来というけれど、そのご印《いん》相《そう》が阿弥陀如来らしくない、両脇侍も観音・勢至両菩薩の印ではないとのことで、その謎の究明に悩んでおられるようである。

写真で見ると中尊の如来さまは右手を挙げてその掌は前に向け、五本の指はのばしたままの施無畏《せむい》の印。左手は下へさげ、人さし指と中指をのばし、他の三指を折った刀剣の印。脇侍の二尊はともに宝冠をかぶり、両手は胸の前にある。片方の手はたなぞこを上に、片方の手はたなぞこを伏せて合す梵篋印《ぼんきょういん》（このポーズは「善光寺縁起」にある、如是御《にょぜ》前を救われた話を思い起させる。この仏さまは掌中に真珠の小箱を持たれ、その中の霊薬を楊柳の枝でそそぎかけられたという）。そう思って拝見すると、両の手をそっと横に合せたかたちは、いかにも微妙深遠な風韻で、もろ手の中から霊薬のかぐわしい香りがただようばかり。

台座は臼のごときもの、光背は舟型の一光三尊像（もっとも各地の善光寺仏の中には光背その他の様式を異にするのもあるが、いずれも印相は同じ）。

秘仏はご宮殿《くうでん》の中の厨子《ずし》に、赤地の金襴《きんらん》に包まれていられるそうである。元禄時代にお姿を拝んだ記録があって（それ以降にはない）丈は一尺五寸（約四五センチ――「善光寺縁起」にある通りだ）重さは六貫三百匁（約二三・六キロ）であったと。この小さい仏さまのために宏壮な殿堂が営まれ、千数百年、民衆の帰依渇仰の対象となっていられるのである。

さて、本来なら――世間一般のお寺のたたずまいからいうと――ご本尊は正面の須弥壇にまつられているはずだが、ここ善光寺ではさまかわり、如来さまは向って左手（西側）

へちょっと振ったところにいられる。宅子さんは『東路日記』にしるす。

「此《この》寺、正面には本田善光、善助《ママ》親子三人の木像あり。右の傍に阿弥陀仏おはします」

ご本尊の瑠璃壇は、正面の約三分の一を占め、向って左にあるわけである。

その前には永代不滅の法灯が三基輝いており、お戸帳の金襴がきらびやかに映えている。

正面、三分の二のスペースを占めるのは〈開山ご三卿《さんきょう》〉の木像である。

中央に善光、左右に奥方の弥生御前と息子の善佐《よしすけ》、三体とも俗体（善光は衣冠束帯で右手に笏《しゃく》、左手に数珠を持つ。善佐も同じような姿、弥生御前は王朝風な袿《うちき》や裳をつけ数珠を手にしている）。


この俗人・俗体の三人が、なんでご本尊と並ばねばならぬかという謎も、まだ解けていない。強いていえば善光は「縁起」でみての通り、如来さまとの因縁浅からざるものがある。しかし、もともと、如来さまにお仕えして護ってきた役目であるはず。ご本尊と同一ラインに並び、尊崇される理由は何か。……息子の善佐が仏さまなみに扱われるのも不審だが、これはまあ、「縁起」によれば地獄へ堕ちて、如来の功徳でよみがえり、仏法のあらたかな霊顕を世の人に知らせたという功績がある。——しかし弥生御前というのは何ものであろうか、善光の奥方というだけではないのだろう。何かそこにもまた、謎がありそうである。尤もそれはあとになって、私がいろんな本を読み、さかしらな知識をごたまぜに詰めこんだ末、先覚たちの示唆によって気付いたからのこと。

私がはじめて善光寺さんへお詣りしたとき〈ご三卿〉を拝してまず思ったのは、

(仏サンといっしょに並べられてはる!)

という単純なおどろきであった。絵ものがたりになった「縁起」を読んで、善光寺のいわれや、善光の身もとがわかり、そうすると一家三人と〈仏サン〉がひとところにいられるのに対し抵抗感がなく(元々、如来さまは、別に安置しても、すぐ善光のおそばへ帰ってこられる)、むしろ、善光一家と〈仏サン〉の親しみのぬくもりが、われわれ衆生にも感得されて楽しいのであった。

善光一家が日夜、心こめて〈仏サン〉に奉仕する、その敬虔な信心と帰依が参詣者をも薫染し、まるでわれわれは、善光サンのうちへあがりこんだような気になってしまう。瑠璃壇の〈仏サン〉は、いわば、善光サン家《ち》のお仏壇である。善光サン家《ち》へ来たから、ついでに〈仏サン〉を拝むのか、〈仏サン〉を拝みにきたが、たまたまそこは善光サン家《ち》であったので、ついでに顔を覗かせて、〈いいお天気だねぇ〉なんて言い合うのか。……少くとも私には〈ご三卿〉のたたずまいに異和感はないのであった。木像というのも暖いかんじでよかった。ことに弥生御前がいい。女人五障、決して仏になり得ぬと貶《おと》しめられる女の身で、夫と息子を擁し〈仏サン〉と同列ににこやかに坐っている。善光寺は女人済度のお寺とされるのも、弥生御前の存在からではなかろうか。

難波の堀江から如来さまをお連れしたのは善光であるけれども、如来さまを迎えて驚喜したのは、むしろ素朴な信仰心の篤い弥生御前であったのかもしれない。

そして如来さまが善光の家を好まれるにまかせ、家の〈西の廂《ひさし》〉の間に安置したが、元来、家の中というものは女人の宰領下である。一つ屋根の下にお祀りするのに、女の協力なくしては実現しない。弥生御前が祀られる所以である。それからしていえば、この壮麗な善光寺自体こそ、〈善光サン家《ち》〉なのではないか。

五来重《しげる》先生の『善光寺まいり』によれば、善光寺如来は庶民信仰の、神にちかい仏格で、「きわめて託宣の多い仏である」といわれる。古伝には夢のお告げが多い。となると、〈ご三卿〉を安置する〈三卿の間《ま》〉は託宣を受ける場所であったろう。弥生御前は「善光寺巫女の開祖であり、大本願尼《あま》上人の前身とかんがえれば、御三卿にまつられる理由が説明できる」と。

更に先生の推論によれば、尼上人を善光寺如来のお身代りとすると、これは伊勢神宮の天照大神にも擬せられる。されば弥生御前は伊勢の斎宮という存在ではないか、と大胆な説を提示していられる。

もう一つは善光寺に伝わる聖徳太子の古伝について。太子と善光寺如来の書状の往復である。この文書は奈良法隆寺にいまなお残るといわれる。蜀江錦《しょっこうにしき》に覆われた小さな文箱《ふばこ》「御書筥《おんしょばこ》」には太子の書状《おふみ》と如来のご返報が入っていると信じられてきた。古来より箱を開くことは禁忌であった。しかし近年「法隆寺昭和資財帳」作成の必要上、X線による透視写真を撮ったところ、二、三の書状様の紙片が入っていることが確認されたと。(『善光寺物語』)

五来先生の主張はこうである。善光寺信仰の三つの目玉は、「如来と善光と太子である」と。

不滅の常夜灯が三基あるのはそのためではないかと先生のご本にあった。

宅子さんらは「我家の亡霊《なきたま》のために」供養をすませ、いよいよ〈戒壇めぐり〉に挑む。〈善光の間《ま》〉の右に地下へ下りる入口がある。その奥は真の暗闇である。

「そこは床《ゆか》の下のかたはらにかけはしごあり。夫《それ》より下りてくらき床の下をめぐる」

思いきって暗闇の地下へ下りてゆくときの女人衆の騒ぎもさぞ、と思われる。壁も床も板張り、その板廊下を右まわりに、瑠璃壇・本尊の真下をめぐるのである。こわごわ覗いて、

〈ほんなこと、暗か。鼻をつまれたちゃわからんちゃ、このことたい〉と叫ぶおちくさん。

〈この暗闇ん中で死んだひとに逢えるちゃ、ほんなことでござっしょうか〉

というのはおぜんさん。誰を思い出してのことか、早《は》やすこし声もうるんでいる。

〈そげんたいねえ。ばって、こげん暗かなら、向うが出て来てくれたちゃ、見えんかもし

れん。困りますなあ〉

　宅子さんの言葉にみな笑う。

〈さ、ご寮人《りょん》さんたち、手前が露払いいたします、あとにつづいて下りてつかあさい〉

　と元気者の三十平《みそへい》が四十《よそ》エモンに命じられて先達《せんだつ》となる。その四十エモンはハタ吉を従え、

〈手前が後詰《ごづめ》、ハタ吉がしんがりに控えとりますき、安心してゆるっとおまわりしてつかあさい〉

　おちついて宅子さんらを地下へ送りこんでくれる。階段を下りればもう、すぐ前をいく人の姿もみえぬ真の闇だったが、前後を供の男たちがかためていると思うと、さすがに心丈夫だ。宅子さんたちは新しい藁《わら》草履を穿いている。これは戒壇草履といわれ、大切に持って帰り、いざというときお棺に入れてもらう。それでもう、極楽ゆきは保証されたも同然である。

　前をゆく人から順に、右手で板壁の中ほどを擦って歩くように、と伝えられる。ちょうど本尊の真下のあたりに、独鈷《とっこ》様の鍵がついている、それに触れると、極楽往生はいよいよまちがいなし、ということになる。

　ひえびえした冷い空気。〈南無阿弥陀仏〉の〈御法《みのり》の声〉が誰からともなくわきおこるのも慕わしくなつかしい。宅子さん一行の前にも後ろにもとぎれめなく戒壇めぐりの人々

はつづいているらしく、名号を唱える声はさざなみのようによせてはかえす。

暗闇の中で、がちゃりという音が伝わってくる。

〈ご寮人《りょん》さん、ここにお錠前がござっす……〉

とひそやかな三十平の声。宅子さんの前をゆく久子さんが声をたよりにお鍵に触れたらしく、思わず小さく叫ぶ。

〈まあ、ありがたか〉

年に似気ない、可愛い声だと宅子さんは暗い中で微笑する。右手に全神経を集中させ、宅子さんもとうとう触れる。それは重量感のある金属だった。板壁の凹みに掛けられていた。この上にご本尊さまがいられる。浮世の苦労も辛い思いもみな抱きとって下さる如来さまである。その本尊さまといま仏縁を結んだのだ。

「もらさじの弥陀の誓ひにまかせてん　露のこの身の罪重くとも　宅子」

さっきのご供養の灯がまならうにちらちらする。

「たらちねのために手向くるともしびの　うちにも見まくほしき面影　宅子」

宅子さんらは戒壇下を三度めぐったという。当時はそんなならわしだったのか。

その夜はいよいよ、お籠りである。これこそ善光寺さんならではの慣習、そのために本堂が広々と畳敷きになっているのである。

宅子さんらはいったん、法然堂町の宿坊、野村坊へ戻り、夕食と風呂をすませると、晩鐘の鳴りはじめるころ、再び本堂へおもむく。

それぞれの宿坊や旅籠から参詣衆が続々と集ってくる。境内のすべての灯籠に灯が点じられる。

夜半の鐘を合図に、外扉は閉じられる。ただ東口だけ開けてある。

宿直僧の勤行がはじまる。

参籠の人々は居住いを正し、端座して、念仏の声が四方より起る。

「その夜は人みな御法の声とともに明かしぬ」

と宅子さんのしるす通り。勤行が終ると仮眠する人もあり、夜を徹して念仏して倦まない熱心な道者あり、……

「かく広き寺のうちに国々の人いくらといふ数を知らず。夜も八つ（田辺注・午前二時、三時頃）といふころには、あなたこなた声立て泣くもあり、またそれをいさむるもありて哀《あわれ》なり。

　亡き霊《たま》の目にもみゆらんみな人の　御法の声にそへて嘆けば　宅子」

常夜灯はまたたき、夜念仏の声は絶えぬ。正面欄間の色あざやかな来迎二十五菩薩像、中陣の右に地蔵菩薩、左に弥勒《みろく》菩薩が中陣の群衆を見守っていられる。天蓋、幢幡《どうばん》、瓔珞《ようらく》、などの荘厳具も法灯の灯にきらきらしく、そのまま極楽世界に身は在るかと思われるよう。

念仏を唱えるうち、次第に宅子さんはお籠りの法悦境に入ってゆく。逝った幼な子の、愛らしかった笑顔や、亡き両親の面影がまなかいに揺曳する。……長い旅路、はるばる来た甲斐があった、如来さまとの結縁《けちえん》が叶ったと心が軽かった。

久子さんは隣に座を占める女人の一行とひそひそ話を交している。老婆連れの一行は、本堂にびっしりかかげられた絵馬をさして教えていた。有名な〈幽霊の善光寺詣り〉。

肥前・長崎の男、吉蔵は女房・子を連れて善光寺詣りを志したが、旅の途上、女房は患らいついて、ついにむなしくなった。よんどころなく吉蔵は二歳になる男の子をふところにして、よろよろと善光寺へ詣った。と、死んだはずの女房が形をあらわして子供に乳をやりながら、如来さまの前へ参って伏し拝み、やがて子供を夫に返してふっと消えた。子供がよくせき気にかかり、如来さまのお加護を頼みたい一心であったのだろう。〈聞く人はみな袖を濡らした〉とその霊顕談が摺りものになって売られていると。

それから眼病が平癒した話、長年、子なしの夫婦に子宝が授かった話、みな、国・郡《こおり》・町村名・人名をはっきり書いて、絵馬を寄進しているという。お籠りの本堂でそれらの霊顕談を、そめそめと耳元でささやかれると、いかにも実際にあった話らしく、宅子さんたちも身に沁みて聞かれた。

広大な善光寺の境内、私がお詣りしたときは四月半ばであったので、春の遅い信濃ながら、さすがに境内の桜が満開だった。躑躅《つつじ》、連翹《れんぎょう》、桃、雪柳も。北国の花はいちどきだ。

昔の絵馬を見せて貰い、私は小林計一郎先生にいう、

〈こんなに国や郡、自分の実名も麗々しく書くんですから、目が開いたとか、足萎えが立てた、とかいうのは本当のことなんでしょうねえ〉

〈昔の人は神仏に対して敬虔ですから、嘘いつわりはないでしょう。科学で証明できないことが起るのは、人の身の上の常です〉

先生はスクエアで、かつ、沈着な口調であられる。

〈しかし、子宝が授かった、という喜びごとは、いろいろな場合を暗示していますね。何せ、江戸時代のこと、本堂で老若男女が大勢でお籠りするのですから、灯りの届かぬあたりでは風紀を乱す不心得な者もいたでしょう〉

〈ははあ〉

〈宝永六年（一七〇九）というから宅子さんの参詣よりずっと前ですが、寺社奉行の本多弾正忠晴は、如来堂で通夜をする場合、男女混合せぬようにという命令を出しています〉

〈いやー、そうでしたか。しかし原因は問わず、結果だけみれば、善光寺如来さまにお礼をいいたい人もいたでしょうし。……按配よろしく、案外、世の中はうまく廻って……〉

〈昔の庶民は瑣末なことに拘泥しません〉

所がら善光寺だから当然というべきか、一茶の句碑もあった。ユニークな、私にはなつかしい筆蹟だ。

「春風や牛に引かれて善光寺
　開帳に逢ふや雀も親子連《づれ》　一茶」

〈卍《まんじ》〉と〈立葵〉（善光寺さんの紋）の白い幔幕《まんまく》をめぐらせた本堂を出てみれば、この境内には善光寺日本忠霊塔（わが国唯一の仏式忠霊塔。明治以来の戦死者百十万柱を祀る）、満蒙開拓慰霊碑、神風特攻隊之碑などまでが、聖徳太子碑や仏足跡とともに在る。いや、ほんとうに庶民の、庶民のための、庶民によるお寺だという思いを深くする。

　やさしい。このお寺には一切を包容するやさしさがある。

　それでいえばむじな灯籠というのがある。むじなが人間に化けて善光寺さんへお詣りし、灯籠を献じようとした。しかしうっかり入浴したもので化けの皮がはがれ、ほうほうの体で逃げたというもの。むじなまで善光寺さんを慕う。

〈江戸時代にはこの境内たいへんな賑わいで、参道の裏通りには芝居軽業、見世物の小屋がいっぱい掛っていたのですよ。多分、宅子さんの来たときもそうでしょう。そういえば宅子さんは幸運でした。大地震は六年後でしたからね〉

　と小林先生のお話、そうそ、『善光寺大地震図会』（'85　銀河書房刊）を私は先生から頂いている。

　これは小林先生の監修で出た貴重な資料、善光寺の門前町、権堂村の名主、永井善左衛門が自分の見聞した弘化四年（一八四七）三月二十四日善光寺大地震の一部始終を、自分の挿絵を入れて書き、子孫に伝えたもの（原題は『地震後世俗語之種』というのである）。カラーで復刻されているが素人と思えぬ達者な絵である。大地震の酸鼻な状況がよく活写されているが、折も折、善光寺はご回向《えこう》開帳の賑わいのまっ盛りであった。参詣人がおびただしかった。被害はそれゆえ、更に大きくなったのだった。境内にもちろんその時の〈地震横死塚〉もある。横死者（主として旅人だった）凡そ二千五百人分の遺骨が埋葬されたという。

それはともかく、この本のはじめには十何時間かあとの悲劇を知らぬ善男善女が、笑いそぞめいて繁華のにぎわいを楽しんでいる。善光寺平《だいら》は「なりもの豊かに山海の魚鳥にもことかかぬ」恵まれた土地、善光寺の御山内繁昌ときたら、「たとふるに類なく」というありさま。宅子さんもその花やぎを充分、満喫したことであろう。

ところで善光寺の謎をもう一つ。本堂床下またはその近辺から、古瓦がよく発掘される（長野郷土史研究会機関誌「長野」二〇五号に、古瓦のカラー写真がある。どれもみな美しい白鳳瓦で、飾っておきたいような物ばかり）。

〈奈良時代にもう善光寺はできていたのでしょうか〉

私の問いに、先生は答えられる。

〈百済人あたりが北信地方に住みついたのではありませんか。奉じてきた仏さまを本尊として善光寺を建てたのかもしれません。ご利益のある仏さまとしてだんだん人気になり、

いろんな縁起がそれに附け加えられて弘まったのかもしれないですね〉

私は境内の授与品所で、御影や草鞋を買った。この草鞋は例の極楽いきのためのものである。

〈やはり極楽はあるらしく思えてきました〉

私は小林先生に告白する。

〈こうして準備するだけで、わくわくしてきて、楽しい期待がもてますもの〉

〈自分だけで心づもりしていてはいけませんよ〉と小林先生の忠告。〈お棺の中へ入れるのは本人ではないのですから。前以てまわりの人によくよく、頼んでおかなければ〉

ふははは、たしかに。

善光寺の桜はみな若木で、花の色は白に近かった。それもすがすがしい。

附《つけたり》　女人らはみな善光寺をめざす

女人を救う仏さまというので、古来から善光寺は有名、というのは先述した。まず『平家物語』に出てくる千手《せんじゅ》。平重衡《しげひら》が捕えられて鎌倉に送られる。重衡は東大寺の大仏殿を兵火で焼いたため、南都の大衆《だいしゅ》から仏敵として憎まれている。頼朝は重衡を訊問する。

重衡は、南都炎上は不慮の災厄であった、自分は衆徒の悪行を鎮めんとしただけのこと、平家は今まで朝敵を平げ、栄えたが、今は運尽きたのみ。弓矢取る身の、敵に捕われて斬られること、昔からのならい、恥とは思わぬ。とく首を刎《は》ねよ、といったのみ、あとは口を緘《と》じる。頼朝もその場の侍もみな感じ入った。

捕われびとの世話をするために、千手という若い美女が差し向けられる。手越《てごし》の長者の娘。今様をうたい、琴を弾き、重衡を慰めた。

重衡も、昔の六波羅の栄華を思い出さずにいられない。死を前にした男と千手はゆくりなくめぐりあい、愛しあってしまう。しかし愛執したときは別れのとき。千手は（重衡が）「南都へわたされて斬られぬ、と聞こえしかば、様《さま》を変へ、信濃の国、善光寺に、行ひすまして、かの後世菩提をとぶらひ、わが身も往生の素懐《そかい》をとげにけり」

『とはずがたり』は久我《こが》雅忠の娘、二条の手記だが、後深草上皇に幼いとき引きとられ、成人してのち、愛人の一人となった。そののちも院の目をぬすんで複数の情人をもつ。奔放な美女である。男たちとの愛憎に疲れはて、宮廷を出て出離の思いをとげる。尼となった彼女は西行にあこがれつつ、諸国を遍歴する。

二条にはかねて善光寺参詣の宿願があった。

たまたま大勢で連れ立っていく参詣グループに加わったらしい。尼の身で一人旅はとても叶わぬ時代。ときに二条はすでに三十三歳、正応三年（一二九〇）のこと。団体旅行は自由がなくて、彼女はひとり善光寺に居残る。

「宿願の心ざしありてしばし籠るべき由を言ひつつ、帰さにはとどまりぬ」

皆が心配するので二条は澄まして、〈生れたときも一人、死ぬときも一人だわ。会うは別れのはじめというじゃないの。お名残り惜しいなんて、一時の感情じゃない？〉と皆を煙に巻いてとうとう一人になった。

「所のさまは、眺望などはなけれども、生身《しょうじん》の如来と聞き参らすれば、頼もしくおぼえて、百万遍の念仏など申して明かし暮すほどに」

一緒に参籠していた尼に誘われて、近隣の風流者の邸へ出向いた。歌もよみ、管絃のたしなみもある男で、「まことに故ある住まひ、辺土分際には過ぎたり」。それになぐさめられて秋までとどまった、という。この二条は放胆な女であるが、善光寺に詣る尼の集団がいたというのは、善光寺と女人の関係を示唆する。

多数の女たちが宿泊できる施設もあったとおぼしい。

曾我兄弟の敵討として有名な曾我十郎の愛人、大磯の遊女、虎御前《とらごぜん》も、善光寺へ入っている。曾我十郎祐成《すけなり》と、弟の五郎時致《ときむね》が源頼朝の巻狩に乗じて、親の仇、工藤祐経《くどうすけつね》を殺したのは建久四年（一一九三）であった。十郎はその場で殺され、五郎は捕えられる。

十郎の愛人、虎御前は鎌倉幕府に召喚されたが、別に咎めるべき筋はないというので放たれた。虎御前は泣く泣く愛人の三七日に黒髪をおろして出家する。十九歳だった。そして信濃の善光寺へ赴いた。

人々は虎御前のいじらしさに涙したという。

謡曲にも善光寺が出てくる。「柏崎《かしわざき》」というのは狂乱物であるが、善光寺で亡夫を恋慕するくだりがある。

越後柏崎の領主の留守宅。妻ひとりが待つ家へ、鎌倉から家人《けにん》・小太郎が戻って衝撃的な知らせをもたらす。夫の柏崎は鎌倉で病死、一子花若はその悲しみのあまり世を捨てたという。小太郎はその形見を持って帰ってきたのである。妻の悲嘆。夫の死もさりながら、わが子が出家したとは。

その花若はいまは善光寺如来堂の聖《ひじり》の弟子となっている。そこへ物狂いの母が現われる。

「わらんべどもは何を笑ふぞ。なに物狂ひなるほどにをかしいとや。いや心があらば訪《とむ》らうてこそ、慰さむべけれ。それを如何にといふに、夫《つま》には死しての別れとなり、今ひとり忘れ形見とも思ふべき、子の行方をも白糸の、乱れ心や狂ふらん」

狂女は夫を恋い子を恋い、

「西に向へば善光寺、生身の弥陀如来わが狂乱はさて措きぬ。死して別れし夫を導きおはしませ」

善光寺では内陣に女人が入ること叶うまじと押しとどめられ、狂女は言い返す。

「唯心の浄土と聞く時は、この善光寺の如来堂の内陣こそは極楽の、九品上生《くぼんじょうしょう》の台《うてな》なるに、女人の参るまじきとの御制戒とはそもされば、如来の仰せありけるか。よし人々は何とも仰せあれ、声こそ知るべ南無阿弥陀仏」

狂女は夜のお籠りをするつもりらしい。

「光明遍照十方の、誓ひぞしるきこの寺の、常の灯火影頼む、夜念仏《よねぶつ》いざや申さん、夜念仏いざや申さん」

そして、夫の形見の烏帽子《えぼし》、直垂《ひたたれ》を如来に参らせ、夫の後世を祈りたいという。狂女の妻は夫のすぐれた心ばえ、才智、風流、武勇をいまさらのように追憶して恋慕の涙にくれる。

子の花若は母と見てとって母にすがり寄る。子とはめぐりあったが、亡夫への思いは晴らすすべもない。持ってゆきばのない悲しみ。善光寺さんは、そういうときのためのみほとけなのであろう。

二荒《ふたら》の早蕨《さわらび》

夜念仏《よねんぶつ》の感動的な一夜が明ければ三月二十八日、また野村坊にかえって、いよいよ下野《しもつけ》の国・二荒山（日光東照宮）に詣でるべく出発準備をする。

善光寺ともこれでお別れ。生身《しょうじん》の如来さまは衆生の誓願をお聴き届け下されるであろうけれど、もう生涯、二度とこんな遠くまで詣ることは叶わぬ。お名残り惜しさに宅子さんらは「いとまごひにとて」再び如来さまにお別れを申しに詣る。

「とりわきて後の世たのむみほとけの　あたりとおもへば立ち憂《う》かりけり　宅子」

私たちも、善光寺と小林計一郎先生に別れを告げて長野を発《た》った。新幹線駅前の長野メトロポリタンホテルはすてきな新しいホテルであるけれど、長野オリンピックに向けて造成された駅は、どこにもあるありふれたもので、これには私は気落ちした。

改築前の旧長野駅は仏殿のお屋根をかたどり、古雅でしかも見た眼にもあたたかく、いかにも、〈仏都〉という、威あって猛《たけ》からぬ慈容を表現したものであった。この駅に呑吐《どんと》される乗客まで平和楽土の仏恩に浴する如き気分になったものだ。そのイメージを生かすのはいまの技術からすればたやすいはずなのに、なんでそれを踏襲復原して更に美しく厳《おごそ》かな〈仏都〉の特質を内外に印象づけないのであろう。現在の駅はどこの地方都市とも変らぬ平板なもの。それでいえば、昔は汽車の車内放送でも〈長野……〉といってもぴんとこぬ乗客が多かったよし、それで善光寺さん参詣の団体まで下り遅れてしまう。よって鉄道側に特に頼んで、

〈次は長野・善光寺……〉

と呼称してもらったという。人々はいそぎ、嬉々と立ちあがって下り支度をしたそうである。

団体といえば〈日本旅行会〉という旅行社は善光寺参詣団からはじまったという。郷土研究雑誌「長野」四一号に「善光寺昔物語」という聞き書きがあるが（話者は明治二十五年生れの善光寺・白蓮坊の若麻績《わかおみ》芳雄師）、師が十五歳でお堂へはじめて出仕したときは、明治維新で千石の扶持を奪われた善光寺の衰微は目を掩うばかりであったという。山内一同窮迫して手内職をやらぬ院坊はないくらい。参詣者もろくに来ないから、三十人前以上の膳を持っている宿坊などなかった。いくら多く泊ってもせいぜい二十人くらい、それも二十人もまとまってくるなどということはめったになく、四、五人、ひどいのは一人でくる。みな歩いて来るから、宿坊へ着くと信者は疲れて埃まみれで、「まあひどいものでした」と若麻績さんの思い出話。信越線が全通したのが明治二十六年、篠ノ井《しののい》線が通じたの

が明治三十五年、それまではみな歩いて参詣したのである。

「いまの団体客みたいにパッパと金を使うなどという者はいない。だから信者を泊めても、いくらにもならない。それに参詣客のくるのは、彼岸前後だけで冬や夏はほとんどひとりも来ない」

江戸時代の賑わいが嘘のようである。

「どこの寺でも年末になると、どうやって歳をこすかと青息吐息です。豆腐屋も善光寺山内は声をひそめて通るというくらいのものでした」

若麻績さんはここで、「今の若い人達はそんな苦労はちっとも知らない」と現代批判をちらと洩らされているが、これは昭和四十二年の時点での話。――それにしても、明治に入ってからの善光寺さんの衰運を必死に支えた陰の努力と、幸運が、善光寺さんにはあった。これも如来さまの効顕というべきか。民衆の裡なる善光寺信仰の火種を絶やさず、風を送り、庇《かば》い育てた人々がいたればこそ、だ。

「じっとしていては食えないから、旅へ出てつてを求めて講中をつくります。私なども講中づくりに苦労しました。いまはじっとしていても参詣の方々がどんどんやってくる。全く冥利《みょうり》につきる状態です。若い人達に昔の状態をみせてやりたいくらいです」

近江の草津駅の前に、南新助さんという弁当屋さんがいた。このころ四百人以上の団体は運賃が五割引になることになっていた。汽車の時刻表に明記されている。南さんは一つ、善光寺参詣の四百人の団体を募集しようと鉄道にかけあう。

鉄道関係者はそんな大勢の人間が集められるかと信用しない。しかし南さんはやってみるといって募りはじめた。元来、近江は善光寺信仰の盛んな土地で、かねてから十人、二十人という信者を連れてくる先達《せんだつ》株の人が何人もいた。南さんはこれらの人々を集めて説いたわけである。

旅費が安あがりなので、先達らは、〈ほんとにこれで旅行ができるのか、追加金をとらないか〉と念を押し、南さんは、絶対に追加金は請求しないという一札を入れた。先達らが喜んで、二百人集め、あとは南さんの親類縁者まで動員した二百人、ついに明治四十一年、本堂の勤番の手もとに〈四百人の団体が参詣します〉という南さんの葉書が舞いこむ。

善光寺ではとても真実と思えない。

そんな大多数の団体は古今未曾有だというので信じられなかったそうである。近江・草津の持郡《もちごおり》（先述したごとく、宿坊は参詣客の住所によって割り振られてある）は淵之坊《ふちのぼう》であった。淵之坊でも仰天してすぐ草津へ飛び、南さんにことの真偽をたしかめる。冗談じゃありません、ほんとですよ、よろしく頼みますよ、とのことで、淵之坊さんも驚喜してすぐとって返し、一山あげて準備にかかった。善光寺は上を下へのさわぎとなった。

団体は東海道まわりでまず日光へ参拝して、次いで善光寺へやってきた。

善光寺の町には（宅子さんらはチラとも記さないが）権堂町《ごんどう》という遊廓がある。その大通りに〈夏目〉という楽隊屋があった。「その楽隊をたのんで駅まで出迎え、行列をつくり、楽隊を先頭にして善光寺へくりこむ」ということをやった。山内の知恵者のアイデアであろう。善光寺さんは起死回生のチャンスを得て、みごとに息を吹き返すのである。

「山内は目がさめたような気持です」

と若麻績さんはしみじみと述懐される。しかもこの四百人の団体は瞬発的な昂揚ではなく、第一回の七月二十日の第一陣、八月二十日の第二陣とつづく。四百人が帰ると間髪を入れず、次の四百人が来るという波状攻撃のような参詣客。当時の宿泊賃は五十銭だったという。これが善光寺団体参詣の嚆矢《こうし》である。

口コミでその成功は伝わったのであろう。

その後もとぎれなかった、——というのは、この面倒見のいい南さんが、各地の参詣客の世話をするようになったからだ。南さんはまじめで、信仰の篤い人であった。大和の講中であれ、肥後の講中であれ、奔走して倦《う》まなかった。折しも明治が終り、大正天皇御即位式が京都で行われる。日本中の人々もその盛儀を拝するため上京し、それもまた南さんの世話になったりした。こうして〈日本旅行会〉が生れ、会社は大きくなった、と若麻績さんのお話であったが、現代は江戸時代に増して全国の善男善女を集め、心のよりどころとなっている。善光寺さんの、学問で解けぬ不思議はむしろ、時代を超え、状況を超えた、民衆の裡なる鬱勃《うつぼつ》たる帰依《きえ》心、信仰心であろう。

さて善光寺さんの〈明治の復活〉について筆が滑っているうちに、ふとかえりみれば宅子さんたちは善光寺道を四里ばかりあともどりして篠ノ井町に泊っている。ここは往路も通った宿場、中仙道・北国街道のわかれ道、そして千曲川の川舟港である。日光へも七十五里、江戸にも七十五里と聞いて、

〈日光よりもお江戸へ早う、行きたか〉

とおちくさんは希望したかもしれない。

宅子さん、久子さんは元来、〈東路の旅〉を志した以上は日光東照宮参詣が、お伊勢さんについで究極の目的であった。善光寺さんも視野に収めていたものの、〈二荒詣で〉を欠いては仏造って魂入れず、になってしまう。当時の庶民の、これは社会的常識としての尊崇の対象で、日光東照宮はあったのだ。お伊勢さんや善光寺さんとは質が違うが、東照大権現さまのご威勢、それに〈日光を見ずして結構というなかれ〉とうたわれた壮麗な宮居――輪奐《りんかん》の美へのあこがれは、もうこの時代、庶民に定着していたであろう。

〈ここまで来ておんなじことなら、日光へもいっしょにお詣りしまっしょうや。みんなで拝みたか〉

と久子さんが熱心に飜意を促せば、宅子さんも、

〈ほんなこと、いままでの道中、心あわせて苦楽をともにした旅やござっせんな、いま一

息ですたい、権現さまにもうちそろってお詣りせにゃ、権現さまが、ありゃ、あたま数の足らんばい、ち、ふしんげになされまっしょう〉

宅子さんの言葉におちくさんは笑うものの、物詣での長旅にやや倦んだとみえ、〈ウチゃー、もう、にぎやかしゅうて面白かお江戸を早う見たいき、おなし道のりならお江戸へ入って、ゆるっと五体ば休めて、遊びたか〉

という希望は抜きがたいらしい。おぜんさんもお詣りは善光寺さんで堪能し、満足したというさまである。地底の戒壇めぐりに穿いた新しい草鞋をしっかり荷の底へ収納して、〈これと三途の川を渡る六文銭さえありゃ、あたいはもう、まんぞく、まんぞく、たい。お江戸の宿で、おふたりを待ちまっしょうたい〉

にこにことという。久子さんも宅子さんも残念ながらそれではと、日光組、江戸組に袂《たもと》をわかつことになった。江戸組には元気者ではしっこい三十平《みそへい》が従うことまできめられる。

供の男たちも二分されるわけである。

といっても無論、喧嘩別れではないので、「しばらくの別れなりとてよもすがらかたりつつ明《あか》す」（『東路日記』）という具合。

さぞかし、来し方の難路、木曾路の苦しみも、過ぎれば笑い話、救荒食の笹の実やら、木曾山中の〈ましらに似たるおもかげ〉の住民のたたずまいなど話題に上ったであろう。

明ければ三月二十九日。朝まだきより別れて出ようとして、女人の不可思議は、ここで

局面が一転し、

〈ここで別るるとも何やら、本意《ほい》ないことたい。淋しゅうなりますばい〉

とおぜんさんがいい出すと、

〈そげんたいねえ、ウチもあれから考えたち、帰って留守のもんに、なして日光へお詣りせんやったな、ち、いわるると、どげんいいわけしたらよかろうと思うて困りよりましたばい。もうついでたい。ウチも連れていってやんなせ〉

と、おちくさん。

宅子さんらに否やのあろうはずはなく、それを更にそそのかす如く、幸いというか折悪しくというか、雨がひどく降り出した。千曲川の水かさが増すので渡る人は早く乗ってくれと川舟の船頭の喚《おら》ぶ声。

「憂き旅の露けさ添ふる衣手《ころもで》に　つれなくも降る今日の雨かな　宅子」

と、宅子さんの歌は情けない調子だが、いつものメンバーが再び揃い、心は晴れ晴れとしていたであろう。供の男たちはこれも一同揃って日光の結構を目のあたりに見られる身の幸運を、内心喜んでいたにちがいない。

辰巳のかた（東南）さして三十丁ばかりで八代《やしろ》（『五街道細見』で矢代、現・屋代）、一里半で戸倉、更に一里半で坂木（現・坂城）、まだ雨はやまず、茶店で持参の昼食を食べようとして「袖のしづくしぼりつゝ」と宅子さんは書く。

「旅にしてほとびにけるかほろ〳〵と　泣けば涙のかゝる乾飯《かれいい》　宅子」

〈かれいい〉〈ほとびる〉〈涙〉――この三つのヒントで得られる答は『伊勢物語』である。宅子さんは伊藤常足先生の誘掖《ゆうえき》よろしきを得て、『伊勢』『萬葉』に親昵《しんじつ》し、『源氏』『枕』をも味得《みとく》しているらしく思われる。『東路日記』というタイトルも在原業平の〈東下り〉に触発されたものであろう。

されば旅の途中、雨に降られつつの昼食は、当然〈涙〉に〈ほとびる〉〈かれいい〉でなくてはならぬのである。有名な『伊勢物語』の九段、「身を要《よう》なきものに思ひなし」た「むかし男」が東国へさすらっていった。二、三人の友とつれ立っての旅であった。道案内人もいないから迷い迷い、旅路を辿った。三河の国、八つ橋というところで、沢のほとりに下りて〈かれいい〉を食べた。これは炊いた御飯を乾燥させた保存食、また旅人の携帯食料である。水を加えれば即席の食料となる。

その沢には〈かきつばた〉がいい風情で咲いていた。仲間の一人がいった。〈か、き、つ、ば、た、の五文字を句のはじめに使って、旅情が詠めるかい？〉――「むかし男」は口ずさんだ。

「からごろも　きつつ馴れにし　つましあれば
　はるばる来ぬる　たびをしぞ思ふ」

一同は思わず落涙して、乾飯《かれいい》は人々の涙でほとびた、という話である。

宅子さんは古典の説話を早速に旅情に托して詠むのがうれしくてたまらぬようにみえる。現代風《いま》にいえば、宅子さんの旅は、さながら、

〈自分の体で〝古典する〟〉

という按配であるが、それも現実をあくまで精選し、練りあげ、結晶させ、再構築するという作業を経ての創作といえよう。

現実には江戸後期の旅人の携行食料といえば〈握り飯〉であろう。関東の握り飯は三角か丸い屯食《とんじき》ふうか。味噌を塗って焼いたりしていたろうか。〈草の名も所によりて変るなり　難波の芦は伊勢の浜荻《はまおぎ》〉という歌ではないが、関東の〈握り飯〉は上方では〈おむすび〉といい、俵型になる。

しかし追分・善光寺みちをゆく宅子さんの昼食は三角型であったろう。焼け目があったかもしれぬ。味噌漬の魚や漬物のお菜もともに竹の皮に包まれていたろうか、茶店の茶に咽喉《のど》をうるおし、宅子さんは火鉢を引きよせて食後の一服、……というところか。

それより更に南行して信濃の国・上田に至った。この日も七里近い行程、雨はなおやまず、この地で泊ることにする。

上田は松平さま五万三千石の城下町、城はそのかみ、真田昌幸が築いたもの。関が原の戦いで西軍に与《くみ》した真田勢は徳川秀忠軍をよく迎撃阻止し、ために秀忠は関が原合戦に間に合わず、地団太ふんだところだ。子の信之が家康方についたので真田家の命脈は保たれ

たが、のちに松代に移されている。

宅子さんらの泊った菱屋は、城下の繁華街原町にあった。

明ければ雨も晴れあがり、三月の三十日。おちくさんかおぜんさんか、「名物の上田紬、絹縞なんどを買ふ人あり」と宅子さんはしるす。かの『北国街道分間絵図』でも鈴木魚都《なつ》里《り》によって「当所産物　嶋《しま》絹、嶋木綿、紙類」と書かれている。養蚕の盛んな土地だ。

「しなのびと買へといふなる上田絹　絹着せましと思ふ子もあり　宅子」

郷里《くに》において来た孫たちや嫁らであろうか。

宅子さんらはひたすら東をめざす。つまり長野県のほぼ中央部を東へ横切り、群馬県を横断し、栃木県に入って北上、日光に到らんとするのである。日本の背骨を踏破するわけだ。

しかも各所の関所を避けつつ旅するのは、普通の行程よりも遠まわりになり、難路を選ぶことになるのだが、宅子さんたちはあまりそれも苦にせぬていである。

上田紬は西鶴の小説にも出てくるほど昔から名高い。

（有名といえば、この近くの信濃国分寺もいまに至るまで参詣者が多い。昔、私はたまたまここの縁日にゆきあたり、〈蘇民将来〉の護符を求め得たことがある。更に上田から二里ゆくと海野《うんの》宿。この海野宿こそ、見ものなれ、というところだった。その昔の宿場の面影をとどめたまま、町は歳月の埃をかぶって瞑目していた。物古りた、悲しいような、な

つかしいような、うれしいような風景だった)

宅子さんらは小諸に着く。ここは牧野遠江守さま一万五千石の城下町。城下はずれに小さい橋がある(『北国街道分間絵図』には柳ハシとある)。

ここから左を見渡すと煙がものすごく立ち昇っていた。里人に問うと、このへんに浅間岳といって、夜昼わかたず煙のたちのぼる山があるという。鈴木魚都里は猛煙を吹きあげる浅間山を描き、

「常ニ此《この》ゴトクモエテケブリタツ」

と注を入れている。

ああ、これこそ浅間なのか、と宅子さんは感慨をもつ。「むかし男」の業平は浅間の嶽《たけ》に立つ煙をみて、おお、なんと異様な光景、とショックを受ける。都の山々は三方みな秀麗、あるいは気高く、あるいは温和にそびえているのに、この山は荒々しく怒っているようだ。……業平の歌はそのおどろきを表現する。

「信濃なる浅間の嶽に立つけぶり
遠方近方《おちこち》びとの見やはとがめぬ」

このあたりの住人は、この煙をみてびっくりしないのかねえ。……

宅子さんもその古歌に照応してうたう。

「浅ましとおもひけるかな立ちのぼる　烟にくもる八重の山路を　　宅子」

――私もびっくりしましたよ。自然の荒々しさ、すさぶる猛きちからに宅子さんは戦慄し、慴伏《しょうふく》する。

小諸をあとに道をすすむに従い、から松林はとぎれ、畠も立場《たてば》（宿場ではないが、旅人や人夫が休息するところ）もなくなった。ゆく道の左には巨岩が転がっていた。堤を築いたようにのしかかっているのもある。また行くと一面の広野が原に出た。浅間が原というらしい。満目すべて焼土《やけつち》、焼石《やけいし》であった。

宅子さんの浅間岳に対する恐怖感は根のないことではなかった。

「六十年前つかた、浅間ノ山より風吹出でて十五里四方火の雨と云ふものふりて、すべてこの原はやけ土焼石斗《ばか》りになりて、田畑の作りものならずといふ」

浅間岳はいまも見るも恐ろしく煙を吹きあげていた。「其《その》けはひ、中々ゑがくともおよぶべきにあらず」――山巓《さんてん》よりやや南寄りに空高くすさまじく煙は吹きのぼっていた、と宅子さんの報告。

みなみな、〈ああ……〉とか〈おう……〉と嘆声を発し、日の傾くのも忘れて眺めるばかり。

「浅間山かねてきゝつるけむりにも　見れば中々まさりがほなる　宅子」

天明三年（一七八三）七月八日というから、正確には宅子さんの旅より五十八年前。

かねて四月はじめより浅間山は、噴煙と鳴動、地震を伴う激烈な活動をはじめていた。浅間山は民俗信仰の地で、旧暦四月八日は山開きの登山をする習わしであったが、山焼けにより、諸人の登山は禁止された。五月六月、大地の鳴動や黒煙はいよいよ烈しく、山中の雷光は見る人々を震え上らせるばかりだった。

七月になると火山活動はいよいよ激しく、地域の人々は食欲も失い、ただうろたえるばかり。七日に上州側の火口から溶岩流や火砕流が流出し、巨木の山林を焼き尽くし、鹿や犬などの動物もみな死ぬ。北麓の吾妻郡も降灰、降砂で昼も暗い状態となった。信州側では夜に入って一斗樽ほどの石が降り、屋根が燃えはじめた。これはたまらぬと軽井沢や沓《くつ》掛《かけ》の人々は家財を馬の背に積んで逃げ出す。

この時期、このあたりの人々の最も重要な農作業は草刈りだった。夏場に刈った草は自分たちの生命から二番目に大事な馬の飼料であり、農作物の堆肥である。ところが山の黒煙は数十丈に及んで天を覆い、鳴動はいよいよ激しく、田畑、野にも出られない。ついで運命の七月八日がきた。四ツ半時《どき》というから午前十一時頃、火口から溶岩流や礫砂などが推定千二、三百度の熱泥とともに一気に上州側（北側）を突っ走った。六里ヶ原の鬱蒼たる原始林を押し倒し、「高熱の溶岩泥流は、ヒッシホ、ヒッシホ、という異様の音を伴い、ワチワチという音とともに黒煙をあげながら、時速およそ一〇〇キロという早さで原始林を潰し、部落を呑みこみ、吾妻川を駈けくだり、利根にはいって銚子沖にまで達しているのである」（『緑よみがえった鎌原《かんばら》』清水寥人　'82　あさを社刊）。

鎌原村（現・群馬県吾妻郡嬬恋村鎌原）はこの日の最激甚の大爆発で、一瞬のうちに全村埋まった。

「黒煙一さんに鎌原の方へおし、谷々川々皆々黒煙一面立《たち》、よふす（様子）しれかたし」（「無量院住職手記」）

とっさに近くの高台にある観音堂へ逃げのぼった人、また〈お山〉（人々は浅間岳を尊崇して、そう呼ぶ）の怒りを鎮めてもらおうと早朝から観音さまを拝みにきた人々だけが生き残った。九十三人という。あとの住民の四百七十七人はおびただしい馬や牛とともに熱泥流に呑まれてしまった。鎌原村は天領の宿場で、交通の要所でもあったから、馬を多く飼っていた。

熱泥流は吾妻川に流れ、両岸の人家や田畑を押し流す洪水となった。死体は利根川や江戸川に流れ、江戸湾に到った。

農作物は降灰によって打撃を受けた。

米価の暴騰は一揆や暴動を招く。つづく天候不順が、天明の飢饉とよばれる餓死者の時代をもたらしたのは、先述した通り。

ただこのとき、鎌原村近隣の素封家、富農分限者たちの救護はすみやかで、かつ、暖かかった。お上の救いの手はスローモーだったが。

幸い、周辺の村は被害を受けることがなかったのでよかった。干俣村の名主、干川小兵衛、大笹村の名主、黒岩長左衛門らは殊更なる篤志家であった。干川小兵衛は命からがら逃げた避難民に、食を与え、屋根の下に収容し、鍋・釜のある次第、飯を炊いて与え、わが身代ある限りは救済せんと早速信州上田へゆき、米百二十俵を買いこんでいる。それによって五、六か村の生き残りを五、六十日まかない得た。黒岩長左衛門は鎌原村の生き残りに毎日食事を供し、のち、それぞれが身の立つよう無利息で融資した。

幕府はこの二人の功績に褒賞を与えたが、それは苗字帯刀を許し、なた豆銀十枚の下賜のみであった。政治の限界は昔も今も変らない。

幕府の御用普請の復旧工事がはじまったが、移住を願い出た生き残りは一人もいず、みなこの地にとどまるという。そこで、長左衛門や小兵衛の肝煎《きもいり》で、九十三人の生存者一同、骨肉の一族と思えと示唆される。

家柄も格式も、向後は問わぬということになる。仮小屋が追々出来、妻を失った男と、夫を失った女を女夫《めおと》にならせ、子を失った老人は、親を失った若者と親子の縁を結ぶことになった。

「誠に浮き世如夢《ゆめのごとし》といひながら、向目桑田変じて泥の海と成事《なること》希代の珍事也」(「天明信上変異記」)

このとき七組の新夫婦が出来、共同結婚式があげられた。周囲の村々から古い盃、古い銚子、古皿などが提供された。同じく寄附の挿櫛《さしぐし》七枚が、七人の花嫁の唯一の嫁入り仕度であった。

　こうして被災者同士は結ばれ復興に向けて意欲を燃やし、鎌原村を再興させてゆく。

……なお、この前代未聞の被害に対する幕府の復旧工事の、総指揮をとったのは、随筆『耳嚢《みみぶくろ》』の作者として有名な根岸九郎左衛門鎮衛《やすもり》である。教養人であり、為政者として見識もある彼の、卓越した手腕は、よく復旧工事を完からしめた。


　このとき、宅子さんらも、浅間山ならぬ現実的恐怖に襲われていた。

山のかたわらで男が五、六人集って柴のようなものを焚いている。浅間の煙にも負けずあたりを掩い、こんな野原で火が燃え拡がったりすれば大変な目にあうと、宅子さんらは怖くなり、つい足を早めた。

　そのあとを、様子の荒々しい男がどさどさと追ってくる。

〈ご寮人《りょん》さん、かえって危のござっす。走らっしゃると、よけい追わえてきますばい〉

　と四十《よそ》エモンが制するが、気味わるくて、

（まるで追剝《おいはぎ》のごたる）

　いい荒しこの男ども数人に追われて、どうして平気でいられよう、おぜんさんなどは脛《はぎ》もあらわにこけつまろびつ、太り肉《じし》のからだに似合わず、すばしこく先頭をかけてゆく。柴をたいていた男どもまでかたまって、こちらへくる。あなやと思う間に、供の男どもは彼らに向きあい、油断ない物腰で声をかける。まず老練な四十エモンが口をひらいて、何か用かときけば。……

〈ご寮人さん、この仁《じん》らは宿引きげなですばい〉

とこちらへ笑いかける三十平。

〈この先の、追分宿の、宿引きじゃち、いいよりますばい……〉

やれやれ、旅はいろんな目にあうもの、と、宅子さんはほっとして、まだどきどきする心ノ臓に手をあて、笑う。

追分は越後屋という宿に泊った。この宿の感触を宅子さんはしるす。

「すべて此渡《このわたり》のならひにて、只一夜のほどもなれ〳〵しからず、むくつけきさまにて明《あか》しつ」

このへんの人情のならいとて、柔和敦厚《とんこう》の気分なく、ラフで粗野な対応だった——というふうなところだろうか。土地の物産《なりもの》ゆたかに、流通経済の発達した北九州の気分とは、それは違うのが当然だろうが、しかしそれなりに朴訥《ぼくとつ》・淳良なればまた、それを洞察し、嘉《よみ》する宅子さんである（今まで読んできた限り、宅子さんの人間性は、善意にも悪意にも敏感である)。——粗野な言動の奥にかくされたやさしみや佳《よ》さを嗅ぎ分ける〈鼻〉をもっている。ここはそれが感じられなんだということであろう。宅子さんは「むくつけきさま」と言い捨てる。

明ければ四月一日。朝まだきに宿を出、

「上野《こうずけ》ノ国、碓井《うすい》郡碓井峠の関所をよけんとて」

東南をめざす。碓氷の関所は横川の関所ともいい、上り下りの女改めがうるさい。中仙道をゆく旅人は、沓掛・軽井沢・松井田・安中《あんなか》と辿るわけだが、その間の碓氷峠にあるお関所を敬遠して東南へカーブし、高崎へ出て日光街道をめざそうとする。これは下仁田《しもにた》越の一部だ。初鳥谷《はっとや》(現・初鳥屋、群馬県甘楽《かんら》郡)までですでに四里(『五街道細見』では四里半とある)、この先がまた難儀であった。「是よりしげ山をかなたこなたにつたひて、岩が根、葛《くず》かつらなどをよぢつつ、からき目を見てやう〳〵峠につく。この間三里にしてねご屋(田辺注・現・根小屋、同)といふ里あり。なほ行きてうるしがやといふにつく。此間壱里」

ここの茶屋に、おこわに栗を入れたものを売っていた。初夏の栗おこわというのも珍しく、宅子さんらは買ってそれを食べる。近くにそびえる峰を中尾岳と教えられる。いまさき、栗おこわを頂いたばかりではあり、さあ、こうなると宅子さんの才藻が抑えようもなく、ふきこぼれる。歌語・雅言に通じた宅子さんが、やわか、この興ある暗合を見逃すべき。

「みつぐりの中尾の岳の峰よりぞ　雲はたなびく右にひだりに　宅子」

三つ栗は〈なか〉の枕詞である。即興のスケッチであるが、宅子さん独特の、のびのびした大らかな歌だ。

半里のぼって中尾岳の大国（黒）天に詣った。

「めざましき宮所《みやどころ》にていとおもしろし」

久子さんの『二荒詣《ふたらもうで》日記』は記述が簡潔で、

「此所《このところ》　岩山にて石ノ門五ツあり」

とあるのみ。宅子さんは〈岩むら多く、大きい岩は畳八枚ほど敷けそうだった。頂きに石の宝殿があるというが女人は参詣禁止である。石の門が五つあったが、みな岩を刳《く》り抜いたものだった〉と、くわしい。供の男たちはここへ寄らずに道をいそぐ。ご寮人《りょん》さんの道草につき合うちゃおられんばい、というところであろう。宅子さんは、石門の間に竹がまばらに生えていたとか、山畠の芍薬《しゃくやく》の花、道の辺の蕨《わらび》などをも書きとどめた上、神楽殿で大々《だいだい》神楽が奉納されているのを見て、ふたたび、〈中尾岳〉の名から、妹背《いもせ》の仲、を連想する。歌語の常套であるが。……

「大汝《おおなむち》神にぞいのる夫《つま》とわが　なかをの山の松の代《よ》のごと　宅子」

幾世を経《へ》た老い松のごとく、夫と私の愛と齢《よわい》がいつまでも変らず、そして長かれ。……

五十の女歌人が、妹背の契りを詠むことに、私は少し、感動をおぼえた。宅子さんの愛すべき率直さにも。

ところでこの日の一行の健脚にも感心する。ここから更に一里行って妙義山権現に着き、そこで泊った。追分から八里あったという。

妙義山詣りの人で宿はにぎわっていた。参詣客はここの名物、〈御夢想の薬〉という妙薬など買う。

明けて二日、朝まだきに妙義山に詣でる。この神は盗人にあわぬようお守り下さるという。東北さして急ぎ、風切峠を越えれば秋間《あきま》の茶屋、ここで人々は帯地など買ったと。このへんは養蚕の盛んなところ。

やっとひろびろした野に出たと思うと法螺《ほら》貝の音が聞えた。

〈狩りども、しよるとじゃろうか〉

という間もなく子を連れた鹿が駈けてくる。それを見ると、太古からの狩猟本能の血が騒ぐのか、「遠近《おちこち》の旅人までも声を立て追ふ」というさわぎ。鹿は森へ飛び入って山ふかく逃げたらしい。

「狩りびとに影を見せじとさをしかの　子をおもふ道も忘れはつらむ　　宅子」

——これも歌日記のたのしさ。こうして歌にとどめておけば、後日、再読したとき、その日の情景は、いかばかり鮮明になつかしくよみがえることであろう。

やがて榛名《はるな》山である。ここの神社も有名なので宅子さんは詣でたいと思ったが、ここから北へ七里、と聞いて、たちまち辟易したおぜんさん。

〈あたいはもう、ここから拝んどきますばい。榛名様《さん》も詣りたかばって、廻り道してまで〉

梃子《てこ》でも動きそうになかったが、供の三十平《みそへい》が、

〈そんならご寮人《りょん》さん、まっすぐ二荒詣でといたしますけん〉

ととりなしたのでそれならと腰をあげる。これは実は、宅子さんが供の男たちを語らってそういわせたのである。こういうとき口軽に気転の利く三十平は便利である。宅子さんはこっそり書いている。

「供する人にかたり合《あわ》せて、人々には直《ただ》に二荒山に詣づといつはりて、榛名《はるな》のかたにいそぐ」

登り路に榛名の町はあった。その夜は入《いり》の坊という商人宿に泊った。榛名神社は山深いところで、石の鳥居、石の玉垣、石の神殿、久子さんの『二荒詣日記』には「此《この》宮は岩山にて誠に日本無双の風景なり」とあっさりしている。

「たぐひなきみねぞと人も岩むらの　かさなる山にけふはのぼりて　久子」

ご威徳もさかんで、江戸東叡山の宮がこの社をつかさどり給い、ご社領はこの辺三里四方、坊院百余家という。「二月朔日、年毎に江戸将軍家より御使ひを立ち給ふとなん」と、

これは宅子さん。

三日。榛名山に別れを告げて群馬の郡《こおり》、高崎へ。ここは松平右京亮さま八万二千石のお城があり、繁昌の地であるが、城下をはなれるとたんに家々はわびしく「腰うちかけん所もなし」（『東路日記』）というありさま。

そこからは、日光への近道という〈足尾通り〉をめざす。利根川の大渡《おおわたり》とて、早瀬の利根川を越えたが、ここに「関所ありて切手と云物《いうもの》を出す」と宅子さんはあっさり書き、久子さんは「此所の番所甚《いと》むつかし」と。宅子さんらは切手を持たないはずなので、利根川の手前の美野瀬《みのせ》あたりで、女人用の切手を調達したのではないかというのが私の想像である。しかるべき価で融通され、それは番所役人にも利得をもたらしたのであろうという推測は、先述した通り。

利根川畔には卯《う》の花も咲いていた。ここは久子さんの歌が美しいのでそれを。

「卯の花の影さす頃は利根川の　筏《いかだ》に雪を積むかとぞみる　久子」

三里で前橋、ここの白井屋という宿へ泊った。久しぶりの早泊り。みなみな髪を洗ったり、梳《と》かしつけたりする。このあたりもまた養蚕が盛んであった。

明ければ四月四日、大胡《おおご》、諸沢《もろさわ》（室沢か）、深沢、花輪、神戸《ごうど》（現代地図でほぼ拾える地名。もう栃木県境に近い）。酷く疲れたが、このあたりには乗るべき馬も駕籠もない。さすがの宅子さんも「くるしさにたへで」という按配。日も暮れはて来《こ》しかた行く先もみえぬほどの時刻に「かららして」神戸に着き、沢屋に泊った。この日の行程は八里を越えていよう。

明けて五日、この日も嶮《けわ》しい山路である。二里行って、上野《こうずけ》・下野《しもつけ》の国境の沢入《そうり》というところを過ぎた。下野へ入れば一歩一歩、日光が近づくが、それにしても路は平坦ではなかった。この街道は難所でしかも雪深いという。十一月の初めから翌年の三月までは通る人もないそうであった。

しかし宅子さんらは励まし合って山深くわけ入る。

〈こげな山路ばって、信濃の荒山《あらやま》に比ぶりゃ、なんぼうか、楽たいね〉

〈そうたい。木曾山中の山坂はこげなもんじゃなかったもんね。一つ越ゆりゃあまた一つ、山坂が続きよりましたばい〉

〈みんな、善光寺さんのお血脈《けちみやく》を頂きたい一心で、歩けたとでござっしょうな〉

みな、息を弾ませていい、笑う。足尾を過ぎ、辛うじて神子内《みこうち》に着く。なお山路だが、道のそばに茶店がある。腰かけて見渡せば向いには高山が連なり、木々の若葉が美しく、目前の谷川の眺めもことさら美しい。畳一畳を敷けるぐらいの大岩が多く、その間を流れる水は、岩に砕けて大珠小珠が乱れ散るようである。この川の興趣に人々は魅せられた。

まだ日も九ツというからお昼の十二時であるが、この茶店で弁当を使い、この茶店は宿屋でもあったので、ついに一行はここへ泊ることにする。先をいそぐ供の男たちも、明日は二荒のお社にお詣りできますよという宿の人の言葉に安心したのであろう。

もとより宅子さんらは大喜びだ。こんな早泊りも珍しく、みなみな、谷川へ下りて、着物や肌着を洗う。晩春・初夏の陽気に、岩に拡げた洗いものも乾きが早い。水面に赤いものがと思えば、川上から流れてくる花々である。

「夏ながら流るゝ花の面白さ　旅のころもを洗ふ川辺に　　宅子」

これに対し、久子さんは諧謔する。

〈ころも干すらし川辺の岩むら……ほほ、大和の香具山を思い出すじゃござっせんな〉

宅子さんもふき出す。午後いっぱいゆっくりして、久しぶりの湯あみ、髪を梳《す》いて生きかえったよう。宅子さんの即詠。

「あら山を越えし昨日は猿に似て　今日の湯あみに人ごこちする　　宅子」

これは旅の一行の笑いを誘った。

六日。再び峠越え。やがて細尾（宅子さんは足尾と書いているが、久子さんの日記、ならびに地図を見れば細尾の誤りであろう）、ここは昨夜泊った所から二里、日光は更に二里先だった。

ついに着いた。二荒山の大日堂。堂前に広い池があり、かたわらに芭蕉塚があって、

「あらたふと青葉若葉の日のひかり」

と彫られてあった。まことにその通りの風色であった。

中禅寺へまず詣る。ここは『五街道細見』に「中禅寺は女人結界にして坂東十八番の札所なり」とある如く、女人禁制である。登り道三里であるが、麓に観音堂があり、ここを女人堂ともいってここまでは女人の参詣も許される。宅子さんらは供の男どもばかりを参詣させ、女人堂で休憩した。折しもほととぎすの声をきく。旅路できくほととぎすの音はひとしおの興趣である。所がらも、ここは日光奥の院の黒髪山、

「ほととぎすいかなるすぢをたづねてや　黒髪山にもらす一声　宅子」

いすじは黒髪の縁語。技巧の勝った歌だが、旅の思い出にふさわしい。そこから下りて鉢《はつ》石《いし》町（日光の門前町である）の石屋なる宿に泊ることにした。この宿で案内人を頼んで、本宮に詣る。

まず大谷《だいや》川の板橋を渡る。この川は多くの滝を集めて流れるので奔流ともいうべき早瀬だった。右手に朱塗の橋が見えたが、これを神橋《しんきよう》といい、将軍家ご社参のときに渡られるという（お成《なり》橋）。お旅所のまわりは玉垣がめぐらされ、庶民は入れない。宅子さんらの詣った時は、坊院があまた軒をつらね、ひしめいていたはず、「御殿はみな金をもて作れるものにて目もかゞやくばかりなり」「所のさまもことにひろくて其内に杉など立てるがうち霞みてみゆ」

右に輪王院、これはこの社を「つかさどり玉へる上野法親王家の御坊なるよしなり」

この東照宮の由来をいえば、『五街道細見』にはこうある。

「此の山は下野《しもつけ》の名僧勝道上人の開山なるところにして元和二年四月十七日東照神君薨ぜられるや、秀忠公久能山より霊柩を移され給ひ、三代御将軍家光公の時、御孝心に由り、其の御手許金を以て当時の名匠名工を一山に集め寛永十三年見事に造営されたるものなり」

簡にして要を得たもの。

古代から日光山は関東の名山として宗教的霊域であった。二荒山、すなわち男体山（黒髪山）と中禅寺湖、そして滝。人々はそこに神霊を感得し、崇めた。そもそもこの二荒山信仰は霊域自体が、

「紀州熊野山と同じように補陀落《ふだらく》浄土とも考えられていた」（林屋辰三郎「日光への道」——『江戸時代図誌　日光道』'76　筑摩書房刊）。林屋先生は「二荒と補陀落にはその音韻にも共通点があったように、神仏習合の世界のなかで、東国の人々の信仰を集めていたのであった。自然のなかにふかい信仰を見出す古代人のこころが、中世を通じて生きつづけていたといえよう」といわれている。

さきの、「下野の名僧勝道上人」という人は八世紀の山嶽修験者である。上人は延暦元年（七八二）の春、二荒山登頂に成功し、山の神霊を祀る中宮祠と、その神宮寺たる中禅寺を中禅寺湖畔に開く。さきに建てた四本竜寺（現在の日光山輪王寺の前身）の鎮守とし

て二荒山神社を創建。ここに二荒山信仰の基礎がさだまる。東国の人々にとっての浄土は、紀州熊野まで行かずとも二荒山こそ浄土であった。この二荒を音よみにして日光の字をあてたのは空海大師と伝えられる。男体山の霊峰と滝と湖。雄大、森厳な自然は古代から人々に、畏怖と清澄なる法悦を与えてきたのだ。

しかし近世になって東照宮が造営されたので、古来からの山嶽信仰はすっかり徳川家一色に塗り潰されてしまった。元和三年（一六一七）東照社の社殿竣工、はじめは東照社といったが、のち宮号が授けられて東照宮となり、家康は東照大権現という神号で祀られることになる。

家光の代に至って更に大改築し、現在の諸堂が完成する。その背後には慈眼大師・天海の教唆《きょうさ》主導があった。明暦元年（一六五五）にはもと四本竜寺、のちの光明院（天海が貫主となって復興する）に〈輪王寺〉の勅号が下り、守澄《しゅちょう》法親王に輪王寺の宮の称号を賜わった。爾来《じらい》、日光山門跡は法親王が嗣がれることになる。こうして東照宮の権威は定着した。

自然発生的で素朴な山嶽信仰は政治力で捩《ね》じ伏せられ、その信仰と関心の土台を奪われた。〈二荒山〉という言葉の本来持つ霊妙なひびきとイメージを、東照宮は利用したといえよう。

——東照宮の建物を現代で見れば、富と権勢誇示の、壮大な虚仮威《こけおど》しの感があるが、まあ観光客が一驚を喫することは請合いであろう。瑣末こだわり派というか、空白恐怖症というか、全面ぬりつぶし、彫りつぶし芸術というか、その飽くなきエネルギーに感じ入ってしまう。しかしそこに宗教の匂いはない。ただでさえ信仰心うすい現代人が、このドッ派手、キンキラキンの人工的構築物に、宗教的感性を触発されたり、蕩揺《とうよう》されるとは思えない。

江戸時代の庶民たちはどう思って眺めたろう。

宅子さんらは幅の広い石段を上って石の大鳥居にまずおどろく。これは「我国の守《かみ》の慶長のころ建て玉へるなりといふ」。筑前藩主・黒田長政奉献、三丈五尺に及ぶ、日本三大大鳥居の一つ。上には後水尾天皇の御宸筆で「東照大権現」とある。わが郷土の殿さまの献上とあれば宅子さんらもひとしおの感慨、鳥居の柱の銘にも金がちりばめてあったという。

「かしこさよ二荒の宮に出づる日の　ちかき光にあふと思へば　宅子」

左に五重塔、これまた極彩色、若狭藩主・酒井侯の寄進。石段の両脇に二基の大灯籠があった。いずれも南蛮鉄で作られたもの、左は仙台藩主・伊達政宗奉納、右が薩摩藩主・島津侯献上。この二灯籠が、極彩色建造物の中で、

「尤とも上品なり」

とは、清河八郎の『西遊草』での評。

石段をのぼれば仁王門、右に御宝蔵、左に珍しく白木造りの神厩舎《しんきゆうしや》。この長押《なげし》の彫刻は猿で（猿は馬の病いを防ぐといわれ、昔から厩《うまや》に飼われていた）中でも〈見ざる、聞かざる、言わざる〉の三猿は有名だが、宅子さんは書きとどめていない。お社のうるわしさは「申すも恐れ有《ある》ことなり」と。水盤と水盤舎は佐賀藩主・鍋島侯の寄進、諸大名は争って東照宮の権威を高めるため、かつ、わが忠誠を誇示して保身を計らんために奉献する。仁王門の前に番所があり、「是《これ》より男は裃を着て、身の調度はこと〳〵しくとりおきて物す」と宅子さんは書く。かぶりもの、はおりものをぬいで詣でるらしい。宿に案内人をたのむというのは、宿から社僧に申し入れ、社僧発行の手形を門番に示して出入りを許されるということであろう。社殿は奥へゆくほど高くなり、石段でそれはつながれる。朝鮮より奉納の釣鐘や金の燭台、おらんだから寄進の釣灯籠。東照宮、そして公方さまのご威光は海外までに……と宅子さんは感激する。

「日の本の外まで光る二荒山　ふたつとはなき神のみやしろ　　宅子」

日光で最も著名なのは陽明門であろう。日のくれるまで見ても飽きないというところから〈日ぐらしの門〉とも呼ばれ、〈日光を見ずに結構というな〉という、みな人の知る俚《り》諺《げん》を生んだ。ここも極彩色で、唐獅子、竜、唐子《からこ》などがとめどなく氾濫している。

その複雑なる怪奇美に宅子さんは圧倒される。ついで三代将軍の社殿を拝し、二荒山神社をおろがむが、この社は「古き世のふみに下野の国河内の郡、二荒神社とある御社なりといふ」とあって故実にくわしく、関心があるようである。

清河八郎の『西遊草』は男の筆とて漢文調なので歯切れよく明快でわかりやすくていい。

「陽明御門は俗に日暮《ひぐらし》の御門といひて、四方面扇なりのたるき、白粉すり込の柱等にて、種々の彫ものありて、終日みるともあきたらぬ極念入《ごくねんいり》の御門なり。中々書《かき》とむべからず。左右は悉く廊下にて、四方に彫もの有《あり》。梅花、竹などの精工、実《げ》にも天下の良工を集め、天下の名材を用ひしものならん」

「(経堂、御馬屋、神庫《じんこ》)いづれも金銀極彩色にて、細密箇疎相交わり、中々筆力の尽す所にあらず。就中《なかんずく》鍋島侯より奉納の御盥《たらい》あり。石柱のうへに金銀の具を飾り、飛竜の彫ものあり。尤とも人目をよろこばせり」

「(朝鮮、おらんだよりの献納品について)いづれも異国の美、力をきわ《ママ》めたる世にあるまじき精密の品なり」

虚心に感嘆しているが、さすがに観照は冷静に、真相を衝く。

「嗚呼《ああ》、自古《いにしえより》して万世天下を領せる例もあらざれば、千載《せんざい》の後は計りしるべからず。唯《ただ》当世の威光を仰見《ぎょうけん》するには、当山の壮厳《ママ》を一覧してはじめてしるべし」

「一体天下を安治するには威武第一のものにて、威武をあらわ《ママ》すには、人目を驚かす壮麗にあらざれば、世人仰伏《ぎょうふく》せざるもの故、日光なども天下の金財をきわ《ママ》め、美を尽したるものなるべし。是自《おのずか》ら天下を治《おさむ》るの一術、徒らにうつくしきを好むにあらざるもの也」

——私が日光へいったのは芭蕉の『おくのほそ道』取材のためであった。芭蕉は東照宮については注意ぶかく筆をはこび、

「千載未来をさとり給ふにや、今此御光《みひかり》一天にかゞやきて、恩沢八荒《おんたくはっこう》にあふれ、四民安堵の栖《すみか》穏《おだやか》なり。猶憚《はばかり》多くて筆をさし置《おき》ぬ」

そのあとに、「あらたふと青葉若葉の日の光」の句がすえられる。権勢に媚びぬ世外《せがい》人の芭蕉が東照宮の威徳をほめたたえていると解釈するより、「今此御光一天にかゞやきて」はこの一文の前に空海のことがあるので、空海をさすのではないかというのが、林屋先生の解釈である。そういわれれば、「青葉若葉の日の光」は人工美の及びもつかぬ天然自然の美に軍配をあげる気配も感じられる。

あけて四月七日。宅子さんらは朝まだきに七滝を見るべく、二荒山神社に再び詣でる。そこから裏見の滝を見にゆく。滝をうしろから仰ぎ見るなんて、「世にあるべしとも思はざりし」宅子さんは、

「むかし誰《た》がそのつれなさを山姫の　うらみの滝の名にのこしけん　宅子」

そこから下りると、岩つつじ、山蕗、蕨《わらび》、など多かった。町に出て釈迦寺の前の茶店で蓬餅など食べ、今日はお釈迦さまの誕生日とて（『東路日記』に八日の日付がない。七日

の記述が八日であるか）、お寺にまいって灯明を捧げた。宿にかえって、人々に蕨を分け与える。

　さて、かねて日光参詣を心に占めていた久子さんは、

「東照権現の御宮居のうるはしきこと詞に述べんもかしこければ是をいはず」

　それよりも、その左の二荒の神の社に拘《こだ》わっている。

「はじめより坐《ま》せる地主の御神なれバとて日光ノ山をひらき給ふ時千石の御神領を付給ふよしなり。御社のうるはしきこと、家光朝臣の御社に次げり。此ノ御神は東の国々に古より御するゑもいと〳〵広くましますよしなり。されバその心にしめて子孫《うみのこ》の末の栄えをも守り玉ふなるべし。

　　日の本に二つはなしとふ二荒山　しづまる神のひろきめぐみは　　久子」

　つつがなく参詣し得たことを神に感謝し、

「二荒詣での願はこと足りぬ」

　久子さんも宅子さんも、東照宮の豪華にはおどろいたものの、そして公方さまのご威勢を今更のように思ったけれど、それを透《すか》し見て、〈古えよりの神〉の存在を感じているようであった。江戸の庶民は〈古き神〉に敬虔《けいけん》である。

　九日。今日からいよいよ大江戸をめざす。ここから南へ三十六里、

〈いよいよ、お江戸でござすな〉

とみな、勇み立つ。若いハタ吉も、生涯一度のお江戸見物、今までの苦労も吹っとんでしまうようであろう。さすがにこのごろは旅慣れもし、たくましくなったようだ。

日光から二、三里東へ今市、ここで弁当を使う。また二里行って大沢、二里半で徳次郎《とくじら》、野沢を経て宇都宮へ。戸田さま七万八千石の城下町。江戸も顔負けのととのった町なみ。

日光道中第一の繁昌の地、江戸まで二十七里十六丁。ここから奥州街道へつづく。もう少し先へいそごうとて、更に二里ゆき、雀宮《すずめのみや》で泊った。榎屋という宿だった。

十日。この街道は日光街道《みち》ゆえ、お江戸までひとすじ、旅人に便利よく、馬も駕籠もある。一里半いった石橋で馬に乗った。

小金井《こがねい》、新田《しんでん》を過ぎると曠野になる。こがねが原、那須野が原、などと馬子がいう。七里四方あるという曠野。

このあたりから、左手に秀抜な山がみえはじめた。

常陸の筑波山だという。

(筑波山。ああ、東国へきた……)

と宅子さんは心がおどる。

更に右には富士の高嶺さえかすかに見えるではないか。

〈富士のお山が〉

と物に動じない四十《よそ》エモンも、さすがに感慨ぶかげにいう。絵や話では聞くものの、実際に富士山を見ることは西国者にとって一つの人生的事件である。

「面白や左に筑波右に富士　那須野が原の今日の旅路は　宅子」

ゆきゆき、ついに下総の国、猿島の郡、古河《こが》の国府に着く。土井大炊頭《おおいのかみ》さま八万石のご城下、清河八郎は『西遊草』に、

「下野は殊の外人気《じんき》もあらきところなる故、万事につひてを《ママ》くれをきろふ弊風あらわ《ママ》る」

とか、古河については、

「人家の至てあしき町なり」

などと悪口をいうが、松原の間をゆくうち、古河城の城櫓があらわれ、更に富士山も雲表にみえたりして「景色のよき所なり」とほめている。

『東路日記』上巻はここで終る。

お江戸・治まる御代《みよ》は水も濁らず

下総の古河《こが》の宿を五ツというから午前八時に発《た》って一里半で中田《なかた》、利根川を渡ればはや、武蔵の国である。「刀根《とね》川をわたりて関所あり」と宅子さんは涼しい顔で書いているが、これは房の川戸関所、ここは江戸へ入る女は手形不要だからである。江戸より出る女は手形が要る。男は上り下《くだ》りとも不要、泰平の世が続いているのにまだ〈入り鉄砲に出女《でおんな》〉の戒めは存続する空疎な法度は今まで見てきた通り。

やがて栗橋、幸手《さって》、杉戸、粕壁《かすかべ》（現・埼玉県春日部市）、そして荒川を渡れば越ヶ谷。宅子さんらはそこの、はぶ屋という宿に泊った。栗橋を出てひたすら南行、その日も八里以上の旅程だが、このあたりは旅人に便宜多く、馬を利用したかもしれない。「このわたりの人に聞けばけふきし道のわたりを新武蔵といふよしなり」と宅子さんは書きとどめる。もはやお江戸は指呼《しこ》の間《かん》である。

それで思い出したことがある。私は昭和四十七年から九年にかけ、ある新聞に小説を連載していた。この年はまことに繁忙をきわめ、新聞連載を二本、週刊誌一本、あと単発の短・中篇を毎月一、二本書いていたが、その新聞連載の一本に『求婚旅行』があった。登場人物の男性の一人に、東京転勤という辞令が下りる。私は東京のサラリーマンの実態には不敏で（不敏なのになぜ書くのか、ということになるが……そして大阪のサラリーマン事情にも私は不案内なのであるが）、連載紙の文化部の担当記者氏に相談した。そこで彼は春日部あたりから通勤して、大手町のビルに勤めて——という設定を提案してくれた。

それで私は春日部という名をおぼえたのである。行ってみるとのんびりした郊外であった。また勤務先についても、担当記者氏が心当りの知人の会社へ私を伴い、取材させてくれた。一社は雑駁なる雑居ビルにある会社で、会ってくれた男性は闊達に社内を案内し、業務の概略を説明し、自分は小説を読む趣味は有しないが、しかし私の書いたものが本になれば読む、と約束してくれた。

その時点で、すでに連載は半年を閲《けみ》していた。しかも作者の私がいうのもナンであるが、わりに評判よく、文化部自体も担当記者氏も気をよくしており、それでこの度の東京取材にも快く協力してくれたのである。

担当記者氏はそれを強調した。相手の男性はその新聞は毎日目を通しているが、小説欄には関心がないので気付かなかったよし、〈なにしろ小説には弱いんでね〉と呵々大笑する。そのたたずまいには私に不快を催させるものはなく、私も一緒になって笑ってしまった。

もう一社は絵に描いたような、最先端のハイテクの会社で、ハイカラでめざましかった。しかしここは、担当記者氏が目あての人に訪問の目的を語りかけた途端に、その中年男性は舌を震わせて畏怖し、顔色を変え、とんでもない、というふうに手を振って、〃見学〃も〃取材〃も拒否した。私のように経済オンチ、会社組織オンチの人間が何を見たって、すべて皮相浅薄な視察にすぎず、何をおもんぱかって擯斥《ひんせき》するのであろうと不審だったが、これは〈物書き〉というもののありかたに過剰反応したのだろう。

そのころ、ある業界や組織の悪を摘発する小説が流行《はや》ったことがあり、その中年男性は羹《あつもの》に懲りて膾《なます》を吹く、というところで、〈物書き〉に嫌悪感をもって忌避したのであろう。

――それもいまは愉快な思い出だ。『求婚旅行』は〈好評につき日延べ〉を新聞社から申し渡され、半年間延ばすのに苦労した、たのしい思い出をもたらした。

現代では春日部あたりは通勤圏かもしれないが、宅子さんはお江戸を目前にして一泊。明けれぱ四月十二日（陽暦六月一日）。一里三十丁ばかりいって草加《そうか》、また二里あまりで千住《せんじゅ》に着く。

千住といえば俳句に心寄せる人は誰しも思い浮べるのは芭蕉の『おくのほそ道』旅立ちの文章であろう。元禄二年（一六八九）四十六歳の芭蕉は、曾良を伴って深川から舟で出で立ち、昼前に千住に上陸する。見送りの人も同じく舟でここまで送った。ここから芭蕉はみちのくへ徒歩《かち》の旅をはじめるのである。

「千住といふところにて舟をあがれば、前途三千里の思ひ胸にふさがりて、幻のちまたに離別の泪《なみだ》をそそぐ。

　行く春や鳥啼き魚《うを》の目は泪《なみだ》

これを矢立《やたて》のはじめとして、行く道なほ進まず。人々は途中に立ちならびて、うしろかげの見ゆるまではと見送るなるべし」

——しかし宅子さんはそれをしるさず、ここには罪人の仕置場として有名な小塚っ原がある、念仏柱など立ててあり、「罪人を物する所なるよしなり」と典雅に触れるのみ。

　歌人の宅子さんとしては、このあたりを流れる隅田川なる歌枕を見ることこそ、ふかい感懐であったろう。

〈おお、これが隅田川でござっするな〉

〈みやこ鳥も、ほら、あすこに、しれよります〉

　と女人たちは感に堪えない。

「おもひ出《いず》るむかしは遠しみやこ鳥　われは筑紫の事をとはばや　宅子」

これは勿論、『伊勢物語』の業平の歌の本歌取りである。業平一行は隅田川を渡ろうとして、ここを越えれば更に都は遠くなると懐郷の思いにうちひしがれていると、渡守が無情にも、早く乗れ、日が暮れると促す。みな、都に残した人もあれば侘しさ限りない。折しも「しろき鳥の嘴《はし》と脚とあかき、鴫《しぎ》のおほきさなる、水のうへに遊びつつ魚《いを》をくふ。京《みやこ》

には見えぬ鳥なれば、みな人見知らず。渡守に問ひければ、『これなむ都鳥』といふを聞きて、

名にしおはばいざこと問はむ都鳥
　わが思ふ人は在《あ》りやなしやと

とよめりければ、舟こぞりて泣きにけり」

――『伊勢物語』というのは、一見稚拙で簡略な文章ながら、やたらと人に感懐を強い、自失させる文学である。「しろき鳥の嘴と脚とあかき、鴫のおほきさなる」という形容もまどろっこしく、不器用である。『源氏物語』あたりなら、もっと手綺麗に巧者に形容するだろうが、その稚拙ぶりがかえって人を搏《う》つ。

読者も「こぞりて泣きにけり」という感じになってしまう。

更に宅子さんは、

「こゝに大橋あり、是を渡りて大江戸のうちへ入る」

としるすが、是なん、千住大橋。今は車、自転車、トラック、絡繹《らくえき》として賑わしいが、宅子さんのころの千住大橋を偲ぶとすれば、廣重の『名所江戸百景』(「千住乃大はし」)であろうか。これは安政三年(一八五六)から五年にかけて魚栄板『名所江戸百景』として出たものだが、ちょうど宅子さんらが見た江戸より十五年後である。されば、それほどの変化もないだろう。もとより私に原画など入手できようはずもなく、手もとにあるのは

共同通信社版の原画大の復刻と、暮しの手帖社刊の『廣重名所江戸百景〝新印刷による〟』（’91）である。前者は高橋誠一郎解説、後者は河津一哉解説。

千住大橋は家康入府以来、隅田川にはじめてかけられた橋という。江戸市中からこれを渡れば、日光、奥州、水戸へ向う。

暮しの手帖社刊の解説には、最後の将軍慶喜が水戸で蟄居《ちつきょ》謹慎するため、上野寛永寺を出てこの橋をわたったのは慶応四年（一八六八）四月であったと書かれている。

廣重の絵より十二年後。

宅子さんが渡ったときより二十七年後。

その様子は『新聞集成　明治編年史』（’36）第一巻、慶応四年閏四月二十五日の「内外新報」によれば、

「安藤家の士、水戸街道にて、大君の御旅行を見るに、打上戸《うちあげど》網代《あじろ》の御駕籠にて御簾を上げ、黒縮緬御紋付の御羽織を被《め》レ召《され》、御腕組を被《あそば》レ遊《され》、御槍一本も無レ之、其在様《ありさま》を見奉りて涙を流さゞるはなし、御先へ杖払体の者、制止ノ声相懸《あいかけ》候のみにて、御供の中にては声懸候者なし、乍レ去《さりながら》、何れも平伏罷在《まかりあり》候よし」

廣重の絵には千住大橋を渡る旅人や町人が描かれ、白帆もみえるが都鳥はいない。しかし「芝うらの風景」にはくちばしの赤い都鳥（ゆりかもめ）も描かれているので、千住大橋の上にも翼を並べていたであろう。——さて隅田川の川辺より七、八丁、西へ入ると浅

草の観音さま、「あつまる人ことばにのべがたし」とて、

「参り来る人のこゝろは浅からず　浅草寺のほとけ頼みて　　宅子」

「武蔵野や浅草寺の浅からぬ　教への道をきくがうれしさ　　久子」

浅草寺はたまたま二十五年目の開帳ということで、珍しいものもいろいろ出ていたらしく、一同を喜ばせた。

「めぐりあふ浅草寺のみ仏の　けふの御法《みのり》もふかき契りか　　宅子」

浅草寺は寺領五百石、巨大な雷門をくぐりぬけてゆくと左右にひしめく数多の支院、五重塔。

「詣《もう》づる人市《いち》のごとし。奥山より表の雷門までの間惣《そう》じて年若き女、名物の楊枝《ようじ》をうることおびたゞし」は久子さんの『二荒詣《ふたらもうで》日記』——楊枝は当時の歯ブラシで、柳をよしとし、そのほか桃、杉、黒文字なども。どの店も美人を置いて売上げを競った。

「見世物いろ〳〵にしてかぶき芝居など、かぞへつくしがたし」と宅子さんは書くが、何しろお江戸へ入るなり、殷賑《いんしん》、喧騒の坩堝《るつぼ》へ投げこまれたのだから、みなみな、目を丸くするばかりであろう。手品や早替り、独楽《こま》廻しの大道芸、どれも黒山の人だかり。

上野の寛永寺へ詣れば広小路の広大なこと。

「げに目もおよびがたくなん」「すべて目ざましきさま詞につくしがたく」不忍池の亀や蓮に興を催す。京の都の東北、鬼門に比叡山があって皇都を守る如く、ここも江城の鬼門

を守る霊区として東叡山寛永寺が草創されている。宅子さんは深くうなずく。

「東路に都の比叡《ひえ》の山かげも　うつせば神の光とぞなる　宅子」

不忍池のそばの茶屋に休んだ。「物たうべなどするころ」とあるから、茶飯《ちゃめし》か、わらび餅、白玉などを楽しんだかしら。そのうちに雨が降り出したので、案内人に誘われ、馬喰《ばくろ》町の三河屋へ泊った。その夜は誰も誰も、ぐっすり眠りにおちたことであろう。

ところで宅子さんよりややのちの年代（正確には二十一年後）、文久二年（一八六二）一月に羽州置賜郡《おきたまぐん》、歌丸村の百姓、梅津猪五郎なる人が七十余日かけて参宮旅行をし、記録を残している。

猪五郎さんから数えて五代目に当る子孫の梅津和夫氏がこのほど『参宮順道記』としてその飜刻を刊行された。私はその記事を新聞（「日経」'99・8・11）で読み、たまたま宅子さんらの旅行と時期が遠くないのを知って興を催し、つてを求めてその自費出版の立派な『猪五郎の伊勢まいりガイドブック』を入手した。

猪五郎さん三十七歳の旅である。農閑期の一月、近隣の縁者十人を語らい、当時ブームの伊勢まいりを思い立つ。羽前の国・歌丸村を出て奥州街道を南下、日光見物をすませ、江戸入り、ここで三日逗留して江戸見物を満喫する。そこから東海道をゆき伊勢まいり、しかし当時の庶民は、宿願の伊勢参宮を果したあと、ついでに上方、四国と足をのばす者が多い。猪五郎さんたちもその例に洩れず大坂・京、兵庫・四国を見て、帰路は中仙道から北国街道をとって善光寺へ。北陸道を北上して帰郷する。宅子さんらが北上したのに対し、猪五郎さんたちは南下してのコースであるが、参詣拠点は、お伊勢さん・善光寺さん・日光、とこれが庶民の三点セットであるらしい（四国の金毘羅《こんぴら》さんも加え、四点セットとなれば完璧）。――観光スポットはお江戸・大坂・京、というところであろう。

猪五郎さんは淳朴な百姓であるから、その手控えノートは宅子さん風のみやびな歌日記とことかわり、実質的で事務的である。しかし気心知れた縁者同士の、男ばかりの旅、それも一世一代の大旅行とて、いかにもたのしい心はずみもうかがわれ、面白い読み物にもなっている。

また、せっかくの貴重で豊富な体験・知見を、のちの旅行者のために役立てたいと思い立つのも、いかにも人生中堅のしっかりした男の発想であろう、親切な旅の心得がこまごま記されるが、その堅実な社会人の節度が好感を呼ぶ。猪五郎さんは書く。

「教訓可《が》ましく候へと（ど）も、智有《ある》人者笑《は》ひ草、初心能《の》一助となれ可《か》しと粗筆を馳《は》せ於《お》王《わ》ん」

さて、その猪五郎さんが泊ったのも馬喰町の宿。「奥州街道に沿い、江戸以前からすでに町屋の開かれたところで、旅籠屋が軒を並べている」（『文政江戸町細見』犬塚稔　'85雄山閣出版刊――ついでにいうと、犬塚さんは映画のシナリオライター。それゆえ、文政の「江戸市民の生活の背景を鳥瞰《ちょうかん》せん」と欲して筆を執られたこの本の、くわしいったら、ない。時代劇を得意とされたから……）

宅子さんは三河屋という宿、猪五郎さんらは米沢屋であった。馬喰町の宿屋というのは大体が「田舎者向きの安旅籠である」（『川柳江戸砂子』今井卯木 '30〜'31 春陽堂刊）。江戸末期の喜田川守貞『守貞漫稿』によれば、食事は二食付二百四十八文、ほかの宿屋のように各部屋に食事を運ばず、「衆客を台所に集めて食せしむ」という具合。お風呂も自家用でなく、湯札を出して近くの銭湯にいかせる。馬喰町の旅籠は公事宿《くじやど》、つまり裁判や訴訟ごとの関係で泊る旅人が多く、また遊山客も簡便を喜んで利用する者が多かった。

団体客なれば、それでよいことであろう。いうなら、ビジネスホテルである。

「馬喰丁ぱきり〳〵と手をたゝき」（『誹風柳多留』三—21）はいかにも頑健な百姓親爺の、ごついてのひらを暗示する川柳。ポンポンと柔媚な音はたてない。

「馬喰丁諸国の利非の寄る所」（同三八—38）は、公事宿を示唆する面白い表現。

「馬喰丁死んだ役者の絵など買ひ」（同一二—20）は江戸土産の浮世絵を宿へも売りにくる、ぬけめない物売りがいたか。

そういう、猥雑にして賑々《にぎにぎ》しい宿に泊る宅子さんらも、中々にしたたかな人生のベテランというべきであろう。見物逗留中は宿屋の贅《おご》りも要らざる見栄と費《つい》え、日中はどうせ、足をそらにほっつき歩き、宿にはいないのだ。

さて、猪五郎さんたちは、江戸見物としてはまず江戸城、それにご領主・米沢藩の上杉さま上屋敷ほか、陸奥・仙台藩、伊達さまのお屋敷はじめ、さまざまの大名邸、寺社仏閣、盛り場など見物しているが、男性グループのせいか芝居見物はしなかったようである。

宅子さんたちは、浅草見物の翌日、つまり江戸の第一夜を過した朝、雨にあう。

「雨なほやまざれば、四五丁ばかり南なる堺町のかぶき芝居を見る」ということになった嬉しさ。

江戸の芝居は絵島・生島事件で山村座が取り潰されて以来、中村座・市村座・森田座が官許の三座として櫓を上げていた。堺町には中村座、葺屋《ふきや》町に市村座、森田座は木挽《こびき》町にあった。しかしこの頃、森田座は休座のはずで、控え櫓《やぐら》の河原崎座が隆盛のはず。

宅子さんらの江戸見物のすこしあと、つまり天保十三年（一八四二）には三座とも浅草へ移されている（天保の改革による）。観音さまの斜め後ろの地で、そこが猿若町と呼ばれるようになる。あたりに古い池があり、早速、川柳子の諧謔。

「古池へ歌舞伎飛込《こ》水の音」（『江戸歌舞伎図鑑』高橋幹夫　'95　芙蓉書房出版刊）

従って宅子さんらの時はまだ堺町葺屋町に芝居小屋はある。堺町の歌舞伎を見たとあるので中村座だろうか、演《だ》しものは『歌舞伎年表』（伊原敏郎　'56～'73　岩波書店刊）で見ると、「堺開帳三升花衣」――海老蔵らが出演。

これこそ、お江戸へ出てきた甲斐があるというもの。

早くからみなみな、興奮を抑えかねる面持ち。国許でも芝居は見たものの、お江戸とは比較になるまい。中村座の、黒色柿色白色の定式幕の前で上気《のぼ》せつつ、

〈どうしたまあ、人の多かこと〉

〈見物人に男衆の多かこと〉

〈あたいの番付《ばんづきや》、はて、どこさいったかしらん〉

〈はいはい、ここにござすばい〉

〈やれ、うれしか、お江戸で芝居ば見たちゅう、故郷《くに》の人に自慢の証拠でござすもん〉

〈それよりゃ、年のいってからの自慢ばなしのたねになりますばい〉

〈なんの、年のいって自慢話ばするたあ、まだ、ちいた、将来《さき》のことですたい〉

みなみな笑い崩れ、さざめいて開幕をまつ。やがて、カチーンカチーンと柝《き》の音。……

「たのしみのさかひに入るぞおもしろき　草の枕の憂きをわすれて　宅子」

その夜の女人たちのおしゃべりこそ、かしましかったであろうが、それは三十一文字の優婉とは別次元の世界であったらしく、宅子さんは書き留めていない。私のような雑駁な読者にすれば、そういうたぐいの狂言綺語《きようげんきご》こそ知りたいと思うのであるが。……

しかし芝居に熱狂する観客の女たちを見るのもめざましかったろう。老いたるあり若きあり、箱入娘ふう、お俠《きやん》な町娘ふう、仇《あだ》っぽい芸者衆、商家の内儀、伝法な長屋のおかみさんたちをかいまみて、筑前の女人衆も江戸女に親近感をもったのではなかろうか。江戸

女たちの潑剌《はつらつ》たる活気は、九州女の生々たるバイタリティによく拮抗《きっこう》したであろう。

あければ十四日、快晴の初夏の空。案内人を頼んで、江戸城の御門を見にゆく。大伝馬町から、本町、常盤橋を過ぎ、江戸城へ登城する国々の殿さまの行列を見る。「御供の人の行き交ふさま目もはるかにて、そのひろきこと筆にもつくしがたし」

霞が関に出れば、ここには「わが国の殿の御屋舗《やしき》あり」――これは廣重の『名所江戸百景』にある。正月の「霞がせ紀《き》」風景。

外桜田の絵図である。まっすぐゆけば江戸城桜田門につき当る通りの、左に松平美濃守さま（筑前、黒田侯）松平安芸守さま（広島、浅野侯）のお邸があった。絵は正月で、白いなまこ塀の黒田さまお邸には巨大な門松が天を圧して立てられている。礼服の武士、大神楽の一行。急坂の彼方に家々が見え、海には白帆。

藍色の天空に揚がる凧。――しかし今は初夏、蒼天のもと広大な殿さまのお邸を見て、宅子さんらはいかにも誇らしくなつかしかったが、「しのび〳〵の旅なればかしこみてこゝをすぐ」。往来手形を持たぬ大胆な旅なので、何となく気が置かれて、こそこそ過ぎる。ここから富士がみえた。

「春過ぎて夏も霞の関なれば　富士のみ雪もおぼろげに見ゆ　宅子」

なおゆきゆき、虎の門、新橋から愛宕《あたご》社に詣で、「この山より見え渡る限り、武蔵野といへる所にやあらん」――民のかまどの古歌を思い出しつつ増上寺へ。増上寺は町の東北の寛永寺に対置する、南西・裏鬼門の鎮め。ここも徳川家の菩提寺である。将軍家の御霊屋《おたまや》を拝めば、御門の金の飾りがことにも美しかった。

門前を出てすぐ、左に千木を頂く神の社が緑の松の間から拝まれる。これが神明町の神明宮。ここも廣重の絵の「芝神明　増上寺」で美しく描かれる。神明宮は古いお社で、江戸のお伊勢さん信仰の中心である。

この廣重の絵で面白いのは、前面に江戸見物の男女とりまぜ十一人ほどのお上りさんが描かれていることだ。いずれも脚絆に草鞋ばき、女も男も尻端折り、白い笠に杖、手拭いをあたまにかぶって荷を背にくくりつけ、初老中年の一行、増上寺の赤い門を背に、今しもがやがやと出てくる。いかにもお上りさんふう。

そのあとにつづく托鉢の一行は、説明によれば増上寺の〈七ツ坊主〉とのこと。『絵本江戸風俗往来』（菊池貴一郎著　鈴木棠三編　'65　平凡社東洋文庫）によれば、増上寺の所化僧《しょけそう》が日々の課業終って日暮七ツ時となると、十人二十人組んで市中へ托鉢に出る。尤も増上寺山内は豊かなので托鉢とはいえ、これは修行なりという。血気の僧たちなので事あれかしとまちかまえ、「托鉢は名のみにして、実は大道横行する者を懲《こら》しめんことを専らとす。されば事あるに臨みては一歩も譲らず、進んで敵を挫《くじ》きて帰山するを誉《ほまれ》とはなしたり」。諸侯の供先や辻固めの番士らといさかうのを好んだという。七ツどきに出るので江戸町民は〈七ツ坊主〉と呼んだというが、宅子さんの時にもいたのかどうか。宅子さんは神明宮に詣でて、殊勝に歌を詠む。

「万代もあづまのみかど照らさんと　日霎《ひるめ》の神は宮はじめけむ　宅子」

東国でも皇大神宮信仰が篤いことを宅子さんは喜ぶ。

金杉橋を渡って南へ二十丁、泉岳寺に詣った。〈大石ぬし〉の墓にも詣り（多分にそれは歌舞伎の影響であろうが）、烈士の奮闘の人生に涙をそそいだ。

その日も馬喰町泊り。

明けて十五日。この日は隅田川の永代橋を渡った。この賑わいときたら、「詞に述べがたし」。隅田川にかかる最も下流の橋、この橋はまた、文化四年（一八〇七）深川富岡八幡の祭礼の日に群衆の重みに堪えず崩落した事件でも有名。そして本懐を遂げた赤穂義士が泉岳寺へ渡っていった橋でもあった。

この日、宅子さんらは再度の歌舞伎見物にゆく。このたびは木挽町だったというから河原崎座であろう。演しものは「一谷嫩《ふたば》軍記」である。団十郎、紫若、訥弁ら、とある。二番目は「八幡鐘如念《うらみの》短夜」、大切り浄瑠璃は「心中浮名の鮫鞘」

宿に帰ると、とっぷり暮れていた（久子さんの『二荒詣日記』はここで上巻を終っている）。この日の感激も前回に劣らなかったろう。

ところで東北男ら、猪五郎さんの一行はお芝居に関係ない旅であったが、例の『西遊草』の清河八郎はどうかというと、名古屋で芝居を見ている。八郎の旅した安政二年（一八五五）の頃は名古屋の芝居小屋が衰微しており、若宮境内での芝居がさかんだった。八郎は芝居は嫌いで「馬鹿［ら］しく思ひ、終《つ》ひ一度も見物せし事なかりし」という具合だったが、八郎の母は女の常とて「殊の外芝居を好み」というふう。八郎はやさしい男だから、「女子のたのしみ尤《もっとも》の事なり」と理解を示している。

母は大坂でも芝居に足を運んだが、折悪しく、あまりいい舞台ではなかった。しかし「名古屋は人の見物、目のききたるよしにて、役者も別して力を尽すとぞ」――海老蔵、菊五郎らが出るというので、ついに八郎も見物する気になる。

「終日小屋に欝陶《うっとう》《ママ》しながら見物するに、我等もなるほど上手に見ゆれば、母は別して面白くあらんと思われき。誠に子供のわざなるたわ《ママ》むれ事とは言《いい》ながら、たくみにまねる事故、人心を感慨さする事、男子といへども或は落涙に及《およぶ》ものままあり。眼前に善をすすめ悪をこらす、昔《むか》しの事を見物するなれば、少益なきにあらざれども、婦女子ども返《かえつ》て無頼《ぶらい》の念を起すもの、ま［ま］あれば、人によりては無益ともなり、有益とも相成《あいなる》なり。中にも海老蔵、菊五郎は別して上手に見へ《ママ》たり。見物甚だ多くして、あつき事身をやるにところなく、殆どこまりけるゆへ《ママ》、一寸《ちょっと》一盃傾けしに、猶更《なおさら》胸中たへがたく、苦しみありき」

真夏の観劇であった。仮小屋ふうのたてものなので、環境良好といいがたい。しかし八郎はその翌日も母の気持を察してやり、再び同行する。八郎は一度見た芝居にはもう興味はないが、芝居好きは「何日となく見るあり」と呆れている。午後四時頃に青天にわかにかきくもって大雨が降ってきた。芝居小屋には雨漏りはげしく、芝居も一時中止、観客は雨を避けて大騒動、しかし驟雨のことゆえ、しばらくして晴れた。何がなんでももうこれで芝居はこのまま止めるのだろうと八郎は思ったが、また再開したとおどろいている。

八郎の話に横すべりしているうち、宅子さんらは十六日になって、馬喰町の宿・三河屋を辞しているではないか。江戸出立ではなく宿を替えるらしい。三河屋のあるじは〈お土産に〉とて錦絵をくれた。江戸の土産としては嵩《かさ》ばらず、しかも国許でも喜ばれるとて、一番のもの、多色刷浮世絵版画である。

馬喰町から移ったのは北新堀の宮川屋という宿である。ここは郷里の陶器商人たちの常宿であった。宮川屋の待遇も下へもおかぬもてなしで、ここでも上底井野の〈小松屋のご寮《りょう》人さん〉はたいへんな顔である。もちろん前以て小松屋当主こと、宅子さんの夫・清七から懇切な連絡が届けられ、一行をよろしくとの心くばりはゆきとどいていたであろうが。応じて宮川屋も、「いといと、ねもころにあるじまうけす」という按配。

その宿で郷里の人にあった。油屋なにがしというが、これも陶器を扱う人であるかもしれない。商用上京中であったのか、

「ゆくりなく出合《であい》て、嬉しさかぎりなくなん。かたみに我里の物語などして時うつりぬ」

宅子さんらは宮川屋の好意で案内人をつけて貰い、更にまたお江戸見物を続けることになるのだが、この宮川屋に身を寄せたのはそれだけではない、このあと上方《かみがた》へ戻るについての、情報網に頼ったのである。男の旅人は大手を振って東海道を往来できるが、女人には〈越すに越されぬ〉天下の関所が二つある、箱根の関と新居の関、どうやら宮川屋はそのへんの情報を握っているらしい。

宅子さん一行と宮川屋の間にどんな話があったやら、一同は、深川八幡、洲崎の弁財天、両国橋などと浮かれて出歩く。両国橋は大川の中ほどに架かり、西両国広小路・吉川町から、本所本（元）町に渡る橋である。長さ九十六間、幅四間。武蔵・下総《しもうさ》（本所もともとは下総に属した）両《ふた》つの国にまたがるとて両国橋、橋の東西の広小路は防災上の広場であるが、繁華街である。

「二国《ふたくに》の中をながるゝ隅田川　をさまる御代は水もにごらず　宅子」

ここから山谷土手を通って新吉原の昼見世を見にいきませんか、と案内人にいわれ、あい、吉原はぜひ話の家苞《いえづと》に、と、宅子さんは手を拍って勇み立つ。

「土産のうちへ入れる吉原」（『誹諧武玉川』六―18）

この先のお関所、特に箱根の規律は峻烈厳正、どうやって法の網をくぐるのか、その成算ありやなしや、肝太き女人ではある。

江戸の男たちのあこがれである吉原は、江戸の場末といっていい浅草の田圃のまん中にある。お江戸の中心街からいえば北のはずれ、しかしこの北里《ほくり》温柔郷《おんじゅうきょう》に寄せる、当時の男たちの熱いときめき、渇仰を何といおう。現代ではその気分をちょっと捉えにくいのではあるまいか。

吉原は単に人肉市場の遊廓ではなく、江戸文化の淵叢《えんそう》——というと、言い古されたことであるが、まさにここは〈江戸の華〉というべき、生々潑剌たる文化の発信地である。流行のファッション、料理、音曲、嗜好、気《き》っ風《ぷ》、更に遊里での慣習や黙契（その中には遊女たちの手練手管も入るだろう）、——それらをひっくるめた桃源郷で、男たちは束の間の夢をみる。

「貧乏のかくしごっこは仲之町」（『誹風柳多留』二〇—33）

文人は詩嚢《しのう》を肥やし、ここを社交場とする。戯作、俳諧、川柳など江戸文芸は吉原の濃密な温気《うんき》の中で開花する。人集めのアトラクションにも事欠かぬ。年中行事の三月の桜、七月の七夕、灯籠、八月の八朔、この廓《さと》の逸興は果知らぬものの如し。

そういう世界は、世にいう悪所ゆえ、〈別に幽愁暗恨の生ずるあり〉——武士も恋の深みにはまって心中し、町人も人生を蕩尽《とうじん》して、呆然と虚《うつ》け顔で空を仰ぐのである。

「吉原や宿なし共が夢の跡」（同一一九—27）

宅子さんらは吉原の晴れやかなイメージしか持たず、それを満喫せんとおもむくのである。

この吉原はもとより新吉原である。江戸幕府の創立とともにいまの人形町にできたのが元吉原、明暦三年（一六五七）の大火のあとで浅草日本堤へ移されたのが新吉原。浅草御門前から宅子さんらは北をさして八丁、「花川戸といふ所をすぎ、山谷土手なんどいふ処を通りて」とあるから、助六のせりふではないが〈通いなれたる土手八丁〉、徒歩でくりこんだのである。遊客は、早く早くと気がせくままに駕籠や猪牙舟《ちょきぶね》でめざす。この猪牙舟の風趣がいい。

男たちは柳橋の舟宿でかるく飲み、宿の女将に送られて大川を漕ぎのぼる。文字通り飛ぶように走る猪牙も遊客の心はずみには遅い舟足。この隅田川から南東に流れるのが山谷堀、やがて日本堤であがって吉原大門《おおもん》をめざす。猪牙舟の川柳にはいい句が多いが、私の好きなのは、

「猪牙の文《ふみ》へんぽんとしてよんで行《ゆき》」（同一三―33）

遊女の文を読んで心もそぞろ、しかし妓《おんな》の文はたいてい、

「なつかしくゆかしくそして金と書《かき》」（同一三―14）というところだろう。

日本堤から吉原へはいる角に見かえり柳がある。土堤には掛茶屋、昼から人影は絶えない。見かえり柳を左折して衣紋《えもん》坂、遊客はここで衣紋をつくろう、と。その奥がいよいよ

吉原大門。浮世絵などでみると板葺きの冠木門《かぶきもん》。吉原はこの門一つのみ、ぐるりにお歯黒どぶを引きめぐらせ、中央大通が仲之町。三月は桜を植えて人々は花見を楽しむが、花どきが終ると引っこぬかれてしまう。

「吉原は桜さへ実はもたぬとこ」(同三二―9)

宅子さんたちが吉原へ足を踏み入れたのは、すでに四月十六日、桜はないが〈ものいう花〉、美しい女たちがいた。両側に並ぶ引手茶屋、二階建てのみごとな大廈《たいか》高楼である。表通りに面して畳敷の縁がめぐらされ、格子には遊女が並ぶ。

「うかれめどもあまた、格子のひま〱より見ゆるさま、うつくし」

髪型、櫛・笄《こうがい》・着物、何を見ても宅子さんらは目を奪われてしまう。

〈どうした、美しか!〉

〈人気の高いはずたい。江戸で日に千両落つるとこちゃ、吉原《ここ》と芝居町と魚河岸ちいますもんね〉

何を目にしても美しく珍しく、宅子さんらの足はすすまなかったろう。しかもそこへ更に観光客の視線を奪うのは次から次へとくる花魁《おいらん》道中である。大傘をさしかけさせ、両脇に禿《かむろ》、新造をしたがえ、練りあるき、それぞれの茶屋茶屋に入ってゆく。その豪奢な裲襠《うちかけ》もさりながら、このころの花魁道中もやはり、外八文字に闊歩したのであろうか。緋縮緬《ひぢりめん》の二布《ふたの》をひるがえし、大胆な外八文字にあるき、白い足首もちらりと、時には高腿のあた

りまで拝めたときは、男というもの、
「明日首切らるる銀にても、手前にあらば遣ふ事ぞかし」(『新吉原つね〳〵草』——『江戸生活事典』稲垣史生編　'59　青蛙房刊)

花魁はすべて素足で、〈にんにくの皮をむいたような白い踵《きびす》〉が自慢であったらしい。足袋をはくのは禿だけ、

「吉原の足袋屋禿が得意なり」(『誹風柳多留』一一一—20)

宅子さんたちは仲之町の柳屋という引手茶屋へ入った。これは宿の宮川屋が案内人に示唆したものであろう。ここで男客なら一ぱい飲んで芸者衆を呼び、三味、笛太鼓でにぎやかに盛りあがって、さてお馴染みの遊女屋へ赴くところ。遊女にも店にもランクがあって、この煩雑さをたのしむのが吉原の遊興であるらしい。

どうも、らしい、らしい、とあやふやな記述で申しわけないが、この遊里のしきたりやルールは後世の我々、殊に色里の機微にうとい私にはよくのみこめない。宅子さんは櫃《ひつ》のようなものを多くこの茶屋にかつぎこんでいた、というが、これは花魁の寝具だろうか。宅子さんは花魁の美しさに感じ入って歌をよむ。

「見るだにも心うかるゝ面影を　たが河竹のしづむとはいふ　宅子」

浮き河竹の流れの身ではあるけれど、この傾城《けいせい》たちの、誇りたかさはどうだろう。宅子さんはそのプライドに共感している。金や権勢になびかなかった昔の遊女の気概は、この

時代では伝説になっていたかもしれないけれど、気位高さこそ、遊女の誇り、もちろん、こういう傾城は最高クラスのそれであろうけれど。

そういう女たちのおもざしは……やはりここは、春信の清麗、歌麿の温柔よりも、英泉描く、きりっとした権高な美貌がふさわしい。ちょいと毒性《どくしよう》な本然の性《さが》をちらつかせ、猫の目のように気が変るけれども生れついての男好き、だまして賺《すか》して悋気《りんき》してみせ、男が有頂天になって身代限りしたところで、金の切れ目は縁の切れ目と冷く抛《ほう》り出す。——

この吉原にはそんな高級花魁のいる大籬《おおまがき》とは別に、お歯黒どぶに沿うた東西の河岸に切見世という最下等の女郎屋もある。その上クラスが庶民向きということだろうか。

この庶民向き階層のレディたちはどんな後半生を送ったのかと思われるが、これが心配したものでもなく、案外したたかに生きていたのは、式亭三馬の『浮世風呂』なんかをみても分る。男は何かの細工師らしい。吉原で馴れそめた女郎、勤めの年季もあけて一緒になる。その女郎あがりの嫁を、姑ばばが風呂屋の中で知り合いの婆さんに愚痴っている。姑ばばは、息子がつれてきた女を、商売女あがりだから、大方、子もできまい、縫物なども教えたらちっとずつでもするようになろうかと期待したが、これがひどい見込みちがい、息子の先妻が置いていった子が三人いるところへ今度の嫁が続けて二人、息子は大酒くらいの怠けもの、三日も五日も仕事せぬ、嫁は長屋中で評判の〈引きずり〉——おしゃれに熱心で、嫁の仕事は抛ったらかし、

「うぬが嬰児《がき》にはかまはねへで髪頭《かみかしら》ばつかり作り立《たつ》て、亭主《ていし》にはぼろを下《さげ》させるか、屎《くそ》小便もかけながしで、繦褓《しめし》を一ツ洗ふではなし。飯を食へば膳をつき出してモウ嬰児を脊《し》負《よい》出す。誰も仕人《して》がねへから、せうことなしにおれが取り始末をすればの、大勢の子持を権《けん》に借《かつ》て、内の事は一葉《ひとつば》も構はねへ。誰《だ》が大勢子を持てといふもんか。手《てん》〳〵の好《すき》で子を拵《こせへ》て自慢らしい。あきれもしねへといふことさ。あのまアざまを見なせへ。おめへの方へも行《いく》だらうが、椎茸さん、干瓢さんといふ天窓《あたま》をして、なけ無《なし》の一ツてうらを着殺《きごろし》に着《き》切《きつ》て仕まふだ。着物ものおめへ、身じんまくをよくすれば、じゞむさくもなく、小ざつぱりと洗濯ものが着られるのだはな。洗濯物は置け、針をひとつ持《もつ》すべをしらねへだ」（ママ省略・以下同）

この姑ばばの批判もかなり辛辣であるが、姑ばばが描出する、女郎あがりの細工職人の妻のたたずまいが、まことに生彩に富んで痛快。

「出来ずともいゝ子は出来て、ようかし雑巾の張返しも手にのらねへ。針を一本持《もた》せると、畳屋さんが端《へり》をさすやうだ。口は達者にベヱら〳〵しやべつて、人が一言いへば十言程づゝ口答《くちごてへ》をするが、ホンニ〳〵、肝の煎《いれ》た事よ。聞《きき》なせへ塗盆の上で鰹節《かつぶし》を掻《かい》たり、敷居の上へ吹殻《ふきがら》をはたいたり、当《あた》り合《ゑへ》のものを枕にして、いけずう〳〵と昼寐さ。火鉢の中へはぴよつぴよと痰を吐て灰《はい》でぐる〳〵と転がしての、丸いものをいくらも拵《こせへ》て置《おく》から、おれが跡から廻つては堀出《ほりだ》して捨《すて》れば、いぢにかゝつてお竈《へつゝい》さまへ涶《つばき》を吐《はく》はな。宵つぱりの朝寐坊ときてゐるから、人を集めておもしろくもねへ芝居ばなしを、べヱん〳〵としてそのあげくは寒《さぶ》からぶつかけ（田辺注・かけそば）を食《くひ》てへのと、さんざつぱらあばれ食《ぐひ》をしてお寐《しづま》ると高鼾《いびき》だ。息子どのの寐言と掛合《かけゑへ》にギリ〳〵歯を咬《かむ》といふもんだから、やかましくて寐つかれねへ。その合間には子どもらが目を寤《さま》して、ギヤア〳〵吼《ほへ》ると、あつちもこつちも一時《いちどき》に泣《なき》出す。サア夫《それ》でも起さねへじやア目がさめねへ。それだもんだから夜がな夜一夜騒《よっぴて》〳〵しくてならねへよ」（『浮世風呂』）

いやあ、この姑ばばの立板に水の流れる如き江戸弁のワルクチも楽しいが、女郎あがりの嫁のいさましさ、彼女らは苦界から這いあがり、やりたい放題、生きていたのだ。

宅子さんらは坊主踊りというのも廓内で見た。日傘のようなものをさして四、五人の坊主がさまざまの踊りをみせ、「いとおもしろし」——芸人坊主たちの踊りですら、垢ぬけてみえた。

格子のひまひまにみえる「うかれめ」、これは昼見世なれば、夜見世よりは閑《ひま》である。退屈した遊女たちは、

「昼見世はよく笑ふ子をかりにやり」（『誹風柳多留』三—3）

廓の内にも商家がある、そこの子供の、可愛らしくて愛嬌があってよく笑う子を借りてきて、彼女たちは無聊《ぶりよう》を慰めるのである。夜に来てみればまた格別の風趣であったろうが、お上りさんの女の身は昼見世のひやかしが関の山。もっとも桜の時分とか、灯籠の紋日な

どであると、一般人も夜の廓内へ入って楽しめた。

「吉原見せて伯母を立たせる」（『誹諧武玉川』二―31）

という句は、まさにお上りさんの見物コースというおもむき。

宅子さんらは山谷土手より浅草を右に見て北新堀の宮川屋に帰った。

〈ナンかしらんまだ、夢のごたる〉とおちくさん。

〈さすがお江戸の水で磨きあげた女は美しかねえ……〉

とうっとりとおぜんさん。

吉原の女は色華やかな衣裳をまとうので、化粧も濃い。これを野暮というのは深川贔屓《びいき》の人である。深川芸者は素顔美を誇る。宅子さんらがもし江戸滞在中に深川芸者の粋を知ったらどうであったろうか。寺門静軒の『江戸繁昌記』にいう如く、

「吉原は即ち色を重しと為す。威厳を貴しと為す。繡衣画裳《しゅういがしょう》、粧色《しょうしょく》濃からんと欲す。深川は則ち芸を重しと為す。洒落を貴しと為す。浅脂薄粉《せんしはくふん》、飾様《しょくよう》淡からんと欲す」

という按配である。宅子さんなら、あるいは吉原の花魁の絢爛《けんらん》より、深川芸者の粋をよしとしたかもしれぬ。

さて翌日は四月十七日、いよいよ江戸に別れを告げる日。

江戸を去る日はショッピングの日でもある。永代橋を渡り、駿河《するが》町の越後屋へいく。ここで江戸名物の江戸紫などを家への土産に買う人もいる。この越後屋も江戸名物とてお上

りさんの一見するところ。

「駿河町畳のうへの人通り」(『誹風柳多留』一―16)

は、越後屋の繁盛をよむ。

通りの正面にまさしく駿河の富士がみえる。三井越後屋は通りの両側を占める。

「本店と出店の間《あひ》にふじが見へ」(同六―36)

という川柳の通り。廣重の『名所江戸百景』の「する賀てふ」は「ゑちごや」の紺暖簾が両側にずっとつづいて景気がいい。ここは〈現金掛値なし、正札売り〉で繁昌した。しかるべき武家の女たちの姿、お上りさんたち、棒手《ぼて》振り、物売り、それらすべてのものの上に薄紅に匂う空と神々しい富士山(越後屋がいまの三越なら、下谷広小路の伊藤松坂屋も同じく呉服の老舗、いまの松坂屋デパートである。これも廣重は「下谷広小路」として描いている)。

神田川で染めた紫染は、江戸小紋とともに江戸の誇る特産である。神田紺屋町は紺屋の多いところ。

ついで京橋四日市で煙管《きせる》(これは紀伊国屋であろう)、竹屋絞り、莨《たばこ》入れなど買う人もあった。北新堀から案内してくれた人と、ここで別れる。みなみな名残りを惜しんだ。宅子さんらはこれから鎌倉を見物するつもりである。

さて、宅子さんらは日本橋を渡った。この有名な橋、廣重の「日本橋雪晴」も美しいが、ここはひとつ、克明な『江戸名所図会』を眺めてみよう。これは神田の名主、斎藤幸雄・幸孝・幸成と三代かかって編集し、絵は長谷川雪旦が描いている（天保七年刊）。これを入手し難いと思われる向きには、現代は便利になって新版が出ているし（'96～'97 ちくま学芸文庫　筑摩書房刊）、有難いことに『江戸名所図会を読む』なる本も出ている（川田壽　'90　東京堂出版刊）。

川田氏は「一枚一枚、絵を見つめて感想を書いていった」と「あとがき」に書かれている通り、絵のねんごろな〈感想〉がある。

長谷川雪旦の絵では日本橋上、人がこぼれんばかり。ただし、名高い割に、そんなに大きい橋ではない。長さ二十八間、田舎の人が日本橋という名に釣られて来てみると、両国橋や永代橋よりずっと小さいので面くらったという。しかし橋に擬宝珠《ぎぼし》が掲げられているのは、ここ日本橋と京橋のみ。

この日本橋で有名な川柳に、

「ふる雪の白キを見せぬ日本橋」

――この句は柄井川柳が前句付の点者としてはじめての川柳評、第一回の勝句である。「にぎやかな事〳〵」という前句にまことにふさわしい。人馬の往来はげしく、降る雪さえ跡もとどめず消されてしまうと。喧騒を詠んで品のいい佳句。

「この地は江戸の中央にして、諸方への行程もこの所より定めしむ。橋上の往来は、貴となく賤となく、絡繹《らくえき》として間断なし」(『江戸名所図会』)
日本橋は諸国への里程《りてい》の起点、五街道もこの橋から発する。
「日本橋何里〳〵の名付おや」(『誹風柳多留』三〇—4)
里程の起点、というのと、欄干《らんかん》に擬宝珠がついているのが地許っ子の自慢であった。『江戸名所図会』を見れば、橋上には天秤棒《てんびん》をかつぐ人、盤台《ばんだい》を運ぶ人、拡大鏡で眺めても橋板も見えぬ賑わい、肩衣《かたぎぬ》の二本挿しあり、笠の旅人あり、駕籠がゆく、女がゆく、坊さんがゆく。川向うに白壁の倉庫がつづき、高札の立場《たてば》あり、川面には木の葉を散らしたような舟、舟荷は何だろう。川田さんの〈感想〉によれば酒樽を積んでいると。四斗樽を三段重ね、「二十樽は下るまい。こんな舟が五隻、これはたいへんな量の酒である」
これこそ、伊丹・池田の下《くだ》り酒であろう。江戸っ子も酒好きだ。
手前に八丁櫓の押送舟《おしよくりぶね》が二、三艘、江戸湾でとれた鮮魚を魚市場へ運ぶ舟であろう、瞬刻を争うこととなれば、舟人の逸《はや》り心も紙面からたちのぼってくるばかり。
橋の北詰、絵でいうと右隅が魚市場。「本船町を中心に、本小田原町・安針町・長浜町・伊勢町、それに日本橋北詰の左側品川町を加えて七ヵ町で出来ていた」(『川柳江戸名所図会』「中央区」山沢英雄 '70 至文堂刊)
江戸随一の魚市場、百二十万の江戸人口に食料を提供するのだから、その繁昌と勢いはたいへんなもの、鮮魚を扱うのだからぐずぐずしてはいられない、威勢よく気っ風よく、気みじかで荒っぽいが、江戸っ子の俠骨はここから発したと人はいう。

「日本橋とゝでまんまを喰ふ所」（『誹風柳多留』七二—5）

この魚市の絵を仔細にみると、右手に驚くべき巨大な鮪《まぐろ》が五尾ばかり描かれている。鯛《たい》、鰈《かれい》、蛸《たこ》なども判別できる（尤も鯛や鰈といった高級魚は、江戸城の役人が、〈御用〉と叫んで、タダ同然の代金で持っていくそうである。城内では昼食が給されるが、何せ身分制度のきつい時代のこと、上つ方は高級魚、下々は大衆魚という具合で、数十種の魚を必要としたよし。しかしその代りに、河岸には冥加金《みょうがきん》〈営業免許料金〉はかからなかった）。

これが江戸人士の愛好してやまない初鰹であれば、どんなに魚市の熱狂度は増したことであろう。というのも、宅子さんらが日本橋にたたずんだのは四月十七日、早や、「目に青葉山ほとゝぎす初鰹」の頃おい。江戸の空をほととぎすが鳴きわたる、地上では初鰹のお通り。

「初鰹　飛ぶがごとくに通町」（同一一二—15）

「初鰹　薬のやうにもりさばき」（同一—28）

「初鰹　銭とからしで弐度泪《になみだ》」（同五四—43）

泣くほど高価《たか》いが、江戸っ子としては食べずにいられない、夜通しの押送舟で魚市へ来た初鰹は、ただちに夜あきないで売買される。

〈まあ、いさましか〉

と宅子さんらはきびきびした江戸男たちのいなせなたたずまいに目を見張る。九州男たちも活気あること、侠気あることは、おおさ江戸男に劣らぬとは思うものの、……〈お江戸の男衆もたのもしゅう、ござすなあ〉

と、じっくりした久子さんまで感じ入る。そういう江戸男だって、家の中へはいれば、べらんめえ口調の蓮《はす》っ葉《ば》な江戸女の女房に、〈このべらぼうめ、はッつけめ〉なんて啖呵《たんか》を切られていたのであろうが。……

それで思い出したが、この、胸のすくような威勢のいい江戸っ子弁が、ここだけは聞かれないというのは、先述した駿河町の越後屋。元来が伊勢商人ゆえ、使用人も上方から連れてくるから、ここばかりは上方言葉がハバをきかしていた。

「ごふく店　人も上《か》ミ方《がた》仕入なり」(同四〇―31)

「番頭が江戸言葉でハげびるなり」(同一二三―16)

ここ日本橋から見るお城と富士山は絶景であった。

「おもひきやけふめぐりきて名に高き　この日の本のはし越《こえ》んとは　　宅子」

宅子さんは魚河岸も書きとどめた。

「其人《その》のあつまること、また、魚、野菜なんどの多きこと言語にのべがたし。この日本橋より見わたすに、東は海ちかく行きかふ船数をしらず。北は浅草東叡山、南は富士ノ山遠くそびえて雪なほのこれり。

むさしあぶみかゝる巷《ちまた》をまよはずて　こしかたしのぶけふにもあるかな　宅子」

これはもちろん『伊勢物語』をふまえている。『伊勢』の〈むかし男〉はとうとう、「武蔵の国までまどひありきけり」

京から流れ流れて武蔵に住みついてしまった。それでも京はさすがに忘れ得ず、京の女のもとに便りをする。私はむさし野に住みつき、田舎者になってしまった。あなたに便りをするのも恥ずかしいが、さりとて便りもせずにいるのは心苦しいし……と書き、手紙の上書に「武蔵鐙《あぶみ》」と書いた。

武蔵鐙は武蔵名産の馬具である。あぶみに、逢うをかけたのだろうか。

京からしばらくして返事がとどいた。

女は、〈むかし男〉が、武蔵に住みついたということは、その地の女とともにいることを知る。男はその地の女に言い寄った。女の父は反対したが、母は藤原氏の出身で、娘をどうかして貴種にめあわせたいと思っていた。それで〈むかし男〉をよき婿がねと思って、同意する。「みよしののたのむの雁もひたぶるに　君がかたにぞよると鳴くなる」

男は「わがかたによると鳴くなるみよしのの　たのむの雁をいつか忘れむ」

そういういきさつは、京の女には分らないが、想像はできるのであった。『伊勢物語』にはこう書かれてしまう。〈むかし男〉って、どこへいっても好色心はやまないんだと。

「人の国にても、なほ、かかることなむ、やまざりける」

京の女は、――わかってるわよ、私。……と返事をかく。あなたはそこで愛する人ができたんでしょ、でもあなたを信じて待っている私、やっぱり辛いわ、お便りがあれば辛いし、なくても気になっていやだし。

「武蔵鐙さすがにかけてたのむには
　問はぬもつらし問ふもうるさし」

男はそれを見て、心乱れ、死ぬより辛い気がした。……という『伊勢物語』第十三段。

宅子さんは武蔵の国まで遠い旅を重ねてきた身が今さらのように思われる。人生最初で最後の長旅。旅中なればこその感慨が、「こしかたしのぶけふにもあるかな」であろう。

日本橋より京橋、新橋を過ぎ、西へ西へ。増上寺、泉岳寺、みな右に見つつ「ぬかづきまつり」品川につく。この間二里。もう二度と見ることはなかろうお江戸。

品川で昼食、ここは、「東都の喉口《のどぐち》にして、常に賑《にぎわ》しく、旅舎軒端をつらね、酒旗《さかや》、肉肆《さかなや》、海荘《はまざしき》をしつらへ、客を止め、賓《ひん》を迎へて、糸竹の音、今様の歌 艶《なまめか》しく」（『東海道名所図会』）とあるごとく、宅子さんらも、

「三味せん引《ひき》てうたふなるが、いとおもしろげ」とつい足をとどめてしまった。

なおいそぎゆき、高輪、御殿山、鈴ヶ森に到って、鈴ヶ森の仕置場を見る。ここで処刑された者に、由井正雪の一味、丸橋忠弥、平井権八、盗賊日本左衛門らがあるが、宅子さんにとってはやはり同性ということから、火あぶりの刑に処せられた八百屋お七を思わず

にいられない。可憐な娘の霊に歌を献ずる。

「すゞのもりその罪人の亡き霊《たま》や　死出の田長《たおさ》となりて鳴くらん　宅子」

宅子さんも果して江戸のほととぎすを聴いている。折からほととぎすが鳴き渡ったという。

大森をすぎればここは浅草海苔が名物、宅子さんらは海苔の話を聞く。大森海岸から品川の袖ヶ浦にかけてとれる。秋の彼岸から春の彼岸まで。ただし「さむき頃にとるをすぐれたりとするよしなり」

「大森へ海苔の成る木を植ゑておき」（『誹風柳多留』四六—39）

という川柳のように「ヒビといふものを海の中にさし立ておくに、満しほにつれてたゞよい《ママ》来るのり、これにとゞまるよしなり」

浅い処はかちで、深い処は船でゆくが、十丁、二十丁、あるいは一里も遠く海中へ出てヒビをさし立てるという。

大森は和中散という名薬で有名。これは霍乱《かくらん》（日射病）や眩暈《めまい》、産前産後に特効ありというが、宅子さんらは求めていない。あるいは求めても書きとどめなかったか。

それより矢口の渡し、そして多摩川。歌人の宅子さんは〈隅田川〉にも反応したが、〈多摩川〉にも心寄せずにいられない。『萬葉集』の「多摩川に晒《さら》す手づくりさらさらに何ぞこの子のここだ愛《かな》しき」（巻十四・三三七三）

〈ああ、ここが多摩川でござすかな〉

萬葉乙女が晒した手づくりの布。宅子さんの頃もなお、多摩川の水は清かったであろう。名もなきその歌の作者の詩情に、宅子さんは時を超えて感応し、共感する。歌まくらの地に立つ陶酔は、そういうことであろう。〈むさしあぶみ〉の国にもそれなりの文学的ゆかりは豊かだった。

六郷川を越えて川崎、ここで怖いことがあった。長い松原を過ぎるころ、裸の男、七、八人が追いかけてきて、道案内しようとまつわりつく。こちらも供の男三人がいるとはいえ、屈強の男七、八人に囲まれては不安である。追えども去らず、先へやろうとゆっくり歩めば彼らも歩を緩め、いそげばいそいで追ってくる。

〈もうすぐ神奈川でござっする。そこまでそこまで〉

と四十《よそ》エモンが励ます。やっとにぎやかな神奈川の宿に着いた。宿場町、港町でもあり、遊客多く、糸竹の音もかしましい。ここは江戸から七里、老人や女などの足弱の旅は、まずここに最初の宿をとることが多い。健脚の旅人は神奈川を通り越して保土ヶ谷《や》の宿駅で泊る。

宅子さんたちは神奈川の白幡屋に宿をとってほっとしたものの、あの男たちに明日もつきまとわれるのではないかと、一夜じゅう、安き心地もなかった。山中の旅より、かえって人けの多い街道筋のほうが不安というのも、世の中の皮肉である。

秋葉みち・知らぬ山路にゆきくれて

四月十八日、神奈川宿を朝まだきに出発、西へ一里九丁、保土ヶ谷宿に着く。ここでちょっと当惑するのは、久子さんの『二荒詣《ふたらもうで》日記』と日付が違うことである。久子さんは二十一日に「程谷駅を過《すぎ》て」と書いている。これは日光以来のことで、あるいは宅子さんの誤記かもしれぬが、一応、『東路日記』に依ることにする。

江戸を出てずっと東海道を辿《たど》り、八里半でこの保土ヶ谷、健脚の旅人はここか戸塚で最初の一泊、宅子さんらは足弱の（ともいえないが）女人連れなればその手前の神奈川で泊ったというのは先述した。この保土ヶ谷、それから二里九丁いった戸塚、ともに客引の留《とめ》女《おんな》がかしましいので有名。留女とは無論、宿屋が抱える飯盛《めしもり》（という名の売笑婦）である。十返舎一九の『東海道中膝栗毛』には飯盛たちの猛烈ぶりが活写される。一九は、宅子さんらの旅より十年ほど前に世を去っているが、なお『膝栗毛』は大衆に愛読されていたろう。

宅子さんはインテリではあるけれどもかなり開明的で、しかも博捜の人、という印象であるから、あるいは『膝栗毛』も読んでいたかもしれぬ。しかしまた、『膝栗毛』ほどインテリ女性の好みと背馳《はいち》する作品もない。この本の大きなモチーフは猥褻《わいせつ》とスカトロジイで、近代的感性からいえば〈読むに堪えない〉ということになるだろう。ただそれを視野におさめながら弥次郎兵衛・北八のスピーディな応酬《やりとり》やおふざけを楽しむとすれば、これまた〈奇妙〉なる一興であって、この作品のもつ不思議なバイタリティに読者は魅了される。人生の苦患《くげん》を癒やす力があるのかもしれない。さて『膝栗毛』の留女はというと、

「両側より旅雀の餌鳥《おとり》に出しておく留おんなの顔は、さながら面《めん》をかぶりたるごとく、真白にぬりたて、いづれも井の字がすりの紺の前垂を〆《しめ》たるは、扨《さて》こそいにしへ、爰《こゝ》は帷子《かたびら》の宿《しゅく》と、いひたる所となん聞《きこ》へし」

「とめ女『もしおとまりかへ』ト引とらへて引ぱる　旅人『コレ手がもげらア』　とめ女『手はもげてもよふございます。おとまりなさいませ』　旅人『ばかアいへ。手がなくちゃアおまんまがくはれねへ』　とめ女『おめしのあがられねへほうが、おとめ申《もうし》ちやア猶かつてさ』　旅人『ヱ、いめへましい、はなさぬか』とやう〳〵にふり切《きっ》て行《ゆく》」（『東海道中膝栗毛』初篇　小学館刊）

そこで弥次の狂歌。

「おとまりはよい程谷《ほどがや》ととめ女　戸塚前《とつかまへ》ては　はなさざりけり」

巧い！　というところ。――ついでにいうと、この歌は初篇中の佳什《かじゅう》だが、もう一つ、

弥次・北が春の日永の道中に退屈して互いに謎をかけあう、その中に、「おいらふたりが国所《くにところ》ナアニ」という北八の謎かけ、これを、

「豕《ぶた》が二疋、犬つころが拾疋、ととく。そのこゝろは〃ぶた二《に》ながら、きやん十《とを》もの（二人ながら関東者」の地口）〃」

これも私の愛する転合《てんご》（大阪弁で、おふざけ、とでもいうような意）。

尤《もつと》も宅子さんらは女人一行で、午前中のことでもあり、留女も出てこないであろう。この宿《しゆく》の品野《しなの》坂が、武蔵の国と相模の国の国境である。二里九丁で戸塚。その手前に吉田橋あり、『五街道細見』によればここから鎌倉へ三里。

「やべ町と云ふ里を越えて左の田中のあぜ道を鎌倉へ行く道あり」と。

宅子さんらはもとよりそちらへ。まず金沢に至り、

「名所にはあらざるよしなれど、その面白さ類すくなき処なりとおぼゆ」能見堂《のうけん》に詣でて筆捨の松を見る。眼下に金沢《かねざわ》の海景をのぞむところ、昔、巨勢金岡《こせのかなおか》がこの地を描こうとしてとても描き切れぬと筆を投じたという伝説がある。元禄の頃に心越《しんえつ》禅師が金沢の佳景を西湖に擬して〈金沢八景〉と命名した。それより金沢八景の名は高くなる。私はこの地を未見なので何とも申せないが、例の清河八郎《ママママ》の『西遊草』には、

「我先年わざわざあそび見るに、古しへ《ママ》より名高きに似やわず、一向の景色のあらず。八景とて人のいふも、形勢のあしき所ゆへ、是といふめざましきにもあらず。僅《わずか》に茶店のあ

る所のみ入海にのぞみしのみにて、外は平常の海辺に異ならず」

と切って捨てている。むしろ金沢の名は金沢文庫によって知られる。鎌倉時代の中頃、北条実時《さねとき》がここに称名寺を建立し、その境内に文庫を建て、和漢の貴重な書を蒐集して納めた。足利学校と並んで、中世の学問の拠点となった。鎌倉幕府の滅亡後、衰微したが、『江戸時代図誌　東海道一』（大戸吉古・山口修編集　'76　筑摩書房刊）によれば、「蔵書の一部は称名寺のほか、将軍家、水戸家、前田家にうつされて後世に及んだ」と。

宅子さんらは左右、屏風《びょうぶ》を立てたように山を切り抜いた道を通って鎌倉に着いた。ここかしこ、ほととぎすの声がしきりで、稲瀬川の川風がさわやかだった。

鎌倉は京や奈良にくらべると歴史は浅いが、物語も多く、稗史《はいし》や芝居の舞台にもなっているので、一般大衆にはなつかしいのであろう。

ことに女人の旅人の心を惹くのは、鶴が岡の若宮社である。

〈ああ、ここでございますなあ。静御前が頼朝の前で白拍子《しらびょうし》姿で謡うて舞うた、ち、いいますとは……〉とおちくさん。

〈並みいる鎌倉武士の前で……〉と吐息をつく久子さん。〈白拍子姿ちゃ、どげな……〉

〈あたいの読んだ本にゃ〉と宅子さん。〈紅の袴踏みしだき、丈《たけ》なす黒髪に烏帽子《えぼし》をかぶって扇かざして謡いつつ、舞《も》うたち、ありましたばい。……〉

〈目に見えるごたる〉とうっとりするおぜんさん。
〈それに、その歌の、なんとまあ、いさぎよかこと。頼朝の前で、敵になって追われとんなさる夫の義経を思う歌を……〉と久子さんがいえば、おぜんさんは、それを教えてと宅子さんにせがむ。宅子さんは口ずさむ。
「吉野山みねの白雪ふみ分けて
　入りにし人のあとぞ恋しき
しづやしづしづのをだまきくり返し
　むかしを今になすよしもがな」
〈頼朝公は腹かかっしゃったと？〉と心配げなおぜんさん。
〈そりゃもう。罪ありゃこそ、追捕《ついぶ》する罪人を、わが前で恋慕するたあ、ち、お怒りの色もすさまじかったとのこと〉
　久子さんが、
〈ばってん、頼朝公の夫人の政子さまがお取りなしなさったたち、聞いとります。あたいも貴方《あんた》が敵に追われて行方の知れんとき、どげん辛うて切のうございましつろう、女は相身たがいでございますけん、静の心持はあたいにはようわかります。どうぞおゆるしなされてつかさりませ、ち、取りなされ、頼朝公もご機嫌がなおられて、静に衣裳をお与えになりましたげな〉

「鶴が岡むかしの人のかへしけん　舞の袂のおもかげにたつ　　宅子」

女人たちにとっては静御前の追想のほうがたのしいが、供の男らにとっては、鶴が岡八幡宮の宝物の鎧《よろい》、兜《かぶと》などを拝観するほうが面白かったろう。

由井の浜、七里が浜、稲村が崎、「この所古戦場なり」

戦前の小学唱歌をなつかしむ人もいるかもしれない。

〽七里が浜の磯づたい　稲村が崎　名将の　剣《つるぎ》投《とう》ぜし古戦場……

この名将はいうまでもなく新田義貞、南北朝時代の武将で、南朝方の忠臣、『太平記』には義貞が海中に宝剣を投じて竜神に祈念したところ、神霊、感応《かんのう》あって潮が引き、攻め入ることができたとある。このとき元弘三年（一三三三）五月、義貞の軍は鎌倉を陥すのである。北条高時は幕府の館に火を放ち、高時以下一門その他、八百七十余人が自殺している。頼朝の開府以来、百五十年で鎌倉幕府はほろんだ。

固（片）瀬川、腰越を過ぎ、昼頃に江の島に行く。弁財天の上の宮は山の中ほどにあり、「宮立《みやだち》うるはしく諸堂多し、みなきよらかなり」「毎年四月の巳の日、岩屋の本宮より嶺《みね》の御旅所まで、神の御幸ありて御祭にぎはしきことなりとかや」

江の島のふもと六、七丁の間、汐の引いた時は徒歩《かち》でわたる。満潮時は「舟渡し有りて、（島の）形は盆山の如し」宅子さんらは徒歩でわたった。久子さんの歌がすずやかだ。

「汐干れば浪さへ夏の夕まぐれ　入江の島にかちわたりする　　久子」

この江の島は江戸人士の行楽の地であるから、お江戸見物のお上りさんらも一見するらしい。例の、羽前置賜郡、歌丸村の猪五郎さんの書いた『参宮順道記』にも鎌倉・江の島を見物したことがしるされている。猪五郎さんらは金沢八景を「仙台松島の景にも劣らぬ処也」と称揚する。地許の人がいうのだから本当かもしれぬ。……なお猪五郎さんは団体旅行ゆえ、小まめに出費を控えていて、鎌倉のくだりでは、

「此所にて案内取《とる》べし」

と後人への助言をし、「拾七人にて弐百五拾文出シ」としるす。鶴が岡八幡宮、円覚寺、長谷観音、露座《ろざ》の大仏、などを見ている（ついでに書くと、江の島の案内料は「何人ニても百文也」だったよし）。

鎌倉権五郎の守り仏や景清獄屋（平景清が囚《とら》われた土牢のこと。景清は源頼朝の命をねらって捕われたといわれる）を熱心に書きとめているのは、歌舞伎の影響であろう。鎌倉権五郎は「暫《しばらく》」に、景清はそのまま「景清」として歌舞伎十八番にあるが、殊に景清は眼病平癒の信仰から、庶民の間に知名度は高い。

例により、辛辣な直感批評家の清河八郎は、江の島の坂をのぼり、「江の島名産の貝細工見世、左右にをびた《ママ》だしくあり。されども誠に手《た》よわきもの也」

愛酒家の八郎は、はかなげなしろものよりは、酒である。

「夫より帰りて、茶店にて肴を云付《いいつけ》て一杯をくみ、興をなす。いまだ朝のうちなれども、

江の島はさかなの名物にて、景色のみにあらず。江戸より多く遊びいたる所ゆへ《ママ》、土地の風を見せん為に、一杯命ずる也」

後年、八郎は酒のために命を落している。過激な尊皇攘夷思想を幕府に憎まれ、幕吏に襲われた。彼は千葉周作門の剣士で、なまなかなことでは斬《や》られるはずはなかったが、たまたま、したたかに酩酊していた。

それはさておき、八郎にいわせると、鎌倉は狭いという。武門の視点である。

「鎌倉は南に海をひかへ、四方皆山にして谷々つらなり、成程要害のよき所也。朝比奈の切通しとて七ツの入口いづれも岩石をきりひらき、往来する也。是をふさぐ時は外に往来もあらず。故に新田氏もよりどころなく金沢の方をまわり《ママ》、海辺より奇兵を用ひし也。東南西北壱里余もたらぬ平地なれども、古しへは城郭もあらず、ただ屋敷のみなれば、格別の広大なる家も入（要）らずしてすみたる也」

私は鎌倉へは一、二度しかいっていない。いずれも観光シーズンであったため、狭隘なる町の通りをバスがひしめき、車が狂ったようにその間をすりぬけていった。そして、人、人、人であった。たべものはまずく、名所旧蹟は物悲しいゆかりが多く、古都といっても千年の王城の地の京都とはこと変り、ここはさむらいの都なれば、謀略と譎詐《きっさ》、争闘の血しぶきが、そのまま空気を暗く凍らせ、歳月を閉じこめたという印象だった。もっとほかの日、たとえば人出もなく、静謐《せいひつ》と好天に恵まれていれば、また違う印象を持ったであろうが。……

宅子さん一行は一里行って藤沢宿へ。本来の東海道へ戻ったことになる。

まず、清浄光寺に詣る。時宗の総本山、遊行寺《ゆぎょうじ》である。寺名は本来、藤沢山《とうたくさん》無量光院清浄光寺。藤沢はその遊行寺の門前町として、また、江の島、鎌倉、大山など、観光参詣の足場としてにぎわってきた宿場だ。

「むらさきの藤沢寺にわがこゝろ　染めて御法《みのり》の教へをぞきく　宅子」

遊行寺は街道の右手にある。時宗は浄土教の一派で、鎌倉中期に一遍上人が開いた宗派だ。ひたすら念仏をすすめ、信者たちと念仏しつつ踊り、踊りつつ、念仏をとなえた。それを遊行《ゆぎょう》という。世に踊り念仏。庶民は新しいスタイルの布教に熱中した。世情不穏な鎌倉末・室町期の民衆は、踊り念仏の、自然な愉楽、喜悦の開放に心を宥《なだ》められ、賺《すか》されたのであろう。その頃が最盛期だった。

例により、清河八郎は武門の視点から遊行上人をこきおろしている。尤も寺自体は「随分うつくしき寺なり」といっているが。

なお、遊行上人とは遊行寺の歴代住職の称である。

「遊行上人は東照神君（田辺注・徳川家康）の所為のゆへ《ママ》にや知らざれども、天下をいたづらに遊行いたし、人民の費《つい》へ《ママ》少なからず。さだめて仏教を以て天下を済度《さいど》せん為と唱《とのう》べけれども、其附《そのつき》そひきたる従人《つきびと》のものども、いづれも上人の高位を鼻にかけ、不法の事のみ申《もうし》ふらし、国々宿々の金銀をむさぼり、衆生済度の事はさしをき、諸人迷惑と相成、国家の事に志あるもの、感慨にたへぬ次第なり」

そういう事態を目睹《もくと》することがあったらしい口吻で、文章にリアリティがある。

この寺の境内には小栗判官《おぐりほうがん》と照手《てるて》姫の、それぞれの塚がある。説経浄瑠璃に発した古い説話で、敵にあざむかれて毒殺された小栗は閻魔《えんま》大王のはからいで蘇生し、藤沢道場（遊行寺）の上人にあずけられる。蘇生したものの、小栗は餓鬼阿弥《がきあみ》の変りはてた姿になっていた。胸には、この者を熊野本宮のお湯に入れたら癒るという閻魔大王の書付がある。遊行上人はそこで小栗を土車に乗せて曳《ひ》き出させ、かつ、その胸札に書き添えた。

〈この者をひと曳き曳いたは千僧供養、ふた曳き曳いたは万僧供養〉

土車をひと曳き曳くたびに、千人の僧を供養した功徳となるという。人々は代る代る土車を曳き、土車は美濃の国、青墓の里に至る。小栗の妻の照手姫も苦難にあい流浪のすえ、青墓の長者の邸で働いていた。土車にうずくまる異形のものを夫とも知らず、これも死んだ夫の供養になろうかと土車を曳いて熊野にたどり着く。湯を浴びた小栗は元通りの姿となって敵を討ち、所領をとり戻し、照手姫と喜びの再会をする。

この説話には時宗比丘尼《びくに》や熊野比丘尼たち、女人の語り部《べ》が関与しているのであろう。そしてまた京・浪花・熊野には〈小栗判官・照手姫〉の伝承が多く、思いがけないところに〈小栗判官笠かけの松〉だの、〈照手姫腰かけの石〉などの古蹟が残る。私なども子供のころから耳に馴れ親しんだ人名だが、くわしい話を大人から聞かずじまいになってしまった。……遊行比丘尼も熊野比丘尼も回国して信仰を教化宣伝し、絵解きや唱詠で物語を拡め、勧進してまわったのであろう。

物語は綿毛のように諸方に飛び散り、やがて歳月の風に吹かれて、あとかたもなく消滅する。まるで前世の契りのような、ふしぎな記憶のきれはしだけを人々の心にとどめて。

そして長いことたって、その方面の関係書にめぐりあい、〈ああ、そういうお話だったのか〉と人々は納得する。――文化の断絶、というものは、〈前世の契り〉のような薄い記憶さえ、人々の心から吹き払われてしまう時のことをいうのであろう。

宅子さんたちは、この藤沢の里で重大な用があった。

「先《まず》此里の若松屋といふに着く。こは我国の陶《すえもの》屋の問屋なれば、江戸北新堀、油屋なにがしより、こゝをたのみて箱根のうらを越《こえ》しめんとて、みちしるべの文をものせり」

さてこそ、この計画があった。江戸北新堀の宿・宮川屋で会った油屋（屋号）とは偶然、宮川屋で出会ったように書いているが、あるいは周到な手配により、宮川屋の連絡を受けて宅子さんらに会いに来たのかもしれぬ。

その上、ここが興を引くところだが、前田淑先生の論文「近世における筑前から日光への女旅」によれば、私の持っている『東路日記』福岡県立図書館本では「箱根のうらを越しめんとて」は削除されている。『東路日記』福岡女子大本によって補ったのである。このあとも先生の示唆に従い、福岡女子大本を引用すると、前文に引きつづき、

「三十八里の間にうら番所と云物三所にあり。教にまかせて其人をたのみてゆくに、先藤《まず》沢より西北をさして、細道をたどりて石川村といふにつく。此間壱里」（傍線、図書館本では削除）

宅子さんらの計画（あるいは油屋の提案）によれば、藤沢から西北をめざし、甲州街道へ出、再び信州へ入って上諏訪まで辿りつき、更に南下して遠江《とおとうみ》の秋葉山に至る秋葉みちを取って、東海道御油《ごゆ》宿に合流せんとする壮大なルートである。箱根や新居《あらい》の関をよけようとすれば、日本のまん中を大迂回《うかい》せねばならぬ。

その日は、厚木村の釜形屋《かまなり》に泊った。

十九日、なお西北へ。萩野（これは荻野のことか）、田代などを経、三里いって津久井郡志田峠。広い茶屋の縁から見渡すと、ひときわ高い、真っ白な峯が見えた。是なん、富士の山と聞いて、宅子さんははじめて雲に掩われない富士山を見た感動を、歌にする。

「我こゝろかけつる空に雲はれて　けふふじの嶺《ね》の雪をみるかな　宅子」

歌に縁なき衆生の四十《よそ》エモンたちも、

〈さすが、三国一のお山でござす〉

と感嘆の声を惜しまない。

〈何よりの冥途のおみやげ。晴れた空の富士のお山を拝めるちゃ〉

とにこにこする久子さん。

なお西へ、沼田村に着く。

「この川の向ひに年坂《ねんざか》の関とてあり。この関を越えんとてさま〳〵心をなやます事、我も人もかぎりなし。やゝ時うつりて日も七ツといふ時になれば、いそぎて沼田川を渡りて、そこの人を頼みて道のしるべを乞ふに、かつがつうべなひたれど、ひそかにものする道なればとかくする内、日も暮《くれ》ぬ。心もうちさわぎて、畠の中、桑の林などおしわけつゝ、甲斐の国へ通ふ道筋に出でむとて、勝浦《かつら》川を渡り、いそぎて小原村につく。こゝにやう〳〵やすき思ひをなして、そこの小松屋といふにやどる」（傍線、図書館本では削除）

前田淑先生は、「関所を抜けようとするきわどい描写がなされている。これが削除されているのは、後にそのような記録が残ることへの配慮であろう」といわれている。

私の見た図書館本では、「こゝを越《こえ》んとて茶屋にいたれば、二人三人荒男《あらお》の子、酒などのみゐるに、折りあししとてしばらく休む」

とある。これは、あらぬ事ではなく、久子さんの『二荒詣日記』にも「ごまの灰とかいへらむやうのものにつけられて、心をなやますことかぎりなし」とあるから、怪しの者につきまとわれる災難もあったのであろう。しかし図書館本では辻褄《つじつま》あわぬ文脈が、女子大本に拠ればよくわかるのである。宅子さんらは地元の人に番所よけの道案内を頼む。「かつがつらべなひたれど」というから、里人はしぶしぶ引き受けたものの、ひそかにゆく間道なので、その支度とか、いざというときの申し合せなど聞いているうちに日も暮れてきたのであろう。「心もうちさわぎて、畠の中、桑の林などおしわけつゝ」というのは緊迫感がある。

しかしついに年坂の関を迂回して小原村に着く。

「こゝにやう〳〵やすき思ひをなして、そこの小松屋といふにやどる」

ここは相模の国津久井《つくい》の郡《こおり》、久子さんの戯《ざ》れ歌もたのしい。

「旅にして日数つもればいつとなく　ころもの垢のつくのこほりか　久子」

宅子さんによれば、「こゝは前に小川ありていと清し。町筋もにぎやかなり。けふ道すがらのあやふさをのがれつるを嬉しみ、かたみに酒なんどくみかはす。すべて此道《この》すぢは、わづらはしきことのみなり」

胡麻の灰につきまとわれたことのように、云い做《な》しているが、真実は関所抜けの心労である。そしてその夜は、宅子さんだけでなく、一行すべて「酒なんどくみかは」したのであろう。下戸の人も、この夜ばかりは飲んだであろう。

折しも五月雨のころ、ゆく先は川も多く、気がかりである。しかしここまで来ればはや甲州街道、人気《ひとけ》も多く、道をたがえることもあるまいと、藤沢から案内してくれた人を帰すことになった。

夜は明け果て、西北へすすんでいよいよ、甲斐の国へ入る。都留《つる》郡の上ノ原村から馬を利用した。すべて西行する道で、鳥沢では叶屋という宿に泊った。

明けて二十日、五ツという時（午前八時頃か）にはもう一行は宿を出ている。鶴川、野田尻。犬目峠から見る村の景観も興深かった（大体、現行の分県地図で地名を拾える）。ここでまた、「酒なんどくみかはす」とあるのが面白い。長い旅のあいだ中、女たちも酒に手を出すようになっていたのか。

犬目峠を越えれば太々神楽が行われていた。太鼓三味線で囃子《はやし》、獅子舞まで出て面白い。小西という村に至ったが、このへんは総じて養蚕がさかん、泊る家もなかった。辛うじて泊めてくれた叶屋という家も、隅々まで棚を作って蚕を飼っていた。

二十一日、この日も甲州街道をひたすらゆく。猿橋、初狩《はつかり》、鶴瀬、勝沼、その日は栗原で泊った。あくる日二十二日、石和《いさわ》を過ぎる。信濃へ入ったのは二十三日である。左にゆけば高遠、右へ道をとって上諏訪へ。

雨がそぼ降り、万屋何がしの宿へ泊った。

ここで諏訪湖の話など聞く。

『五街道細見』は、

「古来より申し伝ふる七不思議といふ事あり。御渡《おみわた》り、八栄鈴、御作田、浮島、根入杉、御射山、湯口清濁等なり。御渡りとは、信濃は日本にて最地高くして、寒気深き国なる故、諏方《ママ》の湖の上に、冬はじめて氷はりて、第三日、もし薄ければ第四、五日の頃、上の諏方より下の諏方の方に、横巾五尺ばかり、大なる木石などの通りたる如く、氷の上にあと付きて見ゆる。これ例事必ずあり。奇怪の事なり、これを御渡りといふ。また神先《かみさき》ともいふ。此の御渡りありて後、人わたる。御渡りなき内は渡らず、氷薄き故なり」

宅子さんは感動して詠む。

「ものがたり聞くもすゞしきすはの海や　氷りし時のおもひやられて　　宅子」

二十四日に本宮に詣った。白木造りで清らかだった。神域は広く、宮立はうるわしい。三月のお祭には鹿の頭七十二を用いるが、お供えものはその他にも多いという。

このあたりの田は、ちょうど田植の頃とて賑わしい。『五街道細見』には、下諏訪につき、

「下諏訪・和田へ山路五里八町。諏方の駅一千軒ばかりもあり。商人多し。旅舎に出女あり。夏蚊なし。少しあれどもさゝず。雪深うして寒はげし。諏訪春宮・北の坂の下り口に鎮座す。毎年正月朔日に遷し奉る。祭神、上諏訪と同じく、健《たけ》（建）御名方命《みなかたのみこと》なり。諏訪秋宮・駅中にあり。毎年七月朔日、こゝにうつし奉る。毎度神輿に乗せ参らせず。元日には祭礼なし。七月朔日には祭礼あり。春宮にまします時、秋宮空社なり。秋宮にまします時は、春宮空社なり。

名にしおふ下の諏方は、此の街道の駅にして、旅舎多く、紅おしろいに粧うたるうかれ

女たちつどひ、とまらんせ〳〵と袖ひき袂をとりて、旅行の人の足をとゞむ。町の中に温泉ありて、此の宿の女あないして、浴屋の口をひらき、浴させける。その外よろづの商人多く、駅中の都会なり」

宅子さんらはそこから高遠に到った。内藤駿河守さま三万三千石の御城下、そのかみ、大奥御年寄、江島が二十七年幽閉された地である。

宅子さんらはここで昼食をとり、更に伊那を過ぎて宮田村に着く。ここの竹屋という宿に泊って朝まだき宿を出、片桐というところで、〈遠江の国秋葉山へ詣ずる道中記〉をあげますという立札を見る。その家に寄って乞うと、小さな冊子だったが、宿舎や休みどころまでくわしく親切に記してあった。まことに便利なもので、代金を、といっても受けなかった。秋葉神社の信仰あつい人であろう。秋葉さまの祭神は火之迦具土神《ひのかぐつちのかみ》、火伏せの神さまで、十二月の十五、十六日の火祭で有名である。

しかし宅子さんら一行は、ここから先、信州を出るまでの難所をまだ知らない。

「この町屋より東南のかた、秋葉山に詣る道あり。二十五里十二町ありて、いといとさかしき道なりといふ」

信州の山坂も、どこもどこも越えた我々、何ほどのことやあらんと、宅子さんらは勇んで南行したのであるが、折しも五月雨、「雨いみじくふり出でたれば、馬も駕籠もかさず」という難儀。

「巳午《みうま》（南南東）のかたをさしてひたのぼりにのぼるに、道あしく苦しさ、いはんかたなし。みな人、足もつかれにたれば、

いそぐとも手に手をとりてふみさぐみ　足つまづくな岩むらの道　宅子」

久子さんがかえす。

「岩むらのあやふき道もつまづかず　しりなる人に腰押しされて　久子」

たがいに助けあって、険路になやみつつも、一行の雰囲気は和気藹々《あいあい》らしい。みな、ひととし拾った苦労人の年代なればこそ、か。

宅子さんが「足つまづくな岩むらの道」と詠んだ険路は、これこそ有名な難所、小川峠であった。

その前日は湯沢村につき、日が高いけれども泊めてくれるところに泊った。明日の難所にそなえてのことであろう。ここで宅子さんの記述に不思議な一行。

「此家の庭のわたりに五木湯《ごもくゆ》といふ物を作りて旅人にほどこすなり。所がらにては、いたう嬉しうなん」

この五木湯は風呂のことであろう。本来、五木《ごぼく》といえば、梅、桃、柳、桑、杉を指す（梅と杉の代りに槐《えんじゅ》、梶《かじ》を入れることもある）。その葉や木肌は体によいというので、湯

に投じて薬湯とする。杉の香りが漂い、いかにも山中らしいもてなし、「所がらにては、いたう嬉しうなん」と宅子さんが書くのも尤もであろう。

　さてこの小川峠（現代では正確には小川路峠）、『長野県地名大辞典』によると、飯田市と下伊那郡上村との境にある峠で、標高一四九四メートルという。飯田の町と、静岡県の秋葉神社を結ぶ秋葉街道が、この小川路峠、更に南下した青崩《あおくずれ》峠を越えて通じている。江戸時代は秋葉詣りや善光寺詣りの人々でにぎわった。明治に入って峠道の改修で物資の流通も盛んになったものの、何しろ上下五里、〈五里峠〉といわれた難路（宅子さんも「いとさかしき山路にて五里ありといふ」と書いている）、ここは伊那谷から遠山郷への最短ルートであるけれど、「遠山郷へ赴任する教員や警察官が職をやめたくなることから辞職峠の異名をとるほどであった」と。現在は鉄道や国道が開通したので峠は不通の由。

　雨さえ降る中を宅子さんらはやっと久保という所に着く。馬を借りようとしたが、折も折、時期が悪いとて貸してもらえない。このあたりは築土をひきめぐらした立派な家が多く、鄙《ひな》には稀なたたずまいであるのに畳というものを敷かず、「わらむしろやうの物のみをしけり」と宅子さんの観察。宅子さんは不思議そうに書いているが、これは産物流通の条件や文化度よりも、風土性の問題であろう。私も以前、『ひねくれ一茶』を書いたとき、信州の人に教えられた。信濃では板敷の床いちめんにむしろを敷く。これはねごといって畳代りで、畳より暖いという。普通《なみ》のむしろより厚く、しっかり織った長大なもの、よく打った藁を豊富に用いて織られている。これは寝室である奥の納戸《なんど》などに敷かれ、その上の寝床はたいてい万年床だ。またねごほど重宝なものはない、と。秋の穫り入れどきには籾《もみ》や豆を干すときの敷物にもなり、古くなると堆肥にかけて雨よけとし、かつ、砂壁を塗るときは細かく刻んですさにする。そして最後の最後には、火葬のとき、棺にかぶせる燃料となるのである。……

ここで一行は珍しい風俗を目睹《もくと》する。

山田に柴を刈り入れて馬に踏ませているのであった。少年が一人で十二、三頭の馬を引きつれ、短い鞭《むち》で馬を追いながら、柴を積んだ田面を引きめぐり踏ませる。馬を貸してもらえなかったのは、この作業のせいかもしれないが、その目的や効用は不明だった。「いと〱珍らし」——早速、宅子さんはメモ代りに一首。

「童《わらわ》らが山田の小田に伏柴《ふしば》を　かりそめならずふみならすかな　宅子」

なおも険路を五十丁ばかり登ると雨も晴れてきた。かんばた峠というそうであった。

「ゆふ立のはれ行くあとの夏山は　たゞ緑のみおくふかく見ゆ　宅子」

八丁ほどいって、おそ田、ついで上村、ここの升屋という宿に泊った。

あければ四月二十七日、この日も「いみじき坂道なればからうじてこゝを越えて」辰のわたりという処で昼食をしたためようとしたが、このあたりはまことに山家で、腰をかけられそうな家さえなく、ましてや食べものを出してくれそうな茶屋もない。

〈ご寮人《りょん》さん、仕方ござっせん、乾飯《かれいい》なとあがってつかさい〉

四十《よそ》エモンがハタ吉に命じて荷の中から携帯食糧を取り出させる。かねてこういう折もあらんかと心づもりした乾飯や塩。いままでは曲りなりにもどうなりこうなり、屋根のあるところに腰をおろし、碗や皿に盛られた食料を口にできたわけだが、この秋葉みち、それも信濃路では、何百年も時代の歩みがとどまったままの如くである。ハタ吉はかいがいしく、一行がふところから出した手塩皿代りの懐紙に乾飯と塩を盛ってゆく。

旅のはじめは慣れぬ道中に弱っていたハタ吉であったが、さすがに若者のこととて早や旅馴れ、こんな経験もかえって面白がる風であった。

しかし、女人たちは、険阻な山坂に加え、木蔭にそれぞれ手拭いや風呂敷を敷いて、乾飯をもぐもぐ食べようとは、

〈こりゃー、思いもかけん道中でござすなあ〉

と情けなさそうなおちくさん。

〈まるで乞食《ほいと》の一座のごたる〉

とおぜんさんが無邪気に感心するのがかえって剽軽《ひょうきん》で皆をくつろがせる。

いずれも暮しに困らぬ大家のご寮人《りょん》さんなれば、かつて味わい知らぬ体験であろうが、

〈若いときの苦労は買《こ》うてもせえち、いうじゃござっせんな。こげな苦労ばしてお詣りしたち、お知りなされたら、さぞ秋葉の三尺坊権現さまも、奇特なことじゃとほめてつかあ

されて、霊顕灼然《いやちこ》たい〉

宅子さんが声はげましていえば、

〈そげんたいねえ。ほんなこと、みな、気は若いき……〉

と久子さん。宅子さんは引きとって、

〈みな、うろたえて見りゃ十七、八たい。おてついてゆるっと見たち五十……には見えまいき、三十七、八、ちゅうとこでござっしょうか〉

みなみな、──笑うよりほかのことぞなき、……というところ。宅子さんも、さすがに『伊勢物語』のみやびを再び持ち出す気にもなれぬらしく、

「かかる事も旅のならひとおもへば哀れになん」

と本音が出て寡黙になる。しかしこの街道の難は、ここなどまだ序の口であった。なおも巳午《みうま》（南南東）さしてゆくと、これも難所として有名な青崩《あおくずれ》峠。その名さえ、禍々《まがまが》しい（私はもちろんこの秋葉街道を辿ったことはないが、現行のごく普通の長野県地図で、小川路峠、青崩峠の地名を拾うことができる）。

「いとさかしき坂路にて、崩れたるみねの傍を行間《ゆくあいだ》、いとあやふし。

山風もあらくな吹きそ青くづれ　崩れしみねを打《うち》こゆる日は　宅子」

この峠は五十丁の三里、是なん、信濃の国と遠江《とおとうみ》の国の境界である。ついに信濃は脱したが行路はまだ楽観を許さない。南行して川に至った。これは天竜川に流れるみなもと

という。舟で渡り、少しゆけば水が涸《か》れて（宅子さんは古語もゆかしく「水あせて」とし るす）六、七間ほどは丸太を打ち渡してあった。橋代りであろう。この川上をあなたこなたと打ちわたりながら、このたびは青峠、というところを越えた。遠江の国である。越えればまた川、日も暮れたが宿るべき家もない。さすがにこのあたりの文章、『東路日記』の中でも最も意気銷沈したトーンである。

「是より三里ばかり行かざれば宿るべき家なきよしなり。みな人、いたうつかれにたればものもいはずなりぬ。なほ河を越え、山路をたどりゆくに、こしかた行末、人も見えず。日は暮れはてゝものがなしさ類《たぐ》ひなし。道さへおぼつかなき闇の夜なれば、

　いかにせむ知らぬ山路に行き暮れて　あはれやどらん家もなければ　　宅子」

　しかたない、また三里をゆき、やっと三佐久保（現・静岡県磐田郡水窪《みさくぼ》町）に着いた。ここは尋常な家居《いえい》の宿場で、「みな人よろこぶ事限りなし」——蘇生の思いをして休む。

　翌四月二十八日。昨日の難路に足を痛めたので女人一行は駕籠に乗った。横根越、きいいなまへなどいう所を過ぎて延命坂、この間一里、高山の腰とおぼしき所を廻るのだが、このあたり山蛭の多いのもやりきれなかった。

　ところが、茶屋に腰かけて休んでみると、山ふもとに天竜川が見え、木立、石のたたずまい、眺望絶佳で「えもいへずおもしろし」という風色（このあたり現代では〈天竜奥三河国定公園〉になっている）。

しばし道中の辛労も忘れる思い。やがて三里いって平山、このへんも木立茂る山中で侘《わび》しかった。明日はもう秋葉さまへ詣れるというので早目に宿を取る。

ここは久子さんの日記によれば「いとあやしき家に宿を乞ひたるに、米もなければとて否《いな》む。しひていさゝかの米を買ひえて爰《ここ》に宿る」と。

宅子さんのしるすところでは麦刈りの頃で農家は繁忙ゆえ、お世話はできませんというのであるらしい。ただ食事の支度はしてくれることになった。まわりの畑に莢豌豆《さやえんどう》がなっている。あれを頂けませんかというと、手が足らなくてとてもとっているひまはない、あんたたちがとってくれれば、——というではないか。それも一興と、「みな人めづらかにおぼゆ」——宅子さんたちは畑にふみこんで、思いがけず莢豌豆をとることになった。莢から武士《もののふ》の刀の鞘《さや》を連想して、

「つるぎ太刀をさめたる世のそれよりも　まづめづらしきさやまめぞこれ　宅子」

泊った家では豆御飯をたいてくれたり、それはそれで「いとねもごろにもてなす」善意ある宿であったが、深山のかたわらとて、総体に食文化は貧しいとみえた。

宅子さんらはそれでも髪を　梳《くしけず》り、湯浴《ゆあ》みすることも出来、連日の疲労に早寝することにした。久子さんの記述によると、夜具もろくにそろわず、枕を乞うと竹の切れ端を与えられた。平山というところ、山中で木はあまたあるはずなのに、木枕もないとは。

「木はあまたおひらの山に宿かりて　竹の枕に夜を明かしける　久子」

この夜、宅子さんの聞いたのは、小夜更けて物凄い杉林の風の音に添えて鳴く鼯鼠《むささび》の声であった。

「小夜更けて梢をわたる山風に　さびしさ添ふるむさゝびの声　宅子」

久子さんが耳にしたのは時鳥である。

「たびなれば言問ふ人もなつ引《びき》の　いと珍らしきほとゝぎすかな　久子」

払暁《ふつぎょう》、おちくさんのけたたましい声に一同はめざめた。

〈波が来よる、波がくるばい〉

白いものが軒近くまで迫っているという。

〈山潮《やましお》ちゅうもんがあるげなこと聞いとるばって、これがそうやろうか〉

〈逃げにゃいかんばい〉

とみなみなあわてふためく。

宅子さんが見るに、ほんに白くうずたかいものが谷底から迫りのぼってくる。暁闇の中、潮のようでもあるが、浪音はしない。

宿の亭主が、あれは山霧だという。山が高いので深い谷から湧きおこる霧が山潮のように家々を埋める。まだ夜深いゆえ、ゆっくりして明け果ててから出立なされと、囲炉裏の榾火《ほたび》など焚きながらこのあたりの物語などしてくれる。

明るくなって出立したが、まあこのへんの辺鄙《へんぴ》なこと、深い山中をゆくに人影も見えぬのである。

「立《たち》のぼる雲か煙か杣人《そまびと》の　家有りとだに見えぬ山奥　宅子」

秋葉詣りの人で多いはずの街道だが、この日四月二十九日、陽暦では六月十八日で、梅雨の頃でもあり、物詣で旅の好時節とはいえぬせいもあろう。

かたわらの崖から、ざざざと笹を押し分けて何かが駈けてくる音がする。

〈ご寮人《りょん》さん、猪じゃあ……〉

とハタ吉の声に、女たちはきゃっと一声、すくんで動かばこそ。〈これっ〉と四十エモンの叱声。〈つまらん悪戯《いたずら》ばするな。ご寮人さんたちゃ、たまがまっしゃるぞ〉

ハタ吉が一行を活気づけようと大きい石を転ばして脅したのだった。三十平《みそへい》に頭ごなしに叱られている。旅のはじめに足を草鞋に食われ、泣き泣き歩いていたハタ吉も、そんな転合《てんご》をしてふざけるまでに、旅を楽しむゆとりが出てきたらしい。

五十丁ばかり登ると観音寺があり、この石段の上が秋葉の社である。ご祭神は火之迦具《ひのかぐ》土神《つちのかみ》、火伏せの神さまとして篤い信仰を寄せられている(関西ではもっぱら京の〝愛宕《あたご》さん〟が火伏せの神さまで、関東の秋葉さまは影が薄いが)。

宅子さんの詣ったころは秋葉寺が立派だった。「此寺の広き事かぎりなし」三尺坊大権現さまを祀る。宅子さんの詣でたとき台所の一間には大きな釜をあまた据え、かたわらに火箸というて柱のように大きいものがあった。珍しいのでお坊さんに聞くと、この社の祭のときに用いるものという。秋葉の火祭として有名な十一月十日から十六日まで（現在は十二月十五、十六日）のお祭ということであった。

宅子さんらはそこから戸倉村に下り、石打、神沢（そこで一泊）、三十日、大平を経て青山峠に到った。この間二里、これが遠江の国と三河の国の境である。やがて大野の宿に到れば、はや三河の国で、ここから有名な鳳来寺《ほうらいじ》は一里半という。

三州鳳来寺（現・愛知県南設楽《したら》郡鳳来町）は古いお寺で八世紀はじめの創建と伝えられるが、何度か祝融の厄に遭い、たしかなことはわからなくなっている。しかしともかく由緒ある古寺ということで尊崇されており、ここに東照宮のあることでも有名である。折角なれば、宅子さんは鳳来寺へお詣りしたいと思ったが、けわしい山路に疲れた人は、新城《しんしろ》の宿《しゅく》へすぐいきたいという。それは久子さんらであったらしい。多分、久子さん、おぜんさんの組であったろう。されば供も二つに分けて、片や新城へ、片や鳳来寺へと別れることになった。といっても、宿場の宿とて数は知れたこと、あとから追いついても連絡はすぐ取れるのである。

宅子さんについていったのは、私の想像であるが「こゝに二人三人鳳来寺に詣でんとて右のかたさして行くに」とあるので、宅子さんおちくさん、三十平、ハタ吉らであったろうか。

これまた山頂の寺であった。山に登ること五十丁、「さかしき巌をのぼれば道の傍らに石仏あまた立てり。人の手かた、足あとを辿りて登る道なり。ふもとを見るにおそろしく身じろぐべくもあらず。むねもつぶれるばかりにてたへがたきこゝちす」

ここで私の思い出すのは、またもや清河八郎の『西遊草』である。西遊を果し、江戸へ向う途中、御油《ごゆ》の宿を越え、豊川稲荷に詣った八郎は、それが鳳来寺にも到る道だとは知っているが、

「されども鳳来寺は山中にて、殊に難義《ママ》のよし、至るものいづれも後悔せざるなければ、格別の名所とても唯仏神のあるのみなれば、我等も鳳来寺、秋葉山は延行の積《つもり》にいたす」

舌鋒するどき〈兄ちゃん〉である八郎は、一刀のもとに切って捨てる。

歴史に興ある軍略家の八郎にしてみれば、それより豊川の奥の長篠《ながしの》に関心がある。「我酒井侯も長篠合戦の時大奇謀を献じて、信長の美賞を得玉ふ所なれば、閑暇ならば過《よぎ》り度《たき》事也」

八郎は藩士ではないが、やはり郷士の殿さまなれば、「我酒井侯」という心境である。

さてこちらは宅子さんら、胸つぶれる思いをして登り、東照権現の社を拝し、かつ鳳来寺の諸堂を拝む。「いづれも大寺にしてきよらかなり」峯の薬師は宮作り美しく、堅魚木《かつおぎ》を上げてあるのも珍しかった。

菊桐の紋を金色に鋳付けてあり、日に輝いて眩く、江戸の浅草寺を思わせるほど宏壮だ

った。鐘楼、三重の塔、七堂伽藍。坊舎も多く、「諸寺諸院つらなりて町をなせり。世に女人高野山といふよしなり」

山を下りてみれば、「胸もつぶれるばかり」という山道の危さが今更のように思われて、茶屋で祝杯をあげずにいられない。

「こゝにて酒などたうべて、ことなく詣でつることを喜ぶ」

南へ三里いけば新城、しかし先行の久子さんらは、待ちかねて少し前にここから馬を借り、豊川稲荷の前、江戸屋何がしの宿まで行ったという。ここからは二里半である。それではわれら四人も馬で、と思ったが、宅子さんは疲れてしまった。おちくさんと共に新城宿に泊ることにし、男たちは元気なれば、一人は豊川へ、先行者を追ったらしい。

宅子さんはおちくさんと床を並べ、秋葉街道の難儀を今更のように語りあう。日本の背骨を踏破したのだから当然かもしれぬが、信濃の諏訪を出てから、ここ三河の新城へ着くまでの、まあ難所の苦しかったこと。

〈ばってまあ、おもしろか。こんとしになって、こげんことが出来《でく》るちゃ、自分でも思いもよらんことでしたばい……〉

いううちに、おちくさんの語調がゆるみ、いつか眠りに入っている。それを微笑する宅子さんの瞼も、おのずと重くなる。

――このとき宅子さんらが鳳来寺へ詣ったのは幸せであった。二十二年後の文久三年

（一八六三）、鳳来寺は堂舎の大部分を焼失している。

五月一日、朝まだきに起きて豊川稲荷へ詣でた。朱の鳥居数百本が立ち並び、まことにめでたき宮づくり（例により歯に衣《きぬ》きせぬ八郎はやはりここに詣って「当時至て流行の〔稲〕荷社のよしなれども、格別立派なる稲荷にもあらず」「左程格別よぎるほどの宮にはあらざる也」という）。

久子さんらは今朝まだ暗いうちにここをたったという。ふたたびあとを慕って御油《ごゆ》へ。すでに東海道である。京へ四十八里十六丁。箱根の関、新居の関を大迂回して越え、ここまで来れば、もう安心というもの、しばらくは東海道の旅を楽しめる。

御油は私は取材したことがある。例の、『東海道中膝栗毛』の旅だった。もう十一、二年も前になろうか。旧東海道の宿場町らしい面影をのこす家々が往還に沿って並び、通りには人影もなかった。ことに見事なのはここから赤坂宿にかけての三百六十本ばかりの松並木である。いまも十数丁に及び、亭々とそびえる松の美しさ、姿のよろしさ。松脂《まつやに》の香もかんばしく、松葉は青々、つやつやとして、栄養がゆきわたっているのを思わせる。〈御油松並木愛護会〉の心こめた愛護によるものであろう。

「天然記念物　御油ノ松並木」なる碑は私も見たのだが、碑文を書きとめることをしなかったので、『東海道分間延絵図　第13巻』（児玉幸多監修　林英夫解説　'82　東京美術刊）の解説から引かせて頂く。（　）内は林氏の補筆。

「昭和十九年十一月七日　文部省指定（天然記念物）　この松並木は、慶長九年（一六〇四）、徳川家康が植樹させたもので、以来、夏は緑陰をつくり、冬は風雪を防ぎ、長く、旅人の旅情をなぐさめてきました。当初六〇〇本以上あった松は、長い歳月の間に減少しましたが、旧東海道に現存する松並木のうちでは、昔の姿を最もよく残すものとして、第二次世界大戦中の昭和十九年十一月七日、国指定の天然記念物となりました。私達は、この松並木が貴重な国民的財産であることを自覚し、後世に伝えるため〝郷土の宝〟として愛護しましょう」

解説の林氏は、「かなり推敲されたわかり易い文章で記されている」といわれる。私も、中々の名文だと思う。いうべきはいい、抑えるべきは抑えつつ、そこに一抹の柔媚な情が添うているのは、文の作成者の、松並木へのなみなみならぬ愛着であろう。

『膝栗毛』では弥次・北はここで狐に化かされるまいと、互いに疑心暗鬼になり、あたまを撲《は》ったり、馬乗りになったりという大騒ぎになる。

赤坂まではわずか十六丁、東海道の宿駅の中では最短距離である。私が赤坂の宿へいったときは、御油と同じく昔ながらの街並みであったが、ひときわ目を惹くのはいかにも江戸時代の旅籠屋といった風の大橋屋旅館、たてものは正徳五、六年（一七一五―一六）頃の建築ということだった。帳場には老刀自が長火鉢を前に坐っていられ、

〈私がお嫁にきました頃は、松並木が昼も暗いほど生い繁っていましたよ。なんと淋しい

所だろうと思いました〉

とのこと。さてこそ弥次・北の狐の話も、いかにも場所にふさわしい。赤坂・御油の宿は飯盛女の跳梁跋扈《ちようりようばつこ》で有名、いずれもお面をかぶったように塗りたてたのがうるさく袖を引くので、弥次は詠む。

「その顔でとめだてなさば宿《しゆく》の名の

御油るされいと逃《にげ》て行《いか》ばや」

ともかく、御油・赤坂は現代人にとっては逍遥をたのしむによき地、松並木のすがすがしさに触れるだけでも好もしいが、現在はまた変貌しているであろうか。

宅子さんは赤坂といっても留女《とめおんな》に関係なく、ユーモアを弄んでいる。

「旅ごろも月日かさねて赤坂と　いへば人目のはづかしきかな　宅子」

難所つづきの行路、洗濯もままならぬここ何日か。やがて藤川宿、ここに国許の秋月藩五万石のお殿さまが参観《さんきん》交代で泊っていられた。福岡藩の支藩で、この秋月は陶器・紙・葛粉・木蠟などの産物があるため、宅子さんの小松屋ともかかわりがあったであろう。他郷で見る〈わしがくにさのお殿さま〉の御泊り札は何とやらなつかしく、

「あふぎ見つゝゆく」

卯の花が道のほとりに盛りだった。雨に降られて岡崎へ。「此町のすぢいと〳〵ながし」と宅子さんが書くように、このご城下は、府中宿・宮（熱田）宿とともに東海道でも繁華

なところ、俗謡に「五万石でも岡崎さんは　城の下まで舟が着く」とうたわれる。繁華の地はまた色里も殷賑《いんしん》をきわめ〈岡崎女郎衆〉の名もたかい。

宅子さんらは旅籠の多いのに辟易《へきえき》して〈浪花講〉――浪花びとらの特約の宿に泊った。実は御油から浪花の旅人のグループと道づれになったが、宅子さんらはあれこれ社寺詣でにも熱心だから、ずっと一緒の行動ではなかった。しかし〈浪花講〉の人々の宿なれば安心と、もろともに宿をとらせてもらう。

さて袖の滴を絞りつつ、先行の久子刀自らの行方を三十平に尋ねさせたが、こなたかなたの心当りの宿、〈さような人はまだお見えになりませぬ〉という。

いずれこの街道筋で出あうであろうけれど何とやら寝そびれて、その夜は物語に夜をふかした。

明ければ五月二日。明《あけ》六ツ（午前六時頃）に宿を出、矢作《やはぎ》橋を渡る。長さ二百八間、海道随一の大橋である。ここから見る岡崎城は東海道中指折りの佳景であるが、宅子さんらは先をいそぐ身なれば、賞美している隙《ひま》もろくになく、

「もののふの矢はぎの橋は長けれど　いるがごとくに今日わたるかな　宅子」

むろん、この「いる」は矢作の矢にかけた「射る」であって、古典の常套語である。

ここから浪花の人々と別れ、宅子さんらは八ッ橋の跡を見にゆく。歌よみとしてはぜひとも「水ゆく河の蜘蛛手《くもで》なれば、橋を八つ渡せるによりてなむ、八橋といひける」という

『伊勢物語』のゆかりを尋ねなくては。

道しるべの石碑があった。

「従是《これより》　四丁半北　八橋　業平作観音有《あり》」と刻まれている。「元禄九丙子《ひのえね》年六月吉祥日」と刻せられているのも嬉しい。宅子さんは思わず衿元をととのえ、ふと、美男の業平にでも会う無意識の心づもりかと、われながらおかしくなり、口もとがほころぶ。「からごろも　きつつ馴れにし　妻しあれば　はるばる来ぬる　旅をしぞ思ふ」――業平の乾飯は業平の涙でほとびたであろうか。

しかしついてみればそこはただ古池をもつお寺、無量寿寺で、そばの古碑にはかたくるしい漢文で業平の故事がしるされているのみだった。池にはかきつばたの花もない。名所古蹟は得てしてこういうものであろうけれど。

「あと問へど絶えし三河の八ッはしの　蜘蛛手に物を思ひけるかな　宅子」

水無月《みなづき》の空

宅子さんが、いかにも歌人だなあと思わせられるのは、やがて三河の国碧海《あおみ》の郡《こおり》、池鯉《ち》鮒《ふ》（現・知立《ちりゅう》市）に至ったときの歌である。

この池鯉鮒は京へはや四十一里十五丁、『五街道細見』によれば（万治版というから江戸時代でも初めの頃だが）、

「左のかた一里ばかりの浜辺に苅谷《かりや》の城みゆ。右の方に狭奈岐《さなぎ》大明神の社あり。此処に池あり。明神の使ひとて鯉鮒多し。故に池鯉鮒といふと申伝へたり。毎年四月のうちは馬市あり。四方より馬を出して、売買するなり。諸方より傾城おほく集りて、市立《いちたち》の人と契る」と。

廣重の「東海道五拾三次之内　池鯉鮒」の保永堂版は「首夏馬市」として中央に松一本、これが『東海道名所図会』にある、「馬口労《ばくろう》・牧養《うまかい》集りて馬の価をきめるを談合松といふ」それだろうか。宿場はずれの東の野、藍と薄黄色の美しい野に、黒また灰色の馬が二十数頭、おもいおもいの姿態で杭に繋がれている。その背景、東天は紅く染まり地平は水色、

草を喰《は》んで頭を垂れている中に、中央の一頭が首をあげている構図も印象的である。

ここの馬市は鎌倉時代からだが、江戸時代に入ってもっとも盛んとなった。

宅子さんは馬市のことは記さず、「こゝはドジャウの名物なりとて煮売《にうり》する人多し」と。泥鰌《どじょう》も池鯉鮒らしい気がするが、ここでの詠。

「ちりふなるまつがねかづら言の葉に　かけてしばしは旅のなぐさと　宅子」

なぐさは慰め。そのかみ二条派歌人として著名な烏丸光広《からすまるみつひろ》卿が東路を旅して、池鯉鮒に到ったときに鯉が供された。早速の狂歌、

「此《この》里の名に負ひたりとおさかなの
　料理をしたる池の鯉鮒」

皆人は笑いあい、光広卿はここに一泊して、

「言の葉の影とたのまむ散りうせぬ
　松がねかつら　一夜なれども」

と詠む。宅子さんは烏丸光広の紀行文も読んだのであろう。池鯉鮒での詠は光広卿への献歌である。旅立ちに際して周到な予備知識をたくわえていたことがわかる。烏丸光広（一五七九―一六三八）、人となり奔放で多芸多才の文化人として尊ばれた。宅子さんは池鯉鮒の土地を現実に目睹《もくと》して、古歌の風趣にひたる悦びをまたも味わう。

ここを去って今岡・芋川の立場《たてば》（宿場ではないが、旅人の休めるところ）を過ぎればそ

の名も境橋という橋がある。三河の国と尾張の国の国境。なお西行すると、有松絞りで有名な有松に着く。

　実をいうと、ここへ着くまでに桶狭間《おけはざま》の古戦場がある。東海の覇将《はしょう》、今川義元が、無名弱冠の織田信長に敗れたところで、歴史好きの人ならば興趣を催すであろうが、宅子さんは〈女の子〉であるから、戦跡などは無用のことである。

　しかし血の熱い〈男の子〉である清河八郎は何として看過できよう。『西遊草』によれば、

「有松を過ぎ（田辺注・先述の如く八郎たち一行は京・大坂から東帰の途上で、宅子さんらのコースと反対になる）、桶狭間の山にいたる。格別の高下もあらざれども、波浪の［ご］とき小山、幾重もありて、兵を用《もちう》るには、至て奇変のあるべき地勢なり。今川義元も東海道に名高き豪傑なりしに、信長の為に一戦に打亡《うちほろぼ》され、空しく此間《このかん》の露と消へ《ママ》、往来の右五拾間ばかりの傍に、尾張の儒臣秦鼎《はたかなえ》のたてたる石碑あり。其外《そのほか》当時諸将打死の首塚も多くありて、いと寂寥たる景色なり」

　以上は八郎がジャーナリスト・レポーターとしての現場描写及び報告で、以下は評論家あるいはキャスターとしての八郎の感懐である。

「英雄天下に跋扈《ばっこ》し一世の豪をなせしに、奇略のたらぬゆへ《ママ》、戦国の時風に疎く、遂《つい》油断大敵となりて、一時に滅亡にいたるも、天［の］時とはいひながらまた短慮のなすところ、

豈謹《あに》まざるべきや。されど往来にて後人のうわ《ママ》さとなりて、千世のあとまで其名をのこすも、また凡人のいたらぬ事、憐れむべくしていましむべき也。三世にたらずして、いたず《ママ》らに他人の委蹟となるも、武将たるものはわが子を鑑察すべき第一の所なり」

八郎は天下の啓蒙家を以て任じているので、評論すると往々、〈山上の垂訓〉風臭味があるが、しかし〈男の子〉の本音が率直に出て面白いので、この小稿でも、間々《まま》、宅子さんの〈女の子〉的風流と対比したくなるのである。

さて、いよいよ「尾張の国愛智《あいち》ノ郡有松ノ村にいたる。此里にさま〳〵のしぼり木綿といふ物をうるとて賑はゝしき処なり」

有松（現・名古屋市緑区有松町）では八郎も書く。「絞り屋は拾七、八軒もあらん。いづれも至て高大なる構へにて、美々しき事なり」——八郎はここで、外吉という店で三両余も買いこむ。先年、八郎の父も旅の途次、この店で買ったことがあり、その時の控えも残っていた。八郎は買った品を江戸博労（馬喰）町の常宿に送るよう手配したが、店ではお得意さまというわけで、「江戸賃はとらざりき」送料はサービスしたというのであろう。

ただし八郎は、

「高直のものゆへ《ママ》、余計にはあがのふべからぬもの也」

宅子さんらも目を奪われるが、絞り染は次の宿場なる、鳴海にもある。久子さんらは鳴海で待ち侘びているかもしれぬと先をいそぐ。

一方、久子さんたちもすでにそのまえ有松を通過したときに、絞りの布を土産に買っていた。

「いくたびもしぼり〳〵てうすくこく　鳴海ゆはたは唐錦《からにしき》とも　久子」

ゆはたは結機《ゆいはた》の約で、くくり染、しぼりの古語である。そればかりではない。久子さんはそこで旅衣を着更えたらしい。

「たびごろもけさぬぎかへて珍しく　なるみをとめのしぼりをぞ着る　久子」

また瓢箪《ひさご》も名物だったのか、土産に買っている。わが名に通うと思えば、

「ひさごをも家苞《いえづと》にせむ久しくも　なりて鳴海をしのぶつまにと　久子」

つまは手がかり、思い出のかたみ、というような意味であろう。

宅子さんのほうは、

「おもふ事なるみの浦のくゝりぞめ　若くしあらばまづぞ買はまし　宅子」

とはいうものの、女人の身なれば、この有松・鳴海で、さまざまの絞り染を買わずにはすまなんだであろう。

廣重の「東海道五拾三次之内　鳴海」の絵で、この宿の繁昌をみよう。

ずらりと並んだ名産絞り店、どの店先にも紅や藍染の布が下って風にふかれており、さながら唐錦。

店先の喧騒は『東海道中膝栗毛』から。これは有松で。

「名にしおふ絞の名物、いろ〳〵の染地、家ごとにつるし、かざりたてゝあきなふ。両がはの見せより、旅人《りよじん》を見かけて『おはいり〳〵。あなたおはいり。名物有松しぼりおめしなされ。サア〳〵これへ〳〵。おはいり〳〵。』(弥次) ヱヽやかましいやつらだ。

〈ほしいもの有松染よ　人の身の　あぶらしぼりし金にかへても〉」

弥次・北はここでいかにも上等品を多く買うようにみせかけながら、いざ買う段になると、いちばん安いのを、手拭い分だけ切ってくれという。……


この鳴海、一方ではまた、古典に古歌に、親しまれたところであった。古くは『更級日記』——かの、十三歳の少女の可憐な旅日記からはじまる、〈女の一生〉物語——に、

「尾張の国、鳴海の浦を過ぐるに、夕潮、ただ満ちにみちて、こよひ宿らむも中間《ちゅうげん》に(田辺注・中途半端で)、潮満ちきなば、ここをも過ぎじと、あるかぎり走りまどひ過ぎぬ」


とある。


為家に「いたづらに都は遠くなるみ潟　みちくる汐に波ぞちかづく」がある。宅子さんはそれら古典のみやびに音《ね》を添えるべく、

「干潟とはいまぞなるみの浜づたひ　汐満たぬ間といそぎけるかな　宅子」

——古典との美しい交響曲である。


鳴海を出れば雨が降ってきた。この日、五月二日は陽暦では六月二十日、すでに梅雨の

まっ只中である。しかし宮《みや》（熱田）の宿までに有名な笠寺観音がある。社寺仏閣に崇敬の念篤き、敬虔《けいけん》な宅子さんはお詣りせねば気がすまぬ。

ここは私も『東海道中膝栗毛』の取材のとき詣った（現・名古屋市南区笠寺町）。ずいぶん広大な寺域に、団体の参詣者が多く赤い旗や幟《のぼり》が青空におびただしくひるがえり、香煙縷《る》々《る》と、まことに寺運隆盛にみえた。根強い庶民の信仰に支えられた観音さまのようであった。昔、寺がうちすてられ、本尊の十一面観音菩薩像が雨ざらしになっていられるのをある女人が見て嘆き、せめてもの志に、と笠をかぶせてさしあげた。それより女人に奇瑞が起り、やがて福徳をもたらしたまう観音さまとして崇められ、寺は栄えたという。天林山笠覆寺。本尊は今も、笠をかぶりたまうという。

鳴海宿から一里半で宮の宿場へ。「街道最大の繁華な町である」と、『東海道分間延絵図』の解説にある。

ここは海陸の要衝地で、旅籠も多い、ということは往路の旅で先述した。

ここでやっと宅子さんらは久子さん一行に再会する。宮の宿へ着くと、かねて待ち構えていたのであろう、

「あなたよりうちまねく人有り。ちかくよりて見れば先に別れし人々なり」

双方、無事を喜び合い、手に手をとり合って笑み交す。供の男たちも、合流を果してほ

っとしたことであろう。別々の行動をとり、それぞれ微妙にトーンのちがう旅をたのしみ、あとで話し比べて興ずるというのも、長旅を成功させたテクの一つかもしれない。しかしそれも、宅子さん久子さんらに代表される、オトナの識見と貫禄をそなえていればこそ。

「旅なれば一日《ひとひ》ばかりの別れをも　八百日《やおか》のごとく思ひしものを　宅子

かつかなしみ、かつうれしみつゝ物語りにときうつりぬ」

その夜はそこの美濃屋という旅館に泊った。船に乗るつもりだったらしいので、ここから往路と同じコース、海上七里の渡しで桑名へ向うつもりであったとおぼしい。

しかしその夜は、阿波の殿さまと、宅子さんらのお国の、秋月の殿さまがこの宿に泊り合されており、いつもより騒がしい。明けて三日、暁から出ようとすると、「殿の行《ゆき》かひし玉ふに、ことしげゝれば、しばしやすらひぬ」

大名の旅行に遭遇した一般庶民こそ迷惑である。それをやり過そうとて、しばし宿屋で休憩、そのときにコースをかえようという案が持ちあがったにちがいない。

〈いずれこの先も秋月のお殿さまと、あとになり先になり、してゆくちゅうことになりゃ、気苦労でござす〉

と久子さんがいえば、〈道中細見〉を眺めていた宅子さんが、

〈美濃路をとって垂井《たるい》へ出て中仙道をゆくちゅう道中も面白か。さきに歩いたところたあ、違《ちご》うた土地をみまっしょうや〉

〈そういやあ〉

と無邪気に声をはりあげるおぜんさん。

〈養老の滝ちゃ、そんあたりやござっせんな。いま、美濃路、ちゅうとば聞いて、ひょかっと思い出しましたばい。〃美濃の国・養老の滝〃ち、いいますたい〉

〈そりゃあ美濃路よかずっと西になりますばい。ばって養老の滝ち聞いげな、すぐその気になりますなあ〉

宅子さんも弾んだ声になる。

〈それそれ、宅子さんの嬉しそうなこと。養老の滝で思うさまお酒の味のする水をち、思うとられるとでっしょうな〉

久子さんの諧謔に、宅子さんは返す。

〈養老の滝は若返りともいいますげな。〃飲む心よりいつしかに、やがて老《おい》をも忘れ水の……〃と……〉

というのは、謡曲「養老」である。江戸期の知識階級の教養に、謡曲は欠かせない要素なので、このあたりは私の想像。多分、おちくさんまで膝をのり出し、

〈若返りの泉やち、いうことなりゃ、あたいも飲んでみたか〉

などとはしゃぎ出し、いつとなくコースは養老の滝見物に。このへん、まことに悠々たる贅沢な旅である。

養老伝説は私どもの子供の頃など、絵本で見たが、現代でも昔話として子供たちに伝えられているかしら。元正天皇の御代（八世紀前期）、美濃の国の貧しい男が山から薪を採って売り、僅かな金を得て酒の好きな老父のために酒を買って喜ばせていた。あるとき山中の石から酒が湧くのを発見し、毎日これを父に飲ませて養っていた。元正天皇はこの地に行幸され、男の孝行に感動され、男を美濃守に任じ、年号を養老と改められたという。『続日本紀』には天皇が霊泉の湧出を賞されて改元されたとあるのみで孝子説話は見られないが、どうやらそれは『十訓抄』あたりが孝子伝説とからませたものらしい。しかし昔から日本人は美濃の国・養老の滝の孝子伝説を愛してきたのだ。

かくて衆議一決、「巳の時ばかり」というから午前十時ごろ、一行は意気揚々と出発する。

まず往路にも拝んだ熱田の宮をおろがむ。

「うれしさよとく行きめぐり今日はまた　恵みあつ田の宮にぬかづく　宅子」

ここから取る道は佐屋廻りというところ、伊勢湾北方を廻る。東海道から分れ、岩塚、万場、神守《かもり》を経て佐屋へ。旅人はここから木曾川を三里下って桑名に着く。これは海上七里の渡しが荒れたりするとき、あるいは船に弱い人たちが取るコースであるが、宅子さんらの目的は、佐屋から半里の、津島の祇園社へ詣ることだった。

日本の三大祇園の一つといわれ、全国的に信者が多い。私は未見なのが残念だが、宅子

さんは、

「六月十五日祭礼なりといふ。御社は檜皮葺《ひわだぶき》にして宮立いとうるはし。御祭り十五日船にて御幸ありとなん聞たるも、いといとすゞしき心地す」

大阪の天神祭のように船渡御《とぎょ》があるのかしらと『広辞苑』（岩波書店刊）で調べてみると、津島祭というのは「陰暦六月十四・十五両日に行われ、山車《だし》を船二艘連結した上にのせ、管弦の音勇ましく疫神を流すために天王川（天王池）を漕ぎ渡る」というものだそうな。

そのとき葭《よし》に疫病神を托して流すので、〈御葭《みよし》の神事〉といわれているよしである。

そこへお詣りして、岐阜川を越え、美濃領に入った。またもや木曾川を越えて美濃の国安八《あんぱち》郡今尾町に入る。日は暮れ、雨は降り出すので、道筋の家で宿を乞うたが、田植の頃とてどこもそれどころではなく、泊めてくれない。

「日は暮れはてたるに宿なくていとくるし」という仕儀になった。おけら川という川を渡って多芸《たき》郡美津屋《みつや》村という里に到り、宿をと所望したが、ここでもことわられる。しかし強いて頼むと、「かつぐ〴〵らべなひぬ」という調子。——やっとのことで承知してくれた。

「家の内いとせまくて夜の物も乏しく、蚊声いぶせくて夜を明かしかねつ」という風情。

「せまければ露けき袖のならはしに　そへてくるしき旅寝なりけり　宅子」

しかし泊めてくれた家の人はそれなりに善意の人であった。養老の滝は山中にあり、旅人にはわかりにくいだろうから案内しましょうといってくれる。明くれば五月四日。

三里ほど西北にいって山へ登ると、桜茶屋とて広い家があった。「うちはれたる所なり」とあるので眺望よろしき茶屋であったのだろう（久子さんの『二荒詣日記』には千歳茶屋とある）。

ここで腰かけて昼食など摂《と》った。茶屋の人が、滝までご案内しますという。いかにも山深いところらしい。茶屋の横の門から少し下りて向いの谷を登った。天神社があり、その前に菊水とて清い泉があった。池の中に島があり、この島を七度めぐれば夏でも足がこごえます、という。ここから向いの山を少し登ると、養老の滝であった。

「数ならぬみのゝ小《お》山の滝の糸を　くり返しつゝむすぶうれしさ　宅子」

「みゆきありしむかしの滝のいとながく　老いをやしなふ水のゆたかさ　久子」

滝の流れはおよそ三十五丈、横幅は五、六丈もあろう。「大方世に滝つぼと聞ゆるは、水の面波立ちてはげしきものなるが、この滝は水浅く滝の浪おだやかにして、落ちくるさま、いと〳〵めでたし」と宅子さんはしるす。

家苞《いえづと》にと、養老石など拾い、再び桜茶屋に帰った。ここで「養老酒とてかの滝の水もてつくれる酒といふを食《た》うぶ」

佐屋より美濃へ入ってからの、「宿なくていとくるし」き旅寝の憂さも忘れるばかりの心地よさ。

「味はひことにすぐれたり」と宅子さんの批評。これは酒をふだんたしなまぬ他の女人たちにも感銘を与えたであろう。このあたりの名産と知られるものだが、味醂《みりん》に人蔘《にんじん》、丁字、大黄、当帰、サフラン、甘草その他の煎汁を加えたもので、濃紅褐色を呈すと。甘くて強烈な味と、物の本にある。

茶屋の前栽《せんざい》に大きい桜の木があった。もう花はないが、そこへたたずんで見渡すと、左に川の流れ、そして尾張名古屋の金の鯱鉾《しゃちほこ》、桑名城、そのほかずっと拡がる田に田植する人々まで間近く見えた。

ここから案内してくれた美津屋村の人を返し、北行して沢田・万木田《まきた》などの里を過ぎ、ついに中仙道の関が原に着いた。美濃路をゆけば垂井《たるい》へ着くが、そのも一つ京寄りの関が原、斜めに最短距離を来たことになる。道の辺にふしぎな鳥の声をきく。人に聞けば水鶏《くいな》の声という。古来から和歌に詠まれた鳥で、その鳴く声は〈叩く〉と形容される。宅子さんは興を催してさっそくに詠む。

「ゆき帰りとゞめぬ不破《ふわ》の関の戸を　何にくひなのたゝくなるらん　宅子」

久子さんも不破の関という名に感動する。

「たび人のこゝろぞとまる不破の関　ゆきゝさはらぬ君が代なれど　久子」

関が原はいうまでもなく、慶長五年（一六〇〇）九月十五日、石田三成の西軍と、徳川家康の東軍との間に、天下分け目の合戦があった地。結局、東軍が勝って家康が天下を取ったが、以降〈関が原〉といえば勝敗をきめる重大な場を意味することになった。

しかし宅子さんらは例により、〈女の子〉の常で、戦の歴史はどうでもよろしい、それより歌枕、故事にゆかしい〈不破の関〉にこそ関心がある。ここは古代、東山道の要地であった。鈴鹿の関（三重県鈴鹿郡の関所。東国への要地）、愛発《あらち》の関（越前の愛発山にあった。古代は北陸道の要地）とともに、三関といわれた関。畿内防衛の関所であったが、王朝初期には廃されている。

宅子さん久子さんらは『新古今集』も伊藤常足先生から教えられたであろうから、巻十七雑歌の、摂政太政大臣・藤原良経《よしつね》の、古来から有名な、「関路ノ秋風」という題の名歌を知っていたであろう。

「人住まぬ不破の関屋の板びさし
　荒れにしのちはただ秋の風」

——ああ、このあたりが……と思うさえゆかしい。

「不破の関の跡といふ物は、何れなりやと問ふに今は定かならずといふ」と宅子さんはしるすが、その頃も〈大せき〉という地名が残っていて、『五街道細見』には「むかし不破の関ありし所なり」とある。

そこに関の藤川という川がある。それを渡ってその日は今須《います》泊り。京へ二十二里という近さになったが、『細見』によれば「宿あしく山坂谷道なり」とのこと。その手前の山中村に常盤御前の墓があった。源義朝の愛妾で三人の息子を挙げたが、その末子が義経である。平治の乱で義朝が敗死したあと、子供の命乞いと引きかえに、敵の平清盛の愛人となった。女人の運命の転変を絵解きで見せたような生涯で、後世の女人たちにさまざまな感慨を与えた。

宅子さんらもそこばくの感動を持ったにちがいない。

五日、今日はあやめの節句というのでちまきを買おうとしたが、田舎のこととて、そういうものを売る家もなかった。

「草枕たびのあやめもなつかしや　わが家《いえ》のつま思ひやられて　宅子」

やがて美濃の国と近江の国の国境である。ここは幅一尺五寸の小溝を隔てて人家が接する。

「すなはち国の境なり。されど町の家相《あい》ならびて立てれば、二国人親し」

二国の人が壁ごしに寝ながら話し合えるというので、このあたりを寝物語の里という。

「美濃近江　国をへだてゝむつまじや　寝物語の世々に絶えせぬ　宅子」

伊吹山が右に見える。やがて柏原《かしわばら》宿、名産として伊吹山の伊吹艾《もぐさ》がある。百人一首にある藤原実方の歌、「かくとだにえやは伊吹のさしも草　さしも知らじな燃ゆる思ひを」を、宅子さんらも思い出していたことであろう。

六日、梓川を渡って醒《さめ》が井《い》へ一里。樋《ひ》ノ口村、門根《かどね》、久礼《くれ》を過ぎて番場《ばんば》の宿へ。伊吹山

を眺めつつ、

「来てみれば伊吹おろしのはげしさに　神代の神の越えませしあと　宅子」

ここは彦根の井伊氏の領地、小ぢんまりした山中の宿場。番場といえば宅子さんのあずかり知らぬ後世のことだが、長谷川伸の名作『瞼《まぶた》の母』の、番場の忠太郎で知られる。長谷川伸（一八八四―一九六三）は幼時、父が破産したため小学校を二年で退学、自活してあらゆる辛酸をなめた。その間にも向上心を失わず刻苦して独学する。落ちている古新聞を拾ってふり仮名を頼りに漢字を学んだといわれる。やがて業界紙の給仕から新聞の臨時雇いの記者に、そのうち短篇を発表しはじめ、出世作は『夜もすがら検校《けんぎよう》』であった。のち劇作家としても地位を確立する。ことに昭和に入って股旅《またたび》もののブームが起きると流行作家になった。生母と三歳のとき生別した彼は生母への思慕がことのほか強く、それが『瞼の母』を書かせた（のち偶然に再会している）。大衆に愛される股旅ものを書きつづけた。『一本刀土俵入』『沓掛《くつかけ》時次郎』など。

私はこの番場も未見の土地だが、『中山道分間延絵図　第18巻』（児玉幸多監修　渡辺守順解説　'83　東京美術刊）によれば、ここには地元の有志によって〈忠太郎地蔵尊〉が建てられているよし。長谷川伸の筆で、「南無《なむ》帰命頂礼《きみようちようらい》、親をたづぬる子には親を、子をたづぬる親には子をめぐりあはせ給え《ママ》」と台石に刻んであるという。また傍らの供養塔の石垣に、「島田正吾、中村勘三郎、片岡仁左衛門、市川寿海、長谷川一夫ら俳優の名が見える」

と。『瞼の母』の芝居は「歌舞伎、新派、新国劇から旅回りの名もない一座にいたるまで繰り返し上演され、好評を博した」と解説にあるが、私が昔見たのは映画だった気がする。

番場・醒が井・柏原、——とくると、これはもう、いやでも『太平記』巻二の「俊基朝《としもとあっ》臣《そん》再び関東下向の事」を想起させられてしまう。後醍醐帝の近臣で、倒幕の謀議に再度加わり、初めは許されるが、二度めも発覚して召しとられ、関東へ送られる。

「再犯赦さざるは、法令の定むるところなれば、何と陳ずるとも許されじ。路次《ろし》にて失はるるか、鎌倉にて斬らるるか、二つの間をば離れじと、思ひ儲《もう》けてぞ出でられける」

それは元徳三年（一三三一）であった。

死出の道行は美文で飾られる。『平家物語』巻十の重衡《しげひら》・海道下《くだ》りも懸詞《かけことば》・縁語《えんご》を連ねて美しいが、きらびやかさでは『太平記』のそれに及ぶべくもない。

そのかみ、セーラー服の女学生だった私は国語の時間、このくだりを暗誦させられたものであった。昔の女学校の質実な木造校舎は、代々の女学生たちの、暗誦の声をおぼえていたことだろう。少女たちの澄んだ声は淀川の上の空にたちのぼっていった。

七五調の絢爛《けんらん》たる詞華《しか》は、口にのぼせてしたしみやすく、感覚的に陶酔させられたが、若い心には、内容空疎で外見華麗な美文、とばかり思っていた。

しかし命終《みようじゆう》が近くなったいまでは、死出の旅の哀切・悲傷は、艶麗に荘厳《しようごん》されてこそ、と思われる。死を前にした旅人の目にうつる山河の風色は、過去の人生の情景を透《す》かせ、遠い思い出をつれてくる。それは生きながらすでに世界を異《こと》にしたような感懐であろう。(あんなこともあった、こんなこともあった……)捕われびとの思いに浮ぶのは花・紅葉、そして自然にも負けぬ美しい歌の記憶である。

「又や見ん交野《かたの》のみ野《の》の桜狩《がり》

花の雪ちる春のあけぼの」(『新古今集』巻二　俊成)

道行はこの美しい歌に触発され、語られる。

「落花の雪に踏み迷ふ、片野《かたの》の春の桜がり、紅葉の錦をきて帰る、嵐の山の秋の暮、一夜を明かす程だにも、旅宿《たびね》となればものうきに、恩愛の契り浅からぬ、わが故郷《ふるさと》の妻子をば、ゆくへも知らず思ひ置き、年久しくも住み馴れし、九重の帝都をば、今を限りと顧みて、思はぬ旅に出でたまふ、心の中《うち》ぞ哀れなる」

女学生の頃に暗誦を強いられたのはそのへんまでであった(他には『平家物語』『方丈記』の冒頭、そして『源氏物語』「須磨」の巻の書き出しの部分などであった)。

俊基朝臣は都から東国へ護送されるので当然、宅子さんと逆コースである。

「番場・醒井・柏原・不破の関屋は荒れ果てて、なほもる物は秋の雨の、いつかわが身の尾張なる、熱田の八剣《やつるぎ》伏し拝み、塩干《しおひ》に今や鳴海潟……」

宅子さんも『太平記』は読んでいたとみえ、番場宿の蓮花寺のことを書きとどめ、「太平記に番場ノ辻と有るは是なりといふ」

番場宿を過ぎればやがて磨針《すりはり》峠。峠の茶屋でしばし休む。

「此《この》茶屋、打《うち》はれたる所にて、近国大かた見え渡りて面白き事えもいはれず」

琵琶湖が眼下に見おろせる。『中山道分間延絵図　第19巻』によると、「中山道第一之景地也」と。

ここでの宅子さんの詠はメモ風。

「鳰《にお》の海見てもこゝろぞほそくなる　けふすりはりの山をこゆれば　宅子」

右の『絵図』によれば『近江国輿地志略』にいわく、「眼前好風景なり。山を巡《めぐっ》て湖水あり。島あり。船あり。遠村あり。竹生島《ちくぶ》は乾《いぬい》の方に見ゆる。画にもかゝまほしき景色なり」と。

この茶屋は立場茶屋で、望湖堂という。江戸時代に彦根藩主が建てたといわれ、参覲交代の諸大名が休憩したという。和宮が、北陸巡幸の明治天皇が、ここに小憩され、湖水の風光を賞でられたという。久子さんの歌が美しい。

「近江のや八十《やそ》のうらわの朝風に　みだれる波の花ぞよりくる　久子」

この山を磨針峠というのは土俗に伝える、昔、学問を志して京へ出た若者が、志半ばで挫折して去り、この地へ来た。とある老媼《ろうう》の鉄斧《てっぷ》を磨るのを見て、何のためにと問うと、老媼のいわく、この鉄を磨りへらして針にしたいといったという。若者は驚き、わが志の足らざるを恥じて、再び都へとってかえし、学を修めて身を立てたという。それから磨針峠の名が残ったと。宅子さんらもその由来を聞いたであろうが、「いそぐまゝに」下矢倉へ着いた。右は越前・加賀へ行く北国街道、左が中仙道。下矢倉へくるまでに筑摩《ちくま》村の筑摩明神があるが、宅子さんは書きとめていない。ここには日本三奇祭の一つという鍋かむり祭がある。『伊勢物語』に、

「近江なる筑摩《つくま》の祭疾《と》くせなむ
　つれなき人の鍋の数見む」

という業平の歌がある。昔は、村の女たちが関係した男の数だけ鍋をかぶって神輿《みこし》の渡御のあとについたという。ここは湖上往来の繁華な港町だったので、風紀の乱れを防ぐためというが、かぶる鍋の数を偽ると神罰が下ると信じられた。現在は「八歳の少女が八人、緑の狩衣に緋の袴をつけて張子《はりこ》の鍋をかぶって巡行する、きれいでかわいらしい祭である」と『絵図』解説にある。私は未見。ふしぎな風習や奇祭の話を聞くたび旅情をそそられ、日本は広い、と痛感する。それがいろんな旅日記を読むたのしみでもあろう。

このあたりは彦根藩領、宅子さんらは彦根のお城の上を過ぎて鳥居本《とりいもと》に着く。むかし多賀の社の鳥居があったのに因むという。ここは油紙の道中合羽で有名。久子さんの日記に

「名物の薬をかふ」とあるのは〈神教丸〉であろう。

更にゆけば小野、小野小町の誕生地という伝説がある。原村、大堀《おおぼり》村、そして有名な多賀社。旧官幣大社で、古いお社だ。伊邪那岐《いざなぎ》・伊邪那美二神を祀る。江戸時代は「お伊勢七度《ななたび》、熊野へ三度《みたび》、お多賀様へは月詣り」とうたわれた。お多賀さんは、お伊勢さんの親神である。朱印領三百五十二石余、上下の尊崇あつい大社。ここはしかし宅子さんは二十年前の旅のとき詣でたので、「このたびはものせず」

一里半で高宮宿。宿の中ほどに多賀社の一の鳥居がある。多賀社の入口である。宅子さんらはここから遥拝するにとどめた。

ここは高宮縞という麻布で有名。

「名物のかたびらの織物を出す所なれば、立ちよりて見る」

高宮川（犬上川）を渡る。舟渡しであった。

つつじ町、出町村、あまご、四十九院村に到って、多賀社のお祭であろうか、人の多く集っているのを見る。森の中に仮殿をつくり、はるかな家里から清げな巫女を輿に乗せてあまたの人が舁《か》いてくる。またしばらくしてもう一つの輿がくる。

「足もしどろにかき来りてこのかり殿にならべおき《ママ》、いみじき声してにぎはふさま、えもいはずおもしろし」

また一つ輿がきて三つになった。

「いづれも錦をまとひ、瓔珞《ようらく》をかざりてみづ〳〵し」

みとれている間に連れにおくれてしまい、いそぎあとを追う。枝村、土橋村、沓掛村、やがて越知川《えちがわ》（愛知川）の宿。すでに京へ十四里六丁のところまできた。越知川のそばの町。この川はふだんは、継橋だが、このとき出水しており舟渡しであった。しかも運のわるいことに「わが秋月の殿」さまも川越えなさろうとする。大名の一行をよけたつもりが、殿さまも中仙道を取られたものらしい。

「幔幕《まんまく》打ちめぐらしてきびしければ」

という、うっとうしいことになってきた。

『誹諧武玉川』に、

「旅は捨《す》て物《もの》　槍のあと先」（四―14）

という句があるが、槍を立ててゆくようなお大名やご大身の武家の旅と、一般庶民が同じコースをとった日には、目もあてられない、という意味だろう。道中の煩わしさ、宿場での混雑、ワリを食って難儀至極、というところ。しかたない、宅子さんらは、

「かたはらよりひそかにわたりて、中村、小幡なんどいふ所をすぐ」

このあたり近江商人の発祥地。

町屋村、清水ヶ鼻ときて老曾《おいそ》、ここは古来歌枕の地、大江公資《きんすけ》の歌にもある。

「あづま路の思ひでにせむほととぎす

老曾の森の夜半《よは》の一声」(『後拾遺集』夏)

『太平記』の例のくだりでは、「物を思へば夜の間《ま》にも、老蘇《おいそ》の森の下草に、駒を止《とど》めて顧みる、故郷を雲や隔つらん」とある。歌人の宅子さんとしてはひとことあるべきに、よほど先を急ぐのであろう、武佐《むさ》宿に泊る。

実をいうと、この湖東地帯、『萬葉集』の蒲生野《がもうの》の相聞歌で有名な蒲生野があるのだが、それも記されていない。

六日。「けふはかならずみやこにつきてむとていそぐ」

それでも京へはまだ十一里二十四丁の道のり。由ありげな塚や森にも「いそぐ道なれば」ところの人に問うこともしない。西宿、馬淵《まぶち》、西横関から鏡の宿。中世には繁昌の地だったが「今は名のみにして人馬の継所もなし」と、これは久子さんの『二荒詣日記』。

しかし古来から鏡山、というのは近江の歌枕として有名で、さすがに地霊への会釈がなくてはかなわぬ。

「名にしおはば鏡の山をみてゆかむ　旅の面影いかになるやと　久子」

「はづかしや旅にやつれし姿にて　かゝみの山にむかふとおもへば　宅子」

野洲《やす》を経て守山《もりやま》へ。守山とは比叡山を守るという意と。

「もる山と名には負へども夏木立　照る日も洩らぬ影のすゞしさ　宅子」

すでにもう夏の日ざしは烈しくなりつつある。守山川の橋を渡れば、近江富士といわれる山容美しい三上山《みかみやま》が見える。この山は俵藤太のむかで退治でも有名である。

南行して今宿《いまじゅく》、焔魔堂村、二町《ふたまち》村、笠川村、中沢村。ついに草津宿へ。

東海道と中仙道のわかれ道、草津追分。宿場としては距離は短いが、何しろ名だたる街道の分岐点とて、旅宿も多くその賑わしいこと。『東海道分間延絵図』で見ると本陣（二軒あるうちの一つ、木屋《きや》と号す）の立派なこと。建坪四百五十九坪、いまにその姿をのこすという。全国的に数少い本陣の遺構、国の史蹟に指定されている。私は未見の地だが、この本陣の大福帳には、元禄十二年（一六九九）七月四日に浅野内匠頭が泊り、同月十三日に吉良上野介が泊ったことが記録されている、と。

古い街道筋の面白さ、大河の流れのごとき人生の有為転変を見るようだが、街道の風色は旅人の感懐にかかわりなく、四季を送り迎える。そういえば草津、水口《みなくち》あたり、宅子さんが通ったあとの天保十三年（一八四二）、大きい一揆があった。天保という時代は爛熟の文化のうちに、来るべき維新動乱の予兆として内憂外患交々、という時代。世の中の屋台骨が軋《きし》んで、不気味な音をたてはじめているのであった。

しかし女の身ながら片雲の風にさそわれて、漂泊の思いやまない宅子さんらにとっては、道祖神の招きのままに、そぞろ心を狂わせ、足どりもかろく、老いの坂をたのしく越えんとする季節である。帰り路のたのしみは京・大坂、これこそわが生涯の時の時、打上げ花火に人生の大詰めを飾らんとする。もはや腰の据わった風狂人といってよいであろう。女西行、女宗祇、女芭蕉の心意気も、ちらりと宅子さんや久子さんの脳裡をかすめたかもしれない。

さて草津とくれば名物の姥《うば》が餅、もっともこのあたり名物が多い。東海道を草津より二里二十五丁あと戻りした石部《いしべ》（芝居の舞台でも有名。「桂川連理柵《れんりのしがらみ》」――十四歳のお半と三十八の長右衛門は石部の宿で泊り合せたのを機縁に恋仲となり心中に至る。「恋女房染分手綱」にも石部が使われる）の東、泉《いずみ》には名酒、桜川・白菊、夏見《なつみ》の心太《ところてん》、石部から草津までは、立場《たてば》・梅木《うめのき》の名薬、和中散にもぐさ。目川《めがわ》の菜飯《なめし》でんがく。そして草津の姥が餅と青花（露草。手描き友禅の下絵に使われる）。

草津宿の南に矢倉の立場がある。

石の道標があり「右やばせ道　是より二十五丁　大津之船わたし」――その道標の横に草津宿名物「姥が餅」屋あり、ずいぶん大きな茶屋である。表に馬や駕籠を待たせ、旅人はやれやれと腰かけて一ぷくしている（廣重「東海道五拾三次之内　草津」）。

姥が餅の姥はお乳母さんを暗示しているのであろう。「乳房を形どった雅味のある餅」と『絵図』の説明にある（木村至宏解説）。「東海道筋では安倍川餅と並んで著名であった」と。

宅子さんらももちろん、姥が餅を所望して食べてみる。

〈若かじょうもんさんたちが食べさっしゃっても、姥が餅ちゃあ、おかしかごたる〉

とおちくさんはあかるい声で諧謔する。〈じょうもん〉とは良家の娘御、という意味である。今日は日のあるうちに京へ、京へ、と心逸《はや》って急ぐ旅だったので、茶店のにぎわいと、餅のおいしさにほっとくつろぐ思いであったろう。

〈あたいたちが頂きゃあ、うってつけ、ち、いわっしゃると？　みんな、心のうちゃあ、昔のまんまのじょうもんばって〉

と宅子さんがいえば、

〈そげんたい。また、そげんでなきゃ、いかんばい。病いは気から、ち、いいますき、老いも気から、ち、思うてつかあさい〉

と久子さん。

おぜんさんはといえば、ものもいわずに姥が餅を一つ、二つ、また三つ。……

〈ばって、ようと考えてみりゃ、姥が餅、なりゃこそ、親しまれるとでござっしょうな。娘餅、なんちいやあ、何やらおいしゅうなさそうで、その名もおちつきまっせん。姥が餅なりゃこそ、いうにいえん味があるごと、思わるるとでござっしょうなあ〉

宅子さんの言葉にみな失笑し、あらためてそのネーミングの絶妙に感じ入る。

「今の世に姥が餅《もちい》といふなるは　いつのをとめが搗きはじめけん　宅子」

「草津てふ名には立てれどけさくれば　かをりよろしき姥が餅《もちい》ぞ　久子」

二人ともかるい遊びごころでよみすてた歌。

久子さんは「爰《ここ》をすぎて瀬田ノ長橋を打渡りて石山寺に詣で」と簡略だが、宅子さんは野路、にごり池、大亀茶屋、月の輪新田など克明にしるす。〈道中細見〉など手もとにおいて旅のメモと照合しつつ書いたのかもしれない。

やがて湖水をわたる瀬田の大橋・小橋。

「かばかりとおもひかけずぞわたりける　きゝしにまさる勢田のながばし　宅子」

この橋は古来、畿内の咽喉《のど》もとを扼《やく》する地理上、軍事的要点だった。戦乱のときは戦略上、しばしば焼かれた。渡って鳥居川村に入り、左の道をとれば石山寺へ詣る道、宅子さんらは橋のもとより舟でゆくことにした。瀬田川の右岸に沿って南に下ると石山寺である。

宅子さんたちは歌よみの嗜みとして、紫式部伝説に敬意を表すべく志したのであろう。紫式部はこの石山寺に籠《こも》って『源氏物語』の筆を起したといわれる。かつ、西国三十三所観音霊場の、十三番札所で、参詣者は絶えない。本尊の観音さまは王朝のころから人々の信仰篤く、『源氏物語』『蜻蛉日記』その他にもよく出てくる。

私もかなり昔、参詣したことがあったが、〈源氏の間〉といわれる堂内の一室に、王朝風俗の等身大の婦人像が据えてあった。紫式部のつもりなのであろう。伝説は伝説として重んじているのがよかった。ただ寺のたたずまいは奇岩怪石が重畳してどこか物おそろしい印象で、あえかな王朝女人のイメージとむすびつかない印象だった。しかしここの山門は立派（国重文）。源頼朝の創建で、山門の仁王たちは運慶・湛慶の作である。

宅子さんはひたすら、紫式部と『源氏物語』をしのぶ。伝説では紫女は湖水にうつる秋の月を眺めて物語の着想を得、「須磨」「明石」から書きはじめたともいわれる（石山の秋の月は近江八景の一つである）。

「ものがたりかきしむかしをしのぶかな　この山寺に須磨も明石も　宅子」

奥まった岩村のかげから琵琶湖は一望のもとに見渡された。

「秋ならば石山寺の月かげの　うつるを待たん鳰《にお》の海面　宅子」

宅子さんは『源氏物語』も愛読していたのであろう。低回去りがたき風情である。

例により〈男の子〉たる清河八郎の『西遊草』。母を奉じてすでに京に入っている。時は「日中炎熱」の六月十一日。石山寺に詣で、「石坂を登りて本堂にいたる。一境寂寞《せきばく》としてさらに人声すくなく、本堂のうちに壱人の俗あり」——この人はガイドかもしれない。

「本堂はふるき宮にて、聖武天皇の開基にて、大坂前《まえの》城主《じょうしゅ》の妾淀君の再興とぞ」——秀吉の名は書いていない。

「側に四畳敷ばかりの小坐敷あり。紫式部源氏の間といふ。式部参籠して源氏物語を製作せし室にて、今に掛《かけ》ものと机存せり」

味もそっけもなくメモしたまま。八郎には石山の景観の方が感興をおぼえたらしい。

「石山は実に名の如《ごと》くにて、巌石峙《そばだ》ちて、種［々］の形状をなし、実にも秋の月中天にのぼりて、光輝巌石にかがやく時は、さぞや凄々として意外の風光をあらわ《ママ》さんと憶《おも》ひ起せり」

八郎は北国人だから暑がりで、その上、好酒家にしてグルメである。本堂の上方に月見楼があり、眼下に宇治川（瀬田川）、瀬田の唐橋を見おろし、風光はよかったが、この風光を見つつ一杯やりたいと思うのに、

「休《やすら》《ママ》わんとすれども茶店もあらず。唯々啣々《しょくしょく》として鳥語のひびきのみなれば、また元の茶店に立戻りて楼上にのぼり、四望の景色をい《ママ》ながら詠《なが》め、名物の源五郎鮒を割烹《かっぽう》いたさせ、悠然として酒杯をもてあそび、また鰻《うなぎ》をくらひけるに食ふにたらぬ味なり。すべて京・大坂にてうなぎはくらわ《ママ》ぬ事なり。吾已《すで》に懲《こり》たるなれども、母はいまだ味［は］ぬゆへ《ママ》、試《こころみ》のため命じて呆れたるなり。しばらく楼上にかりねいたし、あつさをしのぎ、七ツ頃（田辺注・午後四時頃）に目をさまし、楼上をくだりて川端《かわばた》を歩む」

うなぎのみではない、八郎の最も唾棄するのは京・大坂の軽薄人情であるが、それはまた後出する。

宅子さんたちは〈源氏の間〉を実見して満足し、再び舟便を利して膳所《ぜぜ》のお城（本多隠岐守さま、六万石）を見つつ三井寺へ。唐崎では二十年前の東遊のとき見た人が、ずいぶん老けているのを見、「わがおもかげもいかばかりかおとろへたらんとうちなげかれる」

その夜はその里の宿に泊る。

五月七日、朝八時にはもう宿を出て志賀山越え。雨も降ってきたので急ぎ、山城の国愛宕郡白川に到る。ついに京へ入った。三条小橋を渡ってこのへんに多い宿をとる。雨もよいの初夏の夕、京は煙っていた。

都ではまず、見なれぬ風俗に一行はみとれてしまう。

名にし負う三条の大橋・小橋。

鴨川をついに見た、と喜ぶ人もいる。

宿に荷をおろし、京は六条の醒《さめ》が井《い》通り、桑名屋なにがしの家をまず訪ねた。

「わが里ちかきわたりの人、ここにながくものしつれば、出会ひてわがさとのものがたりなどするはうれし」

長く京に住んでいる人、九州筑前のわが家近辺の出身者、あるいは今も小松屋と商取引があり、上京するについて、実はこれこれしかじかで、と、前以て知らせがあったのかもしれぬ。

久子さんの『二荒詣日記』にはこの家に泊ったことになっているが、

「この六条は京地にてもたよりよからざる所なれバ、定めの宿にはよろしからぬ所なり」

とあり、訪問したのみ、とおぼしい。

その人は無事安着を喜んでくれて故郷の人々の動静を聞き、また京の情報なども伝えたことであろう。同郷人のよしみは遊子《ゆうし》の心をほとびさせてくれる。かたみに心うちとけ、その人も久しぶりにお国言葉にかえったことであろう。

おちくさん、おぜんさんもたよりありげなしるべを得て、ほっとする。

翌八日（宅子さんはあやまって七日としているが）、この人が案内するとて、東山へおもむく。

まず五条の橋。

宅子さんははじめて見る。

「竜のごと聞きわたりつる牛若の　あとを都の橋はこの橋　宅子」

——私が京都の観光タクシーの運転手さんに聞いたところでは、近時、中学生らの修学旅行は四、五人でタクシーに分乗して各自でまわるそうだが、五条の橋を渡ったとき、牛若丸が、弁慶が、といっても知っている子は五人に一人ぐらいだったそうだ。

京には結局、十一、二日滞在した。ちょうど梅雨の頃とて、スケジュールが雨に阻まれ、予定通り消化できなかったこともあるが、日記でみると、寺社参詣に宅子さんは、

〈血道《ちみち》をぶちあげている〉

という感じである。ことにお寺詣り。

宅子さんは浄土宗の篤信家であるらしく、京へのぼれば祖師先徳のゆかりをたずねて、遺芳《いほう》を心ゆくまで身に享《う》けんと期していたのであろう。京は宗祖・法然上人が一向《ひたすら》に念仏する浄土宗を開いた土地、そしてまた念仏弾圧の法難を受けた地でもあって、遠国の帰依者にはあこがれの聖地でもあるらしい。

もともと旅の所期の目的は、お伊勢さん、善光寺さん参詣であったのだから、物詣でが本願にはちがいないのだが。——それにしても京では物詣でにいそがしく、大坂では遊楽にいそがしい。

宅子さん独自の文明批評は、京・大坂の頃の日記のページにはあらわれてこない。

これをたとえば、滝沢馬琴の旅日記などであると、彼の場合、旅は元来が知見をひろめ、情報を得、以て詩嚢《しのう》を肥やそうという意図であるから、京・大坂というような異文化に接したとき、カルチャーショックを受けておのずと精神は活潑に、筆鋒《ひっぽう》はするどくなる。

あるいは宅子さんらは、〈鄙《ひな》のわたり〉といっても物資の流通さかんに、教養の厚みもある土地柄から来たことゆえ、さほど都の雅びに心を動かされなかったか。それよりやはり、千年の時間の堆積、文化の厚み、権力と経済力の兼備が凝集した、最大の見ものは、寺社仏閣の絢爛《けんらん》豪華であろう。しかもそれが、せまい京洛の地に林立している。それだけではない、そのおびただしいお寺やお社を支える、地熱の如き民衆の信仰。それらがいまも脈々と伝えられ、神仏に生命を吹きこみつづけ、光耀を与えつづけているのだ。こればかりは、あまざかる鄙の地では与えられぬ感動かもしれない。宅子さんが〈物詣でに血道をぶちあげている〉のも、むりはないかもしれない。

ついでにちょっと馬琴の旅日記の面白いところも紹介しよう。

滝沢馬琴はその上方旅行の日記『羇旅漫録《きりよまんろく》』に書いている（これは享和二年―一八〇二―の作なので、宅子さんらの旅より四十年ほど以前になるが、まあほぼ同時代といっていいだろう）。――京へ来て感動したものは、まず、

「京によきもの三ツ。女子、加茂川の水、寺社」

京女と加茂川の流れの清さ、数多い寺・社という。

ついで、京の欠点も三ツ。「人気《じんき》の吝嗇《りんしよく》、料理、舟便」という。また、「たしなきもの」――ないもの――五ツ。「魚類、物もらひ、よきせんじ茶、よきたばこ、実ある妓女」という。しかしこの最後は、京に限るまい。

ともあれ、この一節の前に据えている「京師《けいし》の評」はなかなか名文で、――まあ詞藻豊《ほう》沢《たく》で無類の博捜家である馬琴だから当然のこととはいえ、簡潔に京を讃えて美しい。私は以前、ある所へこの文章を引いたことがあるが、〈われらの宅子さん〉も、ちょうどこんな風に京をうち眺めたかもしれぬと思うとなつかしいので、再録する。

「夫《それ》、皇城の豊饒《ほうじよう》なる、三条橋上より頭をめぐらして四方をのぞみ見れば、緑山高く聳《そびえ》て尖《と》がらず。加茂川長く流れて水きよらかなり。人物、亦、柔和にして、路をゆくもの争

論せず。家にあるもの人を罵らず。上国《じようこく》の風俗、事々物々自然に備はる。予、江戸に生れて三十六年。今年はじめて、京師《けいし》に遊《あそん》で、暫時《ざんじ》、俗腸《ぞくちよう》をあらひぬ」

さて宅子さんらは七日《ママ》（実はこの日付に疑問があるのだが、後日この原典と照合される読者のために、原典通りにしておく。本来なら五月八日のはず）、昨夜会った同郷の人〈桑名屋なにがし〉の案内のままに五条の橋を見、東本願寺へ参詣。

「此《この》ほど新に造りたればいと清らなり。夫《それ》より親鸞《しんらん》上人の墓を尋《たずね》てまうづ」

現在の東本願寺は明治の建築だが、西本願寺の堂宇は寛永十三年（一六三六）の再建、桃山建築の遺構、唐門や飛雲閣など残るが、それらは書院とともに国宝になっている。馬琴はいう、

「見ておどろかれぬるものは、東西の門跡なり。奇麗荘《ママ》観言語同《ママ》断。誠に美尽《つく》して世界の金銀もこゝにあつまるかとうたがはる。しかれども黄檗《おうばく》の雅《が》にしてさびたるにはおとれり」

これは宇治の万福寺のことであろう。しかし東西本願寺は全国の真宗信者から〈お東さん・お西さん〉と親しまれている。春秋のお彼岸には本山詣りの信者が全国から蝟集《いしゆう》し、信心深い団体客で法城周域の町は埋めつくされる。

そこから清水寺《きよみずでら》に到らんとして、右手の丘陵は王朝の世からの葬送の地、鳥部山《とりべやま》である。いまも煙が立っているのがみえた。古典好きの宅子さんは詩情と旅情をそそられる。

「たつをみて嘆かるるかな鳥部山　つひの煙は習ひなれども　宅子」

馬琴もいう。

「鳥部山は今もあはれなり。此辺袖乞《そでごい》多し」

宅子さんは音羽の滝をみた。三つの石の樋《とい》から流れおちる三すじの細い流れ。水落ちの石に当り、やさしい飛沫をあげている。

〈まあ、京は滝までやさしか！〉

細いながらもこれは霊泉といわれ、現代でもこの滝に打たれて水垢離《みずごり》をとる白衣の行者の姿を見ることができる。現代も入れかわり立ちかわり観光客がやって来て柄杓《ひしやく》に滝の水をうけ、手や口を浄めているが、霊水は清冽で冷たい。

「夏ながらその名すゞしき清水寺　音羽の滝をけふ見つるかも　宅子」

宅子さんの歌は滝水の冷たさに触発されたものであろう。

清水寺は西国三十三所霊場の第十六番札所。〈清水の舞台〉で有名、本堂の舞台から京都市内が見わたせる。延暦のころ（八世紀末）創建され、王朝の人々の尊崇をあつめた。いまの本堂は寛永十年（一六三三）の復興だから、これも宅子さんらが拝観したときのままのもの（この本堂も国宝である）。

ご本尊、十一面千手観音さまの霊顕はあらたかで、それをモチーフにおびただしい説話や物語が生み出されている。庶民文化と密接につながったお寺である。世に、一大決心をして断行することを〈清水の舞台から飛びおりる〉といい慣らわしたものだが、現代では〈どこのライブや〉といわれかねない。……しかしいまも京都へいけば、〈清水の舞台〉は観光のハイライトである。

「それより祇園ノ社に詣で、丸山の茶屋にてしばしやすむ。なほゆきて知恩院にまうづ。本堂、阿弥陀堂、かなたこなたと見廻り、釣鐘堂に至り大いなる鐘をみて人みな目を驚かす。我は二十年さきにも見つれど、なほ目さむる心地す」

右の如く、宅子さんの記述がメモ風に簡略なのは、曾遊の地だからであろう。よってここは久子さんの文に拠ろう。久子さんはもとより初見の名所なれば清水寺の宏壮雄大に目を奪われる。舞台に立てば、

「その地はたかく洛中一目にみおろして山は奥ふかくて堂の古びたるさま、いとめづらし。本堂の南に舞台とて高き崖づくり有り。観音に祈る人、物の例《ためし》にとて傘をとりてその上より下に飛び下りることあり。是を〝舞台飛び〟となむ」

更に、「祇園ノ社、そのうるはしきこと、いふもさらなり。門前の左右に店あり。女ども豆腐を売る。紅毛人《オランダ》も立ちよりてみる所なりといふ」

祇園の社は八坂神社というより〈祇園サン〉で京内外を問わず日本人に親しまれている。江戸時代末、祇園社の正面大鳥居のうちに二軒の掛茶屋があった。店にはかまどを据え、緋毛氈《もうせん》の床机を置いて、豆腐田楽を出した。祇園さんの名物とて、宅子さんや久子さんも

豆腐田楽を賞味したのではなかろうか。

知恩院、「此の寺もまたうるはし」と久子さんは『二荒詣日記』に書く。浄土宗総本山。法然上人が念仏を弘めた吉水御坊のあとにできている。ここの不思議は軒下の忘れ傘、「堂の軒の下に古き傘あり。誰人のしわざとも知らず。当寺の七不思議の一つなりと云ふ」

これは馬琴も「智恩院の傘は今猶骨ばかりになりて、本堂の右の方の軒下にあり」と。本堂の外縁の鶯張りの廊下や、狩野一門の描いた襖の絵のことを久子さんは面白そうに書く。

馬琴は作家だから、市中風俗から遊里の慣習、妓女の特色、都の人情など観察は辛辣《しんらつ》だ。

「すべて京師《けいし》の人は遊山にかならず弁当をもちゆくなり。貧しきものは竹の皮に握りめしをつゝみてもちゆき、店物はくらはず。只店上のものをくらふものは、旅客と祇園の嫖《ひよう》客《かく》のみ、ゆゑに物みな価尊し」

「京にて客ありて振舞《ふるまい》をするには、丸山、生洲、或は祇園二軒茶屋、南禅寺の酒店などに、一人に価何匁と定め、家内《やうち》せましと称して、その酒店へ伴《ともな》ひ行《ゆく》。是《これ》別段に、客をもてなすの儀にあらず。家にて調理すれば、万事に費《ついえ》あり。その上やゝもすれば器物をうち破るの愁ひあり。故にかくのごとくす。京の人の狡《こう》なること是にて知るべし」

とりわけ馬琴の目を引いたのは女の立小便である。

「京の家々厠《かわや》の前に小便担桶《たご》ありて、女もそれへ小便をする故に、富家の女房も小便は悉く立て居てするなり。但、良賤とも紙を用ず。（略）或は供二三人つれたる女、道ばたの小便たごへ立《たち》ながら尻の方をむけて小便をするに、耻《はじ》るいろなく笑ふ人なし」

しかし馬琴は京のゆかしさを拾うのにやぶさかではない。

「見てうれしきもの。八瀬大原の黒木うり」――大原女であろう。昔ながらの風俗の佳《よ》さ。

「見て尊きもの。禁中はさらにも云《いわ》ず。上下加茂の社。公卿の参内」

「見てやさしきもの。かつぎ着たる女」

――馬琴のころから四十なん年たってみればもう被衣《かつぎ》を着る風もすたれていたかもしれないが、宅子さんや久子さんが、〈京女〉について書き残してくれなかったのは残念である。

女の立小便は往古の上方風俗で、明治まで朝顔にうしろを向いて用を足していた〈お家はん〉がいやはりました、という、浪花びとの証言がある。

それはともかく、はじめの一日、宅子さんたちは洛東、東山のあたりを探勝したらしい。南禅寺から鹿《しし》が谷、法然院、吉田の社とエネルギッシュに廻っている。

翌八《ママ》日は「雨いみじう降り出しければ、いづかたへも物せず。けふは東路《あずまじ》のくるしかりし事ども語らひつゝ日を暮しぬ」

雨から思い出したのであろう。善光寺へ詣るまでの木曾路の険、秋葉みちの難。すぎてしまえば一場の夢で、たのしい話柄《わへい》だが。
九日《ママ》は、六角堂に詣でた。この日は洛中めぐりであった。六角堂も西国三十三所、第十八番の札所。寺内の本坊・池坊《いけのぼう》は周知の如く、日本最古の花道の流派である。そこから四条の寺町をゆき、堀川通り、大宮通りを越して西へ入ると小さな満福寺（宅子さんは万の字をあてているが）がある。ここの住持は「もとわが国の人なれば、よろこびにたへず、なつかしきものがたりなどありて時うつり、日も暮れぬればこゝに宿る」

　このあたりより自由行動らしく、翌十日《ママ》はこの寺からつけてもらった案内人によって北野の天満宮へ詣った。参詣人がおびただしかったと。もはや暑くなっており、人はうすもののいでたちになっている。軽羅《けいら》の袖を風が飜してゆく。

「都をみな、うちつらなりて蟬の羽袖にかぜわたるさま、いときよげなり」

　天神さんの社殿は華麗で美しい。天神さんは郷里《くに》の太宰府にもおわすと思えばなつかしい。社殿は慶長十二年（一六〇七）豊臣秀頼の建立で国宝である。梅の時季ではないのが惜しいが、ここから御室《おむろ》の仁和寺《にんなじ》へ。そう遠くない距離である。宇多法皇のご隠居所、御室御所ともいわれた。広い境内に堂塔が点在する。国宝の金堂、重文の五重塔、同じく御《み》影《えい》堂。花どきは境内が花と人で埋まるのだが、このお寺は王朝の匂いが漂うて、王朝小説を書く人にはおすすめ、――と、これは私の個人的意見である。

宅子さんたちはなんという健脚であろう、そこから賀茂川を渡り、上賀茂神社へ詣でている。賀茂の社は下《しも》・上《かみ》とも（賀茂社に限り、上・下といわない。なぜなら下社のご祭神は玉依媛命《たまよりひめのみこと》で、上社のご祭神、賀茂別雷神《かものわけいかずちのかみ》の母神であるゆえという）境内に清流が流れている。王朝の代から帝はじめ宮廷貴顕は賀茂社をひとかたならず尊んだ。緑の森の中に朱の神殿、細殿《ほそどの》の前の円錐形の砂盛りも清雅で美しい。楝《おうち》の花の咲く頃であった。

「むらさきの波をやたつと見えつるは　賀茂の河原のあふちなりけり　宅子」

時はもうすでに七ッ（午後四時頃か）。残念ながら下賀茂社はここから遥拝するにとどめてそのまま満福寺に帰った。それでももう五ッ（八時頃）になっていた。

翌十一《ママ》日、早く起きて一行の泊っている宿へ戻ってみると、連中は清水《きよみず》あたりへショッピングに出かけたらしい。それではと宿の若い衆に案内させて、お目あての近江屋何がしの店へいったが、すでに姿なし。仕方ないのでついでに宅子さんはここで清水焼を買った。旅先でそんなものを買って道中どうするのだろうと思われるが、この時代はすでに現代ほど便利ではないものの、飛脚便などの輸送手段が機能していて、送料を出せば送ってくれたらしい。

ついでにいうと私ははじめ『東路日記』に接して、この大がかりな旅の費用はどうしたのであろう、現代のようにカード一枚で事の済むという時代ではないし、現金を持ちあるくことも不便で危険、小切手か為替のようなものが流通していたのだろうかと想像した。

のち経済学者の髙須孝和先生（折尾女子経済短期大学名誉教授）にうかがうと、やはりそうらしい。但し藩札は他藩では信用がないので役に立たず、為替であろうと示唆された。
なお、北九州市立歴史博物館（現・北九州市立自然史・歴史博物館）の永尾正剛氏は、館所蔵の為替手形の実物を見せて下さった。ちょうど万札紙幣くらいの大きさ、まるで布のようにしっとりと重量感ある紙質で、「為替手形」とある。

「一金三両也
　右之金子可被相渡事
　　筑州郡方役所
嘉永七寅年五月
　大坂今橋筋　鴻池重太郎殿」

〈ははあ、これを持参すれば三両を貰えるわけですね〉
と私がいうと（私がいかにも手軽く考えたのを、見すかされたごとく）、
〈そういうことです。しかし三両は大きいお金ですよ〉
と永尾氏は念を押すようにいわれる。
髙須先生にうかがうと、
〈道中の用はたいてい銭ですみます。銀貨をくずしながら旅をします。豆板や一分銀などでしょう。旅人の財布は〝はやみち〟という革製のものでして……〉

〈はやみち？〉

〈早道、すぐさま役に立つように銭は袋に、銀貨は袋の上についた筒に入れるようになっています。男は道中差の鞘に一分金や二朱金を入れたりしますね〉

先生のお話では為替手形のほかに、両替商発行の預り手形、振手形（今日の小切手）などあると。しかしそういうもので換金した現ナマを身につけるのも大変である。路銀入れとしては、大金は胴巻に、中程度の金は財布に入れて紐で首から吊るし、懐にしまう。小銭は巾着、早道、煙草入れ、胴乱《どうらん》などにしまったと。

〈いったい、旅費はどのくらい使ったのでしょうか〉

と私が聞いたので、後日先生はその旅費計算の概略を示して下さった。この時代、江戸の金貨本位、上方、西日本経済圏の銀貨本位、それに銭貨がある。この比価は一応公定されているが現実の取引では相場の変動がある、と。

小判一両が四分で一六朱、一分は四朱というわけ、天保十三年の公定比価で、金一両は銀六〇匁、銭六貫五〇〇文となると。先生のお話の専門的なことを私に理解できる力があればいいのであるが、何しろ経済の仕組みは難解だ。

〈えー、ともかく、旅をしていて空腹になってそば屋へ入るとしますね、一人前どれくらいするものでしょう〉

と卑近な質問の私。

〈もりそば、かけそば、一六文というところですかね。天保十二年あたりでお酒をとると上酒で一合四〇文ぐらいでしょう。五〇文から六〇文ぐらいで上ります〉

と先生。

〈いえ、でも一本つけるとなると、おそばだけでなく、ほかに酒の肴がほしい気がします。そばのほかに、何かなかったでしょうか〉

と自分のことにひきつけて、口の卑しい私。

〈さあ、豆腐とか玉子とじ、うなぎなんかあったかもしれませんね〉

〈あ、それそれ。どれか一品でいいです〉

と、もうすっかり、〈天保の道中〉に浸っている私。

〈豆腐で四八文ぐらいかな、うなぎもそんなものでしょう、するとかれこれ、一〇〇文につきますかねえ〉

〈あのう、一文は現代でいうとどのくらいですか〉

と恐る恐るきく私。

〈まあ、二〇円くらいで計算するのが妥当じゃないでしょうか〉

と先生。すると、一本つけた場合、二〇〇〇円ぐらいとなり、これは昼の食事としては要らざる奢りである。

「銭金《ぜにかね》の面白くへる旅衣《たびごろも》」（『誹諧武玉川』一―21）……

〈やはり昼の一本はやめます〉

と悄然とする私。

〈そうですね、旅籠代、道中の舟渡し、案内料、おみやげ代、チップ、その他雑費、もろもろがかかりますから、江戸の旅は大変です。緊縮財政でいくほうがよろしいでしょう〉

先生のお話によると、団体旅行の伊勢詣りなども、あとで均等割りで費用を清算するので、計理を受け持つ人は計算に明るいお堅い人でなくてはつとまらぬ、と。

そういえば文久二年の羽州・梅津猪五郎さんのグループ、伊勢参宮の団体も、ガイド料までこまかくつけていたっけ。

〈五か月の旅行はずいぶんの物入りでしたでしょうね〉

と私は感心した。先生の試算によると、天保十二年頃の旅籠の泊り賃は一泊平均二〇〇文から一五〇文、大体一八〇文となる。これは二食付き一人分である。宿泊日数は百四十三日であるので、丁銭（一〇〇〇文を一貫として）二五貫七四〇匁、金では三両三分三朱一四六文。その他の食費、交通費、ガイド料、みやげ代などの雑費は、大体、旅籠料とほぼ同じという。

されば一人分の総費用は丁銭六三貫一八〇文、金では九両二分三朱二一二文、これを円に換算すると、
一二六万三六〇〇円

とのこと。

なるほど。でも五か月の旅の楽しさとしては、それほど無残な破格の高値でもない。ただこれは一人分の割り出しゆえ、従者の分がその上に割って積まれるであろうけれど、現代の感覚でもまあまあ、というところだろうか。何となく感じ入ってしまった。

さて、宅子さんは清水焼を買って郷里へ送るべく手配したあと、誓願寺に詣った。いま新京極の繁華街にあるお寺だろうか。

ここに郷里、博多のこま打《うち》の女、というのがいて「そのわざのおもしろきに心うかれて時うつりぬ」。従者の（これは三十平《みそへい》ではあるまいか）、〈はや、たそがれでござっす〉という声に驚いて宿へ帰った。

このこま打については、筑前《ちくぜん》びとである日高氏に、「博多独楽」のことでしょう、と示唆された。それで家にある『見世物研究』（朝倉無聲　'77　思文閣刊）、『見世物の歴史』（古河三樹　'70　雄山閣出版刊）を早速見たら、果して「曲独楽」の項に二冊とも載っていた。

曲独楽ならば以前、正月のテレビなどで見たことがある。白扇の縁《へり》に独楽を廻しつつ渡らせる、なるほど修錬だけでできるとも思えない、いかなる神意の添うかといいたいような妙技であったが、そのときの独楽師の名はおぼえぬながら芸人風ではなく、いかにも古流伝承の名人というにふさわしき格調があって立派だった。着物に袴というすがただったと思うが、裃《かみしも》をつけていられたかもしれない。

独楽の渡来は古いが、ずっと児戯の玩具であったものを、曲独楽として技芸見世物になったのは、江戸も元禄時代になってからであると『見世物研究』にある。

「元禄十三年の春に、九州から上つた初太郎（田辺注・市太郎の誤り）といふ少年が、京都四条川原の小芝居で、博多曲独楽を興行したのが始めである」

美少年の絶妙をきわめた曲独楽は満都の人気をさらい、他の芝居小屋は閑古鳥の状態となったそうだ。ではその曲独楽とはどんなものだろうかと調べはじめたところに、日高氏から『筑前博多独楽』なる大著が送られてきた。どっしりした大型本で、字も大きいのが私などの年齢では有難いが、曲独楽の舞台写真のさまざまがカラーやモノクロでおびただしく収載され、その演技や舞台の詳細、独楽芸の発祥と沿革・盛衰、博多独楽の現況がのべられている。著者は筑紫珠楽《つくししゅらく》氏（'77　高千穂書房刊）——現在では先代になるが、古典博多独楽を再興して、昭和三十三年、福岡県無形文化財保持者第一号に指定された方である。四四一ページという浩瀚《こうかん》なる大著、珍重に価する奇書で、稀覯《きこう》本といってよい。宅子さんの旅はずいぶん知見を拡めてくれることだ。

本書によると「日本で独楽の芯棒に初めて、鉄という金属を使用した独楽が博多独楽であり、この独楽の出現によって、日本独特の独楽芸というものがおなじく博多の地に起こった」ということである。博多は古代から大陸交易の要地、あるいは独楽の製法と芸は大陸渡来のものであるかもしれず、それを博多の日本人が更に修錬して巧緻な芸に仕立てたのかもしれない。珠楽さんはさまざまな文献から室町後期の発生と推理していられる。

さきの市太郎は京・大坂での成功以来、数十年もの間、日本全国を巡業して廻り、独楽芸を拡め、弟子を養成し、博多独楽の名を高くした。晩年は博多へ帰って死んだが、六十二年間、独楽一筋に生きた。京都興行の若衆時代、彼の人気が叡聞に達し、時の帝、東山天皇の天覧の栄に浴したという。御褒詞とともに、〈御独楽宗匠《おこまそうしょう》〉の号を賜り、以後、博多独楽の看板に、菊・桐の御紋を佩用《はいよう》することを許されたというが、〈御独楽宗匠〉とは何と典雅な名乗りであろう。

市太郎の成功に刺激されて、その後、博多の少年たちが独楽芸を携え、われもわれもと京・大坂・江戸・尾張へのぼり、興行に成功した。同時に各地の若衆たち、現地の弟子たちによって更にその芸は拡まった。ここで博多独楽の世界は二つに分れる。芝居興行の系統と、大道香具師《やし》の芸の系列である。香具師たちが博多独楽の人気に目をつけないわけはない。客寄せに演じていた居合抜きなどを捨てて曲独楽に走ってゆく者が多かった。

いっぽう、独楽の芝居興行は水芸や手妻、仕掛け細工をとり入れ、大がかりで花やかなものになった。幾多の消長はあったが、江戸も後期の、弘化から安政にかけては、博多独楽興行の全盛期であったと。世は幕末のあわただしい時代だったが、江戸下谷の住人、竹沢藤治なる独楽芸人が出て、新趣向を凝らした独楽興行で当てた。舞台演出にも才能がある人だったのだろう。両国橋西広小路に仮屋を構え、独楽、手妻、ゼンマイからくりを交えて、評判を呼び、「見物山の如し」(『武江年表』)。

やがて慶応となると独楽芸もインターナショナルとなって、早竹虎吉なる者、一座三十名でサンフランシスコへ巡業している。十三代松井源水らはロンドンやパリ万国博でも上演した。この源水は売薬を家業とする大道香具師の系統であった。芝居興行のほうは明治中期には廃れ、松井家も終戦後に廃絶、しかし博多独楽は古典芸能としていまも脈々とうけつがれている。独楽芸の習得は、

「非常に年期のかかる、一朝一夕に果たせるものではない。五年、十年はまだ赤子だと思ってよい」

博多独楽は「物・心・技」の一体と珠楽さんは唱《い》われる。物《ぶつ》は独楽、心は精神、技は技倆。独楽は制作に長期間を要し(独楽師は自分の独楽は自分で作るそうである)、きわめて精巧なものゆえ、破損、盗難に細心の注意を払う。不慮の事故にそなえ、珠楽さんは必ず予備の独楽を一そろい常備する、と。「心」、これが最も大切であると。以下の数行は独楽師のプライドと独楽芸への愛着を謳《うた》いあげて中々に達意の名文であり、すがすがしい風韻を伝えるので引用しよう(「博多独楽の修錬」より)。

「つぎに心、つまり精神的な面を博多独楽は重視する。独楽を演ずる以上、技倆の優秀さ

は、必要であるが、それよりも先に、演ずる者の心の真剣さ、純粋さ、豊かさを教えている。木台に鉄芯を通しただけの独楽に、生命の息吹きをおくり、躍々として空間に舞わせるのは、独楽師の気魄《きはく》である。独楽師の心がゆるめば、独楽もおとろえてくる。裂帛《れっぱく》の気合に独楽も勇むというものである。声には出さないが、一芸を無事に終えて、舞いおりてくる独楽にあたえる、労《ねぎ》らいの言葉が、物心一如となって、独楽に光彩を与えることにもなる」

さて宅子さんが妙技にみとれた〈こま打〉というのは、この書によると、「独楽を空間に、打ちつけるように投げることである。博多独楽は右頭上より、勢よく独楽を打ちだす」

独楽は打紐をつたわって離れてゆき、打紐を手もとに引きよせると、「独楽は、回転力をつけて、ブーンと唸りを生じて、手もとに帰ってくる」。自在に独楽を飛ばし、また引きよせるようにみえるのだろう。

竿の先に独楽をのせて頭上高くさしあげる「風車」、独楽が竿の先で真横になって回転する「鯉の吹流し」、横に寝た竿上の独楽を再び直立させ、しかも回転力を落して独楽をグラグラゆらせる「木の葉落とし」——あるいは宅子さんは郷里の寺社の祭礼の賑わいなどで大道芸のそれを見たかもしれぬ。あざやかに彩色された博多独楽の、生あるもののような動きは、異郷の地で見るだけによけい興ぶかく身にしみたにちがいない。その女はたぶん裁付袴《たつつけ》に頭巾、といううりりしい身なりであったろう。珠楽氏の本には、独楽は本来、体力的に男に有利な芸で女の身にはむつかしいが、細かい所作や優美な芸の担い手としてはすぐれている点もある、と、女独楽師を評価していられる。私もしばし博多独楽の世界に心を浮游させて楽しんだ。

十二《ママ》日、京の滞在も残り少いこと、今日は思い思いに好きなところへいくことにする。粟生《あお》の光明寺へ詣るというと一人二人加わった。三里あった。

ここは宅子さんの家のお宗旨、浄土宗の本山である。折から開帳や、談義があって、よいときに来合せたと思う。

「ゆくすゑの花の台《うてな》をたのむかな　露のこの身のおきどころとて　宅子」

いま「浄土門根元之地」という碑がある。この粟生光明寺はそもそも、法然上人から蓮生坊の名をさずけられた熊谷直実《なおざね》が建立した念仏三昧院なのである。

直実は勇猛な源氏方の鎌倉武士だった。この話は往路の須磨寺のくだりにも書いたが、源平の戦の最中、平家の武者が海へ馬をのり入れ、逃れんとするのを見て〈返させ給え〉と呼ばわると、殊勝にもその武者は浜へ向って引っ返してきた。浜辺で組打ちとなり、難なく直実は組み敷き、首をとらんとかぶとをはねのけてみれば、薄化粧した平家の若公達《きんだち》。

あわれわが一子小次郎が先日の戦いで負傷したのにも心を傷めたものを、この花のような若君の親は、いかに嘆くであろう、助けたいと思うが、公達は〈迅《と》く首をとれ〉とけなげである。直実は目もくらむ心地で首をおとす。それが発心《ほっしん》のもととなった。のち法然上人をたずねて、こんな自分でも極楽に往生できますかと問うと、〈罪あれば罪あるまま、阿弥陀仏をひたすら信じて念仏すれば救われます〉との教え。猛き武士の直実は髯《ひげ》に涙を滴らせて法然上人に帰依する。……のち法然はこの地で火葬され、廟所に祀られる。宅子さんらは御霊屋《みたまや》に詣で、浄土の門をくぐる。

この御霊屋へ案内してくれた人は、肥前の国、松浦の人だった。

「歌の道にも心を寄するよしなるが、短冊《たにざく》、色紙などあまたとり出で、やゝかたらふに時うつりぬ」

風雅の士と旅先でめぐりあうのは楽しい。はや日も七ツとなり、今宵はここに、と留められて、宅子さんらは泊められる。松浦人《びと》、

「なけやなけ心づくしのほとゝぎす　都の野辺の花ちるばかり」

返し、

「ちる花にまじるを声のしるしとも　みやこになれぬ山ほとゝぎす　宅子」

物語りのうちに明かした。この人の故郷、伊万里の焼きものなど、みやげにもらったので、

「うれしさよ包むとすれど旅ころも　あかつく袖にあまる賜《たま》もの　宅子」

十三日《ママ》、あけはてて出た。光明寺から近い柳谷楊谷寺《ようこくじ》へ。柳谷の観音さんは十一面千手千眼の観世音、目の病いに霊顕あらたかという。弘法大師が加持祈禱されたという霊水を、参詣者はもらってかえることになっている。

長岡の天神も近い。しかし長岡宮の跡は長岡天神ではなくて、もっと北の向日《むこう》神社である。

それよりも、宅子さんは記していないが、このあたりの西国街道、いまこそ寂れているが、東海道と山陽道をつなぐ道で、かのお芝居の「仮名手本忠臣蔵」五段目の舞台、山崎街道でもあった。

この日は洛西散策で、釈迦堂、二尊院、野の宮と詣っているうちに、空がかきくもり雨もひどくなった。風さえ加わり、稲光りする。

「雷《かみ》は鳴り雨は小止《おや》まず日はくれぬ　こゝろぼそさのそふ旅路かな　宅子」

やっと京の町なかに入ってみると、道は川のように流れていた。

宅子さんは「脛《はぎ》もあらはにからげて」としるす。宿へかけこむと、みなが心配して待っていてくれた。もう四ツ半（午後十一時頃）であった。

十四日《ママ》。なお雨はやまないので、どこへもいけないでいると、満福寺よりの使、「雨のあしよりもしげし」――この形容は日本古典には古い常套語で『源氏物語』にも出てくるが、折からの雨季なれば、まことにつきづきしい。

それは旅の疲れと徒然《つれづれ》を慰めんと茶席を設けて下さったのだった。二、三人で招きに応じた。

ここでの宅子さんの歌で茶事のゆかしさがしのばれる。

「きくもよしそのあしや釜池田炭　木の芽煮る音　松風の音　宅子」

芦屋釜は茶を嗜《たしな》む人にとって慕わしい名である。宅子さんの郷里《くに》の特産である。筑前の国は遠賀郡、岡の港、遠賀川の沿岸、芦屋の里で鋳られたもので、遠く鎌倉期にはじまるというけれど、ここには鋳物師《いもじ》の良工がいた。やがてその技術が越前、伊勢、播磨へも伝えられ、作られるようになった。芦屋釜がなぜこうも珍重されるかというと、

「こゝにて作られた優雅な文様を持つ釜の姿のよさに依るのである」(『あしやの釜』長野垤志《てつし》　'53　便利堂刊)

私は茶道に昏《くら》いので、茶釜のことをあげつらう資格はないのであるが、この図版でみると、名釜といわれる「洲濱松林の図釜」は、汐風に屈曲する松林が霰地《あられじ》の砂浜に美しく鋳出されていて優しい風情。右の本には、

「湯たぎらざるも松籟を聞きうるの名釜」

とある。

芦屋釜は豊臣秀吉の「北野大茶湯」にも出ている。天正十五年（一五八七）京都の北野神社の境内で、秀吉は一大茶会を催す。公家から町人までこぞって参加した。秀吉の〈黄金の茶室〉はじめ錚々たる当代の文化人たちが趣向を凝らした茶室が並ぶ中、秀吉が最も興を催したのは山科《やましな》のノ貫《へちかん》の茶室である。彼は武野紹鷗《じようおう》門で利休とも親しい茶人だが、山科に住んで侘び茶をひとり楽しんでいたと伝えられる。この日、ノ貫の茶室は竹の柱に柴垣、外に朱塗の大傘をさしかけたのみ。芦屋釜を自在にかけてそのへんの水指・茶碗を用いた。秀吉は他の数寄を凝らした茶室より、ノ貫の野趣に惹かれ、立ちよって茶を所望し、いたく気に入ってもう一服といったそうである。ノ貫のたたずまいはさながら、『利休百首』にある、

「釜一つあれば茶の湯はなるものを
　数の道具をもつは愚《おろか》な」

を思い出させる。

池田炭は大坂の後背地、北摂山系で焼かれる櫟《くぬぎ》の上質の炭で、茶事に喜ばれる。猪名川《いながわ》の水で醸造される池田の酒も名高い。のちに伊丹酒が興って圧迫されたが、現代でもなお池田の名酒は知る人ぞ知る、で、わざわざ醸造元まで求めにゆく人も多い。池田・伊丹、吟醸を産する地は昔から俳人・文人の来遊が多かった（私もたまたま伊丹の片ほとりに在住しているが、これは文化の余徳を慕ってというより、人生の偶然である）。

満福寺の住職は、芦屋釜や池田炭で旅愁を慰めてくれたのであろう。日暮れてのち、宿へ帰った。

十五《ママ》日。空はあいかわらずかき曇り、またも雨である。その中を今日は宇治へ行こうと、これは久子さんたちであろう、提案する。というのも、久子さんらは今日は都を出発して大坂へ下ろうとするのである。しかし水害を案じて二の足を踏む人もある。五条の橋のあたり、濁流はげしく、出立を見合せて様子を見ようということになったが「強ひてゆく」と久子さんに従う人もいる。宅子さんはひとまず宇治見物に従ったようである。途中、東福寺に詣った。通天橋《つうてんきょう》の紅葉で有名だが、いまの季節は青葉が繁って瑞々しかった。

「名にたかき紅葉もいまだ若葉にて　みづ枝に露の玉ぞみだるる　　宅子」

伏見に着いたが降雨の中、家々は浸水していた。宇治へは柴舟に乗ったが「あやふきこといはんかたなし」という状況。辛うじて黄檗山《おうばくさん》万福寺に到った。この寺はすべて中国臨済禅の正統を守っており、たてものも伽藍《がらん》の配置も中国様式で、いかにも異風のたたずまい。日本の禅寺とは雰囲気が全くちがう。私はその異様な圧迫感に興をおぼえ、このお寺へ詣るのを楽しみにしているのだが、宅子さんはどうであったろうか。いうまでもなく万福寺は明《みん》の隠元《いんげん》によって開かれ、黄檗の僧たちは普茶料理や煎茶を日本に普及させた。

日も暮れたので宅子さんらは宇治橋たもとの宿に泊った。久子さんによればこの宿は菊屋といい宇治川にのぞみ、向いに橋の小島が崎があって面白いので「又も来《こ》ん人はかならず此の家に宿るべき事になん」としるす。

十六日《ママ》、雨なお止まぬ中を、まず平等院に詣り、源三位入道の奥津城《おくつき》をおがむ。

「埋れ木の言葉の花ぞにほひける　世にもののふの名は朽ちずして　宅子」

——これは無論『平家物語』巻四「宮御最期」にある源頼政の辞世を踏まえている。七十を過ぎて平家に弓を引いた頼政は、時、利あらず、寄せくる大軍を前に自害する。

「埋れ木の花さく事もなかりしに
　身のなるはてぞかなしかりける」

元来高名の歌人である。『平家』では「其時に歌よむべうはなかりしかども、わかうよりあながちにすいたる道なれば、最後の時も、忘れ給はず」（新日本古典文学全集『平家物語』'94　小学館刊）。

宅子さんは『平家』も愛読したようだ。次いで橘の小島が崎、ここは『源氏物語』の舞台で、冬の夜、匂宮は浮舟を連れ出し、抱いて小舟に乗せ、対岸のかくれ家へゆく。「有明の月澄みのぼりて、水の面も曇りなきに」と「浮舟」の巻にある。橘の木の茂る大きな岩が川中にあった。年を経ても緑の色変らぬ木のように、私も心がわりしないよ。匂宮の歌は、

「年経《ふ》ともかはらむものか橘の
　小島の崎に契る心は」

であった。

浮舟はおのが心からでなく、運命のままに流されたとはいえ、結果としてはすでにこの時点で薫を裏切っているのであった。しかし川の上を小舟で滑ってゆく景色、ひしと抱きしめる匂宮の腕の中で夢ともうつつともわかちがたく、ただつぶやく。

「橘の小島の色はかはらじを
　この浮舟ぞゆくへ知られぬ」

宅子さんの見た小島が崎は季節が物語と違って、ほととぎすが鳴き、花橘も咲いていた。

「鳴けや鳴け小島が崎のほととぎす　花橘も咲き匂ふなり　宅子」

宇治とくれば橋姫、となるのは古典の常識、橋姫の社に詣でていわれをきく。嫉妬のあまり生きながら鬼になったという物語が生れたが、元来は橋姫は橋の守護神なのである。

雨をものともせず宇治橋を渡ったが、途中に、橋板が古びて危い個所があった。

「もののふの八十宇治川のさみだれに　下《くだ》すいかだも矢を射るがごと　宅子」

伏見に帰ってみれば、豊後橋のあとさきは「川とひとつになりて人みな脛《はぎ》もあらはに裳《も》裾《すそ》かゝげてわたる」というさわぎ。家々は床上に浸水して淀へ通う舟もあらばこそ、「川面《づら》浪たかくていとおそろしう見ゆ」

久子さんたちはこの里でどうかして泊ろうと彼方此方と宿を求めたが、宅子さんは、〈おぜんさんたちが待っとってでしょうけん、とりあえずは桑名屋へ帰りますばい〉

とて道をいそぎ、ようよう、六条醒が井通りの桑名屋へ着いた。ここは浸水もなく、

「ふたたび生きかへりしこゝちす」

おぜんさんや四十《よそ》エモンも安着を喜んでくれた。

〈こげな大水のなか、ご寮人《りょん》さんにもしものことがあったら、ち、肝もちぢむ思いでござしたが、まあご無事でようこそ〉と四十エモンがほっとすると、

〈ほんなこと、宅子さんのことやけ、ぬかりはなかかと、思いよりましたばって、お顔を見るまでは心配でしたばい〉とおぜんさん。

つつがなかったことを宿の主も喜んでくれて、魚を夕膳にととのえてくれた。

「おもひきや平安《たいら》の宮にはこび来る　鯛のあつもの賜《たば》るべしとは　宅子」

——大坂ならいざ知らず、京の都で鯛とは。

その夜は本願寺さんの惣会所という広いお堂へ「法《のり》の道」を聞きにゆく。桑名屋は京の名所観光には不便だが、本願寺さん詣でには近くて便利なのだった。この日は四ツ半に宿へ帰ったというから午後十一時頃だろうか。何にせよタフな婦人である。

十七《ママ》日。明け七ツ（四時頃か）というとき、はや本願寺さんの時の太鼓がとどろき渡った。みな誘い合せて詣る。

「さはり多き女郎花《おみなえし》にも蓮葉《はちすば》の　花の台《うてな》はへだてざりけり　宅子」

罪障多い女人も、極楽に往生できるという宗門である。信濃善光寺のお籠りの夜念仏を

宅子さんは思い出していたことであろう。

十八《ママ》日は満福寺に暇乞にゆき、ついでに金閣寺へ。十九《ママ》日、愛宕山へと志したが、数日来の大雨に道が心配だととどめられ、二十年前の旅に詣でているので、このたびは断念、思えば宅子さんは幸せな人で、『誹諧武玉川』（四―11）にこんな句がある。

「上方を見て死にたいに聞きあきて」

おふくろか、古妻の宿願なのであろう。いっぺんは上方を見てから死にたいねえ、と口ぐせのようにいう江戸びとたち。宅子さんは『誹諧武玉川』の頃より時代が下って開明的になっているとはいえ、経済力体力に恵まれて、生涯二度の上方旅行である。

宅子さんらは三十石舟に乗った。淀川の水車もなつかしかった。いざ大坂へ。

「水車見るもうれしきいのちかな　ふたゝびみたびめぐり来つれば　宅子」

「見え渡りたる御城うるはしく」というのは稲葉丹後守さま十万二千石の淀城であろう。あれが石清水八幡、こちらが山崎、などとさしながらのうちに舟は下る。岸の柳は長雨に水隠《みがく》れているのも面白い。はや河内の国、枚方《ひらかた》である。

『東海道分間延絵図』で見ると、満々たる淀川の岸に過書《かしよ》役所、伏見船役所が書きこまれている。川舟の監視所で通行する舟から運上金を徴収する。

それより有名なのは「くらわんか舟」であろう。三十石舟に漕ぎ寄せて、船客に飲食物を売りつける小舟であるが、口汚いので有名、

「くらわんか、くらわんか、牛蒡汁《ごぼうじる》、あん餅くらわんか、巻ずしどうじゃ、酒くらわんかい、銭がないのでようくらわんかい」(『東海道分間延絵図』)

その由来、といっても伝説であるが、徳川家康は大坂夏の陣で淀川べりまで追われ、渡るに舟がなくてあわやというところ、漁夫が舟を漕ぎよせ、危急を救った。戦後その恩賞として漁夫の望みにまかせ、淀川の上り下りの船客に飲食類の一手販売を許したという。それゆえその悪口も〈天下御免の悪口〉としているそうな。

枚方には遊女町もあった。

「ここは枚方鍵屋の浦よ　鍵屋浦には碇《いかり》はいらぬ、三味や太鼓で船とめる」(「淀川三十石船唄」)

くらわんか舟に対する宅子さんの歌は、

「おもしろや船引きとめて枚方の　平瓮《ひらか》に盛りし餅《もちい》うる人　宅子」

という上品なもの。尤も語呂合せにすぎないが、宅子さんは古語に造詣深い。ここは数日前に下っていった久子さんの歌がおかしい。

「餅《もちい》うる枚方舟のひら言葉　名にこそたてれくらへ〳〵と　久子」

下《くだ》り舟は早い。半日で、長柄《ながら》の橋をすぎ、大坂城のついそば、八軒家の船着場に着いた。天満橋から、往路に泊った土佐堀一丁目の葉村屋なる宿へ。暮六ツ(六時頃)に着いた。先着の久子さんたちと久しぶりに一行が揃い、その夜は語り明かした。

さきに大坂の地を踏んだとき、一応は天王寺や住吉大社、今宮社に詣ったのだが、そのときは神・仏よりも浪花の繁華に心うかれて、気もそぞろであった。有名料亭に案内され、山海の珍味を味わい、かつ新町廓の花やかさ、折しも花のさかりの頃とて、まあどんなに一行は目を奪われたであろうか。

いま旅なれて世間広くなって再訪した大坂で、これはもう、どこにもないというものは、やはり霊顕あらたかな、神々しい住吉大社、ことに帰路は船旅なので、ぜひとも海の神さまにお詣りして加護を願わねばならぬ。二十日《ママ》、朝まだきにみなうち揃って住吉大社へ。名物の反橋《そり》、境内のすがすがしい広さ、蒼古《そうこ》たる社殿などは、やはりたぐいなくおごそかな神気にみちているようであった。

堺へ足をのばして妙国寺の蘇鉄を見、そして四天王寺へ再び詣でる。五重の塔へのぼってみると難波の海はのこりなく見わたされて面白かった。聖徳太子ご建立で庶民の尊崇は篤い。大阪では現代も〈天王寺さん〉と称して春秋の彼岸には境内は参詣者で身動きもとれない。大阪ニンゲンは、〈神サン〉は〈天神サン〉と〈住吉サン〉、お寺は〈天王寺サン〉さえあればよいと思っている人が多い。

宅子さんらはこのあと座摩《ざま》社、北向《きたむき》八幡、生魂《いくたま》社にも詣った。

さて。

そのあとである。二十一日《ママ》、宅子さんの記事。

「みな人、大坂にものする事此《この》たびを限りなるべしと云《いう》に、廿四日までの間、けふもけふもとて歌舞伎、操りの芝居に日を暮して何事もおぼえずなりぬ」

この殺気だつ期待は、久子さんも同じである。久子さんの『二荒詣日記』には、

「廿四日道頓堀《ママ》にゆきてまた芝居をみる。舞台桟敷の仕かけ誠に珍しき事にて目も及ばず。明る廿五日、この日もまた其芝居をみる。廿六日またかぶき芝居をみる」

あの冷静沈着な久子さんまでこの調子であるのだ。もう生涯で二度と来られぬ浪花と思えば、神仏への会釈もさりながら、歌舞伎・操りの魅力に女たちは抗しかねるのである。

「嬉しい髪を行燈《あんどん》で結う」(『誹諧武玉川』一一—27)

芝居の朝は早い。女たちはいそいそと早起きして行灯のあかりをたよりに髪を結う。この心はずみ、わくわくぶりは年齢に関係がないのである。道頓堀に芝居小屋は軒をならべ、招き看板は目もあやに心も舞いあがる。芝居茶屋は立ちならび、絃歌のひびきは絶えぬ別天地。

八軒家の船着場の石段をあがったときから、

(さあ、大坂たい、芝居たい、操りたい)

と女人たちの足どりは弾んでいたのかもしれぬ。

秋里籬島《りとう》の『摂津名所図会』十二冊は寛政八年から十年（一七九六―九八）の刊行だから、宅子さんらの旅よりほぼ四十年前である。考証家たる籬島は、和漢の古典に通じ博覧強記、文才もある。それゆえこの本は竹原春朝斎その他の画家の挿絵とともに、読んで勉強にもなり（その地の故事来歴史実、口碑まで洩れなく記録している）、なかなかたのしい図会である（現在、『日本名所風俗図会　大阪の巻』〈角川書店刊〉に収められている）。

宅子さんらが息せききってかけつけた道頓堀。……

「道頓堀島之内の夕気《ママ》色は都に劣らぬ、難波女《なにわめ》の色白く清らかに出で立ちて錦繍《きんしゅう》をまとひ珠の髪指《かんざし》露ちるばかり、女伶《げいこ》あり男娼《やろう》あり、送るあり迎ひあり、芝居側（田辺注・日本橋《にっぽんばし》より西、戎橋までの間）の囂《かまびす》しきは四時《しいじ》たえまなし」――というありさま。

宅子さんらが「操りの芝居に日を暮して」というその「操り」はいまの文楽である。宅子さんらは旅の時期が幸いした。この旅がもう少しあとへずれていれば、天保の改革でからくり芝居も歌舞伎も火が消えたようになっていたろうし（ことに歌舞伎は風俗頽廃と奢侈《しゃし》の元兇と目され、きびしく弾圧される）、もう少し早ければ天保大飢饉《ききん》（俗に七年飢渇《けかち》とよばれる）の社会不安で大坂市中にも打ちこわしが続き、天保八年（一八三七）には大塩平八郎の乱によって大坂の北部は灰燼《かいじん》に帰す。満目焦土、物価は暴騰して市中に餓死者折り重なるという酸鼻な状況だったのである。乱がおさまってのちの、そして天保改革の嵐が吹き荒れるまでのつかの間の繁栄であるが、なに、そうはいっても従来の幕政の例に洩れず、天保改革も推進者の水野忠邦の失脚で四年で頓挫し、歌舞伎は息を吹きかえす。

安政二年（一八五五）刊の、大坂の文人、暁鐘成《あかつきのかねなり》あらわすところの『浪華の賑ひ』は、宅子さんらの旅より十四年のちの〈大坂ガイドブック〉であるが、道頓堀川を手前に芝居小屋が櫛比《しっぴ》する風景の挿絵、説明にはこうある。

「道頓堀　角《かど》芝居　当時芝居の櫓《やぐら》数は五ヶ所にして日本ばしより戎橋までの間につらなり、春の二の替《かわり》より霜月《しもつき》の顔見世にいたるまで四時ともに櫓に梵天《ぼんてん》の立たざる時なく、川竹にヒイキ幟《のぼり》の見えざることなし。なほ師走の暮にも間の興行ありて、せはしき中にも流行して春秋ともに賑はしく、霜月の霜枯れもせぬ繁昌に顔の師走（田辺注・皺をかけている）ものびるなるは浪花の一奇といふべし。芝居前の茶屋をいろは茶屋と号するは、むかし四十七軒ありしゆゑなりとぞ」

暁鐘成はこれより前に『天保山名所図会』も書き、当時大坂有数の、文人というよりは気鋭のジャーナリストである。文章はきびきびと機能的である。

一方の籬島さんの文章は緻密でこってりしている。籬島さんは大坂の町、ことに繁華なミナミの四季をそめそめと叙す。

「まづ初春の十日蛭子《えびす》より梅匂ひ初花ひらく頃、天王寺の聖霊会《しょうりょうえ》、彼岸参り、寺社の開帳、住吉の汐干《しおひ》（田辺注・以下同じ。住吉大社は現代のように町なかではなく、昔の神前は美しい海浜を擁していた)、五月《さつき》の御田植(住吉大社には往古から植女例式《うえめれいしき》という行事が伝わる。色町の綺麗どころが紅粧を粧い、花笠に錦繍をまとい、供御《くご》の御田を植える儀式。この田植歌はよく古風を伝え、田植踊りも蒼古たる手ぶりを存す。現代も南地花街の美妓連が古式を継承して行っていられるが、ひととせ私はその古儀を拝見して、田植歌の一つが『枕草子』に清少納言が書きとどめたものと同一であることに一驚し感じ入った。住吉大社《サン》の古さはひとかたではない)、水無月《みな》の夏祭(現代でも有名な〈天神サン〉の船渡御の祭礼)、船遊びの花火、難波《なんば》の夕涼み、名月、後《のち》の月、鯊魚《はぜ》つり、蟶《まて》(馬刀貝《まてがい》)とり、十夜講(十月六日から十五日に至る浄土宗の法要)、蛭子講《えびす》(十一月末ごろ、恵比須を祀って祝宴を張る)、雪の曙に夜の顔見世、あるは月ごとの大師巡《めぐり》、宵薬師《よいやくし》、宵庚申《こうしん》、勧進能《かんじんのう》、大相撲までみなこの里の賑ひにして、下風《たいこ》の声色、法師の琴《きん》の音《ね》、常にして、難波江の流れ絶えずしてもとの流れにあらず。その流れの身のしばし止《とど》まりて堰《いせき》に花の散りかかる俤《おもかげ》なるべし」

――浪花びとはかくて、神と仏にかこつけて一年中を酔生夢死のうちに過ごすのである。遊楽好きの血は浪花の土に染み、柔媚な淫風は川水に溶けて逸楽の瘴気《しょうき》を町じゅうにもたらす。人生はこれ逸興、ほかに何かあるべし。

あるいは宅子さんらもこの町の好もしき妖気に中《あ》てられ、慕わしき毒素が身うちにまわるのをおぼえたかもしれぬ。ましてからくり芝居・歌舞伎に通いつめればもう酩酊して夢ごこちであったろう。劇中テーマの善と悪、正と邪、義理と人情は、更に色と欲の蜜の鳥《とり》黐《もち》によってからみとられ、もつれる。いつか、現《うつつ》とも夢とも分《わ》かず、人は靉靆《あいたい》たる情緒に流されて心をほとびさせてしまう。……浪花のまちにたちこめる濃密な蠱惑《こわく》の温気《うんき》に人々はめくらましをかけられる。……

竹本・豊竹の劇場《こや》はあやつり座で、角《かど》の芝居、中の芝居、筑後座は歌舞伎の劇場であった。人形操りはこのころ歌舞伎の人気に押されていたとはいえ、それでも大坂の〈からくり芝居〉といえば世に聞えて「東西辺鄙《へんぴ》の旅人も竹田唐繰《からくり》を見ねば大坂へ来りし験《しるし》なしとぞ聞えし」(『摂津名所図会』)。

文楽芸術は浄瑠璃を語る太夫と、その伴奏をする三味線弾きと、人形遣いから成っている、絢爛たる舞台である。この人形芸術は世界の人形劇の中でも一流のものだ。しかし本来、操り人形は浄瑠璃を語る太夫が核なのである。太夫の名調子に乗って浄瑠璃は大坂の町人に愛好され、浸透していった。素人浄瑠璃のさかんなること、日本一で、天狗連が輩出する。近松門左衛門以来、浄瑠璃の名文は庶民の血肉となって情操を育て、知能を啓発してきた。貸本屋でもっとも読まれたのは浄瑠璃本であったという。たいていの人は浄瑠璃のサワリを知り、わが日常にマッチするシーンを口ずさんで楽しんだ。

このとき宅子さんたちが観た〈竹本のあやつり〉の演目はわからないが、もしそれ「国《こく》性爺《せんや》合戦」などであれば、「戯棚《あやつり》傀儡《にんぎょう》道具立《だて》に至るまで美麗を尽くし」(『摂津名所図会』）たという舞台に、さぞ目を奪われたことであろう。これは日本と中国を股にかけたスケールの大きいドラマで近松晩年の傑作だ。

さて「舞伎楽戸《かぶきしばい》」（『摂津名所図会』）である。右の本では名古屋山三・お国の昔から説きおこし、歌舞伎の繁栄をいうが、天保のこの時代、操りとはことかわり、歌舞伎のほうは江戸に一歩を譲っている観がある。それでもなお歌舞伎は新町廓の殷賑《いんしん》とともに、浪花文化の華であった。舞台はどんどん華麗になってゆく。『摂津名所図会』にいう、

「今はむかしに変はりて、衣裳も美をつくし鬘《かずら》もさまざまに作り、道具立の見事なる事はいにしへに十倍せり。室《むろ》の梅咲き初《そむ》る霜月《しもつき》の頃は、夜の顔見世とて万灯《まんどう》をてらし、笹瀬《ささせ》が幕、北浜の手打《てうち》、櫓太鼓《やぐらたいこ》の音に楼船《やかたぶね》を早めての芝居行《しばいゆき》、色長（いろをんながた）は大振袖にて楽戸入《がくやいり》、生（たちやく）・旦（をんながた）・浄（やつしがた）・渾（どうけがた）・丑（あくにんがた）等はみな顔の色に顕《あらわ》し、角《かど》の芝居・中の戯場《しばい》とて互に大入の札を出だし、角丸《かどまる》は切雑扮（きりきょうげん）とて果てるあり、始まるあり、いろは茶屋の暖簾《のうれん》は今は見えねど、この浜側はみなこの潤《うるおい》にして春秋の賑ひ、遠近大坂へ至れば両三日は芝居にて日を経《ふ》るなるべし」

歌舞伎の魅力は舞台機構にもあった。廻り舞台、せり上げ・せり下げ、さまざまな発明があり、観客の目をたのしませた。久子さんの『二荒詣日記』にある、

「廿四《ママ》日道頓堀にゆきてまた芝居をみる。舞台桟敷の仕かけ誠に珍しき事にて目も及ばず」

　というのはこのことであろう。

『歌舞伎年表』で見ると角の芝居は「重扇萩伊達染」――これは五月十日より。

中の芝居は五月十二日より「けいせい繁夜話」「伊勢音頭」

若太夫芝居（操りの小屋だが歌舞伎上演のことも多い）「八犬伝」のあとは「義経千本桜」「廿四孝」「天網島」となっている。中村芝翫や片岡我童、市蔵らの名がみえる。

「歌舞伎、操りの芝居に日を暮して何事もおぼえずなりぬ」

　という宅子さんの記述は、簡略だけに却って陶酔の深さを伝える。

　五月二十五《ママ》日ともなった。今日は天満天神に詣でた。さきの天保八年の大塩の乱で天神社は焼亡し、まだ再建は成っていない。とはいうものの、神主《かんぬし》・社家《しゃけ》がいそぎ奉じて船で難を避け給うたご神体のご鳳輦《ほうれん》はお旅所でご無事であった。祝融の厄から一年ばかりで早くも千二百両もの寄進があった。大坂町人の天神社への崇敬のほどがしのばれる。

「氏子はじめ大阪近郊にわたる寺子屋、諸芸師匠連中の寄進が相つぎ」（「大阪天満宮火災史覚え書」田村利久　雑誌「大阪春秋」49号　'87　大阪春秋社刊）とあるのも、さすが学問・芸能の神様らしい。

（宅子さんらの詣ったときより四年後の弘化二年〈一八四五〉再建は成った。ところが翌年またもや延焼、このときは辛うじて本殿のみ災厄からまぬかれたが諸末社他は罹災した。しかしその後は幸いに被害はなく、明治四十二年の北の大火、昭和二十年のアメリカ軍による大阪大空襲にも奇蹟的に難を免れ、現在のご本殿は弘化三年の正遷宮以来のもの。これもご神徳のおかげやと、いまも浪花びとの尊崇は篤い）

宅子さんは〈大塩焼け〉で類焼された「跡の石するゑを見て」献詠する。

「難波津の神のやしろは焼けにけり　堀江の水も何たのむべき　　宅子」

しかしこの〈天神サン〉は大坂の産土神《うぶすながみ》として浪花びとの心の拠り所、たとえご本殿再建中といえどもお詣りの人あしは絶えず、されば参詣人をあてこんだ出店も多かったはずである。『浪華の賑ひ』によれば、

「四時《しいじ》に詣人《けいじん》間断なく遠近《おちこち》より群れ集へば、社内には昔噺《むかしばなし》あるいは軍書講釈の小屋、地上には放下師《ほうかし》・品玉《しなだま》・軽業《かるわざ》の芸、時行唱歌《はやりうた》の読売《よみうり》、その他菓子類・手遊具《てあそびもの》の出店《だしみせ》なんど、地《ところ》せきまで列なりて朝暮の繁昌いはん方《かた》なし。門前には、貨食家《りようりや》・煮売店《にうりみせ》・鮓屋《すしや》・饅頭《まんじゆう》木菓売《このみうり》・珍器奇物の商家軒をならべて数《しばしば》販《ひさ》ぎて饒《にぎわ》へるは、皆菅神《かんじん》の余光といふべし」

殊にも天下三大祭の雄、といわれた夏の天神祭、この賑わいは現代でも京都の祇園祭と並びはやされるが、いっそうの昂揚であった昔の盛儀を、こんどは『摂津名所図会』から。

これは六月なので時期がすこし違い、宅子さんらは見ることができなかった、有名な船渡御である。

「鉾《ほこ》流しの神事は六月二十五日なり。朝より御迎船として、福島（田辺注・大坂西北部の町。福島は菅公流謫《るたく》の舟出の地といわれ、天神さんに関係深く、天神社は三社もある。ちなみに私はこのあたりの生れなので、〈天神サン〉は産土神である）の産子《うぶこ》はみやびやかに船を飾りて一様の浴衣《ゆかた》を着し、櫓拍子揃へて難波《なにわ》橋に至る。また寺島より船印《ふなじるし》に吹きぬきを飄《ひるがえ》し、飾《かざり》人形、一様のゆかた帷子《かたびら》に太鼓を拍《う》つて踊り狂ふ。神輿《みこし》は難波橋より船に移し奉り、警固《けいご》の役船前後に列し、音楽を奏して戎島《えびすしま》の御旅所《おたびしょ》へ渡御ありて、当家の神主《かんしゅ》、笛盃《つげさかずき》を頂戴す。これを拝せんとて、数百《すひやく》の楼船《やかたぶね》、川の面《おも》に所せくまで双《なら》び、陸《くが》には桟敷《さじき》を打つて幕引きはへ、金屏《きんびよう》立てわたし稲麻《とうま》のごとし。諸侯第《だいみようやしき》には家家の紋の挑《ちよう》灯《ちん》をてらし、船遊びは三弦《さみ》をならし、歌の声うるはしく、花炮《はなび》は星降《くだ》り昇り、竜水の面《おも》にかがやき、市中の車楽《だんじり》・北新地《きたのしんち》の妓婦《ぎふ》の邌物《ねりもの》・頓狂狂言《にわかきようげん》限りもなくありて、大坂第一の賑《にぎわい》なり。京都の祇園会《ぎおんえ》・浪花の天満祭は聞くよりも見るが百倍なるべし」

息切れしそうな状景活写である。

さて、翌二十六日《ママ》。その日は「難波新地《なんばしんち》の見せものなどのこりなくものす」。いやはや、なおエネルギッシュに浪花の繁華を貪りつくそうというのである。

天神サンや生玉神社《サン》の境内にも軽業などの見せものが行われたが、その種のものではやはり難波新地が最も賑やかだった。『江戸時代図誌　大坂』（岡本良一編集　’76　筑摩書房刊）には曲力持《きよくちからもち》の引札がある。大石を担ぐ男、米俵五俵を両足でさしあげる男、「三国一の足芸」というのは足で書画をかき、食事し、笛を吹き、煙草を吸っている。居合抜きは歯磨を売り、猿廻しは猿を踊らせ、角兵衛獅子、人形遣い、影絵、講釈師、易者……あらゆる見世物の上に、これはきわめつきの見もの、駱駝《らくだ》もいた。「紅毛《おらんだ》来船　ハルシャ国産」。……

宅子さんらはこれも見たろうか。

大坂者の気質については女性旅行者たちは印象記をものしていない。『摂津名所図会』では「浪花男」として、

「風俗は美服を好まず。稼穡《かしよく》を励み、万物《ばんもつ》の交易自在なり。天正の末豊太閤御在城の後、武雄《ママ》の気格《きかく》を亡《うしな》はず。意気慷慨《こうがい》して侠流《きようりゆう》を貯《たく》はへ三尺《さんせき》の童子も頼んで引くべからずの義《ぎ》英《えい》あり。むかしより何某《なにがし》の壮士《おとこだて》などいふ輩《ともがら》人口に膾炙《かいしや》す。今も社首《おやじぶん》の号《ごう》絶えず」

まるで大坂男はみな侠客のように聞えるが、古老にいわせると、昔は大坂に親分多く、天神祭などそれぞれの親分が持場に拠って、何百人の子分を従え、お祭の秩序を保ったものだという。

先述の滝沢馬琴の『羇旅《きりよ》漫録』には、

「大坂の人気《じんき》は、京都四分江戸六分なり。倹《けん》なることは京を学び、活《かつ》なることは江戸にならふ。しかれども実気あることは、京にまされり」と。

例の清河八郎は、これは江戸好きで京・大坂大嫌いの男である。八郎のいうのに、自分は幼少より天下を経歴して思うよう、文化は西から開けたけれども、徳川家入府以来、関東も天下第一の勝地となった。されば有為の人材はみな江都にあつまったので「古《いに》しへさかんなる西方の国々も次第に衰へに趣きける故、何事も狡桀《こうけつ》に相成、事細《こまか》にして表面をやわ《ママ》らげ、遠里《えんり》の朴民をあざむく人気と相成、誠に感慨すべき所なり」(『西遊草』)。

中でも京は高位の方々のいられる王城にも似合わず万事軽薄でけちである、陰でこそこそして弁舌のみ巧みだと舌鋒するどい。

「『京の弁舌』といひて、人を欺くの習ひと相成《あいなる》、歎ずべきの至りなり。其故男児らしき英偉磊落の気風はさらに無し。うちめうちめと計ろふなれば、少しく侠気のある人々は、とても永住のならぬ地なり」

京に比べると、大坂はまだしも八郎の点が甘いようである。たまたま天神祭の宵宮《よみや》と本祭にゆきあい、だんじりの勇壮をほめている。大勢の男たちが威勢よく勇ましく気勢をあげ、〈えらい奴ちゃ、来たかよ〉のかけ声に鉦《かね》・太鼓の音ももろともひびきわたり、はやし立てる。大いに八郎の意に適《かな》った。

「京師は人気柔弱にして、ただ外美を好み、さらに勢ひきそふ事もあらざれば、祭礼とて祭礼の風あらず。江戸は尤とも人気手あらく、祭礼のきそひ黄金を土泥にいたし、あまり鋭過ぎたるほどの事なり。大阪は随分剛強の気もあり。また自然上方の風まぬかれざれば、剛柔相かなひ、人情に於ひ《ママ》て中道といふべき也。すべて祭礼などは尤とも人気のあらわ《ママ》るものなれば、よく心をとどめ見るべき也」

八郎が天神祭で感じ入ったのは祭礼とともに楽しむ夕涼みの豪奢である。諸藩の蔵屋敷が軒を並べる大川のそば、ことにも堂島の鍋島藩邸の前は恰好の涼み場所。川には遊船が灯をかかげて浮かび、岸には「万点の燈火天をかがやかし」諸人群集してにぎわいいわんかたなしという風情。大名屋敷の中には門前に矢来を結い、幕を張り、灯を照らして人払いし、涼んでいるところもあれば、自由に茶店を出させているところもある。

久留米藩の邸前のかがり火は天をこがすばかりに大きい。大川の水は清く、しかも藩邸の前とて塵一つない。鴨川の床の猥雑とはえらいちがいだと、八郎はことごとにつけ京を罵《ののし》る。

それに船渡御を拝む見物舟のにぎやかなこと。大坂中の舟が大川へあつまるので川面は灯を撒いたよう、八郎も舟涼みをしたいが出払って一艘もない。宿の火の見台へ上って花莚を敷き、酒肴を運ばせた。町の家々の屋根はつらなり大坂城も見える。

「涼気骨を通すばかりにて、爽然たる事比類なし。眼下は川流にして、遊山の船ひきもきらず浮びきたり。浪華橋の辺は人声憧々として、一面の船燈籠真《まこと》に都会の一大奇観なり。天色は水の如くに晴わたり、星宿ひかりをきそひ、天王寺其外の堂塔霞の如くにあらわ《ママ》れ、四国の山々は黛《まゆずみ》をちらすの風色、都会塵埃のうちにありて、はからずも斯《かく》なる愉快あるは、また吾党の幸なり」

暑がりの東北人たる八郎は涼しいのがまず気に入ったようである。

八郎にいわせると、京・大坂は人情やわらかで言葉巧みなので都見物のお上りさんは弁舌にのせられてつい懐中とぼしくなり哀れなことだ。江戸は手あらいが、田舎ものをあざむいて金子をまきあげるなどということはしない。上方者の如く、口先だけの柔かなのとは大違いだ、という。……しかし八郎は『徒然草』を読んだことがあったろうか。兼好は悲田院《ひでんいん》の堯蓮《ぎょうれん》上人の話を紹介している。俗人であるときは並びなき武者だった人だ。故郷の関東の人が来て、関東者のいうことは信用できるが都びとはだめだ、口先だけで請け合うが実意がない、とそしった。上人は答えていうよう、

〈そう思うのも尤もだがね、私も都に久しく住んで都びとと親しくなってわかったが、実意がないのじゃない、都びとは心柔かでなさけあるゆえ、人に頼まれてきっぱりことわれないのだ。偽るわけではないが、都びとは貧しい人も多いので、おのずと思い通りにゆかぬことも多い。関東者は私の同郷人だが、心のやさしみがなく真っ正直で言葉に愛想がないから、できないと思えばきっぱり拒絶する。それに関東者は豊かだから、たよりにされるんだ〉——兼好は以後、この上人をとてもおくゆかしく思った、という。武士あがりの荒々しい人だと思っていたが、さすが上人とあがめられるだけあって、心のやわらかなデリケートな人なのだった。……

また、八郎に『誹諧武玉川』も読んでほしかったなあ、と思う。こんな句がある。

「京大坂は江戸の引出し」（五—2）

江戸の文化の根は京・大坂にあると江戸はみとめ、京・大坂もまた、引出しの深さを自負していたのであろう。

さて難波新地の見世物を見た宅子さんらはもう一つ、きっと順慶町《じゅんけいまち》の夜店も見たにちがいない。新町廓へゆく道すじなのでたいそう賑わった。『摂津名所図会』から。

夕暮れてくると順慶町、東は堺筋、西は新町橋まで両側びっしりと店が連なる。群衆は好みの店をひやかす。売るものは何々ぞ。「衣服、道具、袋物、装飾品。玳瑁《たいまい》、珊瑚《さんご》、馬瑙《のう》の類、玲瓏《れいりよう》として、その隣には盥《たらい》・小桶・飯櫃《いいびつ》・雷木《れんぎ》・杓子」いかき、まな板、槌、砧とにわかに家庭用品が並んでムードが変るのもおかしい。

「その次には神棚・仏器、その向ふは草履《ぞうり》・五分駄《ごぶたか》・日和下駄《ひよりげた》・棕套《しゆろくつ》・紙草履《かみぞうり》・釘靴《つなぬき》の類、陶器店《せとものみせ》には今利焼《いまりやき》・印部《いんべ》焼・六兵衛茶瓶《ろくべえちゃびん》・宝山天目《ほうざんてんもく》・行平鍋《ゆきひらなべ》・印花白甌《そめつけちゃわん》・尾張焼植陶《うえきばち》の諸品、また野菜店《やさいたな》には際《かぎ》りなく、五月《さつき》の頃の早松茸《さまつたけ》・寒冬《かんとう》の孟宗笋《もうそうたけのこ》までも双《なら》べ立てて売り声囂《かまびす》し。飛鳥川の流れ早く、年の市はなほさら賑《にぎわ》はしく、まづ蓬莱《ほうらい》の飾《かざり》物、何や榧売《かやうり》、穂俵《ほだわら》・裏白・銹藁《かざりわら》、片店《かたたな》には新暦《しんれき》、毬打《ぎちよう》・羽子板・手鞠・門松売、梅匂ひ鶯きなく春にもなれば、年玉物のかずかず、朧月朦朧《おぼろつきもうろう》として桃の花ほころび、柳桜をこきまぜて錦と見ゆる弥生の雛店《ひなみせ》、紙雛《かみひな》・衣裳雛・雛の御殿に左近桜《さこんの》・右近橘《うこんのたちばな》、御随身《みずいじん》・衛《え》士《じ》の篝火煌々《かがりびこうこう》たり。さて端午《たんご》の前には染幟《そめのぼり》、紙幟・八幡太郎・武内臣《たけうちのしん》・頼光《らいこう》・朝比奈《あさひな》・橋弁慶《はしべんけい》・牛若《うしわか》・金時《きんとき》・旗持《はたもち》まで威風凜々《りんりん》と餝《かざ》りける。夏祭の大市《おおいち》も過ぎ、霊祭《たままつり》の典物《そなえもの》、盆の灯籠、切子《きりこ》灯店《みせ》、重陽には菊の花・万菊《まんきく》・千菊品《せんきくしな》多し」

いやもう書き写すだけでも大変だ。籬島さんは帳面と矢立でメモしていったのだろうか。仔細に品々を検分してみると、現代人の生活で使われるものばかり、なんという成熟した都市文化であろう。宅子さんが旅してきた道中の或る地方では、素朴というより荒涼たる人の暮しが営まれていた。〈こんなところでも人は住めるものたい……〉という感慨を強いられたこともあったろう。それが大坂では裏長屋の住人に至るまで身のほどにつけつつ、いろんなモノを氾濫させ、人生を楽しんでいたのだ。

二十七《ママ》日。明日はいよいよ大坂出立である。土佐堀の宿を出て、舟で天保山《てんぽうざん》へいった。ここは大坂庶民の遊覧地になっている。天保三年（一八三二）、安治川の浚渫《しゅんせつ》によってできた土砂を築いた、人工の山である。険しくはないので女こどもも登って景観をたのしめる。桜を植えたので花どきは名所になった。海原の眺めもよく、

「なにはびと遊びどころを海中《わたなか》に　心つくして山つくりけん　　宅子」

大坂びとの愛着する新名所となった。

〈前に海、はるかにうしろは大坂の町、なんとはれればれした眺めでござっしょうな〉

とみなみな、ほっとくつろいだ。その夜は河口の富島泊り、明けて二十八《ママ》日、朝五ツ(というから午前八時頃か)船は大坂をあとにいよいよ、九州へ。

乗合の中にはかねてそういう手配であったのか同郷人が乗り合せた。まず宅子さんら四人、それに四十《よそ》エモンはじめ従者三人、そのほか郷里の芦屋の人一人(久子さんは顔見知りかもしれない)、宅子さんの家に近い八尋村の十六神社の神主さんである安藤ぬし、この人は宅子さんも面識があったろう。何より、伊藤常足先生の門下で、いわば同門の仲間である。それに土佐堀の葉村屋主人。博多の人が一人。船頭ら三人。

船の中はにわかにお国ことばが氾濫《はんらん》したろう。宅子さんら一行も、頓《とみ》に元気づく。ただし、風向き思わしくなく、兵庫泊り。二十九《ママ》日。播磨灘に向ったが、なお風に翻弄《ほんろう》されて「苦しむことかぎりなし」。みな船酔いする。

日暮れに風が少し凪《な》いだので明石に船泊り、同船の人がたわむれに、いくら宅子さんでもこんな苦しい時には歌もでませんでしょうな、という(安藤ぬしの諧謔であろうか)。

宅子さんは、

〈歌が出らにゃ、船も出よらん、ち、いわっしゃると? そりゃあ、大ごとたい。腰折れの一つも海神さんに捧げにゃいかんばい〉

〈折から明石でござす。人丸さんに捧げてほめて頂こうやござっせんな〉

と久子さん。歌聖・柿本人麿への会釈がなくてはかなわぬ。

〈こりゃ、あとにひけんごとなりましたばい〉

宅子さんは即吟の大家らしくすらすらと口ずさむ。

「ほとゝぎすいくよ明石にとまるとも　きかずば出でじうらのひと声　宅子」

やんやの声でみなみな、笑みまけ、一座がいっそう和んだとき、船頭さんの声、

〈追風《おいて》になった、船を出しますぞう〉

〈やっぱり人丸さんがほめなさったごと、ありますなあ〉

おぜんさんの感じ入ったような無邪気な発言に一同思わず破顔、夜に入っても船は、追風をたのみに走りに走る。月がかわって六月一《ママ》日。船は伊予の岩木というところで船がかりする。故郷はいよいよ近い。

旧暦六月一《ママ》日は陽暦では七月十八日、もう暑いさなかである。伊予の岩木（因島《いんのしま》近くの岩城島《いわぎじま》か）で船はとどまった。人々は船を下りて松林の中の社に登って涼んだ。

「暑しとて誰か岩木の浜松の　下ふく風にときをうつして　宅子」

六月一日は氷室《ひむろ》の節句である。真冬の氷を室《むろ》に囲っておいてこの日に賞味する。宅子さんらは歌を学んだ身とて、「夏ながら秋風たちぬ氷室山そこには冬をのこすと思へば」という定家の歌も知っていたろう。氷室の節句とて祝いの酒《おみき》が出て、人々はご機嫌になった。

「はては酔しれて相撲《すまい》のわざするに至る」というのだから、若いハタ吉などが相撲をとったりして開放感を楽しんだのだろう。

夕暮れから順風となり船を出す。二日、三日、四日、泊りも定めず少しずつ島伝いに下ってゆく。左に草ばかり生い茂る長い島があり、鹿が並んで立って、こちらを眺めているのが何となくあわれだった。船人に聞くと百合島といい、宮島などで罪を犯した鹿はこの島に流し捨てられるのだという。鹿の罪人というのもおかしいが、角で人を傷つけたり、たべものを掠《かす》めたりしたのだろうか。

宅子さんは鹿があわれでならない。

「浪よりも見る目に散るは涙なり　さゆりの島の鹿の立処《たちど》を　宅子」

この立処は、鹿の運命、という意味で使っているのであろう。

六日《ママ》。安芸《あき》の国の御手洗《みたらい》の島に着いた（大崎下島の御手洗であろうか）。

今日はここの祇園社の祭とて、島はにぎやかに沸き立っていた。問屋のあるじが――これは船便関係の人なのか、筑前地方と商取引のある人なのか不明だが――迎えに来てくれたので、その家でしばし休息させてもらう。髪を梳《と》き、湯浴みなどして、暑い時なれば、みなみな、生きかえる思いだった。

さっぱりした気分でみなみな船に戻ったが、ここの祇園の社のお祭はずいぶんにぎやかだった。この島から向いの島に、船があまた連なり、鉦・太鼓などうち鳴らし、船の灯は昼をあざむくばかり、波の上をそれらの船がゆきかようさま、珍しくも美しくも面白い。宅子さんらは大坂の天神祭は見られなかったが、この安芸の国の島で、はからずも同じような水上の祭を見たわけである。ここでも船渡御が行われたのであろうか。

「海づらも燃えわたるかと御手洗《みたらい》の　神のみゆきの灯火《ともしび》のかげ　宅子」

七《ママ》日にここを出発。八《ママ》日、周防の国、熊毛《くまげ》の郡の室津に泊り、翌九《ママ》日、ようやく長門の国、赤間関《あかまがせき》に着いた。

もう九州は指呼《しこ》の間だが、あいにく天候がよくない。十《ママ》日は船が出せず、十一《ママ》日に辛うじて脇の浦に着く。船頭はここの人らしい。宅子さんらはとりあえず、そのうちへ寄らせてもらった。風さえよければ船で若松の浦まで一気に帰れるのに思うままにならない。風はいよいよ烈しくなってくる。一行は陸路を取ることにきめた。

払川《はらいがわ》というところまでくると、知己が早速、無事帰着の祝いとて鯛のあつものを届けてくれた。

「海のごとこゝろふかめて平らけく　帰るを祝ふ君があつもの　宅子」

してみると、早くも安着の知らせは一足早く、それぞれの家へ届けられていたらしい。

以前に、宅子さんの恩師・伊藤常足先生の家にほど近い、鞍手町歴史民俗資料館を訪ねたとき、同館の井手川泰子先生にうかがった話で印象的な示唆があった。

お伊勢詣りから帰ったりするとき、家族は新しい着物を携えて迎えに出たという。旅行者はそれに着更えてパリッとした身なりで故郷の村へ帰ってくるのだそうだ。お伊勢詣りは一生一度の晴れの盛儀、人生の修学旅行といった趣きもあることゆえ、長旅の疲れをとどめた襤褸《ぼろ》を着ても戻れないだろうではないか。身内の者たちが下関（赤間関）まで迎えにきたというが、しかし帰る者はともかく、迎える者は内実、苦しいやりくりを強いられることもあったろう。姑がお伊勢詣りなどすると、嫁は姑の晴着を準備するのに四苦八苦だったそうだ。

〈苦労しましたばい〉

という嫁の述懐を聞いた、と井手川先生のお話であった。

宅子さんも鯛のあつものを贈られたとき、郷里の家族がすでに迎えに来てくれたのかもしれぬ。安着の宴、つまり〈坂迎え〉であろう。

『中間《なかま》市史』中巻（中間市史編纂委員会編　'92　中間市刊）にはその例が挙げられている（「藩政時代の文化」）。

嘉永七年（一八五四）というから、宅子さんらの旅より十三年後、中間の垣生《はぶ》村庄屋の嫡男淳蔵たち十九名がお伊勢参りをしたが、出発に当ってまず、送別会、これを当時の言葉で〈見立て〉という。中間の惣社宮神官の伊藤道保も招かれている。この人は宅子さんとも親しく、『岡縣《おかのあがた》集』のほかに、『贈答小松日記　撰歌集』という宅子さんの手控えの中にも贈答歌をとどめている。このとき道保は垣生村の参宮ツアーに加わる淳蔵に対し、餞《はなむ》けの歌を贈っている。

「伊勢の海や千尋《ちひろ》の底のしら玉を　苞《つと》にもがもな君がかへさの　道保」

淳蔵の一族で同行者の甚三郎に対しては、

「春行かば綾の小路に宿とせよ　錦きつゝも花を見るべく　道保」

である。常足先生ぶりのなだらかで品のいい詠みぶり、道保もその子保親とともに先生の門人である。そして淳蔵もまた歌に心よせる若者であったらしく、伊勢参宮、上方見物のついでに各地の歌人・文人に面晤《めんご》の栄を得て、わが見聞を拡め、触発されたいと志したのか、訪問予定の有名人の名を手控えにとどめている。まことに殊勝で健気な志だ。草莽《そうもう》の地に〈うたごころのみやび〉を殖えつけ、花を咲かせていったのは常足先生の功績である。

とまれ、一行は春から初夏へ六十二日間の旅をして四月二十一日に帰着。淳蔵の両親はもとより、道保もともに迎えに出た。『中間市史』には、

「着替えを持っての酒迎えであろう」

とあるが、歓迎の宴はどうせ酒宴になろうから〈酒迎え〉でもよいが、正しくは〈坂迎え〉または〈境迎え〉である。参詣者の帰郷を村境まで出迎えて酒宴を開くことであるが、もともとは平安朝時代に、新任の国司を国境まで国府の役人が出迎え、宴を設けたことからきている。

宅子さんらはまず、芦屋に帰り着いた。そこでとりあえず、久子さんの桑原家に泊めて

もらう。みなみな、無事を喜びあい、かたみになつかしい人々に再会、何より留守宅の人々の第一声は、〈みな、無事でよかった！〉という言葉だったろう。五か月の旅、その途次にはかなりの難路もあったのに、よくも病気も怪我もなく歩きおおせたこと。姥四人、従者三人、いさかいもなく顔をほころばせて、出たときのままの顔をそろえる。参詣した神社やお寺の加護があったとはいえ、やはり人生のベテランとしての処世の知恵がなくては叶わぬ偉業であろう。男たちはそろって日焼けしてたくましく、女たちは困苦や快楽の思い出を身内にいっぱい詰めて、瞳にいきいきした光を点じていた。

〈まあ、何から話したらいいやら……〉

　といいさしては笑みくずれ、

〈結構なとこも、たいそうなこと、見たばって、やっぱ郷里《ところ》がいちばんたい〉

　という声も昂ぶって華やいでいたであろう。

　久子さんの『二荒詣日記』は、

「人々、わがともがらのつゝがなきをよろこび、我輩《わがともがら》もまた、こと故《ゆえ》なく帰りしことをうれしみ、おぼえずなみだこぼしつ」

　帰宅した日を久子さんは六月十日という。

　宅子さんはその夜は桑原家に泊り、十二《ママ》日に「人々に別れて家に帰る」とある。日付は微調整されて両者のへだたりは少くなっているが、依然、正確な日付は不明、芦屋からは往路と同じく遠賀川の川舟を利用して上底井野のわが家へ。

満面に笑みをたたえた夫との再会、店の者たちの挨拶、群れつどうてくる息子や孫たち、隣り合った本家の弟一家やら、近所のだれかれ、表の往来のにぎわい、空ふく風、夏の光、やはり郷里《くに》あればこその旅。さあ何よりもまず、お伊勢さんの剣先《けんさき》（お札）、信濃善光寺さんの、牛に牽《ひ》かれて善光寺詣りの錦絵、などを知己友人、隣近所に配って有難い功徳のお裾分けをしなければ。……おお、それより産土の八幡さまに安着のお礼を。

〈そげなこた、まちっと、ゆるっとしてからでよか〉

夫は宅子さんの性急《せつかち》ぶりを笑いつつたしなめる。気は逸《はや》るのに、さすがに体の奥そこにたまっている疲労。しかしそれも故郷の風光や〈ご寮人《りょん》さんの何とものう帰らっしゃって、うれしか〉というなつかしい店の女子衆《おなごしゅ》の顔、顔に、次第になごめられてゆく。……

「今日はとてぬぐや信濃路東路の　花にも馴れし旅のころもを　宅子」

『東路日記』はそこで終っている。

ただし、これが書かれたのは旅より十年のちである。

宅子さんは旅行中の歌の添削と、日記の序文を師の常足先生に乞う。先生はそのとき七十八歳、なお壮健で活躍中、一昨年著書四十巻を藩主黒田侯に献じていた。その前々年、五十一歳の長男を亡くしたのは痛手であったが、ただちに孫の直江を継嗣にし、自身はなお講義に歌会に、と倦むことなく門人たちを誘掖して、人々の心の支えとなる存在だった。

常足先生は乞いによって筆をとった。

「東路日記　はしがき
　岡縣《おかのあがた》　底井野の里なる小松ノ屋に物せる東路日記といふものは、此《この》家の女あるじ宅刀自《いえとじ》、あづまの国をめぐりける時の道行ぶりなり。そは天保十二年、後の（閏）正月十六日より六月十三日までの事を記せり。道のほどは凡《およそ》八百里ばかりもあるべし。其間、処々にてよめる歌をもとりくはへたり。此《この》ほど翁がもとにおこせて筆くはへてよと乞ふ。されど己《おのれ》はた、東路のことにうとく、且《かつ》、いとまもなければ、只、歌の上ばかりをいさゝか引直して返しつ。かさねて見ん折に、こころつく事もあらばあらためもすべし。けふは嘉永四年五月十三日とす。

七十八翁　藤原常足」

　宅子さんの旅日記はかなり長いので、いったん家に帰ると繁忙な商家の主婦のこと、とてもおちついて推敲《すいこう》する時間はなかったろう……とも思えるが、しかし十年後の脱稿とは。
　一方、久子さんの『二荒詣日記』は簡略で短いとはいえ、これも三年かかっている。常足先生は門下の閨秀二人に対し、恨みっこなく、双方に〈はしがき〉を与えている。

「此日記《この》、わが岡ノ縣葦屋《あしや》の津《つ》なる桑原氏の家刀自《いえとじ》久子の作れるなり。其言《そのげん》に此度《こたび》の日記よ、まことにみそかごとにしあれば、道のほどもひたい急ぎに急がれ侍れば、只処々にてみだり詠みに詠めるうた、また、やど宿、泊り泊りの事ども、さとび詞につづりて、老いゆく末のこころ慰《なぐ》さにもと、書きあつめ侍りつるのみなれば、一《ひと》わたり見渡し給ひて無下《むげ》に聞ゆまじきふしどもをば、引直し給ひてよと乞ふによりて、抜《ひら》き見るに、げに通りけむ道すぢの事など大かたに書きしるし、歌をも所々くはへたるのみにて、こゝろをいれたるにはあらず。かくておのれはた、あづまの国々のさまを知らざれば、この書《ふみ》に西よ東よなどいへるハ正しく当れりや知らず。さればいま、歌のみをいさゝか引直して、文《ふみ》のことはそのままにして返しつ。

天保十五年三月下旬　七十一歳翁　常足」

『二荒詣日記』の末尾は、久子さんの歌一首。「あしやのひさこ」として、

「我親族とある人々に二荒詣の日記をかきて送るとて
　うれしきも憂《う》きも書き置く水茎《みずくき》を　我なきあとのかたみとは見よ　久子」

旅ののちも、宅子さんと久子さんの交情はなおこまやかで、常足先生のもとにつどい、一層、歌に古典教養に、互いに励ましあって精進していたとおぼしい。

『贈答小松日記　撰歌集』は宅子さんの編集であろうが、その中の歌と、現在も小田家に残されているおびただしい短冊から、その後の人生を辿ってみる。
宅子さんの夫、三代清七もまた晩年には歌をつくっている。妻の影響からであろうか、短冊が残されており、巧いとはいえないが、老後の風雅を娯しんでいるようである。
旅のちょうど一年後、宅子さんは久子さんに歌をよんでことづけた。
「去年《こぞ》の今日思ひ立ちつる東路の　二荒の山をふたゝびもがな　宅子」
芦屋では久子さんがその春、花見に宅子さんを誘う。
「　いへ子の君を待ちはべりて
打霞みのどけき春の日数をも　空にかぞへて君をこそ待て　久子
かへし
思ひきや君がまたんと数ならぬ　身をもまどゐの花の筵《むしろ》に　宅子」
久子さんの子供たちは文筆にいそしむ母のために机や硯を新調して贈ったようである。あるいはこれは久子さんの六十の祝いのときであろうか。宅子さんは親友の子供たちのやさしい思いやりが、わがことのようにうれしい。
「母君の為に机を作り給ひける時、桑原の君によみて参らせける
たらちめのためとて君が作りけむ　槙の机もゆたかなるかな　宅子」
右は久子さんの子息に贈った歌で、

「同じ時、久子君によみて参らせける
　読み書きの道に心をみがくらん　玉の机に君はむかひて　　宅子
　かへし
　向ふ甲斐なき身を老のなげくかな　筆も机も心づくしに　　久子」
机をはじめ文房四宝は文人の関心ただならぬものとて、常足先生も祝って下さる。
「玉のごと君が作れる机には　いかなる書《ふみ》を置かんとかする　　常足」
それらは机をまん中に詠草を示し合った和やかな歌会でもあったろうか。久子さんはよむ。
「　いへ子の君帰り給ふ時わかれを惜しみて
　夏刈《なつか》りのこの芦の屋の里なれど　折々きませよしと思ひて　　久子
　かへし
　折々に来《こ》てふは嬉し葦垣の　間近き中にへだてなければ　　宅子」
宅子さんの家の歌会には、若い人たちも集うたようである。老いも若きも入りまじり、文雅の世界に興ずるのは、宅子さんにもうれしいことである。
「　若き友どちうちつどひて訪《と》はせ給ひければ、人々によみて参らせける
　嬉しさよ老のなげきも忘られて　若きにまじる敷島の道　　宅子
　かへし

老いぬとてなげきはなどか敷島の　道の若きにまさる言の葉　満枝」

「敷島の道の友とて老いし人　なげき忘ると聞いて嬉しき　武」

この「武」はどうやら男性のようであるが、若い初心者が宅子さんの薫染を受けたがって、まわりに群がっているのが面白い。

常足先生もまだそういう歌会に出席して下さったようであるが、

「宅子の君をとはむとて出《いで》てけるみちにて

めにかけていそぐは老いの習ひにも　足ぞ心に任せざりける　常足」

「あるに甲斐なき身となりぬ高砂の　松とわれとは老いの友にて　常足」

老いていよいよ悠々としたユーモアもたたえ、常足先生の足どりはかるい。

宅子さんが五十九のとき、弟の四代清七（義広）が四十の賀を迎えた。うんと年下の弟はいま本家の両替商を継ぎ、宅子さんの夫の三代清七（義且《よしかつ》）は同じ小松屋という屋号ながら醬油業に転じて、隣り合う両家とも家運は隆盛であった。宅子さん夫婦の息子、清四郎（義安）も父親に代って働いている。そろそろ世代は次へと移るようだった。宅子さんはそれもうれしい。「義広が四十の賀に」とて、

「千代までも重ねよとこそ送りけれ　今日倭文《しず》織りの妙《たえ》の衣を　宅子」

この義広も歌を学びかけているらしく、短冊がのこされている。

それは弘化四年（一八四七）とおぼしい。天保の改革を断行した水野忠邦はすでに罷免

され、老中の首座は阿部正弘になっている。外国船が日本の近海を脅かすようになり、長崎警備の必要も生じた。黒田藩（福岡）、鍋島藩（佐賀）も安閑としていられなくなった。しかしこのあたりの農村ではまだ影響はなく、それより干魃《かんばつ》や、反対の大雨やで、農民たちは一喜一憂している。そこへ、何分長崎が近いのでコレラや天然痘などの流行病も恐れられた。ただし宅子さんの交遊関係の範囲では平穏である。

宅子さん還暦の年と、夫の清七の古稀が、どちらが先だったのか分明でない。清七の生年は不明である。しかし清七には「七十二翁義且」として知人に贈っている歌があるので、あるいは宅子さんより早く古稀を迎えたかもしれぬ。弟の義広は「父義且君（田辺注・義広は清七・義且と親子ほど年が違うので、一旦養子となって家督を譲られたのかもしれない）の七十の賀を奉祝して」として、

「七十《ななそじ》のみどりがうへの万代《よろずよ》を　松の日蔭も露ふくめけり　　義広」

と詠んでいる（まずい歌だが、短冊の字も読みにくいので私の誤読かもしれない）。

清七自身も自祝する。彼の字は筆の枯れた品のいい達筆で癖がなく、〝揮毫なれ〟した字である。歌も素直だ。

「いにしへも稀なりときく七十の　春にあふ身ぞ嬉しかりける　　義且」

宅子さんの祝いうたであろうか、

「六十《むそじ》より上の十とせもかぞへ来ぬ　八十《やそ》百年《じもももとせ》はや重ねてよ　　宅子」

現代とは違う。百五十年前の七十歳六十歳は慶賀すべき長命であろう。そして宅子さんが六十歳を迎えたとき、これは詞書であきらかにされてはいないが、もしかして清七が宅子さんに贈った歌かもしれない。

「六十《むそじ》にはなりてもかわる面影の　見えぬ人こそ松にまされる　義且」

おまえは六十にはみえないよ、変らないねえ、それこそ永久《とわ》に変らぬという松以上だ、いつまでも若々しいよ。

宅子さんはよむ。

「　六十の祝に
　今年より四十《よそじ》かぞへて桃の花　咲く時またも君祝ひてよ　宅子」

いまから四十年たって百歳のときにもお祝いをいって下さいよ、あなた。

宅子さんの歌に、「君が代に生れあふ身は何をかも　あかずと思はむ思ふことなし」というのがあるけれど、〈思ふことなき〉人生であったろう。

しかし無常の風は時をきらわず、その翌年、嘉永二年（一八四九）清七は死ぬ。八月七日の夕だった。

「長き夜をひとりしる身となりにけり　西に入るさの月をながめて　宅子」

清七は隠居の身の慰めにと、小さな庵《いおり》を作っていたらしい。

「虫の音《ね》のしげき庵となりにけり　千草を植ゑし人はなけれど　宅子」

宅子さんの友人知己の慰めも多い。

「いへ子の君、夫《つま》とある人に別れて、たれこめ給ひける時よみて参らせける
　おもひきや長き夜すがらなき床に　君独り寐ん秋もありとは　保親」

この人は中間の惣社宮の神官、常足先生の同門の人であることは先述した。

常足先生からもねんごろなとぶらい。

「けさ見れば君が手向けの白菊の　花より先に袖のつゆけき　常足」

久子さんの悼歌は散佚《さんいつ》したのか見えない。

やがてその年も暮れた。

「いつよりも暮れゆくけふの惜しまるゝ　夫《つま》に別れし年と思へば　宅子」

魂《たま》まつりはこの地方では、盆と暮れにするのであった。祭壇の位牌に供えものを祭り、灯火をあかるくする。

「こよひぞと亡き霊《たま》まつるともし火を　かかげて見れど見えぬ面影　宅子」

それは宅子さん六十一のときであった。とうとう『東路日記』の完成を、夫には見せられないで終った。宅子さんはそれから夫亡いあとの空虚を埋めるように『東路日記』の整理、清書を行ったのではあるまいか。その作業に精を出すにつけても、まだ長寿の恩師がいられることが、宅子さんの精神的支柱ともなり、人生のよりどころでもあったろう。

しかし更なる衝撃が襲う。安政五年（一八五八）常足先生は亡くなられる。八十五歳だ

った。宅子さんはじめ、人々は寄るべき大樹をなくしたように呆然自失する。十一月十九日。生涯を学業の精進と後進の育成、庶民のための初等教育まで心を砕いて、風雅の種子を西陲《せいすい》の地に播いた、清廉の国学者であった。

「師のみまかり給ひけるとき我も人もなみだにくれければ

渡る河水や増さらん皆人の　なげきの泪あめとふる日は　以下宅子

今日よりは綱手を絶えて敷嶋の　大和嶋根を漕ぎまどふべき

天を仰ぎ地に伏し君を慕ふとも　亡き面影はいかにとかせん」

そして宅子さんは七十になっていた。宅子さんは、書きあげた『東路日記』のうしろに書き継ぐ。

「家づとにつみて帰りし鏡草　わが亡きあとのかたみとも見よ　七十才いへ子

云ひ残して子どもに遣《つかわ》す」

もう一首、「安政六年」とある歌。

「六十《むそじ》より十とせかぞへて七十路《ななそじ》も　はや水無月の空となりにき　宅子」

——外の世界では〈安政の大獄〉の嵐が吹き荒れていた。

附《つけたり》

安政五年（一八五八）から翌年にかけて、時の大老・井伊直弼《なおすけ》は尊皇攘夷《じようい》派に大弾圧を加えている。かねて十三代将軍家定には継嗣がなく、後継として当時英明の聞え高い一橋慶喜《よしのぶ》（前水戸藩主・徳川斉昭《なりあき》の七男である）を推す者が多かった。老中・阿部正弘や薩摩藩主・島津斉彬《なりあきら》、宇和島藩主・伊達宗城《だてむねなり》、土佐藩主・山内豊信《やまのうちとよしげ》らである。

しかし慶喜の後ろにいる父・斉昭に反感を持つものも少くない。彼らは紀州徳川家の幼主・慶福《よしとみ》（のちの家茂《いえもち》）を推した。直弼はその先鋒である。その内紛に加え、外国との条約調印という対外的難問が出来《しゅったい》する。

大老職についた直弼は、ハリスの要求のまま、勅許を得ず日米修好通商条約に調印、また強引に将軍継嗣を慶福に定める。尊攘派の憤激はたかまり、京の風雲はいよいよ急であった。

直弼は強硬な弾圧を実行する。それは京・江戸にとどまらず地方にも及んだ。薩摩の西郷吉兵衛（隆盛）と僧月照は幕吏に追われて鹿児島湾に入水し（西郷は救助される。天が死なしめなかったのであろう）、萩では吉田松陰が江戸送りの上断罪、この大獄に連坐する者百余人、諸侯や幕閣有司《ゆうし》まで処罰を受けたものは数知れない。前古未曾有の大獄であった。

しかし直弼の強行政策は、彼自身の横死（桜田門外の変）と、幕勢の衰弱化、更なる社会的混乱を招く。

その安政の大獄の、安政六年より四年前、清河八郎は母を伴って伊勢詣りに出発している。安政二年（一八五五）春三月から秋九月までの旅である。

外国船がしばしば日本に通商通交を求めてきてあわただしい世の中になっていたが、まだなお地方は平穏であった。宅子さんらの旅より更に十四年のちだ。八郎二十六歳、母、四十歳。この時の旅行記『西遊草』を今までに幾度か引用させてもらったので、その後の彼の人生も瞥見《べっけん》しておこう。

八郎は出羽の国庄内、田川郡清川村（現・山形県東田川郡立川町大字清川）の、富裕な素封家の生れ、十八歳で上京して学問と剣術をおさめ、諸方に旅して見聞を拡めたことは先述した。安政元年、二十五歳の春、幕府の学問所、昌平黌《しょうへいこう》に入ったが、その年、神田三河町に塾を開いている。しかしこれは開塾して間なしに類焼する。江戸は火事の多い所といいながら、八郎は二度目に開いた駿河台淡路坂の塾も再び類焼の厄に遭う。

三度目の神田お玉ヶ池の塾は安政六年の開塾。経学、文章、書、剣など「文武指南所」の看板を掲げたという。

安政の大獄も、万延元年（一八六〇）の桜田門外の変も八郎は目睹《もくと》する。外国貿易のために国内経済は混乱して庶民は窮迫していた。まさに天下大乱。

八郎は天下のために攘夷運動に挺身《ていしん》すべき秋《とき》がきたと決意する。お玉ヶ池の清河塾は尊攘派志士のアジトになった。横浜の外人居留地焼き討ちを同志と謀るが、幕府に知られて追われる身となり、計画は頓挫《とんざ》。

東北から九州へと逃亡しつつ遊説《ゆうぜい》し、かつ、同志を糾合《きゅうごう》してまわった。八郎は本質的に流浪する論客で、火を点じてまわる煽動者であるらしい。潜伏中に知った田中河内介や筑前の平野国臣、筑後の真木和泉《まきいずみ》、薩摩の有馬新七らと京都挙兵を計画するが、これは薩摩藩の島津久光による薩藩急進分子の壊滅（寺田屋事件）で挫折する。

清河八郎のゆくところ、常に奇策・術策が入り乱れるが、どうもそれはつねに計画倒れになるようである。八郎のうしろには拠るべき〈藩〉がない。八郎は徒手空拳《としゅくうけん》の策士であった。ただ恃《たの》むは、わが三寸不爛《ふらん》の舌である。そしてその緻密犀利《ちみつさいり》な頭脳から無数のアイデアが生れるらしい。頓挫・挫折をくりかえしても、へこたれない。

文久二年（一八六二）八郎は江戸にいて、幕府に浪士組結成を建言している。名目は上京する将軍家茂の列外護衛である。これが容《い》れられて二百数十名の浪士が集り、山岡鉄舟、鵜殿鳩翁《うどのきゅうおう》（幕臣に珍しい攘夷派だったため、井伊直弼によって免職させられるが、直弼死後、日が当ってきた）が取締役となった。八郎は立案者であるが、表舞台に出ない。

その代り、果して彼一流の奇手を打つ。浪士組が京に着くや、八郎はこれを朝廷の親兵にするという案をぶちあげる。いわば幕府をペテンにかけたわけ。八郎は「朝廷に攘夷遂行・京都守衛の建白書を出し、承認の勅諚をとる」（『西遊草』小山松勝一郎校注　'93　岩波文庫）――幕府は怒り心頭に発してしまう。幕府ともあろうものが一介の浪士の弁口にやすやすと翻弄されてしまったのだ。

『西遊草』にはたしかこうあったっけ、「『京の弁舌』といひて、人を欺くの習ひと相成《あいなる》、歎ずべきの至りなり」

人を欺くの習いはむしろ八郎の性《さが》であろう。京・大坂者は奸譎《かんきつ》――とは、誰にいわれてもよいが、清河八郎にだけはいわれたくない、と京・大坂者は思うであろう。

当然、浪士組は混乱する。佐幕と信じて加わった浪士組が、只今から看板を塗りかえて勤皇になるというのだ。浪士の中には近藤勇、その門下の土方歳三、沖田総司らがいたが、近藤らは水戸藩浪士・芹沢鴨らと京都滞在の道をえらび清河と別れて新撰組を結成する。鳩翁は勤皇派を引き連れ江戸へ戻ったが、鉄舟とともに免職となる。浪士組の残りは新徴組として、庄内藩に所属することになった。

八郎は文久三年、浪士組をして横浜外人居留地を焼き討ちしようと謀り、準備を進めていた。幕府はそれを探知し、八郎暗殺を企てる。この八郎の最期については、司馬遼太郎『竜馬がゆく』の「東山三十六峰」なる章にくわしい。

八郎は文久三年に江戸へ戻った。幕府老中の板倉周防守勝静《かつきよ》が刺客を放っているのも知らずに。

刺客は佐々木只三郎、幕臣中では一流の剣客、ただし、剣を通じて人格を磨く、というタイプの剣客ではなく、腕は立つがただの殺し屋である。

八郎はその頃、山岡鉄舟の家に隠れていた。鉄舟は幕臣だが、八郎の同志である。四月十三日、約束があるとて出羽上山《かみのやま》藩の儒者金子与三郎の邸へ出かけた。風邪引きだといっていながら湯屋へいき、外出の支度をして隣家の高橋泥舟の家へ寄った。『竜馬がゆく』による八郎の風采——。

「清河は、剣は北辰一刀流の達人で、秀麗な容貌、堂々たる体軀をもち、学問弁才あり、さらに謀才あり、しかも人を人臭いとも思わぬ男で、そのうえに並はずれた行動力と、生家からの豊かな仕送りがあった」

そして当日のいでたち。

「韮山《にらやま》笠をかぶり、羽織は黒で甲斐絹《かいき》の裏づけ、袴はねずみ竪《たて》じまの仙台平、大小もみごとなこしらえで、どうみても千石以上の大旗本といった身なりである」

八郎の顔色がすぐれないのを高橋の妻女が案じて、外出を禁《と》めたが、八郎は約束だから

た。その一本に、

と諾《き》かなかった。ただこの時、歌が出来たといって高橋夫人に白扇三本を所望して染筆し

「魁《さきが》けてまた先駆けん死出の山
　迷ひはせまじ　皇《すめらぎ》の道」

まるで辞世のようだった。

金子は八郎を酔わせにかかった。この金子が老中・板倉に八郎を売ったのではないかといわれている。好酒家の八郎は体調が悪いながら思わず過ごした。やがて数時間後、麻布一ノ橋の上山藩邸を出て歩きはじめたときに佐々木が〈清河先生〉と声をかけた。八郎は立ち止まる。佐々木は小腰をかがめ、笠をとるべく紐を解いた。八郎もやむなく、笠を脱ごうとして鉄扇をふところに入れて笠の結び目に手をかけた。その隙に、佐々木の連れていた仲間三（四？）人のうちの一人が、後ろから八郎に切りつけた。佐々木が前から八郎の首に斬りつける。〈残念！〉というのが、八郎の最後の言葉で、どっと倒れた。

同志の石坂周造はそのとき馬喰《ばくろ》町にいたが、清河が殺《や》られたと聞くなり、すぐ現場にかけつけた。八郎のふところには横浜焼打計画の同志名簿がある。幕府の手に渡れば大ごとになる。清河の首と連名状は渡すまいと思った。

しかし現場は警吏がかためていて寄りつけない。石坂は一策を案じた。血相かえて近づき、

〈あの者は清河八郎と聞く。拙者の仇《あだ》、死骸といえども恨みの一太刀を加えずにおかぬ。もし邪魔立てするなら汝《うぬ》らも仇、斬って捨てるぞ〉

と長刀をぎらりと引きぬいてねめつけると、警固の者どもはあわてて逃げていった。石坂は清河の首を切り離し、羽織に包んだ。ふところを探って連名状を回収した。首は山岡鉄舟にあずけたが、のち山岡は伝通院の子院にひそかに葬った。更にその後、八郎の弟・熊三郎によって郷里清川に改葬された。

（八郎を売った儒者の金子は薩摩藩邸焼き打ちのとき流れ弾で死に、佐々木只三郎は京都見廻組の隊長として反幕運動を弾圧したが鳥羽伏見の戦いで負傷し、紀州で死ぬ。暗殺に手を染めた人間もまた、非業の死を遂げている。）

清河八郎は要するに〈百才あって一誠なし〉の典型のような男であったといわれている。たしかに結果としての人生的軌跡を見ればそのようではあるけれど、彼のほぼ日本全国にまたがる廻遊のうちに、話せる人間を発見し、親交を結ぶ、つまり交友範囲が広いということは、八郎の人間好き、人間とその性向に尽きぬ興趣と関心を抱いたことではなかろうか。

何が面白いといって、人間ほど面白いものがあろうかと、八郎は思っていたろう。人間探求こそ、八郎の生き甲斐だったのではないか。

その人間とかの人間を結びつけ、こっちをこうたきつけ、そっちをそう煽ると火を発して思うところへ燃えひろがる、といった奇策を弄するのはそのあとのおたのしみ。

八郎はまずその前に人間に燃えるが如き好奇心をもつ。

「其の以てする所を視《み》、その由《よ》る所を観《み》、其の安んずる所を察すれば、人いずくんぞ廋《かく》さんや、人いずくんぞ廋さんや」（『論語』「為政」）

探究心とともに、人間の面白さを賞《め》でる心もあったろう。『西遊草』には興を催して滞留した宿のことも書きとどめている。「宿のものもまた欲心にて我等をひきとめたるにもあらず」。主人はじめ旅客をなぐさめる妓たちの芸も美事、八郎らが立ちかねたら、旅宿側がとどめるのも「別《わかれ》を惜しむよりいでたる気風なり」

別の宿の主人、「五十余の人にて、至《いたっ》て静厚なる性なり。さりとて物に拘わらず、酒を好んで長飲をなすとも、さらに体《てい》をみださず。実に宿やなどの主人にはめづらしき人物なり」

息子に家を譲っているが、この息子、「また正直にして、さらにかざりなく、一入《ひとしお》風流の俗なり。いづれも我等を愛護致《いたし》、常に側をはなれず。別《わか》るに及びて惜《おし》む顔色直にあらわる。是《これ》人情の已事《やむこと》を得ざるところなり」

旅人たちを送ってきたある宿の女房はついつい離れず、ついでに一緒に善光寺詣りをしたいという。しかし不意に家を出たので、支度ができていない。下女を帰して家にそのよしをいい、途中の親類の家で「仕度をいたさんといひ、一婦人の身として顔面さらに変ぜず、事ともいたさぬいさぎよきありさまなり」。同行をたのまれて「空しく謝するも男子たるものの本意にあらず。いまだ四十にたらぬ婦人なり。いはゆる連《つれ》にひかれて善光寺まひ《ママ》りとやら」

この婦人は越後の人だが快活らしく、他国ものはいずれも「胸中ひらけあるゆへ《ママ》、我国の如き決断の悪《あ》しき事の比すべきにあらず」――よその国の人間に比べると庄内の人間は決断力がない、などといっている。

この婦人と一緒の旅は楽しかった。「素《もと》より弁舌の女人故、いろいろの珍言を咄《はなし》いだし、徒然《つれづれ》とも思はず、いづれも楽しみき」

八郎は女人のほめるべきはほめ、珍重すべきは珍重する。八郎には江戸と上方についての偏見はあるが、女人についての差別感はないらしい。

結局、この闊達な婦人は旅をつづけることができなかった。旅を案じてどうしても許さない母が、頑迷固陋な下男をよこして連れて帰ってしまう。八郎も口を添えて頼んでやるが、この下男の頑固ぶりも尋常ではなく、八郎は憎んだり呆れたりしながら、(こんな人間もいるんだ――)とおかしがっている。

折々の人間スケッチが温くて、『西遊草』の八郎は〈百才あって一誠なし〉という奇才とはまた、一風ちがう、温い風合の男のようである。

さて、宅子さんの没したのは明治三年（一八七〇）二月二十九日、八十二歳である。親友の久子さんはすでに嘉永六年（一八五三）にみまかっていた。

そればかりではない。夫に死別したのは宅子さんが六十一歳のときであったが、七十五歳には頼りとする弟にも別れ、更に八十のときには長男にも先立たれた。定命とはいいながら、長寿も辛いことである。

しかし宅子さんは終生、くよくよしたり、呆けたりするいとまはなかったはずだ。『東路日記』を読みかえし、あるいはまた、常足先生撰集の歌集『岡縣集《おかのあがたしゅう》』、また久子さんの残した歌集『重浪集《しきなみしゅう》』などひもといて飽くこともなかったのではないか。

ことに、宅子さんは『岡縣集』の〈恋〉の部の巻など、ひもとくのが好きだ。

「見《みる》恋」という題で、

「かはす間もみじかき夢の手枕に　さめては長くなげきけるかな　宅子」

若い——といっても歌を学びはじめたころはもう、中年になっていたけれど、〈恋〉のうたを詠むということは、日の本のやまとごころの、優にやさしき伝統《しきたり》、と常足先生に教わって、頬を染めながら、ひとふしふたふし、綴りあわせた歌のかずかず。

「深夜恋」という題で、

「さよふけて後《のち》にとふやといつはりも　まだならはねば待たれこそすれ　宅子」

を先生にほめて頂いたこともあった。

いま宅子さんの頬を染めているのは底井野の〈深みど利《り》〉というお酒である。老いてなお、酒の好ましいのにかわりはない。

添削を、と歌稿をとどけられることもあるが、もはや煩わしく、それよりもむかしの歌集や、むかし、わが筆でしるした旅日記をひもといて、物思いのままに、心を遊ばせているのがいちばんたのしい。

「老恋」――老いての恋――

「思へかし恋のみだれの束《つか》ね緒《お》も　絶ゆべき老いのこころよわさを　宅子」

これも常足先生に、〈よき本歌取り〉とほめて頂いた。『古今集』巻十一恋歌一の本歌、

「あはれてふことだになくは何をかは
　恋の乱れの束《つか》ね緒《お》にせむ」

――から採《と》った。――あわれという言葉さえなかったら、何をもってきて恋に乱れた心を束ねてまとめられようか。

これは本居宣長先生の『古今集遠鏡』には、

「思ヒガ胸ニ一杯ニナルトキニハ声ヲアゲテ、アヽヽハレ、アヽヽハレトイヘバコソ、スコシハ胸モユルマレ。ソノアヽヽハレ、アヽヽハレト云事サヘナクバ、恋スル者ハ何ンデ心ヲヲサメウゾ　テウド萱《かや》ナドヲ刈《かり》テ乱レタ時ニ、一トコロヘトリアツメテ緒デユヒツカネルヤウニ　恋デ心ガ乱レタ時ニハ、アヽヽハレ、アヽヽハレト云《いう》ノガ束ネ緒ヂヤ」

とある。宅子さんはその歌を敷いて作った。
〈――思ってみて下さい。恋の乱れを束ねてくるその紐さえ切れてしまいそうな、老いの身の、心よわい恋。老いらくの恋は人を恐れぬとはうそ。老いればなおつつましく秘め、さりとて押えかねる苦しさにわが身を責め、絶えてしまいそうです……〉

誰にあてて、――というのでもない。恋を恋する、というに近いかしら。すべての男、すべての女が、いまは慕わしい。……

〈おばあさんの、ようやすんどらっしゃる〉……という声が宅子さんにきこえる。あれは孫息子かしら。長男に先立たれたけれど、孫息子がかわらずやさしくしてくれる。

宅子さんの命終《みょうじゅう》ちかき目交《まなかい》に浮ぶのは、夫の清七や子供よりも、もう三十年ちかい前、長い旅のあいだに見た清い山河、花のお江戸に京・浪花のにぎわいだったろうか。

難路《なんろ》の秋葉《あきば》みち、長野の善光寺さん、おお、久子さんが前をゆく。善光寺さんの生身《しょうじん》如来さまがおみちびき下さるそうな。ゆくてのお浄土には、ふた親はじめ、先立った人々が待っていてくれるのだろうか。たのしい一生の果てに、なおたのしい希望が宅子さんの胸をふくらませる。宅子さんの口辺にほほえみが浮ぶ。……

あとがき

宅子さんたちとともに長い旅を続けてきた気がして、私はまだ夢見心地でいる。いわば旅装も解かず、ぼんやりと手をつかねたまま、放心のていというところ。思いなしか、足まで歩き疲れて火照《ほて》りをおぼえるような気さえするのも、考えてみればおかしい。……二年以上も宅子さんらの旅につきあって、私はすっかり、彼女たちに友情を感じてしまった。もとより宅子さん久子さんのたたずまいには、私の創作に負うところが多いのであるけれども、しかし丹念に、彼女たちの歌や日記をたどってのことなので、そんなに現実からは甚だしく乖離《かいり》していないはず、と、宅子さんらや読者の皆さまにご諒承を乞う次第。

つまり、それだけ、『東路日記』はイメージ喚起力がゆたかで、生気躍動していた。

しかし女性文化の暗黒時代と思われていた江戸の世で、それも天《あま》ざかる鄙《ひな》の地、商賈《しょうこ》の家の女たちに、こんなにみやびでゆたかな文化が息づいていたとは。

やはり物流盛んに、殷賑《いんしん》を誇る北九州の活力が地熱となって、女たちを育てたのであろう。

宅子さんたちの旅につきあうことは、また不敏浅学の私にとって、いささか知見を拡める契機ともなり、さまざまの発見や解明があって楽しかった。それにつけても折々に、適切な助言や示唆を頂いた多くのかたがたに謝意を表したい。小田宅子さんゆかりのご子孫のおひとり、日高康氏、現在の小田家ご当主・小田満二氏、前田淑先生、岡野信子先生、長野・善光寺関係の小林計一郎先生、〈庶民時代裂研究会〉の堀切辰一先生、経済史に関しては高須孝和先生、北九州市立歴史博物館の永尾正剛氏、鞍手町歴史民俗資料館の井手川泰子先生、それに芦屋町歴史民俗資料館などのみなさまにお礼申し上げます。……また、高須先生夫人・正恵さまは、わかりやすく、巧緻な地図を作成して下さって、それにより一行の旅の全容が把握できた。

九州弁については、日高康氏と岡野信子先生を煩わした。魅力ある九州弁が、機宜よろしきを得て、再現できたかどうか。……

文中にもあるように、宅子さんは俳優・高倉健さんの五代前の人である。そもそも、『東路日記』は、高倉さんが、〈うちの先祖の人が、こういう手記をものしているが、これをわかりやすく読めるようにならないものだろうか、面白そうなのだけれど〉と、旧知のイラストレーター・福山小夜さんに示され、福山さんは、また、当時、集英社出版部に籍を置いていられた池孝晃氏に紹介されたのだった。池氏から、江戸の女性の旅行記が現存していると連絡を受けた私は、大いに興味をもって『東路日記』を手にとり、たちまち、ひきこまれてしまった。ふしぎなご縁にみちびかれ、私がこの本を読み解くことになった。取材には福山さんや池さんともご一緒した。更に、長野の善光寺へも詣った。高倉さんのご本により、氏もまた、何やらしれず、善光寺に惹かれ、毎年参詣を果されていることを知ったが、実は私は小林一茶を書くため、何度か善光寺詣りをくり返しており、そのたび、このお寺に、安らぎと親しみを感じないではいられなかった。

私を『東路日記』にめぐりあわせてくれたのは、あるいは〈善光寺サン〉なのかもしれない、と思ったりする。

もとより、仏教にも疎く、格別の信仰心もない、ただの庶民としての私の皮膚感覚でいうのであるけれど、〈お伊勢サン〉と〈善光寺サン〉は、どうやら、日本民族の根っこの部分で、同じ重みをもつ心髄ではないのかという気がした。そういうことを考えていくのも、これからの残り少い私の人生で、たのしい宿題となるだろう。

ともあれ、過去に日本は明治維新という大事業を成し遂げたが、それは安易なわざではなく、民衆もまた重い艱難を負わされて成った。私は、無理を承知で拡げた大風呂敷のような明治維新が、よく裂けなかったものと思うが、底辺の民衆がツツいっぱいに努力して、その夢を担ったのだと思う。そして更にその下を支えたのは、女たちの生命力であったろう。

宅子さんの旅行記を読んで、私はそう思うに至った。日本全国津々浦々の〈宅子さん〉

たちが、歴史の裂け目と日本の瀬戸際を、からくも踏みこたえ、空前の大業、明治維新は成ったのであろう。こう思うのも、宅子さんはすこやかに生き延び、明治三年までの日本をみつめつづけたからである。

この本は宅子さんの声ない励ましと、たくさんの方々のご助力によって成った。

〈もろもろの　恩かがふりし　一生《ひとよ》かな〉

田辺聖子

平成十三年卯月

《文庫版》附記

　読者の方よりお手紙があり、一五四ページの「梶川村」は、「勝川村《かちがわ》」ではないか、というご指摘があった。現在の愛知県春日井市勝川町《かちがわ》。勝川村は善光寺詣りの旅人で賑わう下街道の宿場なりしよし。「米屋」という旅籠も、「春日井市史地区誌篇３」に記されているよし。宅子さんは、「かちがわ」を「かじがわ」と聞きあやまるか、思いあやまったらしい。

　本書をていねいにお読み下さって、熟知の土地の名が出て来たのに感興を催し、異同を正さんとお知らせ下さった読者の郷土愛に、私も搏《う》たれた。宅子さんの旅は、時空を超えて人々の心を結びつけるのである。

【引用文献・主な参考文献一覧】

※引用には読みやすさを考慮して、漢字・仮名の表記、句読点などを一部改めました。

※ここに挙げた文献は、必ずしも著者が使用した底本ではなく、図書館等で比較的入手しやすいものを記しました。

参考資料一

◇雑誌・図誌その他

『長野』　長野郷土史研究会編
『大阪春秋』　49号　'87　大阪春秋社
『信濃路の旅』　別冊るるぶ愛蔵版　日本交通公社
『江戸時代図誌　西海道一』'76　筑摩書房
『　〃　山陽道』'76　〃
『　〃　大坂』'76　〃
『　〃　中山道一』'77　〃
『　〃　日光道』'76　〃
『　〃　東海道一』'76　〃
『東海道分間延絵図』　'77〜'85　東京美術

『中山道分間延絵図』'76～'83　東京美術
『北国街道分間絵図』復刻版　尾崎行也編　'98　郷土出版社
『五街道細見』　岸井良衛編　'59　青蛙房
『芦屋町誌』'91　芦屋町役場
『中間市史　中巻』　中間市史編纂委員会編　'92　中間市
『日本陰陽暦日対照表　下巻』　加唐興三郎編　'93　ニットー
「鉄舟　春風を斬る」　小島英煕　'00・8・13　日本経済新聞

◇刊本古書・底本その他

『伊勢詣日記』　阿部峯子（『近世福岡地方女流文芸集』　前田淑編　'01　葦書房　所収）
『東路日記』　小田宅子（『近世女人の旅日記集』　前田淑編　'01　葦書房　所収）
『二荒詣日記』　桑原久子（『近世福岡地方女流文芸集』　前田淑編　'01　葦書房　所収）
『岡縣集』　伊藤常足編（林次敏校定）'80　福岡県文化会館
『伊勢詣日記抄録　山さくら戸』　伊藤常足
『伊藤家家事雑記』'95～'99　鞍手町教育委員会
『西遊雑記』　古川古松軒（『日本紀行文集成　第一巻』'79　日本図書センター　所収）
『守貞漫稿』　喜田川守貞（朝倉治彦編）'73～'74　東京堂出版
『江戸名所図会』'96～'97　ちくま学芸文庫　筑摩書房
『江戸名所図会を読む』　川田壽　'90　東京堂出版
『世事見聞録』　武陽隠士　'01　青蛙房

『名所江戸百景』　高橋誠一郎解説　'71　共同通信社
『廣重名所江戸百景　〝新印刷による〟』　河津一哉解説　'91　暮しの手帖社
『参宮順道記』　梅津猪五郎　'99　私家版
『武江年表』　斎藤月岑（金子光晴校訂）　'68　平凡社東洋文庫
『西遊草』　清河八郎（小山松勝一郎校注）　'93　岩波文庫
『廣重東海道五十三次』　白石克編　'88　小学館
『川柳江戸名所図会』　至文堂編集部編　'70　至文堂
『摂津名所図会』　秋里籬島（『日本名所風俗図会　大阪の巻』　'80　角川書店　所収）
『東海道名所図会』　秋里籬島（粕谷宏紀監修）　'01　ぺりかん社
『浪華の賑ひ』　暁鐘成（『日本名所風俗図会　大阪の巻』　'80　角川書店　所収）
『花の下影』　岡本良一監修　'86　清文堂出版
『新聞集成　明治編年史』　明治編年史編纂会　'34～'36　財政経済学会
『広辞苑』　新村出編　岩波書店

◇全集他

『誹風柳多留全集』　岡田甫校訂　三省堂
『誹諧武玉川』　山澤英雄校訂　岩波文庫
『新編日本古典文学全集』　小学館
『新日本古典文学大系』　岩波書店
『新潮日本古典集成』　新潮社

『日本庶民生活史料集成』　三一書房
『本居宣長全集』　筑摩書房
『日本随筆大成』　吉川弘文館

参考資料二

◇江戸関係

『川柳江戸砂子』　今井卯木　'30〜'31　春陽堂
『江戸歌舞伎図鑑』　高橋幹夫　'95　芙蓉書房出版
『歌舞伎年表』　伊原敏郎　'56〜'73　岩波書店
『絵本江戸風俗往来』　菊池貴一郎　鈴木棠三編　'65　平凡社東洋文庫
『江戸生活事典』　三田村鳶魚　稲垣史生編　'59　青蛙房
『江戸の性病――梅毒流行事情』　苅谷春郎　'93　三一書房
『近世おんな旅日記』　柴桂子　'97　吉川弘文館
『江戸時代女流文芸史（旅日記編）』　前田淑　'98　笠間書院
『江戸時代女流文芸史（俳諧・和歌・漢詩編）』　前田淑　'99　笠間書院
『江戸を歩く　近世紀行文の世界』　板坂耀子　'93　葦書房
『文政江戸町細見』　犬塚稔　'85　雄山閣出版
『江戸吉原図聚』　三谷一馬　'77　立風書房

『江戸・町づくし稿』　岸井良衛編　'65　青蛙房
『江戸女流文学の発見』　門玲子　'98　藤原書店
『富永仲基と懐徳堂』　宮川康子　'98　ぺりかん社
『懐徳堂とその人びと』　脇田修・岸田知子　'97　大阪大学出版会
『江戸の貨幣物語』　三上隆三　'96　東洋経済新報社
『江戸アルキ帖』　杉浦日向子　'89　新潮文庫
『江戸庶民風俗絵典』　三谷一馬　'70　三崎書房
『江戸たべもの歳時記』　浜田義一郎　'77　中公文庫

◇長野・善光寺関係

『長野県地名大辞典』　谷川健一監修　滝沢主税編　'87　長野県地名研究所
『善光寺本坊大勧進宝物集』　黒坂周年監修　善光寺本坊大勧進宝物集刊行会編　'99　郷土出版社
『善光寺まいり』　五来重　'88　平凡社
『善光寺大地震図会』　小林計一郎監修　'85　銀河書房
『善光寺史研究』　小林計一郎　'00　信濃毎日新聞社
『善光寺物語』　下平正樹文　柳沢京子絵　'91　第一法規出版
『緑よみがえった鎌原』　清水寥人　'82　あさを社
『善光寺さん』　小林計一郎　'73　銀河書房
『奥信濃の民話』　高橋忠治　信州児童文学会編　'84　信濃教育会出版部

◇福岡県関係その他

『福岡県のことば』 平山輝男ほか編 '97 明治書院
『福岡県ことば風土記』 岡野信子 '88 葦書房
『遠賀川――流域の文化誌』 香月靖晴 '90 海鳥社
『あしやの釜』 長野垤志 '53 便利堂
『お茶の心――茶事・茶人』 家庭画報編 '80 世界文化社
『筑前博多独楽』 筑紫珠楽 '77 高千穂書房
『あなたに褒められたくて』 高倉健 '93 集英社文庫
『布のいのち――人の心、くらし伝えて』 堀切辰一 '90 新日本出版社
『見世物研究』 朝倉無聲 '77 思文閣出版
『見世物の歴史』 古河三樹 '70 雄山閣出版
『野草図鑑 全八巻』 長田武正著 長田喜美子写真 '84〜'85 保育社

◇紀 行

『日本奥地紀行』 イサベラ・バード 高梨健吉訳 '73 平凡社東洋文庫
『日本中国旅行記』 シュリーマン 藤川徹訳 '82 雄松堂書店
『街道をゆく17 島原・天草の諸道』 司馬遼太郎 '82 朝日新聞社

解説　旅は道草、歌の眼福

道浦母都子

「旅は道連れ、そりゃ、もちろんやけど、旅は道草、ぎょうさん、道草せんかったら、旅なんて、ほんまに楽しい旅、いわれへんわ。ほんま、ほんま……」

この一冊を読み終って、私は、そんな言葉を独《ひと》り言《ご》ちした。何度も何度も、くり返しての独り言ちである。

〈宅子《いえこ》さん、お伊勢詣りに行きまっしょうや、拍子もない話のごとありますが、ほんなこて、旅は足腰たつうち。気の合う同士《どし》の旅ゃ、よござすばい。来春《らいはる》あたりに……〉

〈昔の旅はもう遠々《とおどお》しい二十年も前のこと、まあ、女《おなご》ばっかりの旅、そりゃよござすなし。あたいも加《か》てててやんなっせ〉

登場人物である桑原久子、小田宅子の御両人。二人の交わす、のびやかでふんわりとした筑前のお国言葉。その心地よいリズム感が、読了後も、体全体に染み通っていて、思わず私も、難波言葉で、御両人に向かって、まずは感想の辞を一言、「旅は云々……」を口にしてしまった次第である。

近年、声を出して本を読む。その重要性が度々、話題となっているが、そんなことは言わずもがな。小学校入学時のわれらが国語の時間を思い返せば、必ず声を出して読んでいた。

内容は「咲いた　咲いた　チューリップが咲いた」だったかどうか、それは記憶に定かではないが、言葉は声に出して読み、音声化してこそ、言葉としてのいのちを持つ。書物の上に表記として記されていた活字が、声となった瞬間、言葉は単なる伝達手段としての記号ではなく、肉体化された生《なま》の言葉として立ちあがり、いのちを得て歩きはじめる。

言葉に対して、そうした思いを抱き続けている私にとって、本書は、「声を出して云々……」以前の文字通り、声を出して読んでみたくなる一冊だった。

まず、書名にしてもそうだ。『姥ざかり花の旅笠』、何とも嬉しく、華のあるタイトルではないか。

主人公の宅子さんは五十二歳、お相手の久子さんは五十歳。共に筑前の富裕な商家のお内儀《かみ》さんである。彼女たちが生きた天保の世に於ける女性の平均寿命は何歳ぐらいであったのか。寡聞にして私はその実態を知り得ない。とはいえ、久子さんは寡婦、宅子さんには夫が、との立場の違いがあるとしても、御両人共に、妻として母としての役目をしっかり務め終え、「これからはわが世の春」を、謳歌できる年齢であり、その境遇に恵まれていたことは確かのようだ。

それを作者は、じつに好もしげに「姥ざかり」と称しているのである。

女性の平均寿命が八十代を易々と越え、九十代にまで迫るやもしれぬという昨今、五十代前半の女性たちに「姥」なんて呼んだとしたら、なんと言って反発されるか、想像にかたくない。かくいう私も五十代の真っ只中。まだまだ「姥」なんて呼んでほしくはない。というのが本音といえば本音。そうは言っても、「姥ざかり」の「ざかり」が気に入り、もう少々、「女ざかり」と言うには気恥かしいが、「姥ざかり」あたりで手を打ってもよいかと、納得した次第。

それというのも、「姥ざかり」のこの御両人、商家のお内儀さんでありながら、ただ者ではない。二人揃っての碩学の徒、正真正銘の歌人なのである。（そこに、まず、わが意を得たりの感あり）

本書は、女性文学の空白時代といわれていた江戸期、その後期に、商家のお内儀にして歌人である、久子、宅子の二女性が、筑前を後にして、お伊勢詣りにはじまり、江戸、日光、善光寺へと足を伸ばし、延々五ヵ月、三千二百キロの旅をした。その旅の記録であり、行く先々で、感興のおもむくままに歌をものにした江戸版女性歌日記。『土佐日記』や

『蜻蛉日記』を彷彿とさせる逸品というべき作品なのである。

近年は、「姥ざかり」族の旅行熱、カルチャー熱は、さてもいわんやの盛況ぶりであるが、本書に登場する二人の女性の見識の深さには、今日のカルチャー歌人、いえ、短歌作者の一人である私も脱帽の感、しきりと言える。

何といっても、従《つ》いた先生が立派だった。御両人の師匠は、その頃の筑前地方の歌壇をリードした伊藤常足。歌人であり国学者でもあった常足は、本居宣長の養子、本居大平に国学を学び、自ら、全八十二巻にも及ぶ『太宰管内志』を記し、多くの門人を抱え、一門の歌集『岡縣集』をも残している。しかも、常足先生の撰になる『岡縣集』には、作者、二百七十二人中、女性作家が三十九人。約七人に一人、女性作家が登場するというのだから、常足先生が、いかに女性に人気があったか。裏返していうと、彼が女性の教育に熱心であり、この時代に珍しく、先進的なフェミニストであったかが、わかるというものである。

そんな常足先生の薫陶を受けた二人であるから、『万葉集』をはじめとする和歌の知識はもちろん、『日本書紀』から『奥の細道』に至るまで、古典の教養は並々ならぬものであったことが、本書の随所から、うかがい知れる。

宅子さん、久子さんの歌が措辞整い、声色なだらかなのは、常足師匠の薫陶のたまもの。著者も、そう称讃しているが、浅学で古典和歌に疎い私が拝読しても、なかなかの達人、その研鑽ぶりが、もろに伝わる歌の数々である。

たとえば、播磨の国、赤穂の浜から、山越えで三光山花覚寺《けがく》に詣で、そこで義士討入の話を聞くと、宅子さんは即、歌を詠む。

「かの人々、過ぎし世に、主君の仇をむくひしことゞもよむをききて、

もののふのみちは知らねど立ちよりて

きくや赤穂のむかしがたり を

宅子」

商家のお内儀ながら、「もののふのみち」へ思いを馳せての宅子さんの即詠の妙、まことにあっぱれ、の一語に尽きる。

作者である田辺さんが、『東路日記』に目を留めたのは、江戸後期庶民のエネルギーとたくましさ、その暮らしぶりをよくよく知ってみようと考えたのはもちろんのことだろうし、『東路日記』の著者、小田宅子さんの教養の深さ、歌のレベルの高さに瞠目するものがあったからであろう。読み進めば進むほど納得できるのが、この歌日記なのである。

さて、冒頭で私は、「旅は道連れ、(中略) 旅は道草」と述べたが、本書の魅力は、その、いいいいぎょうさんの道草ぶりにある。

宅子さん、久子さん御両人の道中での道草ぶりは、もちろんのことだが、作者御本人の

道草ぶりが、この本の隠し味、それどころか本命というべき。『東路日記』を道しるべとして、「聖子版現代東路日記」として新たな作品世界を切り開いている点が、いちばんの魅力と言いきってもよい。

その道草ぶりたるや、今日の懇切丁寧な旅行ガイドブックなど、てんで顔負け。当時の女性の道中着や路銀に始まり、御両人が行く先々で興味を示す、土地の名産、土産物から、歌舞伎や浄瑠璃への傾倒ぶり、名所旧跡の歴史探索や関所抜けの裏話に至るまで、じつに微に入り細に入り、驚くべき多岐にわたる。その道草ぶりは、たんに道草などと申しては失礼。なんと知的好奇心旺盛なことか、と今さらながら感嘆のていである。

小田宅子著『東路日記』から、当世風「聖子版東路日記」への転身、いえ、飛翔。これは著者が最初から意図したものではなく、二年間に及んで、宅子、久子、御両人の足跡を辿っていくうちに百数十年という時空を超えて、自然発生的に遂げられた文学の不思議、加護といってよいのではないか。

あえて、私が「聖子版」と呼んでみたくなるのは、この著者の文学の基底ともいうべき、庶民への絶対的な信頼感だ。

時代が変わろうと、治世者が交代しようと、いつの世も社会を支えるのは名もない無数の庶民であり、彼らが秘め持つ活力である。

田辺さんは、どんなときでも、そのことを忘れない。それが、この著者の書くものが、われらの文学（時代の代弁者）と、胸張って言える理由なのだと思う。

お伊勢詣りを当初の目的とした御両人の旅が、善光寺詣りへと自ずと鉾先を変えていくが、田辺さんの筆鋒が、お伊勢詣りより、善光寺詣りの方に、格段と力が入っていることからも、直截に語ることはしないが、著者の指向する文学の在り方、人間の生き方といったものを読者は感知するだろう。（当時の信州農民のすさまじい貧困の姿をも、筆者は見逃がしてはいない）

附《つけたり》

おそれ多くも、著者に倣って、二言ばかりの附を。

ひとつは、『東路日記』の作者が、かの高倉健さんのご先祖であり、彼の善光寺詣りと田辺さんの善光寺詣りが不思議な糸で結ばれていたことが、この本が出来あがる過程で明らかになっていくのが、隠れ健ファン、聖子ファンの一人として、何とも嬉しかったこと。

今ひとつは、私のような浅学の徒に、解説の場を与えて下さったことは、旅の「眼福」なるものを、もっと広く、お伝えなさいとの、田辺さんからのお励まし、と受けとめている。

旅は眼福。その眼福を、宅子さん、久子さんのように、今の歌の作者たち、ことに「姥ざかり」の旅三昧の女性たち（もちろん私も含め）に、しかとお伝え申せ。とのメッセージ。しっかり、心にとどめましたことをご報告申しあげたく。

ここに、至らぬながら、「旅は道草、歌の眼福」なる拙文の筆を置くことにいたし候。

集英社文庫

姥《うば》ざかり花《はな》の旅笠《たびがさ》　小《お》田《だ》宅《いえ》子《こ》の「東路《あずま》日《じ》記《にっき》」

2004年1月25日　第1刷

定価はカバーに表示してあります。

著者　田《た》辺《なべ》聖《せい》子《こ》

発行者　谷山尚義

発行所　株式会社　集英社

東京都千代田区一ツ橋2―5―10
〒101-8050

電話　03（3230）6095（編集）
　　　　（3230）6393（販売）
　　　　（3230）6080（制作）

印刷　大日本印刷株式会社

製本　大日本印刷株式会社

造本には十分注意しておりますが、乱丁・落丁（本のページ順序の間違いや抜け落ち）の場合はお取り替え致します。購入された書店名を明記して小社制作部宛にお送り下さい。送料は小社負担でお取り替え致します。但し、古書店で購入したものについてはお取り替え出来ません。

Printed in Japan

ISBN4-08-747654-5 C0195